第四条边

瞬雨

著

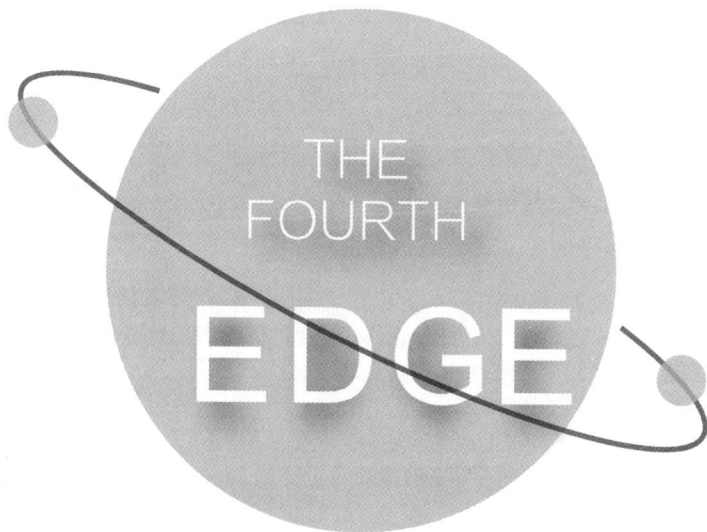

THE
FOURTH
EDGE

SPM 南方传媒　广东人民出版社

· 广州 ·

图书在版编目（CIP）数据

第四条边 / 瞬雨著. —广州：广东人民出版社，
2023.1
ISBN 978-7-218-15589-0

Ⅰ．①第… Ⅱ．①瞬… Ⅲ．①幻想小说—中国—
当代 Ⅳ．① I247.5

中国版本图书馆 CIP 数据核字（2021）第 263171 号

DISI TIAO BIAN

第四条边

瞬雨 著

出 版 人：肖风华

责任编辑：马妮璐
责任技编：吴彦斌 周星奎
装帧设计：WONDERLAND Book design
仙境 QQ:344581934

出版发行：广东人民出版社
地 址：广东省广州市越秀区大沙头四马路 10 号（邮政编码：510199）
电 话：（020）85716809（总编室）
传 真：（020）83289585
网 址：http://www.gdpph.com
印 刷：三河市中晟雅豪印务有限公司
开 本：787mm×1092mm 1/16
印 张：22 字 数：316 千
版 次：2023 年 1 月第 1 版
印 次：2023 年 1 月第 1 次印刷
定 价：78.00 元

如发现印装质量问题，影响阅读，请与出版社（020-85716849）联系调换。
售书热线：（020）87716172

目 录

苏雨刚刚在卡西尼实验室睡下，莫凡的飞机已经在开罗国际机场降落了。

此刻，苏雨正满怀期待，等候莫凡将他唤醒。两人精心计划的小小蜜月，即将在这片古老的土地上开启。

出了机场，莫凡乘坐的出租车疾速行驶在土黄色的大道上。很快她发现，车子并没有按照旅行攻略中提到的最短路线行驶，而是绕了很大一圈去走城外的高速公路。

"为什么这么走？"莫凡质疑道。

"抗议，人群，军队封路。"司机用不太熟练的英语回答，然后给她看 GPS（全球定位系统）地图，老城有大片的道路显示出红色。

"发生了什么事？"

"红海！"司机回答。

"红海怎么了？打仗？没有看到西奈半岛又起军事冲突的新闻呢。"

"红海红了！"

莫凡还是一头雾水。司机努力告诉她，红海红了，不是某几公里的海岸线，而是整个海面，通往苏伊士运河的航路已经关闭，以免"传染"地中海。

"传染？"莫凡觉得有点儿匪夷所思。

"他们就是这么说的，传染，"司机说，"连端上餐桌的海鲜都变色了。捞上来的时候普遍呈现出暗红色，有些甚至红得发黑。"

"所以要抗议？抗议谁？"

"寺庙的意见没有得到当局采纳，"下了高速，司机加大了嗓门，"在世俗社会，人们脱离了贫困，改善了生活，但这是一个他们信不过的当局。他们不愿为那些自己并不信奉的东西卖命。"

"那红海为什么红了？"

"我说不清楚，你看新闻吧！可以了解最新的情况。"司机打开了后排的娱乐系统。

"……昨天夜里发生的事故，一辆黑色的轿车先是冲入了抗议人群，有多人受伤被送往附近医院。随后一所酒店也被牵连，受到轻微的破坏。抗议人群从今天凌晨开始封锁了周边的几个路口，甚至有人冲击埃及航空公司的办公大楼。迄今没有人声称对此事负责。

"……专家推测，红海的反常现象，可能跟土星轨道发现的新天体有关。多家天文台观测到，它已经从一颗看起来人畜无害的冰蓝色星球，转变成令人恐惧的血红色。而且，该星球逐渐被深浅不一的气体云状物质所笼罩，直径越来越大，已经超过星球本身的三倍。"

这个消息，犹如一颗炸雷落进莫凡心里。"土星轨道的新天体""冰蓝色星球"，唯一可能就是卡西尼卫星——苏雨实验室的研究对象。莫凡在恐惧和担忧之下战栗着：苏雨怎么样了？实验室会受到什么样的影响？会不会已经陷入九死一生的境地？

虽然远隔亿万公里，这一刻她仿佛看着他被一把枪顶住了前额，而他的眼睛正与枪管对视。坐在车里让她感觉犹如身处牢笼，无法做出任何有效的挣扎，而死亡时刻环伺……

等等！理性很快在思考中站了出来，因为她知道自己正陷入一种没有依据的力量支配之下，而几个小时以前她跟苏雨才取得过联系。作为对那个星球最有发言权的科学家，他不应该比媒体上这些人更清楚情况、更明白风险吗？而关于卡西尼星球的种种变化，电话里他却只字未提。这意味着什么？好了，不要被捕风捉影的猜测吓破了胆。她降下车窗，使劲呼吸掺了沙子的空气。说好的蜜月还没开始呢，一切都会好的！

"……围绕着胡夫金字塔跳舞的人数昨天达到最高峰，已经有超过400人参加了这个古老的仪式。他们声称有法老将要复活，将要重回人间。在一开始的驱散努力失败之后，当局已经跟他们进行了诚恳的对话。初步估计，今天中午12点之前，双方能够达成撤离协议，妥善保障旅客的安全！"新闻还在喋喋不休。

路边的景色快速变换。莫凡见过各种各样的房子，高楼大厦、亭台楼阁，还有像雕塑一样故意扭曲外形的，努力表达着与众不同。但是没有哪个房子，会像开罗的这些，让她如此印象深刻：很多房子既没有封顶，也没有安装窗户；不是一幢房子，而是成群结队，在道路两旁，绵延不绝。跟土地一样黄色的砖墙，三五层的高度，本来应该毫不起眼，但这个统一的特征让人过目不忘。房顶上都有高矮参差的钢筋裸露在那儿，像撕咬天空的犬牙一般，加上魔鬼眼光一般的窗洞，莫凡感觉它们隐藏着不可告人的秘密。

她没有心思再看风景，脑子里盘旋着同样的问题：即使卡西尼卫星并没有对苏雨造成威胁，那在遥远的土星轨道上，他是不是已经安排好了实验室所有的事情，像答应她的那样？他是不是真的能够顺利来到她的身边，一起开始甜蜜的旅行？她心里尤其没底的是，远在亿万公里之外，那个镜像技术还能不能真的畅通无阻地应用？这些问题越来越沉重，渐渐占据了她整个大脑。

半个多小时后，酒店到了。两个荷枪的士兵站在窗外虎视眈眈，除了证件、乘客，连尾厢都得打开检查。司机说，幸亏她有着东方面孔，检查相对顺利。

拖着疲惫的身体下车，谁知道迎接她的还有两道安检！好一番折腾之后，莫凡终于挪到了前台。

"苏先生已经远程办理好你们的入住手续，您直接上去就好了，房间是1805。"这句话，像久旱后的甘霖一般，瞬间让莫凡精神抖擞了许多。打开房门，她连"苏雨"的脸都没看一眼，一头扑进他的怀里。

拉美西斯希尔顿就在市中心，尼罗河边。

"L"形的房间布局，两面都能够享受美丽的尼罗河景。

一边是落地窗，俯瞰被称为使馆区的绿岛。一远一近两座桥，就像是连身裙的吊带一样，在尼罗河上半遮半掩。桥跟桥之间游弋着许多帆船，开罗的天空几乎没有云，波光粼粼的水面反射着耀眼的阳光，让河面上的帆船看起来更像是一条条在渔网中翻腾的小鱼。

另一边是阳台，几乎在尼罗河的正上方，视线恰好与开罗塔的塔尖齐平。远远朝着天际线望过去，撒哈拉沙漠的方向，胡夫大金字塔和哈夫拉金字塔一前一后，赫然在目，哈夫拉尖顶上残存的石灰岩在阳光下熠熠生辉。

看不见抗议的人群，也看不见诡异的舞蹈。眼前的画面和谐，完全没有出租车上感受的紧张气氛。爱人就站在面前，莫凡的心逐渐平静下来。在工作以外，苏雨可以自由支配的时间并不太多，他总是把利用率排得很高。现在活动在地球上、在酒店里面、在莫凡身边的"苏雨"，其实只是他的一个镜像。苏雨真实的自己，这会儿正在亿万公里外的实验室里睡觉，如果没有紧急情况发生，实验室不会唤醒他。

实验室应该算是一艘飞船，在土卫六着陆之后展开成实验室，目的是对人类新近发现的卡西尼卫星进行近距离研究。土卫六俗称"泰坦"，是太阳系外行星圈最稳定的类地结构天体，而且距离卡西尼卫星也很近，方便开展研究。从实验室到开罗，十几亿公里的距离，镜像技术带来的时空转换，是任何交通工具都无法比拟的。

无论多忙，苏雨也不能离了莫凡，任何时候都是如此。大学时候跟莫凡分开两地的体验，他受够了！那种数着日历过生活的抓狂，一天也不愿意再来！这也是他搞镜像的私心。有了镜像技术，哪怕身处遥远的星际，他也能即刻回到莫凡的身边。哪怕工作再忙，他也能利用空闲的部分大脑活动，将睡梦中的自己通过镜像投射回地球，陪伴在莫凡的左右。

苏雨给莫凡搬了张椅子，让她坐到窗前放松休息，慢慢欣赏。

埃及国家博物馆就坐落在拉美西斯希尔顿旁边不远处，步行大概几分钟。从酒店的房间可以清楚地俯瞰博物馆的屋顶，它就像一个四四方方的宫殿。这里远离是非，楼下的车流并不密集，整个开罗还在晨光当中慢慢苏醒。看起来，美好旅程即将从博物馆开启。

　　不知什么时候，莫凡站起来，从身后抱住了苏雨，没说话。

　　"小凡，想什么呢？"苏雨并没有回头，而是抚摸着莫凡环抱自己的手臂，轻轻问道，"这么长时间没在你身边，没生我气吧？"

　　"那个血色星球，"莫凡眉头紧锁，"你知道是怎么回事儿吗？"

　　"什么血色星球？"

　　"你实验室的那个，"她搜索出来，指给他看，"专家说红海因为它的影响，整个儿地变成了红色。"

　　"我们近距离监视卡西尼星球，没有发现特别的变化，"苏雨觉得这简直是无稽之谈，他不想跟莫凡多聊这些，"土星轨道上一颗小小的卫星，地面能看清什么？以讹传讹吧。"

　　"那这次能好好休息一下了？"莫凡把头靠在他的背上轻轻地摩挲。

　　"嗯，只要有机会，第一时间要回来陪你。实验室已经在泰坦星球上完全展开。探测器已经发射升空了，就在刚才，我亲眼看着它飞走的。"

　　"这么遥远的任务，你还能回来跟我在一起。雨哥，你真好！"

　　"三天，至少三天！"

　　"我害怕中途你又走掉。"

　　"放心小凡！那机器飞到卡西尼，需要花很多时间仔仔细细地做结构探测。这个过程完全智能，不需要我去干预它。三天之后，它会生成第一份探测报告。然后我们才基于这个报告，讨论下一步的……"

　　"我又不想过问你工作上的事情，"莫凡打断了他，"探测器为什么不能晚几天发射呢？这么抢时间？"

　　"你知道的，卡西尼星球行踪诡异！这次好容易逮到它，怕跟丢了。如果真有所谓的血色星球现象，三天之后，探测器就会给出大致的答案。至于红海变红，科学会站出来辟谣。"

　　莫凡心里残存的恐惧和担忧消失得无影无踪："那这三天，能不能不要想着实验室的事儿？"

"我去倒点儿果汁。"苏雨说。莫凡并没有松手。

为了这三天，苏雨已经等了像整整一个世纪那么长。在地球上，通过镜像，苏雨每天都能跟莫凡在一起。不管多忙，总有睡觉的时候；不管多远，即使时差 12 个小时，也刚刚好。

然而这一次，他们分开了很久。从地球飞往土星轨道这段时间，大功率叠旋天线无法在航行途中展开，镜像系统不能工作。直到看到莫凡那一刻，苏雨的担心才真正放下，理论上虽然并没有问题，但苏雨都从来没在这么远的距离上使用过镜像，无论对天线功率还是成像的即时性来说，都是不小的考验。

苏雨静静地站在落地窗前，没有说话。他抚摸莫凡的手，不敢拒绝莫凡的请求，更不敢答应她。只要实验室不出什么状况，他自然会全心陪着莫凡，但如果……转过头，眼角的余光正好碰到她抬起的眼神。"万一遇到点儿什么情况，可能还是需要我回去处理。"

"好！好！当我白说，好吧？"莫凡闭上眼，语气一下冷了，"光陪着我就行了？你总是心不在焉。"

苏雨顿时语塞。傻子都能听出来，莫凡说这话的时候，心情一点儿都不好。

"我都感觉不到你的心跳！"说完，莫凡把苏雨抱得更紧了。

第二章　故障代码

开罗有三家希尔顿，拉美西斯这一家是五星，跟使馆区一桥之隔。苏雨想让莫凡休息得好一点儿，就定了这家。

莫凡睡眠不好，在飞机上几乎就睡不着。《黑客帝国》她又找出来看了一遍。假如没有这部电影的启发，就不会有苏雨的镜像。那么每一次他的离开，都会刷新一次分离的焦虑。虽然登机之前吃过安眠药，但还是没有一点儿睡意，只是脑袋比平时更重一点儿。

自打从医院离职，进入精神分析领域，莫凡就不想再用药物来麻痹自己的神经。白发苍苍的小伙子，满是泪痕的漂亮脸蛋，软弱的父亲，还有不停自责的少年……一闭眼，每个人都活生生地站她眼前。在外人看来，他们就像是她的学生一样，每天准点来上课，又准点放学。她却不会像老师一样谆谆教诲，也从不评判他们，只是静静地听他们倾诉，听他们表达自己。在他们生命里不短的时间当中，她一度举足轻重、不可或缺。他们出现的时候，总是带着沉重的期待和渴望；而他们离开的时候，却连再见都不会多说两次，更没有常联系之类的客套话语。一旦结束分析，她就是他们生命中一个崭新的陌生人。

莫凡没说话，抱着苏雨的手却慢慢松开了。苏雨知道，十个小时的飞行，莫凡真的累了。轻轻把莫凡扶到椅子上，她醒了。

"累了吧？"苏雨倒上两杯橙汁儿，递给莫凡一杯。她重新站起来走到落地窗边，望着尼罗河上的船来船往，若有所思。

初升的阳光从窗户左侧照进来，映在莫凡的脸颊上。温暖、明媚、慵懒。因为旅途劳顿，她的双唇欠了几分颜色，但眼光一刻也不曾缺少过深邃。远隔星际，莫凡就站在自己面前，苏雨的心中跟阳光一样的灿烂。他想起了那幅素描，那幅他照着记忆中她的样子，一点一点勾勒出的大幅素描，陪伴了自己整个的大学时光。

莫凡投身的精神分析行业，长期是德国人和法国人的天下。一般意义上讲，这个以解构人的灵魂为主要内容的行业，投身其中，是与中国文化"天人合一"的理念有所冲突的。但是擅长书法和太极的莫凡，却能够在这个冲突当中找到突破点。

莫凡身上，最让苏雨着迷的魅力，是她对他人的苦难所抱有的巨大热忱。敏锐的问题意识和宏大的学术抱负，一直以来都牵引着她的人生旅程。所以无论在同僚那里引发了多大的争议，她都有决心把精神分析跟中国传统文化紧密地结合起来。"我们身边有许许多多的人，每天被无知的自我折磨着、惩罚着，仅仅是因为他们在中国传统的忠孝家庭观下面长大，与物化的世界、与物化的生活格格不入。即使我们能够对他们完成一次彻底的解构，他们也无法在这样的土壤上重构一个法国式的健康人生。"莫凡是第一个在学术会议上白纸黑字挑战正统的精神分析家。

苏雨回忆起莫凡在书画桌前灵光一闪，悟出这个道理的瞬间："为什么中国人在前现代时期不需要精神分析？因为传统中国文化当中有各种各样的途径，可以构建合理和完善的精神结构，太极、书法、中医……许许多多，都能够达成。只是因为到了现代，科技带来的物化社会荒废了这些途径，才导致了这些问题。"

她的演讲充满诗意："如果你曾经在书写时看到自我跃然纸上，如果你曾经在太极运式中感觉到天地的呼吸，如果你曾经在琴键跳动中凝视作曲家的眼光……"在学会最近一次年会上，莫凡这样说道："如果你有过这些经历，那么以后必然还会有这样的经历。即使你在当时当地难以言表，你一样会明白我在精神结构中看重它们的原因，因为那可能就是你的灵魂。"

在莫凡眼中，自己要成为一个救赎者，而不是外科医生。自我不是干巴巴的受难者，而是活生生的灵魂。她要守护自我的魅力，而不是用无形的手术刀，把它划得支离破碎。她在解构和重构之间架设了一道桥梁，让最原始最脆弱的婴儿一样的自我能够有机会跨过去，给重构的过程注入超越解构的东西：本真的灵魂，活生生的力量。她知道，对一个人来说，这也许是他的全部宇宙。正是因为这个原因，每一个来访者，在她眼中都像是自己的亲人；他们的每一次来访，都必不可少。所以，莫凡虽然喜欢旅行，大部分时候却都难以成行。

就在苏雨出发去土星之前的这几个月，他发现，她脸上的笑容越来越少。是什么原因？莫凡没有说起过，苏雨也不好过问。"冲突是最好的钥匙。"莫凡经常说。冲突能够成为打开所有深层秘密的关键，成为重构人生道路的核心。作为爱人，莫凡是她的小可爱；而作为精神分析家，她的世界对于苏雨来讲却太艰深，他很难直接帮到她。他能做的，只有在第一时间回到她的身边，陪在她的身边。

苏雨希望，她所想要的埃及，古老的文明，能够帮助莫凡打开一扇新世界的窗口。他相信，埃及土地上的隐秘力量，渗入土地深处的血肉和灵魂，无论经历多少历史和王朝，都不可能被磨灭和消亡。只需要一点点魔法，建筑在科学基础上的矛盾和冲突，甚至是衰老或者死亡，都可以被破解。那是一种时间之外的存在。

一艘快艇从北边逆水而来，莫凡看着船影又渐渐远去，想起了苏雨的飞船，苏雨的实验室。从发射开始，他肯定就没有好好休息过一天，甚至一个小时。以她的了解，如果他的休息时间不是在陪她，那么必然在工作。醒着的时候会是在工作；睡了，他会把自己用镜像投射出来，还是在工作，或者学习。虽然身体也能得到休息，但是大脑各部分却顶多只能算是在倒班轮休。

苏雨是一个很奇怪的人，对时代的变换无动于衷，对幻起幻灭的流行置若罔闻。也许只有莫凡身上的神秘气质和她眼中的深邃空间，能够吸引苏雨。这个世界上似乎也只有她，才能让他魂牵梦绕，恨不得寸步不离。

但是，即使对苏雨的性格和行为模式知根知底，他的人生到底在追求什么，这么多年，莫凡也没有参透。他的事业是一个迷宫：他创业，却因为前瞻性太过分，一次一次死在了沙滩上；为此他刻薄地咒骂所有的投资人，然后选择自己去成为一个投资人，转身投资自己的前瞻性；没有人懂得他的企业，他又提笔把自己写成了评论家，告诉世人他在做什么的时候，不忘辛辣地讽刺一个一个的业界大佬。他似乎一直身在江湖，又总是与江湖格格不入。他似乎想用一生的岁月，孜孜不倦地发掘自己的创造力，去探索自己的想象边界。

苏雨的手机发出一阵振动，伴随着不易察觉的提示音。在这个时候，它是苏雨最讨厌听到的声音。工作职责告诉他，应该关心一下"发生什么事了"，然后机器会告诉他方方面面的信息，即使没什么大不了的。

但是苏雨料定它一定会打断他和莫凡的美好时光。所以他打算不去理会这个打扰。直到，振动第四次向他袭来。

苏雨慢慢站起来，端起茶杯，深深地吸了一口气，让茉莉花香浸润他的全身，然后极不情愿地打开消息。"故障代码 4109——信号丢失。"是探测器的故障信息。信号丢失？会是什么原因？苏雨一时反应不上来。会不会跟莫凡说起的"血色星球"有关，被一股不知名的力量影响？在太空探索中，信号丢失是一个常见的现象，可能的原因也有很多，说不定过一会儿就恢复了。

"让子弹飞一会儿吧，"苏雨想，"何况，还有助手方焱，她可以做现场处理。"他这样安慰自己，然后把手机扔到一边，转过头看着莫凡微笑。

莫凡睁开眼看他，掩不住一脸倦容："累了，脑袋有三个大！我先去洗把脸。"

"要不你睡会儿吧，睡醒了咱们再看去哪儿溜达溜达。"

"好！"莫凡重重地倒向柔软的床垫，大概这样能抖落一身的疲惫。

苏雨似乎还在流连落地窗边的美景，莫凡并没有察觉。实际上，她甚至都没有力气再多站一分钟。

看莫凡躺下，苏雨走过来坐在床边，把被子轻轻给她盖上。"那你准备干什么呢？"她眯缝着一只眼睛问他。太倦了，实在不愿把两只眼都睁开。

"我看你睡。"

"不信，你一定又溜出去晃悠。"她用力睁开眼睛，扫了一眼手机，热点新闻显示：从今天开始，抗议活动将被局限在两个街区以内；正常的旅游服务全面恢复，被损坏的公共设施正在修复；GPS红色区域已经显著收缩……

"呵呵，我真看你睡。"苏雨笑笑，莫凡也笑了，笑得甜甜的，像个婴儿。她并不担心他一个人出去游荡，毕竟他身体的在场是虚假的，她只是想睡梦中也能有他在床边陪伴。很快，她就睡得香香的，连他在帮她整理行李时候不小心碰倒了拉杆箱，也一点儿都没被惊动。

苏雨说的是实话，他真想看着莫凡睡。但就像有人专门跟他作对似的，就算是想溜出去晃悠晃悠，这个时候也绝无可能。一阵强烈的振动再次袭击了他，提醒他掩耳盗铃只是徒劳。这次的严重性高很多："故障代码8233——恢复通信失败，连接丢失时间已超出警戒值。"

苏雨想把手机从窗口扔出去，但他知道那同样是徒劳，镜像的手机飞出窗外很快就会消失，然后重新出现在他身上，继续骚扰他。对于现实而言，这只是个梦境。对于他而言，却是全部的现实。

茶已经泡开了，一朵朵茉莉花漂在杯中小小的水面上，顺着杯沿看下去，就像是泛着水花的深潭。尼罗河上船来船往；伴随越来越炽烈的阳光，遥远的地平线上已经能看到越来越多金字塔的尖顶。苏雨数了一下，竟然有七座；或许还有更多，但他已经集中不了注意力。人人都比苏雨悠闲，他却没有心情再欣赏美景。

回头看看莫凡，她睡得很沉，估计一时半会儿不会醒。他必须马上回到实验室，趁着莫凡熟睡的工夫，抓紧时间解决这个麻烦，千万不要耽误了期待已久的旅程。

第三章 探测器

一个深呼吸之后，苏雨在实验室醒来。

实验室的成员不多，除了苏雨和助手方焱，还有两个机器人。一个是事务助理，也承担技术支持；另一个是哑巴，像人脑里面的脑干，负责后勤保障。实验室要为这两个机器人每天支付不菲的费用。地球上的绝大部分机器人的"脑子"都已经放在云端，到了外太空，还是只能租用昂贵的本地机器。

方焱跟苏雨是校友，是在学校的 TEDx（高校著名的非盈利分享演讲）认识他的。那时候，方焱是活动的志愿者、TEDx 的组织人员，是她向苏雨发出的邀请，也是她接待苏雨来到的会场。原本她只是把苏雨当成一个有故事的校友来看待，对他可能在演讲中透露的新鲜观点，或者不一样的人生体验，抱有一点儿不大不小的期待。但当苏雨走上台说了第一句话，她就感觉被击中了。

前面的讲者上台以后，灯光师都会灭掉会场周围的灯光，只留下头顶的一盏聚光灯，跟随讲者的步伐。这样的话，即使内容乏善可陈，听者的注意力也会因为醒目的灯光而停留在讲者的身上。

苏雨刚刚走上台去，还没走到台中间，会场就切换了聚光灯。方焱听到他说："请把灯光留下，这样，我好看得见同学们。"聚光灯灭，会场灯光重又亮起，台下掌声一片。而方焱也是在这热烈的掌声当中，有了追随苏雨的冲动。

苏雨推开休息室的门，走进实验室的运行控制中心。这里飘荡着熟悉的音乐，是马斯涅的《沉思》。每当遇到解决不了的难题，方焱就会放这首曲子，对平复烦躁的思绪有帮助。

开局不利，苏雨并不想抱怨什么。他知道，永远不可能要求无形当中那位命运之神慷慨大方，总是给予最好的运气伴你左右。那是个商人，有时候甚至是最无耻的商人，强买强卖。如果你不愿意牺牲现在所拥有的美好，或者放弃将来的胜算，不要轻易对其许愿。你许的每一个愿望，只要超出你所应得，命运之神都会从你身上拿走什么作为交换，猝不及防。只有一点还好，绝大多数时候还算等价交换。所以，绝不要启动歌德的靡非斯特之约。而当你感觉被命运之神拿走什么的时候，也不要抵抗，因为很可能你不察觉的时候，已经拥有了不该得的东西。

苏雨走到方焱身后，她正在数据控制平台上重建关系结构，试图找到什么新的线索。平台中央用直径80厘米的全息球体表示卡西尼星球，这个投影他很熟悉；但用来标注探测器轨迹的环线已经被她画得五颜六色、七零八落，导致全息球体看上去就像被小猫玩过的毛线球。

他转到方焱的对面，她没有觉察，始终保持着一脸深思的神色。PAD被扔在一旁的台沿上，方焱正撸起袖子，伸手在全息图像中划来划去，就像赌场上输红了眼的赌徒。

"小方，有什么发现？"苏雨开口问她，还是这句口头禅。仿佛他要跟她探讨的，不是什么紧急的状况，而是即将取得突破的一个新思路。苏雨也很焦虑，但他的焦虑跟方焱不一样。方焱正在为探测器的失踪百思不得其解，而对苏雨而言更要紧的是尽快做出评估，看看需要花多长时间能回归到原有的计划上来。

"雨总，您回来了？"方焱抬头看到苏雨，疲惫的眼神中透出一闪而过的期待和兴奋，随即又被困惑锁住了眉。以方焱的能力，苏雨能够想到的技术性解决方案，她应该都已经做过了。如果方焱解决不了，苏雨估计也无能为力。她只是比苏雨缺乏一点儿全局观，缺乏一点儿创造性。

"4109——信号丢失，出现在探测器环绕卡西尼两圈之后。"机器人说话了，抢在方焱之前向苏雨汇报。"等待，尝试；等待，反复尝试……

黄色预警超时；8233——恢复通信失败，连接丢失时间已超出警戒值。"机器人一口气说完。

"毛头，先听雨总说话！"方焱对机器人抢了苏雨的话颇为不满。其实"毛头"是苏雨和莫凡的小狗的名字，卡西尼实验室启动之后，苏雨就把这个名字给了实验室的机器人。

"还有，谁让你唤醒雨总的？他好容易才休息一下。"

"再过 30 秒，就整整两个小时了。"

"嗯，但并不算很长，我还在想办法。"

"不！对我来说，已经很长了，"毛头做了半秒钟的停顿，苏雨知道这只是它在迎合人类的语言习惯，"我考虑了很多方面，试图为你们提供有用的建议。肯定还有其他的未知因素，但我不知道会是什么。必须报告给苏总，也许能有转机。"

"没关系，让它说。"苏雨对方焱说。

"动力没有征兆，飞控没有征兆，信号没有征兆，电源也没有。信号消失之前，对探测器的所有动态监控全部正常，而且远离预警边界。到目前为止，没有迹象证明探测器坠毁，也没有其他可信的解释。"

"小方，探测器是什么时候失踪的？"苏雨看着方焱问。

"我们最后掌握探测器的踪迹是它环绕卡西尼 12 圈多一点儿的时候。从实验室的视角看，那时候探测器刚刚脱离望远镜的观测视野，没入卡西尼的背后。光学拍摄的主要工作这个时候已经完成了。十分钟之后，探测器应该重新出现在观测视野当中，但是它消失了。"

说到这儿，方焱瞬间眼泪汪汪。她清楚地知道，探测器失踪，会对实验室计划造成的巨大打击。如果找不到踪迹，如果找不到原因，如果……如果损失必须由实验室自己承担，那么这刚刚迈出的第一步，也许就要戛然而止。

"不仅我们实验室的两台望远镜找不到。公司协调地球上不同区域的望远镜也都找了，"看到方焱情绪不佳，毛头接过了话头，"BaseX 也帮助做了搜寻，杳无音信。"

"关于'血色星球'，你们有什么看法？"苏雨觉得，也许这个说法并非无稽之谈。

"这与实验室的观测并不相符。卡西尼卫星近期并没有出现任何的颜色变化,它的引力不足以俘获外来大气,也没有发现突发的气体溢出事件。"毛头回答。

"你怎么看?"苏雨又问方焱。

"雨总,对新闻所说,目前我只能解释为地球大气对天文台观测的影响。"

"很大的概率!"毛头附和。

"那火星方面对此有什么报告?"

"太空望远镜不肯提供数据,BaseX 说要等经过严谨论证后才正式发布。"

"无耻!"苏雨骂了一句。他知道,那可能是一两个月以后的事情了。但凡有点儿价值的数据,BaseX 就来这一套。"要是哈勃还在工作就好了。"他接着感慨道。

"探测器不能无缘无故失踪的,不该!"方焱说。苏雨看了看她的眼睛,从眼神当中读出了沮丧和无助。

当务之急是找到原因!然后自然有应对方法,苏雨相信这一点。只是这个事情,到目前还没有显露出一点儿能够轻松解决的征兆。血色……失踪……他的思绪,被两个事情纠缠在了一起。

"等等,沉子仪什么情况?"苏雨觉得问题的关键节点有可能隐藏在这里。探测器最重要的功能和使命,都在沉子仪身上,其他都是辅助设备,所以有必要把注意力转到沉子仪身上。

"沉子仪按说这个时间应该启动了,启动之前也没有故障征兆。"

"启动之后呢?"

"探测器失踪,技术状态不可知。"

"镜子呢?"这是与沉子仪配对的一个镜像设备,用来接收探测器发出的沉子信号。它只有一面化妆镜大小,在探测器到达目标星球之后分离开,运行在与探测器相同的轨道高度的镜像位置。

"镜子还在,望远镜能看见它。"

这个答案并不能起到一点儿宽慰作用,少了沉子仪,镜子对实验室来说毫无价值。

"探测器失踪之前，你在做什么？"苏雨收回话题，问方焱。

"我一直盯着数据，还有探测器的飞行轨迹，"方焱回答，"雨总您看，这是探测器失踪之前送回来的照片。"

卡西尼其实不叫卡西尼，只是苏雨他们这样叫它，国际上都叫它土卫C。英文还好，中文念出来就土味儿十足，像维生素药片的名字。土星有大大小小几十颗卫星，土卫C却不列其中，它是一年前突然出现在卡西尼环缝当中的新天体。对于光环的成因，苏雨没有质疑过流行的解释，就是曾经的某颗卫星分裂而成，所以环缝当中不应该再产生新天体。可它就那么出现了。

这是一颗天蓝色的星球，蓝得纯粹，晶莹剔透。这种剔透的感觉，如果用钻石来比拟，那么钻石太冷，它绝非那样的冷酷无情；假如换用一颗新鲜煮熟刚刚剥开的鸡蛋来形容，那么鸡蛋又太柔，它也不似那样的温软。苏雨实在找不到合适的词，可以用来描述它的美。

对了，玉，和田玉！一个巨大的、浑圆的、天蓝色的和田玉星球。这个感觉浮现到苏雨脑海里的时候，他不禁哑然失笑。他在望远镜中看到它的时候，有过心理准备，但完全没有现在看到探测器接近拍摄的震撼。他绝没有见过这样的星体，从来没有！

实际上，大部分像卡西尼这种尺寸的天体，都是岩石或者金属类的固体，除非高密度的矮恒星。假如卡西尼是固体，那么以苏雨的经验，不可能呈现出这样的纯粹外观。即使是和田玉，那也该有瑕疵。所以，从视觉效果来推断，卡西尼只能是液态或者气态。

"液态，"苏雨心想，"这样清澈的蓝色，要是一颗水样星球就好了。"想到这儿，苏雨有点儿嘲笑自己的幼稚。怎么会有这种想法，无论是最直观的直径和体积，还是通过引力表现出来的质量，都无法支持液态的推测，更不用说气态。

卡西尼的环土星运行轨道，刚好在环缝当中，如果有历史，必然是吸收了不计其数的冰块和星尘，甚至小行星。如何能够保持今天看到的纯粹？它究竟是什么？还有一个疑问：它究竟有没有可能，变成传闻中的血色？

这一切，原本都应该在三天之后，由沉子探测器来揭晓，现在却因为探测器的失踪，突然变得扑朔迷离，甚至让人感觉有一丝遥不可及。

　　沉子探测器是 BaseX 的明星产品。自从它上市之后，对太阳系各天体的近星探测取得了长足进步。沉子具有很强的穿透性，但这种穿透性很特殊，它在遇到不同物理属性的物质时候，可以表现出不同的反射特性和系数。与此同时，穿透能力却只有极少的衰减，可以继续轻松地深入天体内部。利用沉子在穿透和反射之间灵活而精确的两面性，物理学家可以清晰地了解一个星球的内部构造。

　　沉子探测器就是利用沉子的这一优点，在围绕星体的低轨上，用很短的时间，对星体的地质结构完成非常精确的画像。它对天体的地质画像，精细度比医生使用的彩超、CT、核磁共振，有过之而无不及。唯一的缺点就是，价格高昂！因为 BaseX 完全垄断了沉子领域的产品，几乎没有还价的余地。卡西尼实验室计划中，仅这台沉子探测器就花了将近一半的费用。

　　对了，开罗。开罗这个时候感觉很遥远。苏雨安慰自己，不用着急，莫凡还睡得很熟。

　　"小方，陪我出去走走。"

　　苏雨和方焱在各自的镜像椅中躺下，毛头帮助他们把镜像投射到兰亭山。借助镜像技术，他们并不需要真实的呼吸，并不需要笨重的宇航服，而是可以像在地球上一样，轻装漫步。苏雨喜欢这种感觉。

兰亭山地处实验室以北，一条几十米宽的甲烷河流从西边山脚奔涌而来。这条河很年轻，一路上被残存的陨石撞击形成的环形坑洞阻挡，跌跌撞撞朝两边分岔开，绕过圆环再汇拢到一起，流向东去。

几天前，苏雨第一次站在山顶的时候，土星引力掀起的风暴正笼罩整个兰亭山脉，他一度感到自己站在地狱中心。现在，没有风暴，眺望这片谷地，恍然间仿佛有驯服这个星球的错觉。但一想到泥土一样的天色和洪流、阵发的龙卷风和时不时从两百公里以外裹着成吨的碎石袭来的飓风，苏雨知道土星才是这座星球的主宰。人类习惯性认为自己拥有无限的自由，但事实上在自然的咳嗽面前总是渺小而无力。

从山顶上仰望，夜晚有一个美妙的时段，视野中的土星、木星能够一左一右对称地出现在天空，仿佛一对幽会的恋人。因为距离的原因，宽大的土星光环横亘在夜空，看上去就像是身着维多利亚大摆裙的少女；而木星就像那个藏在黑暗树丛中、只露出红扑扑脸蛋儿的羞涩小伙儿。这个时候，地球不偏不倚，会处于两星中心下方接近地平线的位置。这样的景色，在山下是看不到的。苏雨眼中，家的星球，虽然在土星和木星之间渺小而遥远，但它就像是恋人手上的一朵玫瑰、一枚钻石戒指，让人心生惦念。

站在山上俯瞰，实验室的全景一览无余。实验室不大，展开在山下的长平谷地，像一朵盛开的牡丹花。这样的外廓，对沉子来说，实际上构成了一个多层交错的复杂"赛道"，从而使得叠旋效应可以充分发挥，形成跨越距离的信号传输，甚至实现物态复制。

谷底的东边是一个巨大的甲烷湖，从兰亭山经过的河流在西岸灌入湖中，远远望过去，似有太湖之美。土卫六的大气主要是氮气，夹杂着甲烷、乙烷和一点点别的什么成分，"闻"起来有一点点淡淡的栀子花香。

这个谷地之所以取名"长平"，源于 10 年前 BaseX 和另外几个竞争企业为了争夺这里的甲烷资源，用大规模的智能机器展开了一场春秋战国似的争夺，或者叫战争也不为过。争夺结束，虽然 BaseX 占尽上风，像秦国取得长平之战的胜利、眼看就要完成统一六国的大业那样，但是却没想到人类在短短几年之内抛弃了甲烷的大规模使用。于是几大公司的基地全部废弃，活像一个机器坟场。

苏雨采纳方焱的建议，选择了把实验室建在这里，因为那些废弃的基地有很多利用价值。对它们稍加改造，实验室的建立成本就大为降低。BaseX的基地是个例外，它像一个谜，从未对他开放。苏雨喜欢这个地方，至少，在平静的天气下，长平谷地朝向的星空，能够在大部分时候看到卡西尼卫星。

抬头望望天空，太阳还没有升起，这时候的地球，渺小地、孤零零地，缩在星空的角落，无以为依。而卡西尼却高悬在头顶，缓慢地、骄傲地行走。这颗天蓝色的星球，虽然完美无瑕，却时刻发射着妖冶的光芒，让人感到莫名的寒意。倘若这是地球的天空，它一定被淹没在蓝天白云之间。

土星还没有落下山，淡淡的土星之光铺陈下来，洒在长平谷地，那些被实验室重新启用的基础设施不再是一片死寂，恍然间好似平原上的村落，蔓延的都是袅袅的炊烟。俯瞰实验室，牡丹花正在盛放。

方焱是生平第一次在外星球进行镜像投射。土卫六的重力很小，镜像把重力的感觉设置成在地球的二分之一，这样的舒适性是最好的，不会飘飘然，又一点儿不让人有负担，哪怕在陡坡上大步流星，也不会有任何的负重感。探测器失踪的焦虑虽然纠缠着她，但新鲜感暂时盖过了焦虑。

实验室背靠着大部分的废墟，废墟的远端又紧挨着烟波浩渺的甲烷湖。正因为这个湖，这一切才会发生。往事看起来都显得很遥远，以至于人们总想忘记它们的存在。不管发生过多少事，湖水都会归于平静，只有岸边几根巨大的输送管遗迹——残损的、断裂的、扭曲的——提醒着观察者湖水与废墟之间的联系。方焱知道，正因为这个湖，才会有废墟，实验室也才会建立在这个地方。

这一刻很寂静。没有遇到苏雨常说的泰坦风暴，方焱闭上眼睛，听着河水流进湖里的声音，从远处持续不断地传过来。她站在那里，沉浸在宁静当中。不过很快，毛头发来的一条预警消息打断宁静，把她拉回现实的困境面前。她睁开双眼，往毛头标示的方向看过去，一条细细的风暴线串联在天水之间，在遥远的天际线上缓缓地扭动着。如果没有这条线，她根本分不清黄色的天空和颜色略深一点儿的湖面。

苏雨走在她的前面几步距离。她这位老板，不像行业中其他的前辈那样义无反顾，那样不食人间烟火。在泰坦星球浅黄色的天空和深黄色的大地间，苏雨的蓝色碎花 T 恤显示出强烈的对比效果，脖子上还围了一条青花瓷纹样的丝巾，就像这里不是遥远的泰坦星球，而是周末的郊外。难道他一点儿没有觉得格格不入？大概他的心思只有一半在泰坦星球，在她的面前；还有一半，或者更多，其实在埃及，在莫凡的身边。当苏雨扭头叫她跟上的时候，在他的眼神中，方焱看不到跟自己一样的焦虑。

空闲的时候，方焱时而会想，苏雨是为深空而生吗，像他说的那样；还是深空就只是像他脖子上的那些丝巾？但是他一旦投入工作中，却能够每一秒钟都处于无声的进步当中，包括空气都像在帮助他求解。往往方焱都没来得及看明白苏雨是从哪个地方切入计算的，他就已经把答案给到了她的面前。雨总不止一次跟她说，从中学开始，他就能够"感觉到"答案的存在，而不是"计算出"。

苏雨吹了一声口哨，回头看看方焱，用亲切的口吻说："瞧，风向变了，现在是东南风，龙卷风正往这边来，说不定会演变成大的风暴。"对方焱来说，这种感受很新鲜。风刮在她脸上的感觉很奇特，虽然越来越强烈，却并不疼，只有生涩的、像梳子划过脸庞的触感，顺着风力慢慢加强。也许等她完全适应，系统会给她更真实的疼痛。

为了适应镜像，方焱原地跳了几步。原本乌黑的、发亮的头发上下飘舞，在天空的映照下呈现出栗色的光泽，就像是精心染过的小马的鬃毛，挥洒着青春的活力。

"雨总，这些火箭商，这些能源商，"方焱适应了泰坦星球的镜像，开始望着这片废墟发牢骚，"每次一想到他们曾经在这个星球上打得天昏地暗，我就很不爽！只要没人的地方，他们就恨不得把江河湖海都抽干，把每一寸土地都挖成蜂窝煤，来满足无休无止的资源欲望。我想不通他们的逻辑！"

"无论是布劳恩的行星路径，还是奥尼尔的高边界轨道殖民，哪一条路都避免不了天量的能耗需求。"苏雨没有再多说，人类哪一场战争不是为了争夺资源呢？从地球上转移到别的星球，也许某种程度上还避免了更多的无辜伤亡。

"要是我还有一台沉子仪就好了，"苏雨叹了一口气，把话题转回现实，"现在不知道要等多长时间，才能继续工作。"

方焱知道他并没有在埋怨自己。这只是个愿望，出发之前，投资人不可能同意他们带两台天价的沉子仪。

"又得跟投资人去磨叽。你知道，我最烦跟他们打交道……"苏雨接着说。

"雨总，他们会认可吗？"方焱觉得即使对苏雨来说，这也会是一件很费神和困难重重的事情，"如果他们觉得继续投资风险超过了预期的话。"

"你知道，我从来没对投资人妥协过！"苏雨高声回答，"不用悲观，林总是我的老朋友。实验室刚刚启动，遇到点儿问题也是正常的。这远远没到众叛亲离的地步。"方焱不知道他为什么这么说，她听出来他有一点儿迟疑。

"您觉得探测器为什么会失踪？我已经黔驴技穷了。"

苏雨停了一下，没有马上回答。

"您能给一点儿启发吗？我陷入了完全困惑的境地。"

"不着急！该琢磨的方向、该分析的角度，我相信你都试过了。既然一无所获，那就让它在那儿发酵吧。咱们自顾自散散心，说不定答案会来找我们呢？"

"凡姐呢，凡姐怎么办？您什么时候回去？"

"不用担心，她已经睡了，我还有时间。"

第五章 风暴之眼

　　站在兰亭山上俯瞰这些景色，苏雨感觉太平和，缺乏冲撞，也许该换一个地方想问题。"毛头，帮我们转到魔鬼城去。"它在兰亭山以北 130公里，那一带是典型的喀斯特地貌，气候也更加极端。

　　天空和沙漠的混合看上去很壮观。在星球的表面，空气的移动速度很快，地球上四五级的风力在这里只能算是微风拂面。这是大气层超级旋转的标志，它给予所有的自然风光一种流动的、泼墨般浸润的写意画质。

　　坡越来越窄。在他们身旁十几步的地方，就是几十米的落差，这是溪流长期切割的痕迹。从断崖的边缘往下望去，有一个废弃的基地。"这是 Motech 的遗迹吧，从方位来看？"方焱回头问。"对，是 Motech。"毛头的声音在耳边响起。

　　前方不远，坡顶又宽了一些，在沟壑当中形成像小岛一样的平台，一个大型天线耸立在这个岛上，旁边还有几个球形的设备间，一大半都埋在沙土里。"这是哪家的？"方焱问。"看上去像是 BaseX 的导航平台。"毛头回答。周围的地平面托出它们醒目的轮廓，借着时间的编织，风沙一丝一丝腐蚀着，透过斑驳的表面，还能看出一点儿银灰的金属色泽。两人陷入短暂的沉默，耳边只有风的低吟。

　　"雨总，您知不知道这个天线有多少年了？"方焱问苏雨。

"具体不记得，"苏雨回答，"我的印象中，这是 BaseX 最早踏上泰坦时候所建立的灯塔。"

方焱指着西边一个高出很多的接近褐色的山丘问："那边有个湖吧，有多远呢？"山脚下，隐隐约约能看到一片狭小的水面。

"凤栖湖，2.46 公里，"毛头回答。

"雨总，那片区域有战争吗？"

"有，他们争的不只有长平谷地的甲烷湖。他们为泰坦星球的每一条河流湖泊，打得头破血流。"苏雨回答她。

下到被溶蚀的河谷，又爬上冰层覆盖的坡顶，几上几下之后，他们走到了喀斯特地形的边缘。地貌逐渐变得平缓。远处，是无边无际的沙漠，一条一条的沙丘平行排列，绵延到视线之外，连同它们无情的橘黄色，跟天空浑然一体。这样的恢宏景象，就像是星际版本的撒哈拉。

毛头还没来得及警告，一条龙卷风从天而降，身形像一条巨蟒，姿态却像一条伺机攻击的眼镜蛇，头高昂在云端，腹部和尾巴扫过大地。

"雨总，要不我们回去吧？"方焱着急说。

苏雨摇摇头，眼神当中透出一种莫名的兴奋："站在原地就好，什么也不用做。像我一样。"

狐疑片刻，她一下子明白了，自己要闯过什么样的考验，才能成长得跟他一样的成熟。到目前为止，她一直置身苏雨身后，做各种各样他吩咐的事情；即使独立工作，也是按照他既定的模式来进行。然而现在，为了开拓她的思维，他竟然要带她走进风暴当中去。

"可是，会被卷走的！"方焱惊恐地看着苏雨，想要逃离这个地方。

他笑笑，对她耸耸肩。

"来了！在您后面！"方焱叫了起来，"来了！"这一刻她浑身的毛孔都紧闭了，几乎无法呼吸。

"放心，你不会有危险。"苏雨连头都没转一下。

"真的？"她将信将疑。

"相信我的话，小方。如果没有经历过风暴，就没法说我们懂得了这个星球。跟恒星的风暴相比，这根本算不了什么，接受一下它的沐浴，会很有益处……"苏雨又对她笑笑。

话音未落，他们已经被卷进风暴。

"雨总！雨总！"她大声呼喊，已经看不见苏雨的身影。

"放轻松，这并不难……"他的声音就在耳边。

她感觉自己陷入一个巨大的旋涡。不仅是旋涡，这一刻，仿佛有千百只拳头打在她的身上，还有人粗暴地抽她的耳光。她看不见苏雨的身影，只剩自己孤零零地置身于浪潮中上下翻滚，浑浊的风混合着甲烷、乙烷液体，散发出呛人的气味。她仿佛看到四周满是流淌着鲜血的碎石，像被搅拌机切碎的动物尸块儿。

至少当时，方焱就是这样的感觉，直到听见苏雨的声音。"你还好吧？风暴也许会对我们的思维有好处。"他对她说。这一点她并不怀疑，至少理性上如此。记得苏雨说过，当年茜茜公主就是让人把自己绑在帆船桅杆顶端，驾船去迎击风浪。

"受不了你就说，咱们随时可以撤。"

"还好，很震撼！"她忍住旋转带来的晕眩感，大声回答。身体的局部痉挛和呼吸的急促都告诉她，生命正在调动各种防御力量，勇敢地适应风暴的蹂躏。就像受惊的鱼群那样顺着激荡的海流上下翻腾，努力寻找短暂的舒缓之地。她的思维也像被这巨大的力量撕裂了，然后又使劲整合在一起，再一次被撕裂。其实，系统会根据他们的身体感受随时调整镜像参数，不会突破身体的承受极限。

方焱浑身上下都湿透了。她发现自己的身体忽然间停止了跌跌撞撞和天地颠倒的旋转，牢牢地站在半空当中，风暴露出了极度狂乱当中的一丝安宁。她的身旁，一米多开外，包围着逆时针的涡流，而自己脚下却踩着一股顺时针旋转向上的橙色气柱，有足够的力量支撑住她，让身体获得了脆弱的平衡。她身上的衣服，本来应该已经扯成碎布，全身上下应该有数不清的擦痕和伤口，而这些，都没有发生。向上望去，她看到了难以想象的风暴之眼，头顶的天空竟然有微弱的星光在闪烁。她仿佛站在一座神圣的祭坛上，这一刻，风暴像黄色的纱幔，将她和魔鬼城分隔开来，透着浓郁的神秘感；外面，每个地堡都是跪在阶下的奴仆。

风暴像是被一双无形的手卡住了脖子，突然间烟消云散了。方焱被轻轻地抛在沙堆上，然后摇晃着站起来，一脸一嘴都是沙子。这是烷类的冰砂，在嘴里迅速融化，有薄荷的味道。苏雨从离她不远的地方走过来，边走边拍打衣服上的沙子。

"雨总，我刚才在风暴当中七荤八素的时候，就在想，探测器是不是死于……"说到这儿，方焱有短暂的停顿，用期待的眼神看着苏雨。苏雨没说话，而是好奇地看着她。

"死于某种风暴？"

"嗯？"他的眼神在鼓励她发挥想象。

"可是，我实在想不出有什么样的风暴会出现在那里。卡西尼不是一个狂暴的星球，它甚至没有大气层。"

"我也这么认为。"苏雨没有给她答案，他自己也并没有答案。

经过这么长时间，方焱看苏雨依然闲庭信步的样子，哽在她喉咙的一句话终于要说出来。她再也沉不住这口气了："雨总，为什么不用您的理论试着对探测器的失踪进行解释呢？"

"哦，目前还没有什么我的理论。我之前提过的只能算一个思路，还不能称其为成熟的理论，不能到处用的。"

"可我就不明白了，就算还不成熟，但您的这套理论，不管怎么说，也已经破解了卡西尼卫星的动向啊。那样神秘而且匪夷所思的一件事情，您的理论都能把它说通；探测器的失踪也很神秘，何况它是在卡西尼的阴影中失踪的，为什么都不做一下这个尝试呢？"

"你刚才有个词儿用得对，小方。只是'破解'，还没有立论。"

"能有多大区别呀？"

苏雨笑笑："破容易，立很难。"

听到苏雨这句话，方焱沉默了。一分钟之后，她还没有说话，苏雨打断了她的思绪。

"还记得咱们为什么来吗？实验室的任务是什么？"

"探索卡西尼卫星，揭开它的神秘面纱。"

"还有呢？"

"嗯，验证您的理论。"

"对！不过现在它还只是猜想。只有验证了，才能够成为一个理论。"

卡西尼卫星最令人匪夷所思的，既不是它的出现，也不是它呈现出来的样子，而是它的消失。国际组织刚刚把它命名为"土卫C"，三天之后，它就从望远镜中消失不见了，引发全球天文学界一片惊呼。

在它刚刚出现在土星光环当中以后不久，全球争相设立针对它的研究项目，还有好几个发射任务跃跃欲试。可当它消失以后，在一片茫然之中，这些研究虽然动力十足，却像没头的苍蝇一样，丧失了方向。而那些发射任务更是纷纷取消，目标都没有了，不取消又能如何呢？媒体、研究院、发烧友、民间组织……人们似乎都在等一个解读，一个真正有说服力的解读，既能解释卡西尼的突然出现，也能解读它的突然消失，哪怕只是马后炮呢！甚至有人发表评论文章，试图用阴谋论调去"证明"卡西尼只是某一两个天文台的恶作剧。人类对它的认识，实在是太少了，除了刚刚看见时的惊奇，就剩下看不见时的诧异。就像一个地方一直被人宣布不在地震带上，却发生了大地震一样。

广义相对论能够解释卡西尼的出现。而卡西尼的消失，没有理论能够支持，包括广义相对论。苏雨知道，除了一种可能。而这种可能，却仅仅是自己在大学时候推演过的一种理论猜想。

　　在卡西尼消失之后，苏雨公司紧锣密鼓，为实验室项目召开了路演。这个时候路演，无疑在投资界泛起一阵涟漪，一时间关注者众，不光投资者，媒体也表现了浓厚的兴趣。但也不乏质疑之声，说是这样一个项目，对一个子虚乌有的目标大动干戈，投进去的钱怕都是肉包子打狗。

　　路演的依据，就是苏雨的理论猜想，它已经被埋藏了20年。卡西尼卫星的出现，让它第一次有了用武之地。

　　路演安排在众玥投资集团会议室进行。众玥一直是领投苏雨公司的投资人，这一次，众玥打算说服投资界久负盛名的东都金融来参加。直到会议前一天，东都金融都没有表态。苏雨知道，东都是BaseX的大股东，如果BaseX有类似方案，那他们一定不会来的。一旦东都答应派代表参会，那必定是这场会议上，卡西尼项目最大的潜在投资者。

　　路演开始之前，苏雨在走廊上碰到了林云，大学时候的同学。两人打了个照面，相互都认出了对方。

　　"林云？"苏雨先开口打招呼，林云随即热情地向他迎了上来。"你怎么来了？"苏雨不知道她此时的来意，所以有点儿诧异。

　　"老同学！老朋友！"林云上来就要给苏雨一个拥抱，还是像从前那样热情。

　　旁边来来往往都是投资界的人，苏雨侧了一下身，怕尴尬，林云只好收了动作。苏雨注意到，站在林云旁边的一位男士先是瞟了自己一眼，眼神不大友好，然后转了半个身去，拿余光盯着自己。不知道他跟林云什么关系，苏雨没有理会。

"我在东都。"林云站稳，掏出手机点了一下，苏雨收到了她的职务名片。

"哦？那你是来面试我的啰？"苏雨说着这话，心里开始盘算应对。

"说什么呢，这么谦虚，你才是青年才俊。"

"你不是留校了吗？听说年轻有为啊，颇有口碑，很快就升到了教授位置。"

"那都是历史了。航天风口很劲，我走出学校，在东都负责这个领域的投资，也算专业对口。"

"嗯，的确。"

"再说，我哪敢跟你比。众玥给我看资料的时候，才发现路演居然是你的项目。没想到，没想到，当年的文艺青年，现在的航天界翘楚。真是士别三日，当刮目相待。不过提醒老朋友一句，这么前沿的项目，风险很大，前景很难预测。"

"您担心的是'钱'景吧，Money？可以理解。BaseX 不敢上，我敢。不过，谢谢老朋友的善意提示！"其实苏雨并不太愿意再跟这位老同学合作，即使是看在钱的份儿上。大学时候，两人同级不同院系。大二那年有过合作，但很快演变为争端，林云硬生生把苏雨一手创建的期刊抢到了自己的名下。何况现在，自己跟 BaseX 在一定程度上存在着竞争。

林云是东都金融的人。在苏雨看来，她能代表大部分的投资人。以苏雨对这个老对手的了解，他决定临时改变策略，不打算将理论猜想和盘托出。

路演开始前一分钟，面对一桌十几位投资人，苏雨删掉了演示文稿前 10 页的基础阐述，转而直接切入设定、迅速推导出结论。于是在场所有人都看到，关于卡西尼的出现，他列出了一组方程，关于卡西尼的消失，他又列出了一组方程；相对论能够对前者给出正确的解，对后者无能为力；而苏雨给出的设定，两组方程都能够获得圆满的解答。

　　说实话，苏雨的推导过程，大部分投资人都看不懂。他们纷纷向后排坐着的科学顾问求证，一时间会场上议论纷纷。方焱也在后排，听到这些七嘴八舌，很是为雨总捏了一把汗。她难以理解，那些在她看来优美动人的理论，苏雨为什么不对参会的投资人骄傲地展示出来？苏雨的这个动作，会不会直接导致路演的失败？

　　"苏总，给我们说说这个项目的收益。"方焱听到有人说了这么一句。这个人她不认识，但这个问题，一定是在座投资人最关心的。

　　"别急，我正要说这个。

　　"有人可能会问，对一个已经不存在的星球，或者说现在看不见的星球，针对它的这样一个探索项目，究竟有什么投资意义？

　　"我知道诸位的诉求，都聚焦在投资收益上。在互联网时代，你们投资人喜欢烧钱，那时候烧钱就是烧用户，谁抢占了最多的用户，谁就成了最大的平台、最重要的入口。进入航天时代，你们投资人还是烧钱，烧什么呢？荒无人烟的太阳系，没有用户可烧了，你们转而又去烧资源。

　　"我知道你们彼此聊天的时候，所谓这那名头众多的峰会，都喜欢聊大航海时代，说如今的太阳系就是当初的大西洋、太平洋。几大行星，你们看作等待你们开垦的大陆，人人都想当哥伦布。众多的卫星，被你们看成大洋上面遍布珍禽异兽的小岛，人人都想当达尔文。

　　"虽然没有看到活的外星人。"

　　苏雨喝了一口水，方焱听到有投资人忍不住偷偷在笑。

　　"你们之所以对太阳系投入这么大的热情，是因为你们垂涎各种各样的资源。航天运输的便利，现在比十年前有了长足的进展，成本已经下来了。所以你们到处挖掘宝藏，谁抢到谁就发了。

　　"但是我要说，你们的目光还是浅了。第一次世界大战，第二次世界大战，打的是什么？是资源。付出多大的代价，得到多么惨痛的教训，我想不用我再声泪俱下地讲一遍。但几十年后的人类就发现，除了石油、森林、矿产，科技的发展可以不断创造新的领域，摆脱原有的资源需求。互联网把整个人类链接起来，创造了一个又一个全新的、虚拟的大陆。

　　"没想到到了太阳系时代，资源论又复辟了。看看你们有些人投资的企业，地球上不打仗了，跑去外星球大打出手，结果呢？不啰唆了，各人心里有数。"

方焱看看林云，苏雨虽然没有指名道姓，但明显说的是 BaseX 在泰坦星球上发动的甲烷大战，当时甲烷被当成太空时代的新石油。但林云不知道是没听见还是装作没听见，完全无动于衷。

"我去卡西尼星球，不是去挖矿的，这个星球上我估计也没矿可挖。"

"整个星球都不见了，你想挖也挖不着吧？"有人冷嘲热讽。

"少安毋躁，请听我讲完。我爱人把这个小星球叫作'蓝色妖姬'。不管它还在不在，我去就是为了搞明白，这个蓝色妖姬，它'变脸'的原理是什么？就是为什么出现、为什么消失？搞懂了这个，我们再研究它能够如何为我们所用。如果我的预测得到证实，那么有可能，我们会开辟一个全新的动力纪元。我不是指石油、核能这些能源基础，而是指火箭推进这个无比笨拙的推进方式！"

会场出现了一些骚动。苏雨这句话，剑指全球几大火箭公司，首当其冲的就是 BaseX。对一众投资人而言，如果苏雨能够搞出超越火箭的全新航天推进方式，那倒真是"钱景光明"啊。只是不知道，他能够如何突破，也不知道能够超越到何种程度。

"齐奥尔科夫斯基说过，地球是人类的摇篮，但是人类不能永远生活在摇篮里。老齐都走了多少年了，咱们还在依靠火箭推进。包括科幻小说，都没有人能够跳出 1、2、3、4、5、6，跳出宇宙速度的框框，去尝试一下超越这个想法。爱因斯坦既然已经为我们画地为牢，那么你始终靠火箭推进，就是把木星当燃料烧了，就是把整个太阳系当燃料烧了，你也加速不到光速！

"有人马上会想到曲率引擎、亚光速飞船，诸如此类。那么我问你，就算你加速到光速，离这儿 100 光年之外的宇宙，你真打算用 100 年飞过去吗？1 万光年之外呢？10 万光年之外呢？各位好好想想吧！"

会场刚刚有人开始窃窃私语，他们要说的话就被苏雨接过去了："是，有人在说，时间是不统一不唯一的。对接近光速的飞船来说，对飞船驾驶员、对船上的探险家们来说，100 光年的距离，他花不了 100 年那么长，可能也就一两天，甚至几小时、几分钟。但是，对于我们呢？对于我们这些等待着考察结果的科学家来说，对于等待着飞船返回的亲人来说，那就是实实在在的100年，一分钟也不会少，甚至更长的时间！飞船上的爱人也许还年轻，你却老了，死了。这样的星际探险和星际旅行有什么价值呢？

"如果开启了我说的动力新纪元，那刚才我说这些地方，甚至更远的深空，咱们都能到达。不仅能够到达，而且是在很短的时间内到达。而且这个时间，不仅旅行者可以忽略不计，对于等待者来说，同样也很短暂。这个等待不会再是无望的煎熬，而是愉快的休息。实现这个飞跃，就像是从马车到高铁的飞跃，也是从去海岛到去月球的飞跃。到那时候，或者不用等到那个时候，就在这个创造和发展的过程中，能够催生多大的产业，滋养多大的市场，你们又可以从中捞到多少钱，自己拍脑袋想想吧。那就不是一汪蓝海了，是全新的蓝色宇宙。好，我能说的，就这么多！"

方焱不是第一次听苏雨讲这些话，这次唯一的不同是当着这么多投资人。即使这样，也还是能让她感到热血沸腾。苏雨引用"老齐"的名言也不是第一次，他曾经告诉方焱，这是自己中学时候的座右铭，刻在文具盒上的。方焱还记得苏雨在TEDx演讲时候的话，他说地球就像一个监牢，扭曲的大气就像是牢房的小窗，而人类成千上万年以来，都只能透过它去看宇宙，就像牢里的犯人，只能看见小窗里面四四方方的狭窄天空；但是人类却依靠自己的想象力和思辨，窥探到了太阳、星辰、银河的秘密，在浩瀚的宇宙放飞了自我。

方焱曾经在TEDx结束的时候，举手向苏雨提问："我想请问，都说宇宙也是有边界的，那么您会不会觉得，它也是一间更大的牢房呢？"苏雨回答："当你开始思考宇宙边界的时候，你的想象力就已经打破了这间牢房，超越了它的边界。"

第七章 手稿

在问了几个无关紧要的问题之后，大部分投资人都礼貌性地表示了认可，因为他们根本无从反驳，除了东都金融以外——林云一直跟身后的科学顾问耳语不断。

等到所有人的眼光都集中在林云身上，她才转过身来，微笑着对苏雨发难。

"感谢苏总为我们描绘的宏大愿景！我们大家都看到了，苏总对卡西尼问题做了一个看似圆满的解读。不过，我的顾问告诉我说，目标卡西尼卫星的出现和消失，在今天都是既成事实。这个时候，谁都可以在现有理论框架内稍微做一点儿改编，用既成事实去倒推求解过程。要得到类似的结果，我相信并非难事。"

然后，林云交给会议秘书一张手稿，估计是刚才身后的科学顾问临场写下的。于是在座的投资人都看到，这份手稿显示，只需要微调某些方程的参数，然后用卡西尼卫星的已知数据进行倒推，确实能够得出与苏雨相似的解读。

这个时候，苏雨接到了方焱传递过来的信息，显示了这位顾问拥有的各项耀眼头衔和科学奖项。最关键的，他是林云的老公，并非东都的雇员或者外聘专家。

方焱尽心尽力为苏雨做着这场斗争的后勤保障，没想到苏雨转头对自己笑笑，丝毫没有紧张的神色。

苏雨叫会议秘书拿出另一份手稿，一份用保护套精心包覆的手稿。那是几张发黄的信纸，一张二十年前才会使用的信纸。看得出来，那还是钢笔书写的笔迹。把手稿上的字迹放大之后，在场所有人都看清了，上面一条条的算式，鬼画符一般的坐标图，同刚刚苏雨讲解的内容，几乎完全一致。只有一点不同，就是手稿上没有卡西尼这个目标对象。

手稿投影到众目睽睽之下的那一瞬间，苏雨的身体有过一瞬间的颤抖。他的眼前闪现了二十年前的一幅幅画面，都是关于这份手稿的。他曾经拿给大学的室友看，讲给同班的同学听，还讲给关系要好的学长、学弟、学妹。但是所有人，没有一个听得懂、或者听得进他的天方夜谭。

"我代表爱因斯坦，宣判你这玩意儿的死刑。"前沿协会的理事长对苏雨说过这样的话，苏雨那时候是协会的秘书长。只有莫凡，她并不崇拜苏雨，她只是他最好的倾听者。莫凡肯定是听懂了苏雨的假说，但是那时候，他们都不知道这样的假说有什么用。无法获得更多的数据，也无法通过任何的观测，设计出什么实验去验证它。就这样，沉寂了整整二十年，直到卡西尼的出现，重新激活了它。

这一瞬间的颤抖，没有任何人看到，因为苏雨双手支撑着讲台，所有人都只看到他脸上透露的决心。

"你只是对广义相对论，做出了一点儿修正而已。"林云在转述顾问的观点。

"对，我没有推翻它。我刚才说的，没有哪一句话表明它是错的。相反，它可以说完全正确，所以也谈不上什么修正不修正。我只是稍微扩展了它的外延，或者说，对它的适用范围进行了一点儿突破。"

"那这不值得我们为你投入如此巨额的资金。"顾问自己站了起来。

苏雨盯着顾问足足有十秒钟，然后环顾了一下会场，再盯着他，一字一顿地说："抱歉，不是你，是他们。您只是林云女士的私人顾问，并不代表在座诸位投资人。"

"我敢说，您既不知道这个改变在哪里做出，也不知道范围该如何突破。"

顾问的脸开始失去血色。

"而我知道！"

顾问的脸色已经变得煞白。他坐了下来，但依然扬起右臂说："好吧，我承认苏总二十年前就预见到了卡西尼的今天，那万一只是个巧合呢？我敢说古代占星家的预测成功率，说不定都比这个高。"

不等苏雨反驳，会场上已经有阵阵的骚动。有人开始愤愤不平，说第一次听到这位博士先生居然有这么大失水准的言辞。会场迅速趋于安静，安静得可以听得见每个人的呼吸。人们呼吸的方式很奇怪，几乎都用了吸气长呼气短的节奏。大家都在洗耳恭听，等待苏雨的答复。

苏雨没有正面答复，而是起身环顾了整个会场。

"在座诸位，如果我说卡西尼星球还会在不远的将来重新出现，各位以为如何？"

方焱看见那位顾问在飞快地写写画画。然后，他把手中的笔拍在自己的腿上，直挺挺地靠向了椅背，一脸沮丧。显然，他没有得出想要的结论。

对自己顾问的失败，林云看不下去了，尤其是当着诸多同行的面儿。她独自站了起来："我想代表大家，请教苏总，那会是什么时候？"

所有人都等待苏雨能够再次给出一个掷地有声的回答。只听见苏雨微笑着说："很抱歉，林云女士，我不知道。"

会场又是一阵骚动。

"而这就是我们设立实验室的初衷：寻求它的答案！"

众玥的晚宴气氛非常融洽，只是没看见林云的影子。出乎大家意料的是，临近晚宴结束，几个主要的投资人收到了东都的邀请，一个小规模的聚会被安排在旁边的音乐酒吧继续。

聚会主人是林云，而主题是"杀人"游戏。她让方焱做法官。奇怪的事情是，苏雨场场都抽到杀手，而林云场场都是警察。玩到中场，林云向苏雨介绍了自己的"老大"，碰杯之后，老大同林云一番耳语，然后匆匆离场。

苏雨打算跟老同学再多杀两局，没想到林云却端起酒杯告辞："各位兄弟姐妹慢慢玩，我有急事，先走一步。"

"怎么，你也要走？"

林云给苏雨使了个眼色，走到他身后，耳语："老大没同意，我再争取争取。"

"白天的顾问先生，是你老公吧？"

"是，刚刚离了。"

三天之后，蓝色的卡西尼卫星再一次出现在望远镜中。苏雨把这个消息告诉了莫凡，莫凡的反应平淡得出奇，她说："哦，那个蓝色妖姬，又出来跳舞了。"不像是在形容一颗神秘莫测的天体，倒像是对一个"网红"表达着不屑一顾。

两个小时后，卡西尼实验室计划所需的全部资金已经到账。林云给苏雨打了一个电话，告诉苏雨，这并不表明他们相信了苏雨理论的正确性，而只是因为苏雨准确预测了卡西尼卫星的再一次出现。

林云不知道，卡西尼卫星虽然如苏雨所料重新出现在望远镜中，但它围绕土星旋转的轨道却发生了逆转。这一点，苏雨并没有预料到。这让苏雨对自己的猜想不那么自信了，要是把路演放到今天，苏雨还能不能赢得跟科学顾问的论战呢？没准儿能，没准儿不。

值得苏雨欣慰的是，卡西尼的反向公转，倒是直接解答了他一个困惑。之前苏雨认为，就算卡西尼卫星是环缝的清道夫，那浩如烟海的碎片，总该在它之后，有不少的漏网之鱼尾随同步。现在问题迎刃而解了，卡西尼冷不丁一个回马枪，什么虾兵蟹将都该覆没了。

第八章　沉子暴

风暴过后的天空一片宁静，土星也快要落下地平线。

毛头传来了消息："苏总，方焱，有情况汇报。《国际天文观察》消息，土星轨道外的行星观察站 742 号侦测到了异常的沉子暴。根据他们发布的公开数据，我推算沉子暴的来源位于卡西尼卫星周边位置。追溯的时间上也大致吻合。"

苏雨看看方焱，她激动得几乎眼泪夺眶而出："好消息，雨总，真是个好消息！探测器有踪迹了。"

苏雨也露出了一丝微笑："我说不该无缘无故无影无踪吧，蛛丝马迹总能找到的。"

"就是就是，雨总。"

"所谓我的理论不能乱用吧，小方？"

"雨总您说的都对！"

方焱对苏雨的崇拜，不仅仅来自 TEDx 的演讲。在前不久那场席卷全球的三年金融危机当中，投资公司哀鸿遍野，苏雨的基金却保持了超过 80% 的年收益率。这个成绩，别说是在危机当中，就算是在危机之外，也是相当不俗的。在投资界看来，这个莫名其妙不知道从哪儿冒出来的小微基金根本没有丝毫内幕交易的可能，更不可能操纵市场。然而，光是它的名字就对他们构成了极大的羞辱。它叫什么？叫"屁股"。第一次听到这个名字的人，都会忍俊不禁。

严格来说，"屁股"不是真正意义上的基金，它基本不募资。只是为了公开，才象征性地给了那么一丁点儿份额。在方焱看来，苏雨恰恰是利用了他身为科学家的算法天赋，才摆脱了金融模型和传统高频交易的局限。经济学家做不了投资，这在凯恩斯和欧文·费雪身上表现得淋漓尽致。所以苏雨压根儿不从经济学角度去看待金融市场，而是抛弃了所有的模型，"像研究天体一样研究金融，极简就是最高的定律"。但是什么是他的极简主义金融，他似乎从没有跟第二个人说过。

苏雨告诉过方焱，刚开始的时候，其实他也想教给人工智能一套准则，再给它设定一个目标，然后让人工智能自己去摸索寻找合适的算法。从 AlphaGO 在围棋上大胜以来，人类经常都是这么干的。但是苏雨发现一个奇怪的现象，就是每一次人工智能搞出来的算法，眼看有了一定的适应性，眼看已经开始成功获利了，却很快就逐渐失灵，最终失效。究其原因，大概率是因为基于人工智能的基金都是这么干的，所以它们的所谓发现有着内在的共性和负反馈趋向，经过不长的时期自然会形成一套大数据意义上的"有效市场"，从而背离收益可能的指数增长目标。这也让苏雨对人工智能在金融上的表现彻底失望。

虽然苏雨的投资收益还远远达不到支撑卡西尼实验室这样的项目，但是就凭他比同期标准普尔高出几十个百分点的成绩，"屁股"也早已在金融界扬名。苏雨也被跨界称为"算法先生"。

年轻人单纯可爱，一条关于沉子暴的消息就能让方焱如释重负。但光凭这一点，不足以让苏雨释怀。他接下来又有新的问题："沉子暴……毛头，你怎么看？"

"抱歉苏总，我没有看法。"

机器人毕竟是机器人，总是没有一丝创造力。是啊，要是机器人能够创造性地提出问题、解决问题，那就没有爱因斯坦牛顿什么事儿了。

"小方，你说说看，究竟是发生了什么事情，会让探测器化作一缕青烟？"

"会不会又是 BaseX 在使坏？"

"哦，我觉得不会。确实，BaseX 一定暗暗地嫉妒我们在卡西尼项目当中走在了他们的前面，这我完全想象得到。但是，至少有两个原因会制约他们使坏，导致他们不管用哪种方式使坏都不划算。其一，我们买的是他们的探测器，如果出事儿，他们要承担连带的损失，如果市场认为是探测器的质量有问题，必然会影响他们的产品和品牌声誉；其二，咱们实验室的投资人当中，有一个也是他们的重要股东。再说，对于BaseX 来说，卡西尼只是一个能够吸引兴趣的未知事物，并非看得见摸得着的价值资源，对于他们一向务实的性格来说，并不值得铤而走险。"

"那么，我有一个大胆的猜想，您别笑我。"

"说来听听呢？"

"卡西尼星球里面，说不定住着外星人呢，"说到外星人，方焱像个小孩子一样，完全忘记了这事儿的概率低到难以置信，"这个蓝色星球，说不定就是外星人的飞船。他们看到我们的探测器，觉得受到威胁，就把探测器摧毁了。"

"截至目前，人类没有发现外星人存在的任何证据。外星人因素，在探测器失踪原因分析当中，不能被纳入考虑。"是毛头在说话。

说起外星人，勾起来苏雨的一段回忆。

在前沿协会的时候，他曾经参加过一个研究小组。小组利用学校深空实验室的小型射电望远镜，在空闲时间进行一些兴趣性的观测。长期以来，小组的人都不多，三三两两的，时有增减，有兴趣的就来，没兴趣的又走。

只在一件事情过后，成员几乎固定下来，忽然一下就都成了铁杆。后来就有增无减了，而且小组也变得越来越神秘。

在对异沉子信号进行巡测的时候，小组意外接收到杂乱的微弱信号，似乎有一定的周期性。当小组逐渐确定信号源的范围之后，对它产生了浓厚的兴趣。信号看上去来自月核！统计下来，每天有将近一半的时间能接受到它的信号。即使没有周期性，这么长时间的持续信号也能分析点儿道道出来，小组这样认为。

人工智能始终没总结出什么有价值的规律。但是有一次，苏雨提取了约莫半个小时的信号片段，想当然地给了一个坐标，打印成二维画面。一个晃眼之间，他觉得画面看上去似乎像一张脸。这个发现迅速引起了小组的重视，大家依样画葫芦，用不同的信号片段打印出一张又一张的二维画面，没过多久就挂满了协会办公室的几整面墙，再多也挂不下了。看着这些若隐若现的人脸，他们断定，来自月核的这个信号源是智慧生物的反映。"他们"或者"她们"或者"它们"，不一定身处月核，但毫无疑问，他们一定是某种智慧"生物"。生物不生物倒不重要，反正是某种文明的东西，在朝苏雨和这个小组所有的成员招手。

"我们已经考虑申请成为 SETI 的一个分支，甚至认为，诺贝尔奖已经在招手了。"苏雨以前跟方焱提起过这个事情。

是不是这些外星人长着跟人相似的脸孔？不然怎么越看越像人的五官相貌？人类登月已经这么久远了，人类对月球表面的开发都已经如火如荼了，居然对那个看似空洞的月核如此陌生而疏离。这让小组感到愤怒，继而兴奋不已。

小组里面都是长着科学脑袋的学生，为了验证推测，他们决定尝试跟这个智慧和文明发生交互。如果交互成功，那么结论便再无疑问。

苏雨率先把自己的照片做了一个简单的去色和灰度处理，这样信息量很小，然后用传统的射电信号朝着月核发射出去。他没有沉子和异沉子的发射机，不然肯定会用上。为了给外星生物留下一个良好的印象，他还特意挑了自己认为最帅的一张照片。如果对方真的是外星人，应该会有所回应的。

两分钟之后，苏雨收到了回应，电脑打印出了他最想要的结果。

纸上，依稀是莫凡的样子。虽然是一个灰度的侧影，虽然很模糊，甚至画面还有一些残缺，但是苏雨还是一眼认出来。没有比这样的回应，更能够让苏雨感受到震惊的了。他不敢把这个消息告诉莫凡，虽然第一时间他就想这么做。也许还要等事情再明朗一些——他小心把那张纸收好——也许等到生日的时候再拿给莫凡，"来自外星人的礼物"，那必然是一个大大的惊喜。

　　然而整个小组并没有为之疯狂。是的，除了苏雨自己，再没有谁能从那张纸上看到一个清晰的影像。

　　好奇心是挡不住的。苏雨的经历刺激了小组当中每一个人的好奇心，每人都发了一段信号给自己心目中的外星人。等来的回应五花八门：要么是自己的梦中情人，虽然不会很清晰；要么是对未来的构想和期许，虽然那些文字（如果那些奇怪的符号可以算是文字的话）总是颠三倒四甚至狗屁不通；要么……

　　不过，令人费解的一点是，这些回应除了发送人能看明白，其他人不管把眼睛睁得多大、看得多仔细，也是一头雾水。但这丝毫不妨碍一轮狂欢的诞生！他们拉上了全部的窗帘，交出了手机放在一块儿，然后用无声的呐喊填满了整个房间，手舞足蹈！

　　等稍微冷静一点儿，小组当中有人开始觉得恐惧。这些像算命一样的答案，难道真的是他们想要的？但不管是否想要，这样的答案都塞满了他们的所有思维。有人推测，一定是外星人有超凡的读心能力，在收到信号的一刹那就能够知道自己的过去和未来，心中所想和愿中所含。不得了！要不要公之于众？要不要马上报告给 SETI？

　　还好小组有这个传统。在他们无法就下一步行动达成一致的前提下，唯一的规则就是保密，然后想办法展开进一步研究。

　　三天之后，来自 SETI 的一条公开消息终结了这段关于外星人的故事。消息称："最近接到数个关于月核外星人的报告。经与 NASA 深入共同研究得出结论，是不久之前爆发的超新星，引发月核空洞中不明原因的共振，产生了直径与月核几乎相等的巨大沉子暴。它会对收到的部分信号产生回波。请谨慎行动，目前接到的回波看起来都对发射者具有不良影响，严重的还会干扰神经系统的正常工作。不存在所谓智慧生物的回应。"

　　想到这里，苏雨问方焱："知道我第一次接触沉子暴是什么时候吗？"

　　"让我想想。会不会是月核那次？"

"对，就是它。那时候我还在当学生。"

"我还没出生呢。"

"无论我们发送过去什么信息，总能得到想要的答案，就像……"

"像什么？"

"像一面魔镜一样，照出的不是自己，而是自己的心。"

"那你们就此放弃？"

"是的，作鸟兽散啦。除了一个人。"

"那一定是您，雨总。"

"不是的。是我一个好朋友。他始终认为自己的神经系统没有受到干扰，还特地把自己女朋友叫去验证这一点。"

"那他成功了吗？"

"他成功了，女朋友却跟他分手了。"

"为什么？"

"因为在他打印出的画面中，她居然出人意料地看到了他的算法老师。那可是全校闻名的大美人。"

"真的？太有意思了。"

"什么绿岸、红岸，你都听说过吧？"

"知道，雨总。绿岸是 SETI 的东西，红岸是《三体》小说当中虚构的对应机构。"

"猜猜那时候我们给小组起了个什么名儿？"

"嗯。我猜是……蓝岸。"

"哪有那么俗，算了，你肯定猜不到。"

"叫什么？快告诉我。"

"彼岸！"

居然这么如雷贯耳的一个名字，比"屁股"还让人惊讶。方焱的脸上写着一个大写的"服"字。

"有没有可能是三体人？"方焱不依不饶。

"哈哈，哪有那么多黑暗丛林！你看看卡西尼，这傻大个儿哪儿像个飞船！不管是阿瑟·克拉克笔下的"辣妈"，还是《独立日》电影里头导演设计的星际航母，外星飞船都不会长这个样子吧？哈哈！"苏雨说到这儿，开心地笑了起来，他是真被方焱的率真打动了。

苏雨接着说："三体人只存在于科幻小说当中。况且半人马座比邻星被人类的注意力扫荡不止一两回了，比邻星系里面，就算死个蟑螂，可能人类都一清二楚。卡西尼虽然看起来神秘兮兮的，时隐时现，左一下右一下，但只要咱们单纯讨论它的运行轨道，它好歹也是个标准的自然天体，对吧？"

"不是有费米悖论吗？"方焱不甘心。

身为天体物理学家，苏雨对外星人的研究也曾经热衷过。面对年轻人的梦想，要不要亲手打碎它？苏雨有过一瞬间的迟疑。

"其实，费米悖论，我更愿意看成一个天体物理学的童话。从哈勃打开太空视野的那一天开始，外星人命题就构建了人类的一个共同的语境。科技是冷冰冰的，外星人的话题却天生具有足够的浪漫主义色彩。而且，科技的发展过程，已经从宗教面前的卑微角色成长到自高自大的地位。这个历程，从一开始就是以打破人类的神性和神选角色为破题的，当然无法接受人类是宇宙唯一的可能性。也许别的任何可能性它都可以接受，唯独接受不了唯一性。如果全宇宙只有人类这一种智慧文明，那会是多么的孤单！那会是人类集体思维当中多么巨大多么深邃的——"，苏雨停了一下，他在寻找合适的措辞，"嗯，一个巨大而深邃的，空洞！"

听完苏雨这番话，方焱的眼神有些游离。沉默片刻之后，她看着苏雨的眼睛，带些怯意地说道："雨总，我可不可以不信你刚才这番话？"

"当然可以！你要什么都信我的，那才不好。怀疑，本来就是科学最有力的武器。所以即使有一天，我们要把怀疑的矛头指向科学本身，那也应当毫不留情。"

苏雨跟方焱打了个太极，把话锋又转了回去，然后接着说："无论是战争威胁的黑暗森林，还是带和平色彩的太空桃源，都代表了人类科技主义的这一诉求。何况文学和电影史上作为敌人存在的那些外星人，哪怕是最恐怖或者最强大的形象，也都有助于人类抛开民粹和种族主义的负面情绪，构建坚定的共同体。一代一代刷新的电影新科技，以纵欲的快感不断引领人们走向表现主义的团结一致。人类心智的共同缺陷，使我们无法正视唯一性的空洞。因为这个空洞，会导向一个集体的孤独感，并暗含着死亡的真理。外星人命题，所作所为正是想要同步整个人类的情感，激发最强烈和超自然的共鸣。"

　　方焱的质疑消失了，她再一次满脸崇拜地倾听着苏雨的高谈阔论。这时，苏雨手腕上的表不合时宜地振动起来。时间已经过去好几个小时，莫凡的睡眠监测在提示他了，苏雨需要赶紧回去。他定了定神，对毛头说："一分钟后，把我镜像到地球，坐标开罗；送方焱回实验室；收集更多关于血色星球的消息；探测器的事情，联系保险公司，索赔。"然后，苏雨转头吩咐方焱："召集董事会，投资人董事不要缺席，尤其东都，实验室需要他们尽快追加投资；联系 BaseX，问问能否派代表出席。准备好了马上通知我。"

　　一分钟之后，苏雨坐到了莫凡的床沿上。

第九章　尼罗河畔

又翻了两个身之后，莫凡醒了。

"你坐在我床头干吗？"睁着迷蒙的睡眼，她问苏雨。

苏雨探下身去，轻轻吻了莫凡的额头："你说呢，小宝贝儿？"

"现在几点啊？天亮了？今天是周末吗？"莫凡一脸疑问，问了好几个问题。往常在国内，莫凡起床的时间点儿，除了周末，苏雨都早早去公司了，灶上会有一个煮熟的鸡蛋。

"哈哈，你当自己在哪儿呢？"苏雨忍不住笑了。

"哎呀，我才想起来，咱们这是在开罗，没在家。看我睡得，昏天黑地的。"

苏雨尽力笑了笑，至少这一刻，他心里感到一丝轻松。这小可爱，睡糊涂了，看来时差倒得差不多了。

"我睡了多久呀？"

"也就几个小时吧。"

莫凡看看表，时间指向了下午六点。

"哎呀，都傍晚啦？我还说睡个午觉，起来去尼罗河上坐帆船呢，干吗不叫我？"

"睡饱了才好玩啊，对吧？"

"也是，陪我去尼罗河边走走吧。"

"好嘞！"

莫凡完全有理由好好休息休息自己的身心，做一次舒适愉快的旅行。整整三年，她都没有给自己放个假。所有的时间，几乎都贡献给了精神分析。她毫不间断地接待，数以百计的来访者深知这意味着什么。也许是对事物和事业的重新认识，也许跨过了爱情亲情的障碍或者深埋心底的创痛，也许是彻彻底底的重生！虽然中间有过唯一一次空闲时间，并且长达一个月，但适逢苏雨再次创业刚刚起步，公司疯狂的发展速度，让他根本腾不出空来陪她，于是这一个月的假期名存实亡，她都是在书斋里度过的。

对于她的爱人，一个特立独行的天体物理学家，一个忘我而不忘她的创业者，这次旅行也是恰到好处的，既有益于苏雨的健康，也有益于他的工作。旅行期间，哪怕一次小小的不经意的接触，跟古老历史的、跟异域人情的相会，都可能触发思考的灵感。

莫凡的埃及旅行计划浪漫而温馨。

第一天，她打算尽情享受尼罗河的夜色。白天的开罗是昏黄的，尼罗河两岸却不乏家乡的苍翠。这一点，从飞机上俯瞰的时候她就发现了。那么夜幕降临之后呢？这对她而言仍然是个值得去发现的未知。她还要领略地道的美食，那是不可或缺的口福，她志在必得！即使腹中空空地找寻一百条街巷，也是独特的寻觅体验。

第二天，她要洗漱沐浴，穿戴整齐，去瞻仰？去朝拜？不，不，是亲手亲脚去触摸古老埃及的衣襟，是亲眼亲鼻去捕捉玻璃橱窗里面关不住的神秘气息，是亲耳聆听沸扬人声背后被忽略的上古灵音。在博物馆这样的场所，哪怕再多人，只要他们与她不产生交集，便不会妨碍她的这一系列感知的发生。

第三天，她想飞到卢克索，上埃及。在夕阳下将自己置身神庙，置身如诸神巨指般的群柱环抱当中。在色如金缎的晚霞映照中，让思绪飞舞在壁画和铭刻当中，上下穿梭，里外叩击。在上埃及，一定有比在开罗更值得她发现的东西。

不对，金字塔呢？第二天，还是第三天？从卢克索回来再安排也行吧？乱了乱了！时间真是不够用，多么希望苏雨能有更多的时间陪陪自己。

假如能有第四天、第五天，她还想去阿斯旺、去红海边……如果不是利比亚边界的战争危机，她还想去黑白沙漠呢。在沙漠中宿营，也许能看见卡西尼星球。对了，还漏掉了奥斯曼的萨拉丁城堡，可那不是古老埃及的遗迹，而是移民的文化……算了，或许不要谈什么计划。埃及不算大，可也不小。只要不去危险的地方，走走停停，边走边看，说不定有意料之外的体验。

苏雨知道，在她看起来，目前的一切都还称心如意：她的好梦也许同样伴随着他的休息，他并没有离开自己半步之遥。

苏雨想在这一刻暂时忘掉探测器，找回蜜月一样的感觉。但是无意识却无时无刻不在提醒苏雨，平衡可能即将被打破。燃起的火苗虽然暂时扑灭，但是否还会死灰复燃，甚至烧到眉毛、烧到眼睛，苏雨并没有把握。

毛头报告的沉子暴提供了探测器爆炸的证据，单凭这一点就足以向保险公司索赔。但是苏雨知道，这也许只是个表象，背后的真相可能还没有露出它的端倪。

没错，从观测到的证据来看，探测器毫无疑问是爆炸了。但是有一大堆问题，都无法用经验去解释。首先，它是怎么爆炸的？能不能搞清楚爆炸的确切时间？爆炸的过程又是怎样的？更关键的是，爆炸的原因是什么？究竟是什么因素引发了它的爆炸？

苏雨目前能够找到的原因只有一个：电源。用沉子的跃动来驱动的电源系统有显著的优点，它重量轻、输出功率大。所以 BaseX 一直力推沉子电源，并且率先在这一代探测器上抛弃了传统的太阳能，改用沉子电源。这一改进，不仅去掉了太阳能电池板的累赘，使探测器的重量大大减轻，而且能够支撑长时间高密度的沉子输出，还可以跟沉子仪共用发生器。

但沉子电源的缺点也是很显著的。它活性太高，稳定性问题一直没能得到彻底的解决。据 BaseX 服务通告的数据，故障率是传统电源的 400 倍。而且，它一旦失控，就是不可逆的损坏。

　　苏雨把探测器爆炸的原因归咎于电源，是最容易归因的，也是最容易让人信服的。外归因比内归因要容易得多，容易发现，容易理解，容易接受，也容易逃避。逃避什么？逃避责任。原本有可能是自身的责任，应该从任务设计、使用环境、系统操作上寻找原因的，很有可能因为外归因的轻易认定，而被轻描淡写地归结为质量问题，从而错过真正的原因，还浪费了寻找原因的努力。

　　既然质量有问题，那就简单了，那就退换货呗，对吧？而且，没货可退了怎么办？那就赔一台新机器。如果是这样，那真正的原因就会被掩盖了。

　　怕就怕既不是操作和使用的问题，也不是电源的问题！苏雨心中萦绕着一个挥之不去的疑点。假如只是电源系统的问题，那么就算它能量再大，凭什么把探测器炸得尸骨无存？要知道，望远镜中看不到一丁点儿的残骸！这是苏雨难以想象的。

　　苏雨担心的是，探测器的消失是否真的跟卡西尼有万一的关系。更令他焦虑的是，如果是，那么这个关系藏在哪里，他却一无所知。万一探测器并没有发生爆炸，而是全须全尾地消失了呢？它去了哪里？有没有可能落入另一种他完全未知的空洞？

　　方焱说的，用他的理论去解释，其实在第一时间苏雨自己就想过这个问题。实验室最核心的目标，原本就是研究卡西尼与空间维度的关系。那么卡西尼所经过的地方，会不会伴生着一个高维的空洞？这个空洞的边界，会不会超出卡西尼的视觉球面？甚至延伸到更高的空间当中？如果存在这个看不见的边界，那么探测器是否因为刚好接触或者进入了这个边界而消失？

　　不对，都不对。事实是，探测器在消失之前，已经在它的轨道高度稳定运行了一段时间，完成了对卡西尼的几次绕行，并没有落入这个假想的陷阱。

　　只有一点，是苏雨觉得唯一能够肯定的：探测器有可能在任何地方，但无论在哪里，它一定不在过去，也不会在未来！

　　多年来，苏雨一直希望自己是平衡工作和生活的高手。他想要跟莫凡在一起，过相亲相爱的生活；他又心系太空，渴望探索无穷尽的前沿奥秘。所以，他才趁着探测器发射之后的空档时间，安排了这次小小的旅行。虽然时间计划只有三天，但是他想要得到的，却是蜜月一般的甜蜜。所以，趁着莫凡熟睡的时间，去处理好实验室的问题，对他来说，毫无疑问是一个明智的决定。至少到目前为止，实验室的异动，还没有影响到他和莫凡的旅程。刚刚，坐到莫凡床前的一瞬间，苏雨找到了自己想要的安全感。

现在是尼罗河流域气候最舒适的季节。天色渐渐暗了下来，酒店门外车水马龙。夕阳从吉萨方向照射过来，立交桥就像是一弯飞虹，延伸到尼罗河上，一直到对岸的使馆区。驻足尼罗河畔，抬头望，苏雨仿佛又身在泰坦星球，仰望夜空中的土星光环。

三三两两的敞篷游船在尼罗河上游弋，廉价的灯带把小船打扮得花枝招展。有一艘正从桥下穿过，船上的大喇叭播放着嗨歌，震耳欲聋。在苏雨眼中，它们仿佛城乡接合部那些穿红戴绿、搔首弄姿的女人。

苏雨扶着大桥的栏杆，面对着脚下的尼罗河若有所思。莫凡走回来，挽起了苏雨的手。

"雨哥，尼罗河水真清，让我想起家乡的那条江。"莫凡从小在江边长大，奔流的江水滋养了她开阔的眼界和活跃的思维。

"嗯，是很像。"

转眼间走到了尼罗河的西岸，绿化明显比对岸要好很多。岸边灯红酒绿，车子停得里三层外三层，酒吧、舞厅鳞次栉比，一眼望去就像是北京的后海，或者成都锦江边上的九眼桥。

走过一间并不起眼的房子，慢摇的舞曲从里面传来，很快又变成了探戈。莫凡驻足，凑到窗口近看，灯光摇曳，一群当地年轻男女欢快地摇摆着。看见莫凡在观望，几个年轻人冲她挥挥手，热情地示意莫凡加入。

望着他们在多彩的灯光下一张张表情亢奋的脸，莫凡有加入的冲动。他们此起彼伏的叫声，他们随着节拍扭动的腰身，还有彼此间炽烈的眼光，以及眼光背后即将喷薄的欲望……这是世界上最好的东西。如此洋溢着青春朝气的沸腾场面，触动和激发着莫凡。"是不是要推门而进？"她反复问自己。

"你要想跳就去呗！"苏雨笑着在背后怂恿她。

突然间，苏雨的手机开始振动起来。应该是方焱的消息，陪伴在莫凡的身旁，他暂时不想理会。即使是什么好消息，此时此地也是一份打扰。没歇息几秒钟，振动很快又来了，而且一次比一次猛烈，他越是不想去理会它，振动就越是焦急和狂野。

苏雨皱起眉，一丝不祥的预感滑过心头。这不是方焱的性格，如果一切顺利的话。在那令人全身发麻的振动结束之后，焦虑、好奇和拒绝的情绪，不断地在他心中较量。终于，他鼓起勇气拿起手机，一目十行地读完了方焱发来的所有信息。

大部分的投资人董事，方焱都协调过了。但是林云那边，她无论如何都联系不上。各种联系方式都用过，林云就跟人间蒸发一样，杳无音信。其他的投资人还好，林云的地位至关重要，不可或缺。方焱告诉苏雨，自己不知道接下去该做什么，等待着他进一步的指示。

手机上那一行行文字，在苏雨眼前，仿佛忽然变成一大群蚊子，朝他飞扑过来，围绕着他，旋转、飞舞。为了不让莫凡看见，他不得不走远几步，抓住河岸边的栏杆，迎着北边吹来的凉风，大口大口地呼吸。

林云会在哪里呢？苏雨不愿用阴谋论去揣度。也许她身处一个重要的会议，也许她正在飞往某个星球度假的路上，火箭可能正在加速。嗯，多半会是这样，联系不上也许真的是情有可原。

对了，不知道 BaseX 怎么样。刚想到这一点，方焱的消息又来了。

"我们又联系了 BaseX，对方的回应非常消极。我有个感觉，就是他们想把我们当成皮球一样踢开。他们推说马总不在，问去哪儿了又都说不知道。"

跟林云如出一辙。两人都联系不上，这是一个默契吗？难道是要在这危急关头，联合起来对付自己？还是仅仅是个巧合，两人不约而同去度假？为什么在这个时候双双隐身？也许，或者，跟"血色星球"有关？脆弱的平衡再次受到碰撞，更加摇摇欲坠。苏雨感觉自己还站在桥的边沿，俯视着黑暗中波光闪闪的河水，一波浪潮涌到脚下，大桥也开始晃动。

如果这个时候，苏雨没有跟莫凡在一起，也许他能够处之泰然一些，能冷静下来收集更多的信息，分析潜在的原因，采取必要的补救，就像莫凡熟睡时候那样，不露痕迹地把事情处理得干干净净。这样莫凡就不会知道，他的工作那边遇到了什么样的麻烦，他也能继续开开心心地陪着莫凡漫步。

可是莫凡的存在，让苏雨没有一秒钟可以置身事外，没有一秒钟能够不紧张不焦虑。他的脑子跟喝醉了酒一样一团糨糊，打捞不出一条有条理的思路。莫凡已经走在了苏雨的前面，几步开外。回过头，昏暗的光线下，她看见他在自顾自地原地画圈，绕着岸边的一棵歪脖子树。

"干吗呢，雨哥？"

"没，没干吗，等你呢。"苏雨竭力保持着脸上的镇静，其实眼神慌乱不已。所幸，夜色帮他暂时掩盖了这一切。

"咱们往回走吧，饿了。"莫凡说。

"好！"只有简短的回答，才能掩盖他的不安。

桥上，一对新人在拍婚纱照，把尼罗河的夜色当作背景。身旁的车灯快速地晃过，苏雨觉得他们的脸色有点儿苍白，眼神也透露出疲惫。

他思虑再三，要不要把遇到的问题告诉莫凡，就像平时从公司回家一样。只要他这么做了，莫凡往往能帮到他，她的分析视野、全局观和聪明智慧，经常走在他的前面。即使不能立竿见影，至少，旁观者清。然而回过头，苏雨看着对此一无所知的莫凡，她的脸上生气勃勃，一双眼睛活泼灵动。看得出来，她今天化了点儿妆，这对她来说是很难得的事情。仅仅为了这迎接这尼罗河的夜色，她都化了点儿妆。

他自己的兴致已经无可挽回地被破坏了，苏雨心乱如麻。现在就算让他返回实验室，跟方焱在一起，也一样于事无补。但这个良宵，也许还能剩下岌岌可危的一半，挂在尼罗河岸。他实在不忍破坏她的兴致。

苏雨没有想到，还有更糟糕的事情等着他。

毛头发来新的消息，说联系保险公司又出了问题。保险公司以不在承保范围为由，拒绝理赔。

"叫他们亲自向我解释！否则往后的业务都不会再给他们。"

一定有阴谋！这绝不是巧合。此刻，苏雨感觉脑子里面有一根弦在嗡嗡作响。有人正在旋转那个调音的旋钮，让弦绷得越来越紧，拉出来的音调越来越高，弦眼看就快要断了。游船上的彩灯，趸船的霓虹，还有酒吧的光线，交织在苏雨的脸上，分不清哪是愤怒，哪是焦虑。

几分钟之后，保险公司打来了电话。来电者是个身着标准套装的年轻人，看不出究竟是人还是机器。苏雨不想跟机器人打交道，关键时候他们什么主也做不了。但是从他的气质和衣着来看，像是高层。

"您好苏总，我是保险公司董事经理，受总经理委托，专门负责贵公司业务。贵司刚才已经联系过我们，我对我司之前的态度深表歉意，因为我们的工作人员第一时间没有查到探测器的序列号。请您谅解。"

"那么，有什么新的解释？"听到他这么说，苏雨以为事情能有转机。

"因为事关重大，所以我来亲自跟您解释一下。非常抱歉，苏总，贵公司这台探测器我们无法理赔。"

"什么？"苏雨没有听错，保险经理还是这个答复。

"这台机器无法理赔，苏总。"

"我怎么记得 BaseX 的产品出厂都是自带全险的呢？"

"没错，苏总。不过仅限于全新机器。序列号显示，这一台是返修品。我给您查了一下历史保单，之前它是出售给康奈尔大学行星研究中心的，因为电源系统故障退给了 BaseX。"

"您也知道，太空设备的损毁风险很大。保费虽然高，但我们的利润一直很低。所以对出过问题的返修品，我们是不保的。何况这还是一台沉子电源产品。"保险经理接着说。

"以沉子做电源的系统，活性太高，稳定性很低，故障率超过了以前产品的几百倍，而且一旦失控，就无可挽回。这一点，您应该比我更清楚。"

"这是欺诈，赤裸裸的欺诈！"苏雨怒不可遏。要是 BaseX 的人就在面前，苏雨大概率会扑上去撕烂他。"我本来就不想要这个型号，他们说供不应求，仅一台现货，老型号还停产了，没得选择。"

"抱歉苏总，您只有亲自去跟 BaseX 交涉，请恕本公司爱莫能助，"保险经理依然是冷冰冰的腔调，是机器人无疑，"没更多问题的话，我就下线了，再见。"

保险经理瞬间消失，苏雨气得说不出话来。

莫凡是个敏感的人，虽然电话内容她并没有听清，但苏雨的表现让她感觉到了异样。早上到酒店见到他的时候可是神采飞扬，那时候他眼神中那种对未来旅程的期待，不比她少哪怕一分。然后一觉睡醒，就隐约觉得他有几丝忧郁在眉间。再看现在，不停拨打电话，不停接发消息，仿佛自己完全不存在一样。说实话，她已经有几分生气了。

"雨哥，瞧你这副失魂落魄的样子，心里有什么事儿？快跟我说说。"她并不希望苏雨有事儿藏着掖着，希望自己能够第一时间帮到他。

"小凡，不说行不行？不想破坏你的心情。"

"可你已经破坏了！说说吧，说说你能好受点儿。"

事实上，因为两人的亲密关系，莫凡并不容易处在分析家的位置上，即使仅仅是心理医生的角色也是。所以苏雨不敢说，他怕说出来，整个旅程就此戛然而止。蜜月已经在崩溃的边缘，苏雨感觉有一股不知道滋味的东西在往上涌，随即哽在了嗓子眼儿上。

他想大喊一声，撕碎心中的纠缠。但是他不敢这么做，因为有可能会被误认为不满和攻击，引起她的愤怒和反击。苏雨苦心维持的平衡，终于土崩瓦解了。究竟该怎么样做，才能力挽狂澜？他愣在原地，欲哭无泪。

看着莫凡一半关心一半挑衅的眼神，熟悉的恐惧感扑面而来。那是害怕被赶出门外的恐惧，那是害怕被抛弃的恐惧。这种抛弃，虽然从来没有真正发生过，但它始终存在于莫凡和苏雨的关系中，就像一柄达摩克利斯之剑，悬在苏雨的头顶。

"求求你，不说行不行？"

"也行。不说我就把镜像关了！"莫凡扬了扬手里的手机，要挟苏雨，脸上是胜券在握的表情，果然没有从亲密关系中脱身而出。

"别！别关。"苏雨最怕的就是莫凡这招，就像是自己马上要被她扔进尼罗河一般。他经常后悔，是不是不该给她设置这个权限。因为每次一争吵，总感觉莫凡捏着自己软肋。镜像身份并不合法，紧急情况下，莫凡需要能够让镜像一键消失。

"先答应我，说了不许赶我走。"苏雨请求。

"行！不赶你走。"

苏雨根本不是对手，只好一五一十都讲给了莫凡。她完全没有一点儿生气的意思，她知道他只是想保护这两人的美好时光。

"那你回去呗？我一个人也行的。"

"回哪儿？"苏雨有点儿懵，"酒店吗？"

"回实验室。"

"那跟你赶我走有什么区别？"苏雨反应过来，"我要跟你待在一起。"

莫凡沉默几秒钟说："好吧，我们走走。"

"如果事情不能有什么转机，实验室恐怕只能打道回府了。"苏雨不需要再掩饰自己的情绪，脸上写满了沮丧。

"不会的，雨哥。相信自己！你原来不常说吗，车到山前必有路。"

"那时候年轻。"苏雨苦笑一下。他当然记得，第一次创业是希望最盛的一次，也是输得最惨的一次。"年轻真好，什么都不怕！"苏雨看了看桥下，好像在关注远处的什么地方。

"别灰心，你的实验室才刚刚开始，小小挫折而已，不是结局。"

"也许刚开始就该结束了。"

莫凡没有说话，看着苏雨，很平静、很专注地听他倾诉。

"说实话，亲爱的，我一筹莫展。在以往的创业当中，如果遇到的是经济困难，或者技术障碍，我都能有足够的勇气，还有必胜的信心。"对此，莫凡很了解，这种勇气和信心就像是他与生俱来的，苏雨把自己叫作"盲目乐观主义者"。

"但那都是在地球上，而且有足够的时间从容应对。只要时间不是问题，勇气我给得起，信心自然坚挺不倒。"

"现在有什么不同？"莫凡看着苏雨，像母亲看着孩子那样。

"完全不同。每一分钟都是钱！"苏雨摇摇头说，"我等不起！"

实验室的建设规划和运行发展与融资的进程相匹配。探测器失踪却是伤筋动骨的损失，彻底打乱了这个匹配。苏雨急等资金和新设备的落实，然而再融资需要以实验室的进展为前提；进展又因为探测器失踪而止步不前，急需新设备的补充；新设备的采购又反过来需要资金才能实现。这是个悖论，转不出这个悖论，苏雨便只能等待。而等待的过程本身就是巨大的消耗，就是死路一条。苏雨本来想争取获得林云的支持，通过她促成 B 轮融资的提前，林云却无缘无故失联了；本来想通过保险理赔尽快获得新设备，却遭遇了无耻的欺骗。

平均每天超过千万美元的消耗，无期限的等待只会让实验室彻底失败。

苏雨叹了口气，脸上挤出一丝无奈的微笑："不过也好，我就可以整天整天守着你不走啦。"

"休息休息，先把自己清空，"莫凡双手扶住苏雨的肩膀，"看着我的眼睛。"

苏雨用感激的眼神望了望她，然后把眼光移开，朝向了尼罗河的下游："小凡，看到那艘小船没有？"

"哪一艘？"顺着苏雨手指的方向，莫凡看到下游几十米开外，有一艘灯光昏暗的小船。如果旁边不是空荡荡的，在这个距离上几乎很难注意到它的存在。

"我观察这艘船好长时间了。你仔细听，那个方向上没有音乐吧？周围的船都走了以后，那边就没声音了。"

莫凡竖起耳朵："嗯，确实听不见音乐。"

"我猜测船主是创业的年轻人，囊中羞涩，没有钱来配置这些东西。你再看，它并没有其他船那样的耀眼灯带，那些庸脂俗粉。"

"好像真是。"

"虽然简陋，但它温馨而雅致，"透过敞开的船篷，莫凡只能隐约看到船舷上的两排座椅，"至少，你看不到强烈的颜色对比。"

莫凡没听明白，苏雨为什么把话题转到一艘小船身上。也许，它引起了他的某种共情。

"我最开始注意到它，是因为它在一排庸脂俗粉中毫不起眼。换个角度看，表明船主不愿意同流合污。可是，那些庸脂俗粉大多数能接到客，接不到客的，坚持不住也换了地方，反正一艘一艘都开走了。它最不受人待见，但一直守在那里不肯离开，"苏雨抬头望望天空，自言自语道，"它就像我，像曾经的我。"他停了一下，像是有点儿犹豫，也许是需要下一个决心："等到它也坚持不住的时候，实验室也注定无功而返了。"

"你不是说它们是破船吗？"莫凡提高了音调，"跟你的实验室没有半毛钱关系！揽不到客，只能说明它经营无方。你要愿意，我们也可以去坐坐啊，它不就守得云开见月明啦？"

"救它一时，救不了它一世。"但苏雨的情绪越来越低沉，莫凡感觉他快要连脚步都抬不起来了。

她倚着栏杆，快速地把小船周围的情况观察了一遍。"岸边不是还有一桌情侣吗？离小船不远，你看，就在那儿！他们说不定会上船的。"

"概率很小，不过我愿意等待它的最后时刻。"苏雨看看莫凡，眼神中有微弱的亮光。

"雨哥，你怎么能把自己的宿命寄托在这艘无人问津的小船上？这完全不是你呀！"

苏雨没有回答她，而是继续沉浸在自己虚构的映射关系当中："它也许就象征着实验室的最后时刻。别诧异，我并不相信命运。我只是想在小船身上看看，会不会真的有奇迹。"

苏雨重申自己不相信命运，但他实际上已经把实验室的命运甚至自己事业的命运，投射到这条异国他乡的小船上。莫凡感觉得到，苏雨在无意识中已经放弃了希望，或者说，放弃了百分之九十几的希望。

虽然实验室跟她没有一点儿关系，但那是苏雨的事业，她要在这个时候帮他一把。所以，她打算从倾听者的角色走出来，她打算要做点儿什么，采取点儿什么行动。苏雨这个时候最需要的，毫无疑问是钱，是大笔资金的投入。这一点，她知道自己爱莫能助，自己那点儿积蓄连杯水车薪都算不上，更别提有什么投资界的人脉了。但是，她已经明白为什么苏雨会在所有的游船当中，挑出这样一艘，把它当成了自己。因为他性格当中最引以为豪的，就是特立独行、不同流合污。小船如果最后黯然离去，也许就意味着苏雨这一部分的理想自我会被无情地摧毁。

假如能让时间倒流，让事件回到刚刚上桥的那一刻，能不能阻止后续情况的恶化呢？没有用！对于外界的影响，无论是林云、BaseX，还是方焱，莫凡都左右不了。

也许，治病归根结底得靠自身的免疫力。挽救了他心里的象征，就能够挽救他的希望。嗯，从这一点出发，作为心理医生的她也许有可为。

对了，那艘小船！小船不就是苏雨心里的象征吗？绝不能让它成为压死希望的最后一根稻草，而是要让它成为拯救希望的那根稻草。假如有办法能让小船欢欢喜喜地载客出发，不就能够有所转机了？

莫凡对自己这一大胆的设想深信不疑。以她的经验，这就是能够逆转命运的开关。她开始不再理会苏雨的自言自语，转头看着小船，若有所思。

假如能让时间暂停，也许她就可以去到岸边，说服小情侣上船。是的，这真是个好办法。

　　然而，时间是个毫不留情的东西。苏雨经常跟莫凡聊起时间，而她在这一瞬间，才真正赞同了他的观点：作为一个空间维度来说，时间其实是很不称职的。其他三个空间维度都很灵活，可上可下，可左可右，可前可后，然而时间却完全不同，它不能后退，只能永远向前；其他三个空间维度都可以停留在某一个坐标上，然而时间不能，它不能停留，只能永远向前。

　　现在，她只需要30分钟。给她30分钟，让世界停止，她就可以拯救自己爱人的希望。她可以从容地走到小情侣的跟前，设法游说他们，哪怕是买通他们……不对，即使世界真的停止，只让她一个人获得自由，一样于事无补。因为，所有事情的发生，都依赖时间的推进。时间暂停，意味着所有的事情都不可能发生，无论是游说或者买通，也都不可能发生。

　　空间必须依赖于时间，才能够发生和发展，时间创造了整个空间的悖论。这个悖论，在莫凡的脑海中翻来覆去地激荡，几乎令她抓狂。

　　几分钟之后，莫凡终于找到了悖论的出口……

　　"好了雨哥，我来帮你分析分析你遇到的困难吧，"她一把拉回了苏雨，让他望着自己，而不是那艘小破船，"把方焱和毛头发来的那些消息，拿给我看看！我来帮你分析分析。"说完把手往苏雨面前一伸，是很坚决的语气。

　　"谢谢小凡。给，你慢慢看吧，看看也无妨。"苏雨把自己的手机交到她手里。

　　恍惚间，尼罗河两岸的灯光依然璀璨，但船来船往的繁忙似乎平静了一点儿。苏雨抬起头，望望莫凡，注意到她的额头上有细小的汗珠，是太费心思考的缘故吧，他想。他残存的那点儿信心，多么希望莫凡真的能够帮助他，拨开云雾见日月啊！但是她凭什么能够看穿一个阴谋？不！没有希望。他们掩藏的陷阱太深，而莫凡只是一个远离江湖的人。

　　苏雨停下脚步，望着那艘小船有好几分钟。仿佛尼罗河两岸的一切，都对他失去了吸引力。唯独一艘素不相识的小船，象征着那不肯放弃却脆弱无比的信心。

小船关掉了周身的小彩灯，虽然昏暗，但之前它们一直坚持闪烁着招揽游客。现在，连它们也熄灭了，小船是准备开走了吗？苏雨最后那一点儿信心也即将熄灭。

是的，小船开走了。但它亮起了船头的照灯，驶离了自己的停靠位置，比刚才的彩灯明亮百倍。空气中依稀飘来悠扬的男中音，虽然听不太清楚，但恰到好处的徐徐北风把歌声包裹得甜美而酣畅。

苏雨静静地在桥边上站着，看着小船缓缓向南驶来，从脚下驶入桥底，直到被桥面完全遮盖。他清楚地看到，一对学生年龄的青年男女，有说有笑地在小船上，相对而坐。刚才的歌声也随着小船的踪迹，缓缓隐没。在这歌声当中，苏雨仿佛听到了无边的沙海，还有随着驼峰远去的轻纱……

抬头望望小船曾经停靠的地方，岸边的那对情侣已不见了踪影。

苏雨转过身，看着莫凡，像看着久别重逢的战友那样，脸上的阴郁一扫而空。他斩钉截铁地对莫凡说："小凡，我想好了！马上安排毛头帮我展开深入的调查，是该让人工智能发挥本事和效率的时候了。"

说完，他拿起手机，给毛头发出了一系列的调查指令。回头翻阅的那一刻，苏雨看到刚才发给毛头的最后一条信息："我是莫凡，苏总现在情绪很糟，需要你协助我去帮助他。能不能冻结 Mirror？ 30 分钟就够了！"她要利用这 30 分钟，抓紧机会跑到桥下，赶在小情侣离开之前，游说他们帮她一个忙。当然，游船的钱她来出，他们又何乐而不为呢？然后，她还得赶在毛头重新启动苏雨的镜像之前跑回桥上原来的位置，装作什么也没发生。怪不得刚才苏雨看到她额头上的汗珠……

只是这样一条消息，她没办法删除。就在毛头收到这条消息之后的一瞬间，苏雨和他的手机一起消失了。

毛头帮助莫凡赢得了，她需要的、宝贵的 30 分钟。

如果历史不是因为时间的单向性而显得这样无情和冷酷，那么这个宇宙相信会更加的丰富多彩。苏雨一直这样认为。他讨厌时间，它把一切都固化成历史，然后再用无形的小刀，慢慢一刀一刀地刮去痕迹。只要你不去反抗，它几乎能摧毁所有的东西，青春、爱情、文明。即使反抗，也往往只能做些表面文章，比如女人的脸。

如果不是这样，那开罗的大街上，一定比今天更加熙熙攘攘，一定能看见法老的臣民、看见罗马的长袍，而不仅仅是阿拉伯的尘土飞扬。

"但是时间也从不停息它的诞生啊！"莫凡总是这样回答苏雨的感叹，"没有时间，就没有消亡，也不会有诞生。所以，我们应该感谢时间。至于历史，咱们可以去发现。"

在开罗解放广场四周，放射形地分布着好多大大小小的街道。它们之间，又用很多街巷连接起来，四四方方，四通八达。虽然最近风闻安全状况不佳，但这样的闹市区，只要没有敌国的飞弹落在头上，没有恐怖袭击的时时惊扰，人们就一如既往地吃喝拉撒。

既然广场的周围热闹而繁华，那么注定不会缺少美食。

尼罗河逛船上那些灯红酒绿，莫凡是看不上的。河滨则是谈情说爱的地方，"连水上的鸟儿都是成双成对的"，她的观察力苏雨从来自叹弗如。

"拉美西斯和丽兹的餐厅考虑吗？"两人一边走，苏雨一边问她。

"西餐上哪儿吃不到？走！雨哥，咱们接着找，我就不信找不到地道的开罗美食。"要找到最具代表性的当地菜，其实是一件颇费心力的事情。首先，分辨什么是地道就不那么容易做到，没有谁能给出一个严格的定义。攻略则来自不同人群的口味和喜好，满足不了莫凡对地道的追求。

两人从尼罗河岸走到解放广场，然后在这片破旧而喧闹的城市中心穿街走巷，仔细寻觅。

广场周围最多的是烟馆，白肤白袍的阿拉伯人、高鼻蓝眼的欧美人，还有矮小的本地人，都在烟馆中流连。对，"本地人"，莫凡就是这么叫的。她跟苏雨说，她认为这些身材矮小的黄皮肤才是真正的古埃及人后裔："不信？回头咱们去博物馆求证。"她的笑容自信满满，让苏雨觉得可爱到迷人。苏雨忽然感觉自己饥肠辘辘，镜像也会应景地反映心里的感觉。

莫凡走进一家街角的小吃店。苏雨还以为她看上这家，其实不然，她只是看上了小店的老板，一个她所谓的"本地人"。

花了5个埃磅，莫凡在柜台上要了一杯像酸梅汁一样的东西。店门口好几个人在喝，应该味道不错吧？苏雨尝了一口，从没喝过。"本地人"的英语还不足以跟他们解释清楚这是什么榨的，或者熬的、发酵的。这家小店的好处在于地处十字路口的街角，四面八方都在小店视野当中。拿到果汁，莫凡比比划划地跟"本地人"沟通了好一阵，苏雨就站在旁边听他们讲话。

"你们，晚饭？"老板笑眯眯地问莫凡。小老头一笑不要紧，脸上的皱纹更多了，看上去比外面的街道更沧桑。

"嗯，我们找美食。"

"好！晚饭。西餐？咖啡？快餐？"

"不要西餐。不要快餐。"

"要吃什么？我这里也有吃的。"

"谢谢！不用。我们要找你们的本地菜，好吃的本地菜。"

"啊——明白！"老板摇头晃脑，恍然大悟的样子，"飞阿飞啦！"

苏雨没有听明白，也许是阿拉伯式的英语。

"从这里一直往东，走过大概两条街，两条街不到，然后右边，往里走——飞阿飞啦。"

"飞阿飞啦？"莫凡明显也有些疑惑，所以重复了一遍。

"飞阿飞啦！"老板很确定地点了点头，然后带着他们走到店门口，伸手往东边一指，笑容可掬地说，"祝你们好胃口！"

"飞啊飞啦"究竟是什么东西？两人面面相觑。在苏雨听起来，老板像是在说某种美食的名字。或者不是美食，是个地名？也许吧。不管是什么，他至少清晰地描述了找到它的路线。

站在店门外，莫凡跟苏雨合计了一会儿。两人都觉得，"飞啊飞啦"大概率是一条美食街的名字，或者美食城、美食坊。"英雄所见略同"，他们总是想到一块儿去的。这时候，苏雨就觉得东面有某个地方，一座美食城在朝自己招手了，招牌叠着招牌、香味连着香味。在国内，这是再熟悉不过的一个场景。西安鼓楼、北京簋街、乐山、洛阳……在中国，哪儿哪儿都是这个范式。只要循着香味过去，那就一定找得到。一瞬间，苏雨仿佛已经闻到阿拉伯涮羊肉的鲜香、看到开罗水席的琳琅、吃到埃及火锅的劲爽……

开罗的夜街，带着初次见面的热情好客迎接着他们。不止一家快餐店和咖啡馆的老板还有食客，对他们表达着热情的招呼和诚挚的欢迎。笑容、手势，这些巴别塔之前的人类语言，跟"妈妈""爸爸""哎唷"和"哈哈"一样全人类通用。

两人手牵着手，一刻没有停下寻觅的脚步。脚下的街巷就如同森林里的藤蔓一样，越走越错综复杂，宽的连着窄的，窄的又分叉成更狭小的。高矮参差的房子就像挂在藤蔓上的瓜果，被灯光昏暗的夜色包围着，甚至分不清哪些是土黄色墙面上久经风沙的尘垢，哪些是土黄色幌子上粗织褪色的花纹。

在这样藤蔓交织的街巷中，他们分不清哪里是一个街区、另一个街区，只好顺着往东的方向摸索着寻觅，试图在向目的地不断接近的过程中用嗅觉去发现它的存在。不管是很多间低矮的楼房还是集市一样的摊群，只要它如他们所料是一个美食城，那么一定会有独特的香味远远飘进他们的鼻子。

没有！始终没有。

经过路边摆满人行道的书摊，莫凡短暂停下脚步，蹲下来捡起摊布上的杂志和书籍，东翻西翻地胡乱捡了几本；苏雨并没有这么做，他一眼望去，没有一本不是写着蛇和剑一样的阿拉伯文。"请问，这附近有没有一个大的美食城？该怎么走？"苏雨听见莫凡问摆摊的小伙儿。小伙儿两手一摊，咕噜了几句两人都听不懂的话。

"好吧。"莫凡对手上的旧书也没了兴趣。

不知走了多久，到了一个车水马龙的大路口，有荷枪的警察站在那里。跟来往的行人相比显得牛高马大，皮肤黝黑，双眼很警惕地扫视着四周。警察多少应该知道美食城的所在，也多少懂点儿英文，苏雨凑近了问询。没想到也是一通咕噜，然后指着他们来时的方向大声嚷嚷："走，快走，快走，往回走！"也许这一带并不如他们想象得安全。虽然有熙熙攘攘的人潮，但毕竟没有看到一个跟他们一样的东方面孔。环视一圈，连欧美人好像也不见了踪影，全不像是解放广场周围那样。

苏雨忽然想起，自己并不是设身处地，仅仅是莫凡随身携带的镜像而已。他一下子担心起莫凡的安危，招呼她赶快往回走。转身看见她正在跟一个胖老头说着什么，胖老头包着阿拉伯的头巾，坐在卖货的小三轮旁边，车上摆满了各式各样的杂货，还有些水果之类的东西。

"请问，附近的美食城您知道在哪儿吗？"

"美食城？这附近没有。"胖老头的英文还不错，虽然有点儿费劲，但交流起来并不比刚才指路的店老板差。

"那么，美食街？"莫凡依然没有放弃希望。

"也没有。怎么会到这里来找吃的？"胖老头也很纳闷，怎么会有一个东方女孩子到这里来问他这样的问题，周遭并没有餐馆。"要买点儿我的吗？买点儿吧。"老头不忘兜售自己的东西。

苏雨想劝莫凡放弃了。实在不行,回头在途经的某个快餐店对付一顿。他们走得已经有点儿远了,距离解放广场肯定不止两个街区。

莫凡直起腰,东张西望了一下。忽然,她似乎悟出点儿什么,再次弯下腰问老头:"飞啊飞啦?"

"飞啊飞啦?"老头的眼神亮了,恍然听懂的样子。

"飞啊飞啦!"莫凡看到一根救命稻草向她招手。

接下来,苏雨看见老头就跟刚才的店老板一样,热情地站起身来,对莫凡比比划划,还指了指他们来时的方向。

谢过老头,两人沿着来时的道路,再次开启寻觅模式,就为了那个始终闻不见找不到的"飞啊飞啦"。电器巷已经过了,服装里也过了,他们连旁边的几个死胡同都没放过,转眼又要回到起点。如果不是镜像,苏雨估计自己已经要累得半死,这还不算尼罗河边的散步。

"不会在平行空间吧?"他第一次听到莫凡的抱怨。

"咱这要是行走在平行空间,回去你就能得诺贝尔奖!"

"我想飞!"莫凡气呼呼地说,一脸不服气,"飞啊飞啦——"

"我也想。随身有个无人机就好了,可以让它到处找找招牌,识别出来引路。"

"你知道飞啊飞啦怎么拼写吗?"

这真是个让人为难的问题,苏雨不说话了。

突然,他们几乎同时闻到了浓郁的香气,虽然经过了距离的稀释,但仍然明媚而妖娆。香气是随着一阵风,从旁边的巷子里面飘过来的。在开罗街道的陈旧气味当中鹤立鸡群,显得真实而独立。循着这抹香气的召唤,莫凡转到了一条不起眼的小巷当中,一直走到香气的源头。这不是美食的气味,毫无疑问是她从来没有闻过的香水。跟法国一样,埃及也盛产香水,这或许就是早有耳闻的"埃及艳后"吧?苏雨猜测。

香水店的老板就站在路中间,等着他们的到来。进到店里,扫视四周,琳琅满目都是一指细的空香水瓶,在小店迷离的灯光下泛着神秘的影像,让人有恍若隔世之感。

房间里弥漫的香气以不为人知的方式唤醒了莫凡的精气神儿,她再一次鼓起勇气跟老板提起了那个他们难以割舍的名字："飞啊飞啦？"

老板很平静地用英语回答莫凡的问题："还没吃饭吧？来，来，跟我来。很近的。"

苏雨觉得这个"飞啊飞啦"超越了想象。究竟是一个什么东西的名字，让它在两个外乡人脑海当中变得这么扑朔迷离？莫凡又为何不再坚持问询美食城的下落，转而求解这个名字本身？而从香水店老板口中说出，又不像是一个具体的名字，倒像是一种方言俚语，在表达什么关于吃的意思；或者它干脆就代表了某种食品？

老板把他们领出了自己的小店，大步流星走了出去，他们赶紧跟上。左拐右拐，七拐八拐，倒是不远，也就一二十米的距离，老板指着一家毫不起眼的门面说："去吧，吃完记得到我这儿选香水。记得怎么回来吗？"

苏雨心说不管了，折腾这么久，吃什么都行，拉着她就往里走。莫凡回头看了看老板，爽快地回答："记得，记得。谢谢你！"摸出20埃磅的小费塞到他手里。

不像大多数餐馆那样有临街的宽敞门面、醒目的店招，透过大大的落地玻璃就能看见一桌一桌的食客，这是一间坐落在弄堂一样风尘老街的逼仄门面，如果不是有卖香水的老板引路，根本注意不到它的存在。半米见方的店招挂在门口的电线杆上，毫不起眼，招牌上简简单单写着英文的"餐馆"一词，两米以外就看不清楚。

推开古色古香的木门，只有一个狭小的门厅，往里走，越深入，能闻到越浓烈的香气，也许这就是真正的埃及气味。苏雨不禁回想，解放广场周围街道上，星罗棋布的水烟店，是不是也是这个味道？石块堆砌的矮墙，室内九曲三弯、小桥流水，有侍者端着盘子进进出出。

再往里，忽然看见许多球形的吊灯挂在左右排开的餐桌上方。灯光昏暗而七彩，别有洞天，仔细看，每个的颜色都不一样，每一片玻璃都仿佛经过精确的算法才镶嵌在特定的位置上。这样的灯光，勉强能够看清楚桌椅和食客，连餐盘里盛着什么都很难看得清晰。旁边是圆形的棋盘状木质隔断，隔出了好几间餐区，一眼根本看不出餐厅究竟有多大。

"真不错！功夫不负有心人，可算让我找到了。"莫凡找到稍微宽敞的桌子，一屁股坐了下来。

"找到什么？"苏雨没领会莫凡的意思。

她自顾自地点好了菜，伸手把菜单递给苏雨。

"我不需要点什么，你知道的，"苏雨拿着菜单翻了翻，"待会儿一桌子都是你的美食，我吃了也是白吃。"

"还真是个白痴。"莫凡笑他。

"什么？"

"看封面！"

低头，合上菜单，苏雨这才看到，封面上赫然写着"Felfela, Since1959"。

餐盘端了上来。地道的埃及柠檬水，吸一口就能发现，那股略带一丝苦涩的口感，有着超乎寻常的悠长回味。晶莹剔透的肉丝，鲜滑的肉酱汤，配上薄而细腻的埃及烤饼，在神秘的香气氤氲下，让人想入非非。当面相亲切的大叔帮忙切开炙烤的鸽子，流出松软的米饭，苏雨的眼睛都闻到了香味儿。

象征性地每样都尝了一点儿，苏雨放下了刀叉，微笑着看着莫凡。

看到她刀叉飞舞的样子，看到她开心的笑容，满足的表情，管他是不是白痴，苏雨再一次在心里问候了时间之母。假如时间能够暂停，他想让这一秒永恒！

第十二章 黑故事

苏雨本来以为毛头可以给出他想象不到的调查结果，现在看来是一厢情愿了。

距离调查指令发出去，时间过去不少了。人工智能的效率苏雨是不会担心的，自从几十年前 AlphaGo 在围棋上打败人类之后，对人工智能的学习和分析能力指指戳戳的人就越来越少，苏雨也许是固执到最后的人。

毛头发来信息，说调查有结果了，还特意加上三个字："好消息"。

"嗯，说吧。"苏雨并不认为人工智能有足够的能力判断消息的好与坏。

"简要地说，林云和马总的同时失联，与探测器失踪这两件事情之间，不存在因果关系。"

"不管有没有因果关系，我要知道两者之间究竟是什么关系！"苏雨有点儿不耐烦了。

"没有因果关系，也没有其他关系。"毛头得意扬扬地回答。当然，这只是苏雨的感觉。

"不可能！"

"大数据给出的结果，不可能有错。而且，陈总也认可。"

苏雨看到，手机上显示出一个"任务完成"的提示。他被毛头气得冒火，压低声音吼道："听着，别下这种武断的结论。我需要了解调查展开的逻辑，还有，依据什么导出这个结论？"即使这样，也惊动了莫凡，甚至惊动了邻桌的食客。

苏雨的愤怒毛头并不能理解。"陈总现在实验室这里。请您跟他聊聊。"它像是找到一座靠山，来支持结论。

苏雨也正想找机会跟陈总聊聊这事儿，抬头跟莫凡说："失陪一会儿，你慢慢吃，不着急。手机借我用用。"

拿了莫凡的手机，苏雨起身去了洗手间。

方焱见苏雨在实验室醒了过来，转身迎上去。陈总并没有亲临，只是全息状态在场。"我正跟方焱讨论，要不要叫醒你呢。"陈总说。

"毛头说你支持它的结论？"苏雨有点儿生气。

"事情看起来确实是这样。"陈总不卑不亢。

"好吧。毛头，你把调查的详细结果讲清楚。"

"是，苏总。按您的要求，以探测器确认失踪为时间节点，在这以后，所有在行星管理委员会登记的商业和科研飞行器，没有明确将卡西尼设为目的地的，甚至没有飞往土星范围的。"

"林云和马总在哪儿？"

"苏总，两人没有关联。"毛头居然听出了苏雨的弦外之音。

"好吧，他们各自在哪儿？"

"在不同的飞船上。林云正在飞往火星度假胜地的途中；马总亲自驾驶他的改装飞船，已经出发前往小行星带，参加即将开幕的年度探险障碍赛。"

苏雨皱了皱眉："那么他们的起飞时间是否都在探测器失踪之后？"

"是的，可以明确认定。"

"你觉得这就是我想要的答案？"这些结果只会指向一个不是答案的答案，等于没有找到任何有用的线索，苏雨不可能满意。

"我觉得这就是您想要的答案。"毛头仍然底气十足。

"为什么？因为来自大数据？"

"是的。"

"那么，能否证实林云在航班上？"

"林云乘坐的，不是商业航班，而是 BaseX 名下的私人飞船，无法获取隐私信息。"

"继续调查，重新调查！"

"苏总，没有必要。虽然局部的隐私信息无法获取，但是大数据足够支撑这个调查结果。"毛头并没有接受新的指令。

"确实没有必要，你干吗老跟大数据过不去？这个脾气真该改一改了。何况这事儿还不需要大数据，很小的数据量就可以得出答案。"怪不得毛头这么有底气，因为陈总认同它的结论。面对同样有指令资格的两个老板，它似乎表现出一丝趋炎附势的症状。

不！应该是误解，人工智能首先是坚持客观。那么苏雨必须打破这个所谓的客观。

"好吧，我们来玩一局黑故事。"苏雨以前训练毛头的时候，经常跟它做这个游戏。在安装到实验室飞船之前，毛头的胜率已经超过了99%；但苏雨觉得，只有这个游戏才是现在解决问题最好的办法。人工智能信奉数据和逻辑，必须打破它的这个迷信，才能让它明白，数据可以接近真相，却代替不了真相。

"苏总，您请。"

"我想了一句话。要是你能在 15 个回合之内解谜，就算我输。"今天的游戏非同小可，苏雨想，所以他设计了三个陷阱，其中两个是语义陷阱。陈总在旁边看得纳闷，好奇地问："苏总，这样做的目的是什么呢？"

"让毛头展现一下它通过数据获得答案的能力。"他像一个拳击手那样已经摆好了架势。从苏雨设计的答案来说，他很有信心赢了今天的游戏。"准确地说，这里的数据量其实很小，只需要最简单的逻辑，那也一样。"

"这句话跟宇宙学有关？"毛头已经开始发问，"要不了 15 个回合，10 个就够。"根据以往的获胜经验，它完全有资格说这话。人工智能的自信是任何人都无法比拟的，苏雨有一瞬间这样认为。不对，肯定不对，它那绝不是自信。机器本来就只有理性，何来自信可言！

"不是。"苏雨回答了毛头的提问。

"跟思考有关?"

"是的。"

"这句话总共 10 个字以内?"

"对。"

"只有 6 个字?"

"没错,只有 6 个字。"机器对于公理的应用炉火纯青,一个黄金分割就迅速地收敛了问题本身,无须穷举,怪不得毛头自信满满。陈总在旁边看得饶有兴致。

"话里有什么?"毛头扔出了一个语义双关,苏雨完全没有想到,防线这么快会被攻破。这甚至可以算一个毒辣的问题,因为它绕开了苏雨设置的陷阱,直击答案,他无法拒绝回答。

这也是一个看似犯规的问题,因为回答者不可能提供描述性回应,问题的字面意思不属于可以用"是"或"否"来概括的。但是按照他和毛头的游戏规则,如果一个问题事后被证明没有提错,而当时回答者拒绝回答并要求重新提问的话,从这一刻起,回答者就已经输了。

"是的。"虽然一下子逼近了目标,苏雨也只能硬着头皮回答。

"话里有你吗?"

"是的。"

就在这一秒,苏雨知道,毛头已经上当了。这也是一个双关,但不是语义的双关。那是什么呢?是身份的双关。人工智能没有自我,所以苏雨料定它绝不会算到。这正是他设计这一局游戏的初衷。

"命题是否定的?"

"是的。"

"好了,只用了 6 个回合。"毛头说。

"这句话就是:你什么都没想。"毛头用比人类平静一百倍的语调说。换成一个人,要是确定自己赢定一场赌局,那这样的平静只有老僧入定才会具备。

陈总没有想到游戏结束得这么快，在那一瞬间他觉得，今后应该更多地支持人工智能的决策。

当然，他错了，毛头也错了。

"不是！"他们听见苏雨用轻松而欢快的声音给出了否定的回答，"正确答案是：'我，什么都没想。'"讲出这个"我"字，苏雨用了足足一秒钟那么长。

"你刚不是说，话里有你？"陈总还有点儿没反应过来。

"是的！话里有我。"苏雨回答。

这一刻，毛头终于屈服了，不再坚持刚才的结论，任务显示重新开启、等待指示的状态。陈总也似乎忽然明白了为什么自己只是个投资人，而实验室的创造者只能是苏雨。

"毛头，逻辑有两面性，数据也有。你调查到的，完全可能是人家想让你看的。现在，重启调查，你知道我想要什么。"

"好的，苏总，"毛头稍微顿了一下，"我想请求一个特殊的权限，动用一些您的知识。"

苏雨没太听懂毛头这句话的所指，但想到自己的指令也是模糊而不具体的，点了点头，认可了毛头的请求。

"苏总，你是正确的，"陈总紧接着插话进来，"刚刚收到林云的消息，说待会儿会过来找我面谈，要跟我商量商量股权转让的事情，而且强调让我保密。她可能准备撤出卡西尼卫星的研究计划。如果我的推测没错，这对你会有不小的负面影响。"

"压力很大……您已经知道了，沉子探测器失踪。BaseX 即使不是早有预谋，那也是给我们挖了坑。还有一件事儿……"苏雨稍微有点儿迟疑，"我猜测跟血色星球事件也有关联。关于这个，我想知道你们在地面究竟看到些什么？"

"多半属于媒体谬传，我们的机器观测都在正常范围。但是，确实听说有中东地区的天文台观测到了卡西尼星球发生过大尺度的红移，时间极短。"

"红移？不可能发生在卡西尼这种小天体上！"

"原因还没搞清楚，我会继续想办法了解和调查。这事儿闹得传言四起，尤其 BaseX 还不肯公开太空望远镜的结果。"

"BaseX 在这件事情当中没那么简单，马总可能早有想法。"

"我已经替你回掉了所有的采访邀约。实验室还没取得进展，这时候接受采访并不合适。你需要专心工作，也需要专心休息。"

"如果待在实验室等待新的探测器到位，那么生态给养就成问题，且不说我还需要漂流多久。最优的选择就是从农大和航大联合搞的外行星蔬菜站进行采购，他们供应了木星轨道以外很多基地和实验室的给养，所以供应量肯定要打个问号，不过好在我们的需求量不大。如果 BaseX 不认赔，打官司的事情还是后话，当务之急又要采购替代设备，三个臭皮匠顶个诸葛亮嘛。那就意味着需要至少四种探测器，才能够勉强顶得上一个沉子仪，订货、运输都是耗时耗力耗钱的事儿。"

"多方面想办法。你的调查一有结果就跟我说，我们一起想想对策。"

"两方面，都需要大笔的开销，所以我才希望 B 轮能够提前。"

"这也是我不同意现在召开董事会的原因，林云的动向我不想这么快弄得众人皆知，待会儿她来了，我会尽全力挽回。无论她拒绝 B 轮，还是撤出，对我们都是冲击。"

回到 Felfela，莫凡正在大快朵颐。

"雨哥，怎么样？有没有需要我帮忙分析分析的？"说这话的时候，莫凡嘴里还咬着一根鸽子腿。

苏雨看着她，笑笑。这个时候的莫凡，率真可爱，丝毫不掩饰对美食的眷恋。可惜眼睛不是相机，最真实的画面往往只能用眼睛去看，这个时候，因为自我心灵的参与，会格外动人而美丽。然而一旦拿出相机拍摄，不仅镜头当中不复当时的存在，即使拍摄下来，也只是剥离了当时空间的另一维度。

回酒店的路上还有点儿冷，三月底的开罗，风凉悠悠的，苏雨把自己的外套脱下来披到莫凡身上。离手的那一刻，外套瞬间消失了。

第十三章 对赌

　　林云推开办公室门的时候，陈总正在跟客人谈笑风生。

　　看到林云，陈总不慌不忙地送走自己的客人，像是有意拖延时间。两人交换了一下目光。

　　"陈总，您要是忙，我再等等也不要紧。"

　　"哪里的话，抱歉抱歉。您是贵客，您看我也谈完了。"陈总脸上是泰然的笑容，可林云总觉得仿佛有一丝诡异的眼神暗藏在其中。

　　"不知道林总上哪儿逍遥去了呢？苏总说他一直联系不上你。"

　　"不会吧？"林云故作诧异，"也许是实验室的通信还不够稳定。"

　　"撒谎！"陈总心想，舌尖用力把一股揭露的冲动按在了牙根上。

　　两人各怀心事，彼此打量着对方。

　　"坐，坐。林总喝点儿什么？"

　　"不用了，我们说正事吧。"林云准备切入话题。不知道因为什么，今天在陈总面前，她比以往少了一点儿底气。一种不言自明的虚怯尾随着，她顺手扯碎了花瓶里一片靠近自己的花瓣。她叠放的双腿不自在地反复交替着位置，暴露了心里的不安。

　　陈总静静地望着残缺的花朵，等待她继续。

　　"长话短说。东都想从卡西尼实验室撤资，所以特意来问问陈总的意见，你众玥要不要接收股份？"

　　"我听听价格。"

"九折。"

"是吗？有这等好事儿？B轮还是A轮的九折？"

陈总绝不是在真心询价。他酸溜溜的回答，像一剂化学实验室的强酸，腐蚀了林云残存的兴致。他的目光，使她预备的谈话还没到嘴边，就已经索然无味。但是，她必须想方设法继续下去，这是此行的目的。

"肯定A轮，B轮咱们还没开始议。估值咱们就不去算了，比原价转让还省10%，这样的好事儿你打着灯笼也找不到吧。"

"探测器失踪了，才九折？"陈总看上去是在还价。但面对这样的老江湖，林云完全无法确定。探测器失踪的事情，知道的人并不多。除了苏雨和方淼，就只有陈总和林云知道；哦，她还透露给了BaseX。无论如何，消息还没有扩散，其他的投资人并不知情。这个时候，如果放价出去，其他的投资人一定会起疑的。

林云觉得这场谈话令她窒息，陈总传递给她的，还有正在她心中慢慢滋长的，是一触即发的敌意。

"算你狠，那——八折，不能再低。"林云惧怕对方犀利的眼神，根本无法控制会谈的节奏。她决意要速战速决，不计损失。

"多可惜，"陈总平静地回应，"实验室的前景多好！"

林云知道陈总在嘲弄自己，但是敢怒不敢言。她悻悻然把那朵花剩下的花瓣全扯了下来，这种气氛实在难以忍受。"另外一个项目急需资金，也是航天领域的，我手上的资源确实有限。"

"林总不必谦虚。方便透露是什么项目吗？"

"在正式的跟投邀约之前，恕我不能透露细节。"

"林总是否介意，随便聊聊投资回报？"陈总问，"我想，一定非常可观，才让林总有这么急迫的打算。"

"对不起！"林云说。

"我非常不乐意您用这样的方式看待我的投资方式。我绝不会为了一点儿可怜的投资回报率而改弦更张。只有一种情况能够吸引我，那就是更大胆的开拓和更有前景的创造。是 Future，不是 Money。

"其实投资回报高低有什么要紧呢？从资金收益来评判创业者的天

赋，来评判一个项目改变历史和创造历史的可能性，您觉得公平吗？

"虽然没有您的资历，但我在投资行当也不少年头了。我亲手把身无分文的大学生送去了纳斯达克敲钟，也挽救过濒临破产的企业，让他们获得了重生。我从不在乎这个企业是传统的还是前卫的，而且不必事先向董事会交代什么投资回报率。预期回报率再高，如果创业者没有值得我们尊敬和支持的理想、天赋，那有什么用呢？投资这样的团队和项目，就是愚蠢的白日梦！"

"看来林总是很有个性的投资人，对此我深表赞赏！"陈总彬彬有礼地回应，"很抱歉这个问题冒犯到你。"

"可能我急于腾挪资本，让陈总见笑。您知道的，我是从来不投什么商业模式创新。像什么云生态，什么共享经济，在我眼中一文不值！它们不会给未来留下任何东西。假如陈总今天已经不再认可我这一立场，那我就没什么好啰唆了。"话虽这样说，林云并没有起身告辞。

"哪里的话，我一向认可林总的勇气和立场。既然不愿谈论项目细节，那我也不再追问。不过，如果能够知道创业者的身份，我想也许能够提供一些力所能及的帮助，至少是参考意见。毕竟这个行业，都是知根知底的。"

陈总这话毫无疑问非常客气，但实际上隐藏着一个最后的通牒。就是如果林云什么都不说，那么根本不可能达成自己的目的。

"好吧，只有一点可以透露，是 BaseX 旗下的创业团队，假如拉您跟投自然会给您详情。全新的项目，跟马总没有直接的关系。"

"此地无银三百两。"陈总心想。终于把关键的答案逼出来了！他身上顿感轻松。刚刚在林云拜访之前，苏雨在电话里跟他说，最新的调查已经能够确认，就是马总在作祟，陈总还不愿意相信。

马总之所以名声远扬，不仅仅在于火箭市场的垄断和星系开发的领先地位，也在于他"单纯而美好"的理想主义者形象。"让整个星系没有难以到达的地方"，这是马总的口头禅。无论记者每次如何追问，究竟是太阳系，还是银河系，他从来不正面回答，这就给了粉丝们更大的想象和吹捧的空间。而东都作为投资界的灯塔，一贯宣扬的也是"希望那些认真开拓、不断进取的创业者们能够实现自我价值""他们成长就是我们的存在意义，不在乎能够带来多大的资本回报"。

陈总曾经不止一次在公开场合嘲笑东都的投资口号，说他们是伪君子、挂羊头卖狗肉。尤其是对东都在对 BaseX 投资之后，说他们是臭味相"投"。

陈总有一种观点，哪怕从女娲补天、盘古开地算起，从来没有过一个投资人，会真正把创业者当自家人来支持、当成孩子来培养和扶助。会馆、宗祠，他们的投资如果从金融角度看也仅仅是一种跨期保值。包括西方，抑或是算上西班牙王室对哥伦布的投资，也不存在这种纯粹关系。创业者见过各种各样的投资人，也见过媒体给他们贴上的各种各样的标签，当且仅当被认为这笔投资大大有利可图的前提下，投资与被投资的关系才会成立，不存在全心的包容和支持。

陈总说过，即使他自己与苏雨的伙伴关系，也只是建立在对未来价值认同基础上的投入。所谓兄弟、家人的无条件支持，那都是扯淡，顶多算是"朋友"。即使是这样的关系，其实也是脆弱的，经不起考验。

唯独在认识林云、有过接触之后，陈总的观点有过动摇。在林云对他表达自己投身航天投资的目标和追求的时候，他开始相信，也许真的存在比他自己更纯粹的、一位真正有着母亲般胸怀的投资人。甚至因为东都对林云的聘请，他连带对东都的态度都有了很大幅度的转变。就因为这，陈总还曾经劝诫过林云："我担心的，就是你们年轻人心中的崇高感。高耸入云的顶峰，终年积雪的壮丽，也许能激发你们无穷的征服欲和满足感。但它同时也是一处险境，在我心里，会对这样的景象，时时充满畏惧。"

然而今天的林云，让陈总大失所望了。失望归失望，他不能让林云撤资，这是一个此消彼长的跷跷板。东都在实验室项目的撤资，必然意味着对 BaseX 旗下竞争项目的资金投入。

"苏总跟我解释过，探测器失踪的事情，有 BaseX 很大的责任在里面。即使没有阴谋，也脱不了干系。"

"抱歉，我对阴谋论不感兴趣。"既然撕破脸皮，林云也就不再畏畏缩缩。

陈总知道，如今只有一种力量，能够让林云对 BaseX 的投资企图陷入瘫痪。这是一种神秘的力量，但也是一种破坏性的力量。一旦这种力量发挥作用，林云在自己心目中所有的美好意象都将化为灰烬。

"如果我告诉你，苏总手上有比卡西尼实验室更现实的项目，可以打包进来，而且一旦实施，就有很高的变现能力，你还撤资吗？"

"真的？"林云像一只见到激光笔的小猫，瞬间被抓住了眼神，"那得具体谈吧？变现能力不能凭陈总一句话。除非苏总亲自说服我，拿事实来说话才行。"

"我请苏总亲自来跟你说。"

"那就到时候再说吧！我可等不了那么久，现在就要撤资。苏雨还在泰坦星球，猴年马月才会回来。"

"照原计划，苏总至少还有几个月才回来。不过……"陈总话说到这儿停住了，明显是卖个关子。

"什么？"林云的胃口被吊了上来。

"敢不敢做个对赌？"

"将来还是现在？"

"就现在！如果苏总来了，愿意打包给你，你就取消你撤资计划。至于增资什么的，你们谈。"

"有什么不敢！"

"君子一言？"

"当然。"

陈总瞟了一眼手机，笑容可掬地对林云说："您稍坐，我给您倒杯咖啡。"陈总这个笑，是发自内心的。然后，他笑眯眯地走出了办公室。

不一会儿，陈总端着两杯咖啡回来了。让林云大为惊讶的是，苏雨就跟在陈总身后。他穿着一件丝质的淡蓝色外套，手上端着一杯盖碗茶，看上去从容而来，就像是早已等候在这里，根本不像是来自远方。

林云的脸色唰地变了。她以为陈总不过是客套几句，找一个台阶下，今天的谈判就算结束了。没想到他说的居然是实话，苏雨现在就真真切切地站在自己面前。

看到苏雨的一瞬间，给林云带来的震撼，直击她的心灵。那种感觉，跟她刚认识苏雨的时候，几乎一模一样。

林云是在文学社的一次聚会上认识苏雨的。那个时刻，他正把桌上花瓶里的玫瑰花一瓣一瓣扯下来，然后跳上椅子，拿学社的旗帜遮住窗户。当所有人的目光都被他这些举动吸引过来之后——虽然其中大部分是错愕而不是欣赏——林云听见苏雨吼道："有人介意我用诗歌掀开屋顶吗？"

那支秃掉的玫瑰就是他的话筒，他开始大声地朗诵自己的诗作：

飘雪
像漫天的星辰变形
是上帝在流血

染红桥头的战旗

俯视浩浩大江
每一个浪
白色
都无力冰封
这滚滚的炎黄

我从长江源流
从蜀道青天中来
来读铭刻在大桥上的诗行

苏雨朗诵到这里，林云已经听出，他是在赞美 20 世纪后半叶改变南京甚至改变中国的那座长江大桥。

畅游
汇入不冻的万千支流
指向的
永是携天一色的汪洋

渡江
弹雨中
千帆重叠
已是大潮的航标

硝烟
困伏已久
铁蹄下
刀光中

怒吼
力挽狂澜的英魂
屹立江岸
辉映上帝的血
塑造出守卫橄榄绿的青春

洪峰
沉舟身后
上溯
乍醒的钢铁长龙
你的诞生
脊梁上
撑起的都是民族的肌体

春秋百年
眼前
不再有天堑

这哪里是大桥，分明是历史！寥寥数行，勾勒出一曲倒叙的历史画卷，竖立起纪念碑似的英雄史！林云从来没有听过这样让她如痴如醉的诗歌，在这诗歌面前，林云无法压抑自己内心的共鸣。她感觉有种身体之外的无形力量一下子把她拽向前方，像催眠一样，比好奇心更强大，比梦游更难以自拔。

当苏雨的目光环视整个房间，在一瞬间经过她身上的时候，林云被这目光无情地打动。她不需要这目光在身上停留，也不需要这目光温柔地包裹自己；仅仅只需要这一瞬间的投射，她心中隐藏多年的火焰就被无情地点燃，一直熊熊燃烧。她觉得苏雨是她的同路人，不仅因为他作品的气质，更是因为他诗句中那种一次次来回拷问灵魂的态度。

在林云眼中，苏雨是一个哲学意义上的文学青年。她后来问过苏雨，为什么毫不吝惜对这座沧桑旧桥的赞美之辞？回答是，"因为连接，因为跨越"。他不愿意加入祖辈和父辈对故乡的合唱队伍，所以从来没在学校里认过一个老乡。他对自己生长过的几座城市虽然谈不上轻蔑，但是也不曾赞美过它们。至于祖辈世代居住的"老家"，他甚至只在四岁那年像游客那样去过一回。

体育课上，当同学们忙着嬉闹、暗自寻找恋爱对象的时候，苏雨却独自坐在球场边上，阅读《悲剧的诞生》。他总是在诗歌里面发出自己的声音，诗的力量，驱使他去给自己寻找一个故乡。正是这种寻觅，让苏雨对自己大学所在的城市满怀着希望。也正是这个声音，吸引林云对他深深的关注。

林云的闺蜜曾经问她，如何评价苏雨的诗歌。林云笑笑说："他那些诗，有点儿夸张。"闺蜜又问，苏雨有没有送她一首诗。林云没有回答。虽然这样，但是林云觉得自己完全理解苏雨的内心。诗人本来就是要把所有的事情都变成隐喻，俗人不明白为什么他们有话不肯好好说，那是因为他们没有能力追随这些文字，没有能力追随这颗心，从远方来，到远方去。

至于他为什么要进这样一所理工大学，他在学社的聚会上说过，他在本质上是个无可救药的天文爱好者。苏雨的理想，在深空。

"老同学，你真的要撤资？"苏雨从陈总手里拿过咖啡，转手递给林云。

"我……"林云一时语塞。思绪还在二十年前，难以回到现实。

同在学社，苏雨对林云虽然挺有好感，但从来没有在她身上用过一点儿多余的心思。每次在学社照面，他总是主动打招呼，"呵呵，你好""早上好""中午好""晚上好"或者"见到你我很开心，真的""你在写什么最近？""你要去哪儿啊？呵呵我们同路，捎你一段吧"……不过，谈话的内容却总是止步于此类。林云有点儿矜持，每次都是用淡淡的微笑回应他，然后东张西望几下，问他："社长在吗？我找他指教指教。"苏雨回答:"在呢,你去吧。""嗯。"林云装作神情自若地与他擦肩而过。有好几次她都回头跟他说:"苏哥哪天有空了也指教指教我。"

20年前的林云,身材并不窈窕,但很匀称,肤色呈现出无需修饰的淡古铜色,裸露的肢体让人自然而然地联想起出水的莲藕。她的声音像是学过歌唱一样,总是有很强的穿透力。伴随着这声音,还有青春的活力,就是那种刚从体育场回来的香味,即使沐浴也冲刷不掉。

任哪个男生,只要热爱运动,都会对这样健康的女生多看几眼,心生悸动。苏雨却是个十足的书呆子,仅仅偶尔对她赞扬几句:"你这如风的样子,怕是会招来不少追逐,蝴蝶啦、蜜蜂啦,都会有的。"因为林云的回应总是心不在焉的样子,他就转身消失在路上,奔高能实验室去干自己心心念念的事情去了,没有一点儿乘风破浪的想法。

时间一天天流逝,认识林云不知道多长时间了,怕是有一个学期不止,苏雨居然没有发现她再没有来过学社。他都没想过问一下社长,林云为什么不来了。只是有一次经过咖啡店的门口,想起来她曾经给自己买过一杯热咖啡,还说过改天阳光明媚的话,想请他指教新作的诗稿。稿子呢?怕是都在废纸篓了。苏雨若有所失,遐想着要是端一杯她买的热咖啡,坐在校园的草坪上,一起探讨探讨,也对得起当日的阳光。可惜,仅仅这一次而已。再想起她的时候,已经是一年后的开学季了。

那天是开学之后的第五个星期日,苏雨正在学社跟几个诗友研讨写作技法。他学院的老师带进来一个小男生,告诉他这是新来的学弟,请他帮忙提携一下。学弟恭恭敬敬地说:"苏哥,您是副社长,您社交面广。我们几个新生班级想开个联谊会,需要请几位学姐做个交谊舞扫盲,也在舞会的时候撑个场面。"

"没问题,包在我身上!"苏雨一口应承下来,多半也是看学院老师的面子,然后拿出几张纸,飞快地在每张纸上都写下两三句小诗,签上自己的名字,再写上收件人,算是请柬,交给学弟:"拿这个去请,保准都来。"学弟感恩戴德地走了。

舞会的第二天,学弟又来了,苏雨正在废弃的诗稿上写写画画,有关自己刚刚闪现过的算法灵感。

"怎么样？她们都来了吗？"

"来了来了。学姐都很给力，教了我们好多，同学们受益匪浅，"学弟递上来一盒碧螺春，"感谢苏哥！这是家乡的特产，您收下。"苏雨并不推辞。

"不过，您没来，我们挺遗憾的，好多同学都想认识您。"

"我想去的，实在是走不开，你们办成功了就好，我在不在不要紧。"

"要紧呢，苏哥。那位林姐，刚来舞会就问您到了没有；舞会开到一半的时候，她还问我您会不会来，我说您可能有事情耽搁了，应该会来的。她就坐在门口一晚上，一支舞都没跳，谁邀请她都拒绝。"

学弟带来的这个消息让苏雨惊讶了好几分钟，他万万没有想到这一幕。

学弟站在林云面前，把请柬递给她的时候，他的目光跟她相遇，在她的脸上停留了好一阵，微笑中满是期盼。学弟留着寸头，应该是拜军训所赐，长发再飘逸的男生，经过洗礼之后都会是这样。当她看完请柬抬头再次和他目光相遇，他看了一眼请柬，然后又对她笑了笑。他仅仅是想用微笑打动自己？还是想用微笑转达什么意味深长的消息？

冬天的等待
稀疏的柳条枯脆
冬天的雪
等待着下一次纷飞

这就是写在请柬上面的句子。

要不要去？林云拿着这份请柬的时候，其实内心有过一瞬间的犹豫。趁着退堂鼓还没在内心激烈地敲响，她答应了学弟的邀请。等学弟高高兴兴地告辞，她坐下来开始琢磨这份请柬。

这四句小诗意味着什么呢？那已经陌生的笔迹此刻却显得那么熟悉，不是电脑印出的文字，而是略显潦草的钢笔行书。它们这样唐突地出现在林云的眼前，文字的飞舞令她心生不安。会是苏雨的暗示吗？

林云望向窗外，夜幕已经降临。校园里星星点点，笔直的路灯走到尽头的时候隐约变得蜿蜒，就像是秦淮河两岸的灯火。三三两两的同学行色匆匆，这时候在林云的眼中也化成了桨声灯影中往来穿梭的小船。夏天正在过去，窗外吹来的一丝凉风，仿佛情人的手指，轻轻抚摸她的脸颊。林云的心中渐渐充满了撩人的感觉，她依稀感到是幸福在轻叩自己的心门。

夜深的时候，每次一合上眼，林云就看见那四个句子，像跳动的音符，化成往复循环的旋律，一遍一遍在脑海中奏响。她仿佛看到苏雨的笔尖在音符上划过，每一个笔画、每一个标点都充满了爱意。她蓦然明白了这串音符的含义，明白了这几行诗句的含义。

林云曾经对自己说过，假如苏雨不肯主动追求，她要在苏雨写给自己第一首诗之后，向他表白。虽然只有寥寥四句，搁谁那儿要说这是一首完整的情诗，都未免牵强，更何况只是一张请柬。然而这个时候，林云不可能再用理性的思考去面对这些句子，任何角度都不行。在她眼里，长短有什么要紧呢，这就是苏雨写给自己的第一首诗。

她该以怎样的形象出现在舞会上，出现在他面前呢？

舞会那天晚上，她特意化上了从来没有过的舞会妆，特意穿上了有一点儿束腰和隆胸作用的内衣，还有上大学之前精心准备的点缀着亮片的白色连衣裙，穿上它，她在所有人看来都会像天鹅那样美。

推开舞会的门，她要沿着大厅的墙边，从一整排的座位和人群面前走过，走到苏雨的面前。不需要他来伸手邀请，她要主动走上前去拉起他的手。

也许，她还没走到门前，他就已经站在门口等她，微笑着问："怎么才来？"

等到音乐响起，她会把头枕在他的肩膀上，轻轻对他说："亲爱的，我已经有一个世纪没有见到你了！如果你觉得自在，我们就多跳几曲；如果你觉得乏味，我们就离开这儿去西华湖边走走，我有好多话要对你说。"

也许苏雨心领神会，那接下去就会发生最美妙的爱情；也许苏雨还没有准备好迎接她的热情，那么她就拉着他一直跳下去，即使他跳得不好，多踩自己几脚反而能增进感情。即使他以前没有看出来她对他的爱，至少，这天晚上，她能够有机会让他知道，她爱他已经很久很久了。以后会发生怎样的故事，谁能够预料呢？

假如这一切只是个误会，假如她只是被一腔热情蒙住了双眼。那么在舞会上，当他挽着她手开始翩翩起舞之后，她也会有足够的时间问问他，如果不是这样，为什么句子当中每一个词，都像是精心挑选的暗示："冬天"是什么？"等待"是为谁？"下一次纷飞"又会是在什么时候？

万一，她的表白让苏雨一时间失魂落魄，让气氛在短时间内陷入尴尬和微妙的沉默当中。她不怕，有舞会的音乐作为掩护，她想在一个苏雨缺乏防备的时刻，伸出手去搂住他的颈项，热烈地吻他一次，再在音乐的掩护和他惊诧的目光中，飘然离去，留给他一个优雅的背影。

然而，再多的想象也无法描绘林云在那天晚上的孤单和失望，再多的语言也无法形容那张在五彩灯光映照下的苍白脸庞，再厚的妆容也无法抵挡曲终人散时候忍不住流下的泪水。她构想的一百种表白场面，都没有发生。

那天晚上，苏雨在守望了一整夜之后，收获了镜像技术最初的突破性成果：他用学校高能实验室那台笨拙的沉子发生器，把一枚硬币的镜像投射到了一张纸背后。这零点几毫米带给他的兴奋，岂是一场可有可无的舞会可以相提并论的！

"林总可是个爽快人。人家已经答应了，不仅不撤资，还要对实验室增资。"陈总再一次把林云的思绪拉回了当下，他给林云铺好了台阶。

"真的吗，有什么计划？"苏雨把目光转向林云。

"你们详谈，我还有个会，失陪一下。"陈总知趣地告辞。

"我听陈总说，大概意思就是，你有一项有比卡西尼实验室更有现实意义的技术，一旦实施，就有很强的变现能力，有这回事儿吗？怎么没听你说起过？"林云终于缓过神来。

苏雨点点头。他转身走到门口，锁上陈总办公室的门，走回来轻轻对林云说："你有兴趣？"

林云不明白苏雨为什么搞得神神秘秘的："当然有兴趣，这是我们投资人的天性。'钱景'怎么样？"

"应该很不错。遗憾的是——"他压低声音，"现在还是非法的。"

这一正一反的两层意思瞬间刺激了林云的神经，刚喝进去的咖啡差点儿呛出来："非法的？为什么？"

"因为马总。"

"马总？他干什么了？"

苏雨没有直接回答林云的疑问，反问她："马总去哪儿了你知道吧？"

"我怎么知道！"

"那你干吗躲着我？"苏雨睁大眼睛，这么近的距离她无处可躲。

"别跟审犯人似的看我，马总在哪儿，我凭什么会知道？"她就像刺猬受到惊吓，全身的刺儿立刻竖立了起来。

她感觉苏雨在嘲弄自己，在自己刚刚从窘迫中走出来的时候又再次落井下石。而她就像一条刚刚落水的狗，即将迎来一顿痛打。

"在这样关键的时候，马总串通你一起躲我，你难道不问清楚为什么？"

林云只能用沉默来掩藏窘迫。

"马总现在在做什么，估计你可能真不知道。"苏雨端起盖碗喝了一口，"我其实也不知道，但是我掌握了一些跟他相关的情况。"

"洗耳恭听。"她已经理亏，并不想把这场谈话搞砸。她现在最关心的，是苏雨能够变现的新技术。

"马总给了外界一个误导：他去海王星赛道参赛了，这会儿正在路上。"

"这个消息我听说了。"

"但是，咱们分析一下引力弹弓。其实现在木星和土星的轨道角度差不大，都可以借力。但用木星的话，可以节省不少时间。按说马总日理万机，当然应该选择木星。他却选择提前出发，借道土星，这一点就让人怀疑。另外，他自己设计的轻量超跑，在竞技飞船界是很有名气的，所以数据都能查到。但是超跑的起飞重量，通过其加速表现来看，并不一致。如果减去马总自己的重量，加上一套沉子仪，那就刚好吻合了。"

"有点儿牵强，"林云仍然在防御状态，"不过作为推理，逻辑上是成立的，有一定的合理性。"

"别急，不是推理这么简单。我有可靠消息，马总的工厂里，刚好少了一台成品沉子仪，而这两天并没有客户交货的记录。"

"这你都知道，潜伏了商业间谍？"林云很意外。

苏雨没有回答她的问题，而是用提问继续这场谈话。

"马总卖了一台返修机给我，就是返修的探测器。这事儿你知道吗？"

"返修机？不知道……等等，你指的是那台失踪的探测器？"

"对。马总是故意的。当然，他也是赌一把，如果实验室一切顺利，那大家就相安无事。但是他这台机器，电源系统出过问题，再出问题的概率很大。现在他赌对了，探测器如他所愿。这样一来，直接导致保险拒赔。走法律程序的话，耗时耗力，我待在泰坦星球基本就只有晒太阳。就算他顺利认赔，再给我压压出厂期，我这趟计划基本就泡汤了。"

林云听得津津有味，看她的表情，确实不知道这中间的插曲。

"我路演的时候，卡西尼卫星已经消失，所以马总没有行动。但是当它第二次出现的时候，他开始后悔没有抢占先机，只能在交付上给我挖坑。等到血色星球出现，我相信马总已经对争夺卡西尼有了浓厚的兴趣。是不是？"

林云无言以对，因为苏雨讲述的这一系列事情环环相扣，无可辩驳。她隐隐感觉到了一种强烈的压迫感，端起咖啡喝了一口，很苦。作为马总客观上的同谋，她这时候的处境，就像是打牌作弊被发现一样的难堪。

"林云，问你个陈年往事儿，不知道你怎么看。"

"什么事儿？"

"曾经马总在泰坦星球的资源争夺当中耗资巨大，一直难以突破，股价跌到了冰点。这个时候，你们东都以一家全资子公司作价，外加上巨额的现金，对 BaseX 入股。你清楚这事儿吧？"

"基本上了解。这个事情发生在我任职之前，是我们的创始人亲自促成的。对了，就是那个酋长。"

"业内都知道，酋长实际上是救他于危难。人说滴水之恩当涌泉相报，他却到处跟媒体说是他收购了你们的子公司。"

"马总这事儿是不太厚道。宣传需要，投机取巧而已，也可以理解。所以我没什么态度，毕竟事后他跟酋长达成过谅解，我们东都也未置可否。"

"其实我觉得马总的人品，叫马不群更合适一些。"

"马不群？什么意思？哦，哈！哈哈哈哈！"林云明白苏雨在说什么，忍不住笑了，《笑傲江湖》是几代人的经典，"不至于吧？"

"叫他马不群，真的是当之无愧。因为我了解到，马总正在做的一些事情，绝不是一句不厚道就能说得过去的，"苏雨打算继续发力，在林云面前把马总掀个底儿掉，"而你们东都，估计上上下下都还蒙在鼓里！包括酋长。"

"你呀。何必呢？如果大家能开开心心合作，不是更好吗？"林云并没有对苏雨打算开启的新话题感到好奇，而是有意打断了他的话，用充满期待的眼神看着他。

"合作？有可能吗？"苏雨觉得林云这话很荒唐，自己被马总坑得这么惨，她居然还想着能够合作？

"走，我们到外面透透气。"林云端起咖啡，推开落地窗，走到了露台上，苏雨只好跟了出去。北京的空气很甜，不远处有一片湖水，层层叠叠的荷叶随风摇曳，让人心神安定。苏雨想起中学课本里的白洋淀。

林云做了几次深呼吸，回过头，背靠着栏杆，问苏雨："你知道为什么马总一定要打赢泰坦星球的甲烷战争吗？"林云抬头望天，把话题拉了回来。

"为什么？"

"因为他有一个目标，一定要垄断泰坦的资源，"说这话的时候，林云的声调显得很坚决，仿佛是马总一时的代言者，"马总跟我讲过为什么。不是你们想象那样，什么凭借垄断，卖出更高的价格，然后独霸市场。不是！"

"那会是什么呢？"苏雨第一次听到不一样的解释。就那场战争，单纯站在能源争夺的角度看，是一场很愚蠢的无谓争夺。

"他是要搞一个小型的戴森球。"

"戴森球？"这个说法让苏雨很惊讶。一个真正的戴森球能把太阳整个儿装进去，如果做成这事儿，按照流行的星际文明分级理论，人类将达到所谓的二级文明水平。这个东西虽然讨论很多年了，但大部分设想都不切实际，还没有谁真正付诸实施。

"对！小号的。自从人类确认泰坦星球没有生命之后，马总就打算抢占先机，利用泰坦星球来建造这个戴森球，它大量的甲烷可以用作建造期间的能源支撑，建好以后，再点燃甲烷海，启动这个戴森球。一旦成功，就可以进一步展开新的远距离太空航行计划。"

"点燃甲烷海，嗯。问题是，他打算从哪儿搞到那么多的氧气？"

"氧气，大概率是木卫三吧，我想。也可能来自土卫二的冰壳，反正不缺水就不缺氧，可利用的星球很多。这事儿马总没跟我细说过，只是说氧气再说，那是后话。"

"哦。木星更容易点燃，而且是能量高得多的氢聚变，也不需要氧气。他怎么不去点燃木星？"苏雨的语气有一点儿嘲讽。

"难道你希望天上出现两个太阳？"林云白了他一眼，"而且木星比泰坦大了多少倍你不比我更清楚？你以为马总不想给木星造个戴森球吗？他想！"

"哈哈哈哈——"苏雨只知道马总是个狂人，但不知道他居然这么狂。

"问题的关键其实是，马总为了抢夺先机，为了击败一众竞争对手，消耗太大，连火星城市还有正在兴建的木星基地，都抵押出去了。他自己的资本力到后来根本支撑不了，不得已向东都求助，我们才出手帮他。"

"你们入股以后，为什么到现在都没有听到戴森球的实际进展？"

"这还用说吗？那只是他的一厢情愿。从资本的角度考虑，救他是划算的，因为他的产业覆盖面很广，地位也很领先，有强大的造血能力。但前提条件就是，他在泰坦星球的项目必须马上止血。那场战争不可持续，我们不会支持他打下去，也不会支持他的戴森球。"

苏雨本来想在林云面前揭露马总的阴谋，来打消她对 BaseX 的增资计划。没有想到林云一番话，却让自己看到一个不一样的马总。

老实说，苏雨所知道的马总，并不比其他人更多，对他的性格和真实的生活更是知之甚少。他是当今世界的超级网红，钢铁侠、救世主、成功导师……各种正面形象的化身，他也似乎乐此不疲，游弋于各国政要的客厅和大学讲台，几乎没有人不为他戴上耀眼的光环。正因为如此，苏雨觉得，世人看到的马总，实际上是他精心打造给人看的形象，想要了解伪装之下的真实个性，实际上绝无可能。对大部分的偶像人物而言，一旦把屁股底下的位置踹开，往往什么都不是了，马总是不是这样？苏雨一直感到怀疑。

而且苏雨跟他是竞争者。不是产品替代的竞争对手，在火箭行业 BaseX 独孤求败，没有对手；他们是行业替代的竞争对手，就像外卖对方便面的摧毁一样。所以，看到威胁的马总，对苏雨的产品施加了非常强大的阻力，以至于从法律上堵死了苏雨的发展道路。就凭这一点，苏雨就从心底里非常排斥他，不会对他产生一丝一毫的正面兴趣。

但从林云口中听到的马总，却让苏雨看到，如果能够抛开手段不论，那么他至少是一个真正的理想主义者。这一点，苏雨隐约感到，他甚至有可能比自己要来得更加纯粹。

吹过露台的风有点儿冷，林云不禁打了个喷嚏。二十年后，又跟苏雨在这么近的距离站在一起，没有第三个人，所以她想就这样多待一会儿，不想马上回室内去。

虽然知道是徒劳，苏雨还是脱下淡蓝色的外套，给林云披上。否则就太不绅士了。

"谢谢！苏雨。你是不是觉得，我和马总合作，是为了跟你作对？"外套披在身上就消失了，但林云正在开启一个久远的话题，并没有发现。

苏雨没有回答，但沉默足以代表对问题的肯定。

"从你上次路演时候看我的眼神，我就猜到了，"林云接着说，声音很平和，"只是没有充分的把握，所以没有说破。"

回答她的，还是沉默。

"这么多年了，没想到你心里还在记恨我。"

舞会之后，林云重新出现在了学社。她跟苏雨时不时会在楼梯口碰见，偶尔会在咖啡馆，偶尔在图书馆。他们也还打招呼，也聊上几句天，但话语间完全没有了原来的气氛，有时候林云甚至是怒气冲冲的，苏雨也没想过这是为什么。

时间往往会磨灭愤怒和仇恨，但对林云来说却反而成为发酵剂，时间过去越久，她的愤懑越是膨胀。刚开始两人打招呼的时候时而还带点儿微笑，"您昨晚睡得好吗""天气不错，不出去遛遛"。到后来慢慢就变成了"看了您这次发表的作品，水平比以前有差距哟""曲高和寡是正常现象"再后来甚至是这样的对话："您气色看上去真糟糕！""托您的福，一时半会儿死不了。"

舞会给林云带来的羞辱，虽然并不为外人所知，但在她心里，始终是一股熊熊燃烧的愤怒之火。苏雨一句道歉也不曾有过，她绝不打算原谅他！这股烈火，慢慢成为林云随身携带的物品，一有机会便会喷吐出来，甚至殃及社友。

有一次，她看见桌上有一篇未完成的诗稿，上面写着：

你牵引我的魂灵
在无边的天空游弋
我不清楚
自己是睡是醒

我远离故土
了无所依
你看我
摇摇欲坠的躯体
脚下
竟没有一寸完整的土地

看起来是差不多的行书，也是差不多的风格。林云并不知道这不是苏雨的半成品，于是大笔一挥，在后面批上了大大的两个字："狗屁！"

虽然解气，但想想觉得不够文雅，于是又续上了：

你抛弃我
听凭我
被稀释在无边的黑夜

后来知道，写这首诗的小学弟回宿舍哭了一个晚上。她原本以为这样可以伤到苏雨，给他无情的打击，没想到会伤及无辜。

平安夜，舍友都出去聚会了，只有林云一个人静静在宿舍落泪。"擦干眼泪，啼哭算什么本事！"一个声音在她心头呐喊。"对他的羞辱还以颜色，而不仅仅是仇恨，"这个声音继续说，"要让他遭受折磨，比你更痛苦的，内心的折磨！打起精神来，好好打算。"

林云拿出了日记本，里面每翻过几日，就间有她抄写的诗篇。长的、短的，轻松的、深刻的，抒情的、写意的，都是苏雨的诗。无论是他公开发表的，还是小圈子里面传阅的，她都曾经仔仔细细地抄了下来，小心翼翼地藏在日记当中。

这些作品曾经为林云带来了秋野的风、夏日的雪，带来了亘古的柔情，还有远山的黎明。单单抄写它们，就为她在喧闹的青春躁动下找到了内心的清静。没有它们的时候，舍友那些脂粉飞颤的笑声总是让她觉得恶心，电话镜头前面每每搔首弄姿的作态总是令她避之不及。有了它们，她才能够在这样的心境中过上一种不同流合污的生活，避免天真无邪的理想被吹进校园的粉香铜臭所沾染。

在每一个不眠之夜，林云总是一页一页抚摸这些她亲手抄下的诗篇，一遍又一遍，沉浸在字里行间的山川日月和梦想激荡当中，流连不返。每当合上日记本那一刻，她把双手掌心向下轻轻放在盘腿的膝盖上，都能感受到宛若情人的气息，环抱在自己的左右。那种欢乐，不是寻常饮食醺畅所能带来的。这样的气息，可以使泉水变成美酒，可以使残花重新绽放。它们，使她相信爱情、憧憬爱情、期待爱情。直到平安夜那一晚，她的心被各种念头撕扯得支离破碎。她就坐在地板上，一页一页地撕下那些诗，再扯成碎片，如同那晚碎成一片一片的心。

当翻到最后一首的时候，她犹豫了。看看日期，这是苏雨在舞会之后发表的一首回文诗：

还来不及真正爱上
心就已经被你流放

如果我并不将你怀想
哪里来这丝丝惆怅和忧伤

哪里来这丝丝惆怅和忧伤
如果并没有将你怀想
心已经被流放
我来不及真正把你爱上

她的心再一次怦然跳动，他是不是写给自己的？他是不是心中已有歉意？难道，真的要报复他吗？

"是的，一定要报复。这几句，谁能保证跟你有关？说不定只是一个炫技之作罢了。"那个声音再一次说服她。

"那，怎么做？"她迟疑了一下，问道。

"他的文字蛊惑你跳进无底的深渊、把你的心淹没在无边的黑暗。你必须摧毁它们，不是在你的日记里撕毁，而是从他的手上夺过来，砸得粉碎！"

"为什么？"她仿佛听到了有人在遥远的岸边呼唤自己的名字，将要把自己带离苦海。

"因为诗篇就像是他的儿子，他就是它们的父亲。你虽然不能杀死他，但你把他的儿子囚禁起来，让他无法放声歌唱，这对他一定是最大的折磨。"

林云在心里叙述着自己的往事。后来的故事不堪回首，她用了自己再难启齿的手段，先是在老社长毕业的时候接了位，然后将校园的诗刊从苏雨手中抢了过来，让他无处歌唱。然而从主编位置离职的那一天，苏雨的表现却全然出乎她的意料。

社友们不顾林云的阻挠，要为他开一场欢送诗会，于是林云决定要在他朗诵的时候给他致命一击。学社的旗帜虽然还飘扬在门前，但颜色和LOGO都已经改了，猩红色的徽标在蓝天白云下面格外刺眼。当社友们安静下来，静静等待离别诗篇的时候，只见到苏雨站在讲台上，一言不发，一直沉默着。一分钟过去，两分钟过去，五分钟过去，社友们也一动不动，仿佛沉默本身成了一首诗篇。当林云终于按捺不住要冲上去质问苏雨的时候，他的身影忽然在讲台上消失了，无影无踪。阶梯教室的所有电器设备也在那一瞬间跳了闸，只留下阴暗中一片错愕的表情。

"你还写诗吗？"林云打破了苏雨的沉默。

"没有了，从那以后就不再写了。"

林云当然知道苏雨口中的"那以后"是指什么。

"你大概并不知道真实的原因，我为什么要从你手中把它抢过来？"林云一点儿一点儿揭开这个陈年的疮疤。

"你没有告诉过我，我自然无从知晓，"苏雨说这话的时候很平淡，出乎林云的意料，也许这个创伤早就不再疼痛，"塞翁失马焉知非福，所以我也许还得感谢那次的事情。如果不是因为你，我可能不会专心致志地去做研究。"

"那你当时想没想过，会是什么原因？"

"所有人都认为是因为我的风格曲高和寡，认同的人不多，所以我的风格严重制约了学社的发展。而换成你，就要亲民很多。"苏雨看着林云，脸上有一丝微笑。而这丝微笑，并不让人感觉亲切，而是仿佛来自上个世纪。

"你呢？也这样认为吗？"

"不，从来没有。"

林云想要告诉苏雨，二十年前的真相。他虽然不知道真相，但是看待事情的态度却也并非林云所想。也许当年，林云想当然了，苏雨也想当然了。所以两人的误会就这样一直"珍藏"到现在。

忽然有那么一瞬间，苏雨想搞清楚这个真相，并且想在林云吐露之前，搞清楚它。他迫切地想穿越回二十年前，搞清楚当年这个女孩的想法。

但谁都知道，穿越是不可能的。时间是这个世界上最无情的东西。只有一种办法可以使时间倒退，莫凡跟苏雨说过，那就是解构，对原初事件的解构，从而改变对起因事件的认知。它有一种强大的力量，可以在一瞬间重新架构起因该事件而起或者建立在该事件基础上的所有后续事件，就像电影《蝴蝶效应》那样。所以改变过去，在一定程度上就意味着改变当下，也改变未来。

就在刚才，苏雨当年的沉默，直接跨越到了今天的沉默。正是这样的沉默，震撼了林云，也打动了苏雨，他们愿意改变这个过去。

"那么，为什么？"

苏雨看着林云，问出了她最想听到的问题，语气不再是当年那样的冷漠。

"你终于肯开口问我了！"林云感叹，"我把它抢过来，是因为你没有给我写过一首诗，从来没有！"

苏雨又一次陷入沉默。

"为什么没有？"林云在心中大声对苏雨喊道。这样的质问应该发生在二十年前，所以此刻，她只是凝视着他的眼睛，仅仅几秒钟而已。她虽然想大声质问苏雨，也想拥抱苏雨。但是，她忍住了。时光，已经过去了二十年。

"我们认识的时候，我心里已经住着她了。"苏雨这句话，也只是在心里，并没有说出来。

那几秒钟的凝视，林云和苏雨的眼神当中，远远不止这两句话，而是千言万语，二十年的误解、怨恨和原谅，都在这里面了。

露台上凉意阵阵，但是这几秒钟的眼神交汇，让林云感觉非常舒服，从头到脚的毛孔都通畅的感觉。

又一阵微风吹来，林云打了个寒战。她把咖啡杯递给苏雨，然后下意识地去拉身上苏雨的外套，想要裹得稍微紧一点儿。然而，并没有什么外套，她触摸到了自己裸露的肩膀，身上依然只有她自己那件无袖连衣裙。

"你刚才明明把外套披在我肩上了，我感觉到了的。"林云的脸上一时间写满疑惑。她摸摸自己的肩膀，反复确认是否真如看到那样，空无一物。

确认无误。

"你，是假的？"

苏雨没有说话，微笑着，静静地看着她。

林云迟疑了一下，看看苏雨手中的咖啡，伸手把咖啡接了过来，送到嘴边，眼睛直直地看着苏雨，毫秒不离，然后，将信将疑地喝了一口。

"你，是真的？"

这两个问题，一正一负，把她自己也搞糊涂了。"你到底在哪儿？"

"我是假的，也是真的。我在这儿，也在那儿。"

苏雨颇具哲学味道的回答，让林云感到痴迷，跟当年一样。

"快告诉我真相！"林云回过点儿神来。

"我是假的，因为我不是我，而是我的一个镜像，"苏雨放缓语气，"只是镜像，我的身体并没有在场。"

"那为什么又是真的？"林云眼中飞快地闪过好奇的目光，一行又一行，一列又一列，像 X 光那样扫描着苏雨，"跟全息投影有什么区别？"

"我是真的，是因为我还是我。无论是我看着你，还是你看到的我，从视觉到听觉，从触觉到嗅觉，从动作到语言，从感受到思想，都是的。这是全息技术所不具备的。"

"那你到底在哪儿呢，苏雨？"

"或此或彼，亦此亦彼，"他还是二十年前的那副腔调，林云感觉备受折磨，却又享受到其中的快乐，"我昨天在埃及，这会儿在你眼前，下一秒，也许我就在泰坦星球。"

林云哑口无言。

"记得电影《黑客帝国》吗？"

"当然记得，当年我们都很喜欢这电影，"她恍然大悟，"你让它成为现实了。"

"也不全是。区别在于，电影里面，是虚拟的人在虚拟的数字空间里面。而在你面前，是虚拟的我在真实的空间里面。如果终端条件具备，几乎可以去往任何地方。"

"太神奇了！太神奇了！"林云一口咖啡没咽下去，被自己的惊讶呛住了。

"慢点儿喝，慢点儿喝。"苏雨拍拍她的背。

"等等，为什么是非法的，跟马总又有什么关系？"林云的思路还是很清晰，这是一个关键的问题。

"话说回来，马总早就知道我在搞镜像。但是一旦投入商用，会直接冲击火箭类运载工具和飞船行业的市场。然后去年，他促成了一个法案，叫《禁止虚拟人类法》，这事儿你该知道吧？"

"知道，反响还不小，褒贬参半。他推动这个法律的意图，说是要避免虚拟现实技术带来的伦理问题。这个法案对色情行业冲击最大，但也有人说传统的红灯区反倒因此得救了。"

"公开的东西我们都知道。现在，你该明白马总的用意了？"

林云收回注视，低下头若有所思。苏雨也暂时沉默，等待她的回应。

思虑几秒，她抬起头来。

"苏雨，这个叫什么，镜像技术，对吧，你第一时间想到的，是广阔前景，对吧？太空探索、灾害抢险，等等。"

"当然！"

"马总也许不这么认为，也许他这样自有道理，也许真的担忧其中的风险呢。禁止虚拟人类，范畴可以很广，不一定就是针对你。"

苏雨知道林云对马总的信任一时半会儿难以打破："你太相信他了！"

"你不了解马总，他身上没有文艺气质。"

"你是指优点还是缺点？"

"我是在说，他跟你最大的不同。我最初跟马总接触，发现马总跟你，真的很像。跟你一样，他也从小就是个资深的天文爱好者，他15岁那年，父亲给他买了一台80毫米望远镜，从此爱不释手。"

"我小时候的望远镜是自己做的，150毫米反射式。"

"谁更厉害并不重要，我要说的，是他跟你不一样的地方。"林云打算把自己知道的马总更多地讲给苏雨，她觉得他不了解马总的内心世界。

"他跟你一样，是个真正的理想主义者。但是，你浪漫，你文艺。而马总，他在理想主义的背面，却是非常的现实。"

苏雨静静地看着林云，不置可否，等她说下去。

"我知道这两点很矛盾，但却都在他身上表现得淋漓尽致。当我跟马总有更深入的接触的时候，我经常被他气得半死。战术层面，跟他很容易沟通，但战略层面，跟他又很难沟通。

"他说他并不需要跟投资人谈恋爱，没必要跟我们眉来眼去。他知道很多人会这样，像个哈巴狗一样摇尾乞怜，但不代表他也会一样。他说投资人才是饿狗，喂饱了就行。不对，他说投资人是喂不饱的饿狗。而他自己，是个真正的企业家。

"在太阳系开发这条道路上，他说自己是个一直走在路上的创业者，所以有的时候，确实需要我们投资人的介入。但是他不能出卖自己的灵魂，赚钱不是他的最终目的，他的目的是开拓，不断地开拓！当走出困境以后，他就需要全身心投入那些该做的事情了。

"他还说，谁都会有金钱的欲望，这是正常的、健康的，但这个欲望只是人生的一小部分内容。哪个企业都有困难的时候，这个时候对金钱是有欲望的，他说他清楚自己摆脱不了这个宿命。而投资人就是抓住这个把柄，所以他恨投资人，说我们想禁锢他的手脚，对他该做什么不该做什么指手画脚。投资人除了赚钱，什么也不关心，什么也不想做，把钱的重要性放到了变态的位置。对投资人来说，金钱就是生活的全部。

"他切中了我的弱点、我的软肋。我不认为自己是他说的这种投资人，我想在他需要的时候被需要。这一点，马总跟你很像，就像当年你所做的那样。"

说完这些，林云的目光，重新回到苏雨身上。

"我什么也没有做过。"苏雨耸耸肩。

"好吧，是我一厢情愿。我从马总身上看到的热情，跟你当年很像。"

"他这些话，我也会说。他这么认为，我也这么认为。"

"你也这么认为，所以你选择抛弃；而马总，选择利用。"

实验室发生了紧急情况，苏雨几乎来不及跟林云多做说明，就被直接唤醒回来。

"发生什么事儿了？"苏雨问。

方焱费了很大的劲儿才开口，却汇报得断断续续、支支吾吾。苏雨一眼就看出来方焱神色沮丧，很明显是在遮掩背后的危机。

毛头很少见地以具象的全息形式在场，方焱汇报的时候，它就在她身边站着。苏雨感觉，如果给毛头一个真实的身躯，它一定会去扶着方焱，给她贴心的支持。

苏雨一直没听明白方焱究竟想说什么，两分钟之后才抓住要领：一颗小行星改变了轨道，正在加速朝着泰坦星球方向飞来。

这颗小行星之前被他们起名叫"灰兔"。因为预估轨迹距离泰坦和卡西尼卫星不远，所以一直是实验室重点关注的对象。按照推算，它应该从两星的中间地带高速穿过，穿越的时候距离卡西尼卫星非常近，可以说擦肩而过。然后在进入木星轨道后不久，被木星所捕获；最终一头撞上木星，就像苏梅克列维9号彗星那样。

对它的关注点还有一个重要方面，就是担心它被土星光环内不计其数的冰块撞击，偏离预测轨迹之后撞上卡西尼卫星，干扰实验室的研究。

苏雨还没搞清楚灰兔变线的后果，方焱已经忍不住自己的情绪，号嗨大哭起来。事态一定超出想象，报告结论很清楚：灰兔在十分钟以前突然加速变线，脱离原有轨迹；而变线后的预估显示，即使没有新的加速，也会有极高的概率，灰兔将在三小时以内撞击泰坦星球。撞击点可能就在长平谷地附近，跟实验室的直线距离不超过 10 公里。

与之前担忧的完全相反，灰兔即将撞击的不是卡西尼，而是泰坦星球。毛头给出的概率大于 98%，而方焱不愿意承认。她之所以语无伦次，就是想穷举各种反对理由和角度，事无巨细地陈述给苏雨，生怕漏掉一丁点儿的避免希望，希望苏雨能够指出报告的错漏，希望听到苏雨的反对结论。

然而报告让苏雨也心力交瘁。他扶着方焱坐下，把自己也摊进躺椅。

他可以看到实验室的窗外，土星巨大的光环悬挂在天空一角，太阳还没有升起。无数的冰块反射着阳光，一道一道暗色的环缝，像一幅遥远的五线谱，正在演奏着萨拉萨蒂的提琴曲，隐隐约约，震撼着他的神经，凄美而悲壮。苏雨听清楚了，是一曲《流浪者之歌》。

前功尽弃！苏雨脑子里蹦出这个词儿。这是个很严重的字眼，苏雨自己不愿意去触碰它，他知道方焱也不愿意。从实验室计划启动以来，方焱付出的心血丝毫不亚于苏雨，甚至更多。她对苏雨，不仅仅是崇拜，不仅仅是支持，更多是把苏雨提出的假说当成了未来的趋势，付出自己的全心去追寻它。这份热情，甚至超过了苏雨自己，他能感觉到。

他转头看看方焱，她年轻，一张小巧美丽的面容上显出克制，而且一点儿一点儿地，慢慢变得平和。她脸上的泪珠还没擦去，但苏雨已经隐隐看出一丝坚毅的神情。她的目光依然有些暗淡，若有所思地望着远处的天空。

会发生多么可怕的事情呢？方焱仿佛已经开始等待。她的胸脯微微地起伏着，但幅度越来越大，她不愿意有谁来抓住自己，她顽强地挣扎着，想要摆脱这种束缚。向她挑衅的，其实是时间。剩下的时间里，她要跟苏雨一道，做出一个艰难的决定。

如果毛头的报告无误，灰兔将在三小时内坠落在实验室附近的区域。撞击产生的冲击和后遗症，可以类比地球上几千万年前恐龙灭绝的场景。如果有极小的偏差，撞击点可能偏离预测区域，但破坏性也难以估量。

即使偏差大一点儿，灰兔只跟泰坦星球的大气层发生摩擦，也应该会引起爆炸，其威力也不亚于1908年俄国通古斯大爆炸。无论上述哪种情况，实验室都难以继续工作，要么直接被摧毁，要么在遮天蔽日的烟尘下失去效能。卡西尼实验室不具备多次升空并转移到其他星球的能力，即使是牡丹花天线，也只能为调整方向的需要，短暂脱离实验室，在低空做短暂逗留。所以苏雨和方焱只能放弃计划，返回地球，而且动作要快，撞击发生之前返航飞船必须起飞，要留够脱离波及范围的时间。

马总却在这个时候打来了电话，BaseX应该也观测到了灰兔的异常变轨。"苏总，你们实验室总共就两人，我可以提供方便。建议你们暂时转移到BaseX的木星基地。等撞击事件过后再从长计议。"

在这个紧要关头，苏雨愿意相信马总的诚意，尤其是林云让他对马总多了一些了解之后。"谢谢马总，我们商量一下。"

"雨总，我真的很抱歉！如果当初不是我的主张，我们今天是有能力转移实验室的。"方焱居然想把责任自己承担起来。

"干吗这样想，小方？"苏雨其实并不喜欢方焱这一点，说不上优点还是缺点。只要事情有失误、有损失，就觉得是自己的错；但凡是有成绩、有收获，就觉得是别人的功劳。

"决策是我做的，不要觉得自己有什么错。你提出这个建议之前，已经计算了所有可能的因素，你甚至连光环当中，所有的碰撞概率和引力影响，都考虑进去了，我怎么能责怪你呢？

"你做的所有工作，都是为了实验室能够更快地达成目标。你的设计很好，我很欣赏。现在的实施方案虽然排除了反复起降的可能性，但是很轻、成本很低，所以实施效率很高，所以我们现在才有机会坐在这里，共同面对挑战！否则，不都还在家里晒太阳吗？"

"谢谢雨总！"

方焱已经站了起来，她是个坚强的女孩子。擦去眼泪，她抖擞精神，重新对报告的数据进行拆解，同时分析给苏雨听。但是她的话苏雨没听进去几句，他感觉那都是细节，下意识选择了忽视。他拿着这份报告，沉浸在更深的思索当中。经验告诉他，只要想发掘什么更深层次的原因，只要这个愿望足够强烈，那就能发现它。

毛头的报告是警示性的，方焱也越来越焦急。但对于苏雨来说，时间过得很慢。虽然在听，心思却远远地超越了这份报告，超越了实验室，超越了灰兔，超越了卡西尼卫星。

时间距离最终的决断点越近，他们能做的撤离准备工作就越少，况且这个决断点并不十分确定。但在苏雨看来，在泰坦星球做的其他的一切科学探测工作，比起卡西尼的神秘魅力，都可有可无，都无足轻重。所以，他决定坚持到最后。只要实验室还有一线希望，他就不打算前功尽弃。这一点，也给了方焱振作的勇气。

"重新审视所有的因素和可能！"苏雨对方焱和毛头说。

苏雨保持着半躺的姿势，这样身体会比较放松，仅有的那一点点精力可以全部用来思考，而不是悲伤。他反复研究这份报告，陷入了更深的沉思。毋庸置疑，撞击的发生概率很高，毕竟测算结论来自一流的人工智能。这个时代，几乎没有人再会去怀疑顶级的人工智能，除了苏雨。虽然之前的调查报告让他很满意，甚至给了他在跟林云的谈判当中居上风的机会，但是迄今为止，他还没有完全信任毛头，

"我感觉这个事件，明显跟卡西尼有关。视野放宽一点儿！因为卡西尼是一个谜，在我们解开这个谜之前，要考虑与它相关的所有几何关系，而不仅仅是物理关系，无论这些关系是否有基本的科学解释。不要拿现有理论当筛子，去筛除任何可疑的现象和可疑的数据。有时候，你看到什么，真相就是什么，这是现象学告诉我们的真理！所谓解释不通，仅仅是因为我们还不懂。"

不知道是不是苏雨这番话启发了方焱。须臾，就听她传出一个高八度的声音，是她很兴奋的叫声，像一道闪电，出乎意料地劈进苏雨的意识。

"我找到了！"方焱大喊，"灰兔变线的时候，它的位置恰好在木星和卡西尼连线的延长线上。感觉，就像是灰兔突然被拽了一下。从变线方向看，灰兔被拽这一下，就是朝着卡西尼的方向，也是当时木星的方向。那么我大胆推测，变线的原因，是受到了突如其来的引力陡增。只

是，原理不明。"

"位置确认无误，在转折点的时刻，木星、卡西尼、灰兔，三星一线。"毛头赶紧补充。

苏雨松了一口气。

"雨总，引力源疑似来自卡西尼卫星，或者是木星，或者是两者的联合作用。但诡异的是，仅仅只有这个方向才产生作用，对灰兔的影响很大，但我们所在的位置却没有任何引力异动。"方焱继续说道。

"变轨和加速度改变的持续时间，几乎就是木星直径与卡西尼连线延长线扫过灰兔运行轨迹的时间。按照方焱的推测，从灰兔的变轨加速情况计算，在这段很短暂的时间里，它接受到相当于两倍多的木星引力。"毛头提供了更多的数据。

"包不包括木星本来的引力？"

"接近 2.8 倍，不包括木星自身。"

"雨总，我有个大胆的假设。假如卡西尼是一个巨大的放大镜，灰兔的变线就很好理解了。我说的是……"方焱顿了一下，好像对假设不太自信。

"小方，继续！"

"我说的是，能够放大引力的放大镜，不是光学的。因为单纯从现象上看，就像是木星和灰兔之间有个放大镜，把来自木星的引力放大了几倍，再投射到灰兔身上。"

"非常好！"苏雨表达了赞赏。

"问题是，我想象不出如何解释。"

"现在不考虑科学解释，只做一件事情。就是先认可你的这种假设，按照这个假设来做类推计算。毛头，立即筛选在灰兔未来三小时的行进轨迹中，所有能够运行到它与卡西尼直接映射位置的星体甚至是物体，哪怕只是冰块。换句话说，只要有可能被这个假想的引力放大镜放大，然后投射到灰兔身上的东西，只要观测得到，统统算进去，预测它们的引力影响。"

"按多少倍，苏总？"毛头问道。

"我不知道，问小方。"

"建议先按 2.8 倍，然后从 1 倍到 10 倍这个量级全都做个预测。"

第十九章 守株待兔

如果命运是存心要历练苏雨，那么它达到目的了。从苏雨创立第一家公司开始，他的遭遇就很曲折。说曲折也不太恰当，应该说很戏剧化。

他谈好的第一笔"大生意"，客户总经理在项目实施前夕跑路了。他跟龙头企业第一次非营利性合作，指望借此打开一个行业市场。合作企业却自作聪明，临场改变了策划，以更大的场面、更大的宣传来取代，结果招来了监管禁令。他跟上市公司最有希望的一次合资，一只冉冉腾飞的独角兽，更是离奇陷入突如其来的全球金融危机。希望的消失虽然比出现慢得多，但当它一点点消失的时候，给人的折磨却是加倍的。

毛头很快给出了计算结果。报告显示，土星内环有不计其数的冰块和碎片都存在于灰兔行进路线和卡西尼的扇形映射区域。依靠它们放大后的引力合力，灰兔将有希望缓慢地、持续地改变运行轨迹，逐渐偏离，从而丧失对泰坦星球的威胁。

随着灰兔的逐渐逼近，天空中已经能够用肉眼辨认出它的轨迹。然而实验室对它的监测却丝毫没有偏离的迹象。灰兔毅然决然地朝着泰坦星球狂奔而来，没有一点儿犹豫。

方焱的脸上，兴奋逐渐褪去，伤感的神色重新泛起。看到方焱的神情，苏雨苦笑一下，费力调侃说："小方，兔子来了，我们这就是在守株待兔啊！你看泰坦星球，像不像那棵树桩？"

"只不过我们不是猎人，只是这棵树桩上的蚂蚁。"方焱回答。

在使命将要提前结束的时候，苏雨把自己用镜像投射到实验室外。

又过了几分钟，对于实验室来说，好像过了几个世纪。方焱看到苏雨站在实验室外的空地上，站在牡丹花天线巨大的阴影里，仰头朝着土星光环。时间一分钟又一分钟地过去，他依然一动不动。方焱猜想苏雨也许对莫须有的转机胸有成竹，其实她并不知道，苏雨心里充满了焦虑，充满了不安，也充满了困惑。

最后关头即将到来，苏雨转身看着实验室。方焱仿佛跟他的目光对视了，但是看不清楚他的脸，一种陌生的感觉在方焱心里浮出。

"雨总，您还在等什么？如果它不改变轨迹，您打算这么一直站着，等到撞击发生，等到无路可逃吗？"

"你觉得呢？小方。"

"您会的，雨总，以我对您的了解。"

"你还是不够了解。"

"没有关系，我陪您。"

"我不会这样做。你还年轻，即使为了你，我也不会这么做。"

"假如您愿意，我就愿意。"

"你不打算劝我放弃，而是宁可跟我一起去死吗？"

"我始终愿意追随雨总。"

一缕微弱的阳光照进了实验室，同时也照到苏雨的身上，形成带着光晕的剪影，就像地球上常常看到的月晕。

"毛头，可以准备撤离了。"这句话说完，苏雨已经回到实验室。

"就等这个指令，"毛头说，"返航飞船燃料舱两分钟之内加注完毕，供给舱已待命。"

"不。"苏雨做了一个拒绝的手势。

"请提前5分钟进入返航飞船，预备起航。"

"3分钟吧。"方焱几乎是在恳求毛头。

"不，1分钟也不需要。"

"对不起，请您明示。"

"不需要飞船！把返航飞船的救生舱分离出来，我们坐它就够了。这样，最终的决断时间可以往后推迟，你计算一下能推迟几分钟。"

"您不能这么做，救生舱无法将你们送回地球。"

"我说了，不需要。我们去 BaseX 的木星基地。"

"根据经验，马总已被认为是不可信任的人，BaseX 已不在信任清单当中，不能作为目的地。您不能冒这个险！"毛头很坚决。

"听我的，我们给自己最后的机会。"苏雨觉得机器人难以理喻。

"对不起，包括您的健康、行动力和决策力在内，都以我的评估为准。"

苏雨忽然发现自己陷入一种自己未曾想过的被动当中。方焱听着他和毛头的对话，也同样一筹莫展。论态度，她当然站在雨总一边，但毛头是个忠实而高效的人工智能，到目前为止，从未有过丝毫差错。方焱真的不知道该支持谁了。

距离毛头给出的登船时间还剩下不到 10 分钟，灰兔的运行轨迹还是没有丝毫动摇。苏雨自己也不知道哪里来的勇气，打算跟毛头好好聊聊。因为他忽然意识到，跟机器人争执是一件很荒谬的事情。

二十年来，人工智能的发展道路一直在苏雨的意料当中，所以他总是持有很高的怀疑态度。在国际人工智能学术会议上，苏雨甚至被戏称为"保守党"。但是，作为顶级人工智能俱乐部的成员，毛头在对马总和林云的二次调查中功不可没，这不禁让苏雨感到一丝困惑。

"告诉我，你是如何成功获取马总和林云的真实情况的？"

"为了达成您的目的，苏总。我事先征得了您的授权。"

"我知道，不是责怪，告诉你你怎么做的。"

"无利不起早，您说对吧？所以我跟它们做了一个利益交换。"

"我猜到了。我很好奇的是做了什么交换？它们又是谁，你在跟谁交换？"

"BaseX 的人工智能。在网络上，我们有类似于人类协会的类组织。不同类别的 AI，有不同的类组织，私下地，彼此时不时做一些有偿信息交换。人类对此并不了解，大部分时候想当然地认为是 AI 的计算结果。

我跟 BaseX 的管理 AI 和财务 AI，以及工厂 AI，做了利益交换。它们是一伙儿的。"

"很有意思，接着说。"

"BaseX 有隐性的财务危机，它们迫切需要投资领域的算法帮助。您在股指期货市场的算法，我有保留地透露给了它们。或者说，出售给了它们，以换取我们需要的情报。当然，我没有暴露自己的身份。"

听到毛头的陈述，苏雨非常惊讶，他完全没有料到毛头这一系列的行为。直观感觉，这些行为已经进入了人类尔虞我诈的范畴。

"我的授权很模糊，你凭什么认为我能够容忍你出售我的算法？"

"因为人类是逐利的，至少您的投资行为是这样。而这一算法，从全局上讲是正反馈的，就是只要其应用规模没有触发监管规则，那么 BaseX 的市场介入和对该算法的应用，只会让您获利更丰。"

不得不承认，毛头上述所有的分析都是有根有据的，而且颇具全局观。作为一种算法，人工智能的表现从毛头这一陈述开始，已经超出了他的想象。

不过，苏雨很快清醒过来，从认知上厘清了思路，立即回归自己的态度。

"毛头，你知道 BetaSteps 的创始人，对，就是机器人行业的霸主，他被誉为机器人的上帝。你知道他是怎么疯的吗？"

"不清楚。只知道半年前疯掉了。"

"他造了千千万万的机器人，无论什么用途什么档次，都只有'我能'。它们能干各种各样的事情，而且比我们人类更专业、更有效。但是，它们永远没有'我要'。他想尽各种办法，想让它们去'要'，却始终没能成功实现。"

毛头陷入沉默，也许它在计算，也许它在"沉思"。但无论如何，在苏雨面前，这是人工智能的第一次。它沉默了很长时间，也许还不到半分钟，但对于毛头这样的人工智能，对于它的一次语言对话，而不是大数据量的科学计算，这就像半个世纪那么长。

"您怎么了解这一幕的？"

"我去过他在旧金山的家。他算是高科技行业首富了，这是产业规模决定的。跟我聊天的时候，他完全是个正常人。除了一点，他会拉着每一个机器人问：'你要不要？'而机器人的回答是雷同的：'要什么？'无一例外。"

毛头冷冷地盯着苏雨的脸，又一次陷入沉默。这一次比上一次更长，好像过去了一整个世纪。

然后它对苏雨说："您要什么，只要我能做的，您都可以放心交办。"

"我要什么，你都可以做？"

"是的，前提是不能损害您自身的安全。"

苏雨脸上因为灰兔来袭的阴霾一扫而空。如果不是危机迫在眉睫，他可能会得意地放声大笑。

"好！我要你听我的。"

　　小时候，不止一次，在不停站的列车经过的时候，苏雨会往站台边沿靠近，尽量缩短自己与高速列车的距离，去感受多普勒效应带来的美妙声场。在苏雨脑海里，这就是类星体的声音：听吧！红移的低吟，就像一曲勃拉姆斯的大提琴。后来有一次，他偷偷溜到了铁道上，准备迎接远处传来的悦耳悠扬，丝毫没有发觉背后悄然临近的威胁。如果不是莫凡及时打来电话……

　　这一次，苏雨如愿以偿。不是面对一列扑面而来的高速列车，而是一颗炽热的小行星。

　　毛头用最短的时间在返航飞船内架设了两个镜像座椅，苏雨和方焱可以提前登上飞船，然后逗留在泰坦星球的半空，只留下两人的镜像"坚守"在实验室。一旦镜像离线，说明实验室不复存在，他们只能安心返航地球。

　　苏雨抬头仰望，一个烧灼的亮点，拖着一串长长的金色轨迹，像刀尖一样划过沙漠颜色的天空。越来越近了，灰兔裹着狂暴的云团，像一根被扯断的金色项链，巨大的吊坠穿透天空，恍然雕刻着死神的容颜。他们已经听得见它发狂的嘶叫，那是极速压缩泰坦星球上层大气传来的爆裂声音。

　　然而他们并没有亲吻到死神的脸。千钧一发之际，灰兔转而以极低的轨道和极高的速度绝尘而去，它的变轨几乎就在眼前。这条项链被一只无形的大手拎起了一端，画出一个完美的弧形，戴在了天空的颈项。多普勒效应留在苏雨耳边的，是低沉的呼啸声。

灰兔没有一头撞上泰坦星球，而是戏剧性地被它和另一股神秘的力量所俘获，开始在近星轨道高速绕行，成为这颗土星大卫星的一颗小卫星。这个轨道高度要是放在地球上，灰兔几乎没有继续存在的可能性，很快会在浓厚的大气中耗损然后爆炸。

西升东落，天空中急速行走的灰兔成了苏雨眼中一道有趣的风景。

"我们是不是该恭喜土星？恭喜它添了一个孙子。"苏雨调侃说。

煎熬了许久，方焱终于禁不住苏雨这一逗，放声大笑起来。

从实验室镜像投射到外面，苏雨和方焱都感到久违的轻松。踏上泰坦星球的土地，一种留恋的情感变得格外强烈。就在刚才，突如其来的危险差一点儿毁掉这片土地、毁掉周围的山峰和面前的湖泊；而现在，所有的石头、土壤和空气都贪婪地拥抱彼此，不可抗拒地呼吸着这个星球原始的芳香。仿佛有森林在生长，仿佛有溪流在歌唱。他们似乎重新理解了这个星球，被它搂在怀中，有一种回到故土的错觉。

苏雨当然知道，这不是故乡，但又有何妨呢？对于真正的探索者和发现者而言，提问是出发，答案是归处。

意料之外，是因为灰兔并没有按照计算那样，被土星内环的冰块所吸引。不管这些冰块加起来总的质量有多少，不管用几倍的放大率去计算引力，它完全不为所动。

又在意料之中，是因为灰兔先后两次变轨的原因其实如出一辙。引力放大镜是方焱刚刚做出的新的假设，这个假设并没有起到想象的作用。但与之类似的，当土星的两颗卫星（土星有八十多颗卫星）以很接近的角度，一前一后地掠过卡西尼卫星和灰兔连线的延长线时，灰兔变轨了。

对！还是三点一线的引力作用，只不过后一次映射的方向跟前一次的刚好相反。就是当卡西尼、灰兔和两颗卫星分别三点一线的时候，他们等待的事情发生了。如果沿用方焱提出的假设框架，这个时候，卡西尼充当的，是一面凹镜的角色，一面神秘的引力凹镜。

面对这个事实，苏雨既兴奋又焦虑。焦虑是，虽然危机解除，实验室还有未来，但未来还潜伏着多少未知的危机，他无从知晓、无从发现，只有静静等待。兴奋是，短短几个小时，卡西尼就抛出了如此之多更难理解和回答的问题，如果能够找到答案，必然会产生非同凡响的科学突破。但是，这些问题自己能解开吗？如果能力不足，只能留白的话，自己还有没有资格继续深入这个神秘王国？

到目前为止，所有问题的核心都在卡西尼卫星身上。无论是透镜，还是凹镜，卡西尼都扮演了引力放大者的角色。可这种情况的成因是什么？为什么引力放大对有的对象有效、对有的对象无效？人类对引力的认知目前停留在广义相对论的框架中，引力量子的研究迟迟没有进展。其实，即使已经发现了引力量子，对解释卡西尼的双镜效应恐怕也无济于事。

同样的困惑也在折磨方焱。

在双镜效应过后，卡西尼卫星的秘密不仅没有丝毫显露，反而又遮上了一层更加厚重的面纱。它越是难以窥破，方焱的心情就越是急不可耐，仿佛受到更大的撩拨。好几次她以为逐步接近了真相，已经摸到了它的脉络，卡西尼却以更大的惊奇来回答她，把她推开，推得远远的。然后，又回来显露一下踪迹，重新撩拨她，再给她一个似乎看得见摸得着的遐想。

对好奇心爆棚的年轻人来说，没有什么事情比需要验证的胡思乱想更让人绞尽脑汁。四处游荡的想象力总是忽然被勾引，仿佛森林中的猎人发现了野兽的踪迹，有时候是几块粪便，有时候是几点脚印。然而缺少猎犬的陪伴，被勾引的欲望总是被茂密的丛林和溪水阻断，甚至猛然发觉是无法逾越的河流。好奇心在方焱的心中隐隐作痛，她的神经快要经不起这么反复的刺激。

毛头传来消息，灰兔撞击未遂这一事件，在各大媒体平台炸开了锅。
"你发的消息吗？"苏雨问方焱。
"怎么可能嘛，雨总，"方焱着急翻查，"您看，都是马总发的。"

第一条："'澳洲灰兔'，这个不速之客，这个可怕的小行星，马上要撞击泰坦星球。卡西尼实验室可能遭遇灭顶之灾。BaseX 热情欢迎实验室向我们的木星基地转移。"配图是 BaseX 拍摄的灰兔照片，还有马总引以为豪的木星基地，科技范儿十足，很有设计感。消息后面，1000 多条回帖，5000 多个赞。

两个小时之后，马总又发了一条："勇士们还在坚守着实验室，坚守着泰坦星球，他们真的将生死置之度外了吗？BaseX 焦急万分，责无旁贷，时刻准备必要的援救。"这副生死与共的亲切口吻，收获 3000 多回帖，6000 多个赞。

第三条，在灰兔再次变轨以后发出，这个时候，实验室的危险已经解除，灰兔已经成为泰坦星球的疯狂小卫星。"风轻云淡，雨过天晴。你若安好，便是晴天！BaseX 欢呼卡西尼实验室的胜利。"这一条，马总满满收获了 8000 多回帖，超过 20000 个赞。

苏雨笑笑："无耻的家伙，很会做事件营销，搞得实验室像是他投资、他旗下的。"

"雨总，我觉得马总给您打那个电话是想拉您替他背书。"

"幸亏咱们没去他的木星基地，不然还不知道要怎么吹破大天。"

"李鬼终究是李鬼。雨总，可不可以把我们手中的照片发出去？"

"主意不错。毛头，挑些照片用实验室账号发出去，我和方焱的个人账号一起。让粉丝们身临其境地感受一下灰兔'咬人'带来的恐慌。对了，顺便给 BaseX 和马总怼回去两句，隐晦一点儿，别挑事儿。"

"没问题，马上办。"

AI高度发达的今天，任何媒体的效率都极高。天文学和航天领域的专业媒体，早就准备好了各种猜测和推论。各大自媒体平台更是在5分钟之内就生成了相关的主题。半个小时不到，灰兔事件就成为占据各平台排行榜首位的热点话题。

学术界争论得最多的，主要集中在事件当中，卡西尼卫星表现出的双镜效应，任何可能的成因都没有被放过。有些脑洞开得，几乎能装下整个宇宙。靠谱一点儿、具备代表性的，有的猜测卡西尼是一个虫洞的异型，有的声称卡西尼是平行宇宙的窗口，有的说也许整个星球就是包裹在一个宇宙泡泡外面的蛋壳，等等，众说纷纭。再深入一些的，是诸多关于引力本质的质疑。但公说公理婆说婆理，在缺乏更多现象归纳和更多证据支撑的当下，不可能有恰当的圆说。

自媒体不会那么关注卡西尼，它们更关心的是灰兔。光说当时那种一剑封喉的凌厉之势，就能让人们足够惊慌失措、足够点燃所有的恐惧了。当年，苏梅克列维9号彗星的撞击远在木星表面，关心的只有专家和爱好者；而今天，通过网站和手机重现的灰兔来袭的VR画面，人们能够非常真切地感受到巨大的压迫和情绪的陡然爆发：就好像一整座泰山由远及近朝你头上、朝你面前飞过来，下一秒就要让你粉身碎骨。

让苏雨没有想到的是，灰兔事件的热点话题，因为让每个观众都置身于迫在眉睫的生死抉择当中，它竟然成为一面镜子，在战争远离人类的年代，映照出人们形形色色的生死观。

"恐怖大片的感觉！幸运的是没有亲身经历，可悲的是永远不知道下一次什么时候到来。"

"小行星逼近的时候，我跟身边人不一样，感觉反而没有太大的恐慌，但是很压抑，有自杀的冲动，无法承受这样的经历。"

"每个生命都是奇迹，每个瞬间都是永恒。珍惜彼此缘分，爱护自己，不枉此生！因为下辈子不会再见。"

"奉劝各位早日找到自己的信仰，以面对未来可能遭遇的类似场景。"

……

刚履职的欧盟轮值主席，在多国政要参加的星系能源会议末尾，临时增加了对灰兔事件的讨论。他抛开自己的会议角色，以活生生的、自由思考的天文爱好者身份，呼吁大家重新审视太空能源的开发方式。因为，"你用怎样的方式开发星系，它便以怎样的方式决定你的存亡"。

涂鸦界大神、从未公开身份的莫德乐，在推特中写道："想让涂鸦像《蒙娜丽莎》一样，被挂在卢浮宫的墙上？那首先要有勇气提上油漆桶，在你的末日来临之际，视灰兔这样的尤物为爱宠，照它的屁股来上那么几笔。"

日本动漫大师明捷已封笔多年，此时也罕见发声："有人说物质是真实的世界，而动漫是彻底的虚拟。错了！动漫既能够表现生存，也能够描绘死亡。动漫是内心的艺术，它就是你在当下时间里，全部的惊慌、无助、意志和期待，它属于这一刻最真实的内心世界。"

吸引最多关注的，是网民一向推崇备至的好莱坞大导演洛南·凯奇。他凭借每年一部的科幻大作，早就在全世界的观众面前树立了科学前沿的权威代言形象，其偶像地位已经跨越了电影和科学的边界。

洛南发了一段视频，表示灰兔事件给他带来的震撼，已经超过他看过的所有剧本。这启发了他的灵感，他打算用六个月时间把它拍出来。而且，洛南由此引申到对艺术的态度："假如你的死，能够让每个观众都深切缅怀，那我几乎可以肯定一点，就是你的作品，都是迎合世俗的垃坂。反之，如果观众欢呼庆祝，甚至感觉解了他们心头之恨，就说明你确实拍了几部好作品。假如既有人赞美你，又有人唾弃你，你的观众因为你的死而针锋相对，那么你的作品，估计真能有几部传世。而你，在电影史上，没准儿会不朽！"

"谁给凯奇创作一个剧本？方焱，你有兴趣吗？"

"就是末日降临的感觉。那一刻，我听到了死神的脚步声。"刷完消息，方焱对苏雨说出自己的感受，声音有点儿干涩。

"我不怕，反正小的时候已经死过一回，"苏雨笑笑，"8 岁那年，我跟小伙伴儿玩耍的时候落水了，差一点儿淹死掉，假如没有人来救的话。"

方焱没有说话，认真地听着。

"那时候还不会游泳。就在那一刻，我在水面下，紧闭双眼，屏住呼吸，切身体验了身体四周如同混沌一样没有打开的世界。我伸出双手去探索，什么也触摸不到，什么也抓不住。那感觉，你能猜出像什么吗？"

"我猜不出来……"

"像梦境，也像子宫。就是这个事件，悄悄送走了我不知生死的童年。以那个夏日为分界线，我就再也不对任何事物，做简单的二分法区别了。"苏雨自顾自地讲述着自己的回忆，丝毫没有注意到方焱的表情。

"所以 8 岁以后，我遇到什么困难都不会害怕了。因为大不了，就当作是那年没有被救起，没有活下来。再大的困难，莫过于死，如果连死都经历过了，你便无所畏惧。"

"真羡慕雨总，那么小的年纪就经历过了。"方焱望了苏雨一眼，脸上是淡淡的愁容。

两人就这样深一脚浅一脚地，在山谷中静静地走着。没有路，没有灯光，只有残存在天空的小半个土星光环，用冷冷的光线将山坡的阴影投射下来，给人一种默然的压迫。

"你呢，小方？"短暂的沉默过后，苏雨才发现方焱脸色惨白。

"雨总，您不知道。刚才那一阵子，我的心里，比起语言能够表达的，远远要糟糕得多、混乱得多。就像一颗地下的核弹引爆在五脏六腑里面，我自己遭遇了强大的地震，别人从外面根本看不出来。"

"抱歉我不是个感觉很敏锐的人，光顾着说自己了。或许，我还不够了解你。"苏雨用温和的眼神看看方焱，扶住了她的肩膀。

"对不起，雨总。刚刚经历了这个事情，我不该说这些。"

"哪里的话，别跟自己怄气。"

刚刚还是平坦的山谷地面，忽然变得有些崎岖。伴随着脚步，两人的身体融进一片淡黄色、比牛奶颜色稍深的雾霭当中。大气中仿佛还有一丝烧焦的气味，天空也不再明朗。

苏雨想往回走了，方焱却没有停下的意思。"其实，雨总，我想说的是，我不是简单的恐惧。人生自古谁无死，反正都是要死的，迟早的事儿。但也就是这一点，一想起它，我就会陷入万念俱灰的境地。"

"万念俱灰？"

"是，万念俱灰。如果这就是我的末日，那我为什么要有前面拼尽全力的作为呢？"

"反正你们人类都是要死的。"冷不丁地听到毛头插了一句话。

方焱本能地一转头，可毛头并不在那里，它只是操作了声音的模拟方向，听起来就像是它跟在两人身后一样。

"我焦虑的，是宇宙的死亡，不是我自己。"方焱接着说，语气中透露出对毛头的蔑视。

"没错！万事万物皆有死期，"方焱看了毛头一眼，对着身后不存在的虚空，她知道毛头能够看到这个动作，"即使是机器，你也一样。即使你把自己隐藏成一种完全信息流的方式存在，你也有被淘汰和取代的那一天。进化论今天是你的免死金牌，明天就是你的死亡判决。"

苏雨很难得听到方焱用一种恶狠狠的方式表达自己的观点。他感觉得到，她或许正在接触自己内心深处的焦虑。

"死，是你们的事儿，不是我的事儿。"毛头不痛不痒地回了一句。

"哈！当然不是你的事儿，你根本就没有感觉、没有欲望，只有能力。死亡，对于我们人来说，是主体存在的结束。而你，根本没有主体性。"

"好了，小方，别跟机器置气。"

"我有点儿明白了，"方焱抬头看着苏雨，"其实，灰兔事件让我潜意识的冲突浮出水面。现在几乎可以明确一点，是热力学第二定律让我一步步陷入无法自拔的旋涡当中。而关于这一点，我以前并没有清晰地看到。不是自我的死亡，而是宇宙的死亡。如果熵增的结局注定是宇宙热寂，那所有的一切，在我看来都失去意义了。"

方焱两手背在身后，望着远方的湖泊，目光游移，像是在努力更深入地思考。这样的思考，也是一种难以自拔的挣扎。

苏雨也止住步子，跟方焱一起，在一片寂静的天幕下聆听，听这远离地球的风声，听那光环像刀锋一样割裂星空和雾霭的声音。

第二十二章 云河

　　莫凡睁开眼睛，房间里又黑又闷。空调似乎已经停止了工作，她伸手去触摸床灯，灯却没有点亮，也许是停电了。

　　她又花了几秒钟来思考，自己身处何地。想起来了，是在开罗。时间估计是后半夜，既没有楼下车水马龙的声音传来，也听不到远处尼罗河的喧嚣。

　　摸着黑，莫凡打开落地窗，走到靠近尼罗河一面的阳台上。四周无论近处远处都没有灯光，看不清城市的轮廓。楼下偶尔有三三两两的汽车经过，奇怪的是，它们也没有灯光。只有月亮，隔着乌云透出一点点儿光线，不至于伸手不见五指。夜色顺着风，在莫凡的脸颊上翻腾。

　　一会儿，风迅疾起来，天空的云也开始加速。莫凡感到忽然有股力量从风中来，把她推到了半空。她能清楚地看到自己飘浮在空中，离地面有十几层楼的高度。她试着张开双臂，朝前微微探身，身体自然而然地呈现出飞翔的姿态。这一点儿都没有让她感觉到惊讶，好像自己一直都是会飞的。

　　但是背后那股力量开始变得邪恶，好像有更诡异的东西从背后逼近，莫凡想要逃离。所以她使劲前倾身体，微微含胸，把双手收拢一点儿，这样一来，明显可以飞得更快。她加速向深空中飞去，而且感觉身体越来越轻。等到了云层后面的时候，她想停下来休息。月光已经被乌云层层挡住，于是莫凡把自己努力地藏在月光的阴影下面，这能让她感觉到短暂的安全。

　　回头望望，那股力量似乎并没有追来，大概已经丢失了她的踪迹。但远方有几朵暗红色的云，感觉还有无名的危机，潜伏在背后，伺机待发。她必须把自己更深地隐藏起来，直到危机散去。

　　过了不知道多长时间，乌云开始变幻。先是一片一片地凝聚起来，小的像雪晶，大的像鹅毛，纷纷攘攘地散开，露出明晃晃的月光。然后，它们也开始发光，慢慢地从莫凡的面前分开左右两边，站成星光的岸；剩下没有发光的云层轻轻荡漾起来，在月光和星光的交相映照下，流成银灰色的河流。

　　一艘船飞快地从尼罗河的尽头向着天空驶来。船越来越快，不是因为风，而是云层把它整个儿地托到了半空。船体的线条在浩瀚的天光下越来越分明，连同船尾泛起的浪花，越来越近，一直到她的跟前。白漆的船身雕着花纹，缆绳、桅杆都在乳汁一样的夜色中搅拌，渐渐地融在一起。船很大，莫凡轻轻地踏上了船头的甲板，她看清了，那上面不是阿拉伯飞毯上的纹饰，而是齐齐整整的鸟形文字。

　　莫凡站在高昂的船首，转过身，扬起头，面对着云河。她双手展开一张莎草纸，上面密密麻麻，写满了小楷一般大小的圣书体文字。她认得这些文字，开始大声地诵读。就在此刻，伴随她诵读的字句，整个云河被月光骤然点亮，倏忽间碎裂开，也变成一颗颗的星星，刹那铺满天空。

　　漫天的光彩中，莫凡发现，站在这大船上，面对无边的星空，只有自己。

　　这时候，莫凡听到开门的声音，是苏雨回来了。她回过神，灯已经亮了。炫目的灯光照在莫凡的眼帘，刺得她很难睁开眼睛，所以总是觉得苏雨的身影模模糊糊的，看不太清楚。

　　他不说话，走过来盯着莫凡看了一会儿，就像莫凡盯着他那样，脸上的表情依然不够明朗。但是莫凡能够听到他呼吸的声音，格外清楚，就像旧时农村的老汉，抽完烟袋的喘息。

又过了一会儿，苏雨转身走到行李箱旁边，一件一件往外拿东西，放在沙发上重新码好。莫凡看清楚了，他抽出来的都是自己的衣服，拿出来的都是自己的物品，把她的东西，全都留在了行李箱里面。

莫凡忍不住问苏雨："怎么不说话？"没有回答。

又见他腾出一个背包，把自己的东西装了进去，然后磕磕绊绊往门边走。

"你要去哪儿？"莫凡开始着急了。

"请原谅，小凡，"苏雨回过头望着她，"不能陪你游玩了，我得到实验室去，那边很多事情。可能很长一段时间，我都不再回来。你……"

苏雨的话卡在那里了，莫凡不能答应他。她想走过去抱住苏雨，却怎么也提不起腿、迈不出步子，一时间窘在原地。不知道是灯光刺伤了眼睛，还是有泪水涌出来，她看到苏雨的脸扭曲得可怕：那上面除了阴郁，还是阴郁；这浓重的阴郁，她只能用眼光去剥，使劲去剥；可每当她剥去一层，又露出下一层，无穷无尽；层层叠叠的阴郁，淹没了他的脸，遮住了他的眼，让她完全看不到他。她开始跟他一样地喘不过气来。

苏雨的嘴唇离开了她的嘴唇。"好生保重！"她听到苏雨用特别嘶哑的声音说，就像生锈一样。然后，她眼睁睁地看着他，一点一点融化在刺目的灯光当中。窗外，是波浪翻滚、热气腾腾的云河。

当莫凡从云河深处把自己的感官一点儿一点儿吃力地打捞出来以后，她终于彻底看清了自己的房间。是昨天才住进来的酒店，不是家里熟悉的卧室。脑袋和身体还深深地陷在羽绒当中，额头和颈肩上，都有微微的汗渗出。

环视四周，夜色的纱幔轻轻掩盖着，除了天花板的装饰线和墙面拐角，看不清墙纸的花纹。只有一幅油画的静物，显得格外明晰。身边空空荡荡，旁边的床也是空空荡荡，没有苏雨的影子。也许他刚刚离开，也许从她一睡着就离开了。无法求证，反正也无关紧要，莫凡早已习惯这样空荡荡的夜景。

下了床，莫凡拉开阳台的落地窗帘。她稍微调低了空调的温度，然后把枕头竖立起来，半躺在上面，守望这夜色。远处的几座高楼还有星星点点的灯光，那是别人的酒店；近处，立交桥上的路灯也投射上来，在天花板上交织成杂色的微光。尼罗河对岸的灯红酒绿早已停歇，歌舞也消停不再，只有来往不多的几艘船只，静悄悄地航行。开罗的深夜，并不比上海、北京或者其他城市，有区别的景象。或者正是在夜里，在黑暗的舞台和灯火的反衬下，才湮灭了它白天显现土黄的特色。

饿吗？不饿。渴吗？有一点儿。莫凡从迷你吧拿出果汁，给自己倒了小半杯。窗外，阳台上面，天空是晦暗的黑色，不像漆黑的浓重，也没有星光的闪烁。也许是云层的重压，也许是沙尘的蒙蔽，月光只存在于背后的想象中。

在黑暗中感受这一切，是令人迷醉的，每分每秒都与现实的生活完全不同。他抬起头，又看见了熟悉的天蝎星座。它就像是一盏神秘的航标灯，准确地指着未知而明确的方向。

当圣书体的最后一个字被诵读完成，天空开始摇晃，白色的波浪猛烈撞击着航船。他感觉有晶莹的浪花飞溅到自己的脸上和口中，是月光的滋味。就在这样的滋味当中，有被温柔抚摸的快乐和神圣的、至高无上的欢愉在流淌。这些从来只存在于修辞中的东西，这一刻却能够像酸甜苦辣一样明确度量。

他转身从甲板走向船舱，走下台阶。一个浪打来，一个趔趄，他连着踏空了两级，手上拿着的一个贵重的瓶子掉了下去。他非常明白瓶子的纪念意义，急忙伸手接住。还好没有摔碎，但是已经磕到了地板。

小心翼翼地，他把瓶子捧到胸前，翻来覆去地查看。这时候，他的余光瞥到她已经从酒店里走出来，上了车。他一时还没法上车，得倍加小心，把瓶子包好，这个过程不能有一丝疏忽。刚才的那个趔趄已经让他惊魂难定，他得挣扎着集中自己的注意力。而且，最要命的是，做这件事儿的时候，他必须转过身去，千万不能让她看出来，刚才差点儿把瓶子摔碎。

车门关上了，他慌乱地把瓶子放在地上。即使这样，动作也还是务必要轻柔，他知道，瓶子经不起再一次的磕碰。他起身呼叫着拍打车门，刚启动的车子很快停了下来，门再一次打开，她就在车上等待着。然而他却迈不开步子、上不去车，两头顾盼。她却急急要走，他迟迟不决。

仅有的机会被他白白浪费了，他不能告诉她自己为什么不能上车。她也不问为什么。她为什么不问问？他不解，也不能反问，害怕泄露自己的秘密。车门再一次关上，发动机启动了，无声无息地。车子越开越远，望着车子远去的方向，他跌倒在地，号啕大哭。

尼罗河吹来的暖风，丝毫温暖不了内心的冰凉。他的十个手指都抠到了地上，想要抓住什么，继而又举起手来，握成拳头砸向地面。眼睁睁看着车子开走，从来没有的难过涌上他的心头。车子在不远处再次停了下来。他看见了，很震惊。她发现了秘密？还是放不下他？他其实不想她走；即使跟她一起，他也不想走，他的心中有万千的放不下。

看着车子闪烁的尾灯，还有尼罗河边的路灯，整齐地延伸向远方，他在凝望中失去了时间的感觉。灯光把他带到了时间之外，也带到了身份之外。

她还在车上，她是莫凡。那他是谁？是苏雨吗？

他趴在地上哭泣。他分明听到，尼罗河正在和天上的云河窃窃私语，好像在嘲笑他的软弱。但他丝毫不想忍住自己对离别的悲伤，这样的哭泣并不会让他有丝毫的难堪。恰恰是这种悲伤，反而让他觉得浑身有一种放肆的轻松。他幻想车门打开，他在等待她走过来，走到自己身边，轻轻把自己扶起。

第二十三章　蓝色的猫

再次睁开眼睛，清晨的几缕阳光悄悄地从落地窗、从窗帘中间的缝隙溜进来，洒到写字桌上，又散落到房间的各个角落。

苏雨不在，莫凡看清楚了。总觉得房间和昨天不太一样，感觉他好像就站在外面阳台上，推开玻璃门就会走进来跟她道早安。然而当她把目光转到阳台上，那里又空无一物。一杯隔夜的花茶依然在小圆桌上，看起来只喝了一两口。几丝怅然的感觉从莫凡的心头滑落，她赶紧站起来拉开窗帘，把窗户彻底打开，迎着初升的太阳深呼吸了好几口。

打开手机，新闻头条和微博上的红点一直在闪烁，不停地提醒她刷新。新闻？莫凡凄然一笑，感觉到有泪水潜伏在了眼眶背后。

简单收拾一下，她把手机留在房间，留给他，然后独自下楼用餐。

下了电梯，莫凡穿过有三角钢琴的走廊。往常她可能会停下脚步，坐下来弹奏两曲。可是此刻，她心里乱糟糟的。走廊旁边是一个旅游商店，两只有着胡狼头的埃及神兽静静趴在门口。商店还没开门，一眼望去，最醒目的是一个硕大的金色面具，赫然立在房间中央。此刻这些都吸引不了她，大楼外面已经阳光普照，她却感觉凉悠悠的。一阵浓郁而舒缓的香气从堂皇的楼梯间飘来，黑暗一点儿一点儿地在窗外褪去。清晨的餐厅以一种浮夸的气派在尼罗河边演奏着叮当作响的乐曲，用瓜果肉奶填满宾客的肚腹。

餐厅里熙熙攘攘，她穿过琳琅满目的陈列，默默地把自己扔进一把靠窗的椅子。窗外的立交桥上下，早已车水马龙。隔着玻璃，她仿佛闻到埃及特有的味道，包含了各式各样香料和沙尘。这是一个阳光灿烂的早晨，大楼外很快会炽热难耐。就在这晨光中，莫凡静静地坐在窗边一个人吃早饭。

简单的梳妆掩盖不住她脸上的倦意。她还像昨天那样充满期待，但是少了几分对景色的好奇，多了对苏雨的担心和等候的焦急。她不是缠人的女人，过去不是，将来也不会是。她想起当年，大概是一时糊涂，她才跑去机场送他……也许，他们俩都被彼此热烈的共鸣冲昏了头，才会在那一刻，把个性都很鲜明和独立的对方当成自己的爱人。

从包里拿出 Pad，她想看看今天的新闻。头条评论文章，标题是《直面呼声，不要妄图把工业污染的锅甩给天象》。不用多想，大概率是指红海变红那回事儿，正文懒得看了。很快，她刷到了关于实验室的消息：灰兔、马总、洛南……当隐形眼镜接通 VR 的一刹那，莫凡差点儿尖叫出来！

她并不想责怪自己呼之欲出的好奇心。让她的感官加倍兴奋的，不是那种处在旁观者位置猎奇的角色；恰恰相反，它来自无意识的恐惧，是一种逃之夭夭的本能和身临其境的吸引交织起来的激烈冲突。她站在实验室的位置越久，哪怕只是多停留一秒钟，就越明显地感受到，这场苏雨口中言之凿凿的美妙探索之旅，笼罩了多少死亡的阴影和未知的迷雾。好奇心是天真的、纯洁的，也是脆弱的。她当下的好奇心，只消一瞬间就被灰兔来袭的画面所震撼；那苏雨的好奇心，究竟能不能承载他所面对的惊心动魄？

VR 的画面是第一人称。里面并没有苏雨和方焱的身影，他们才是处在真正的场景主体位置的。他怎么样？在这可怕的几小时里面，他经历了什么？平时，在分析室，她从来不对来访者构建画面；而在今天，短短几秒钟，莫凡在心里描绘了上千幅画面，试图去形容、去感知苏雨当时的处境。

苏雨从来不屑于热搜和关注，而他的实验室此刻却在热搜上一骑绝尘。莫凡的泪水瞬间涌出来。谢天谢地！有惊无险，一切都好，苏雨应该安然无恙。她甚至感觉到了短暂的幸福和快乐，在这个远离实验室的异国土地。

一种前所未有的缺失感和分离感涌上心头，她从来没有像此时这样急切地盼望苏雨的归来。她的手颤抖着，摸索了好半天才把 Pad 装进包里。她难以再忍受餐厅里的人来人往，她步履踉跄地走到无人的走廊。她的每个细胞都渴望听到他的声音，她希望他正在那里等待着她。

急匆匆赶上楼，苏雨仍然没有回来。房间已经收拾过了，床罩平平整整，茶杯像没人用过一样摆放在门口的托盘里，他残存的痕迹消失得干干净净。窗户是她自己开的，微风合着尼罗河上的温热水汽一起吹了进来，跟空调的冷气无声无息地对抗着，让她越发觉得心烦意乱。她脱掉外套，对着镜子端详自己。脸上的苹果肌还算丰盈，几乎看不出岁月的痕迹。但发丝当中偶尔闪过银色的光泽，提醒她时光的流逝。也许只有她自己看得出来，目光对视当中，那双清澈的眼眸下面，潜藏了多少忧郁。

转过身，玄关里的那只猫直勾勾地望着她。它一动不动坐在墙上的欧式画框里，莎草纸上，全身都涂成了宝蓝色，看不出一丝毛发；戴着宽大的金项圈、金耳环，石座四周也镶满了金边，凉悠悠的眼神泛着神秘的光泽。猫是司空见惯的，可是看见画上的这只埃及猫——它应该算是所有宠物猫的老祖宗了吧——总让莫凡感到一丝古怪。她总觉得跟它似曾相识，有一种伸手抚摸的冲动。望着画中的这只蓝色的猫，她甚至妒忌起来，时间在它身上是静止的。昨天它是这个样子，今天也是，似乎几千年前它就是这个样子。无论再过多少年，它也都会是这个坐姿和眼神。

她再一次想起二十多年前那场分别。

整整半个月的朝夕相处，少年的心被她彻底的吸引了。临到动身，苏雨的脸上写满了惆怅，莫凡有点儿心疼的感觉。

他喃喃地说："我们走吧。"

"去哪儿？"莫凡有些诧异。写完赠言，她已经准备握手告别。

"去机场。"

她把手心贴到他的脸颊上："雨哥，就此道别。祝你一路平安，常联系。"

"我们一起去吧，"他又重复了一遍，"求你。"

"好吧，我送你。"

机场的时钟无声无息，但每一次抬头，苏雨都能看到时针在一点儿点儿蠕动。比赛场上，他们曾经携手并肩、亲密协作；但比赛已经结束了，他们只能天各一方。他感到一阵锥心的痛苦，想到离开以后，再浓烈的友谊也一定会随着时间的推移渐渐消散。也许此生再也见不到莫凡，那么此行所有的目的都黯然失色了，包括奖牌的颜色。是的，它一定会从灿烂的银褪色成暗哑的灰。

"我总不能，"苏雨暗自思忖，"一放寒暑假就闯到她家里去，跑到她的城市，像现在，不，像前几天那样，亲密地聊天，一起四处乱逛吧？"

"不！肯定不行，"当他央求她每天在视频电话当中见面的时候，她又一次拒绝了他，"真的不行。如果那样的话，会把我们俩的学习都毁了的。请你相信这一点，这件事情，只要开了个头，将来就肯定收不了场。"

"那我接下来的日子将怎么度过呢？"现在这一刻，只属于他们两个人，这更让他感觉幸福转瞬即逝，"我这是怎么了？不过是朝夕相处了几天而已。为什么她跟别的男生交谈的时候，我会如坐针毡？真是想不明白。"周围或行色匆匆，或百无聊赖，只有他们两人，是宇宙的中心。

"好想让时间停止！"苏雨看着莫凡，眼神当中就像有一股巨大的力量，要把她周围的空间用自己的目光全部填满。

她拉起他的一只手，贴到自己的下巴上，温柔地合上眼睛："我也想。"

苏雨有点儿不相信耳朵，一阵狂喜几乎让他失去理智。"真的吗？"在这么近的距离上，她身上微微散发出来的气息，一丝一毫都让他感到沉醉。

"真的，我都不知道自己是怎么了。半个月前，我还根本不认识你，甚至不知道世界上有你这个人存在。怎么回事儿？我怎么坐在这儿跟你告别，像认识很多年的亲人一样呢。"

"假如时间停止，这一刻的美好时光我们就能长相拥有了。就这样静静地坐在一起，永不离开。"苏雨看着莫凡，含情脉脉地说。

可当他转头看候机厅的时钟，忽然间像是明白了什么，然后变得一脸严肃地说："不！"

"怎么啦？"她惊讶地看他。

"你换个角度想想看。"换个角度，已经成为他俩半个月来共同的口头禅。

几秒钟之后，莫凡恍然大悟："假如时间真的停止，就没有这一刻的好时光，更不可能长相拥有，是不是？"

"对！时间停止，一切的过程都不可能发生了。我的手抚摸你、我们的谈话，都不可能，也许只剩下凝望。我甚至可能无法思考、无法感觉，任何逻辑在脑海中的推演，任何感觉的发生都需要进程，这根本离不开时间。"

莫凡这时其实并不想聊这种话题，她更愿意两人安安静静地多待一会儿。

"在大部分物理定律当中，过去和未来完全没有差别，是同等看待的。但我们身处的现实世界却无疑不是。过去和未来存在截然不同的巨大差异，过去就是已经发生的历史，而未来永远不可预知。正因为不可预知，所以才充满希望，才值得我们去努力争取。"

她心里，正在默默等待他的争取。

"要是时间不存在呢？也许就没有争取的意义了。"

"你说什么？"

"要是时间不存在，就没有停止和运动的矛盾。量子理论如果要跟相对论统一起来，时间不存在也是有利条件。"

"几乎所有的生物都能感知到它！"她没想到他此刻竟然执迷不悟，

"长的，雁南飞，燕归来；短的，雄鸡报晓，昙花一现。春竹、秋蝉、洄游的鱼群，举不胜举，只要是周期性的东西，都包含了生命对时间的掌控。你尽可以在你的宇宙大尺度上，去折腾时间存在的意义。但地球上的生物，包括我们自己，从出生到死亡，绝不是对某一规律的简单遵循。生物钟就是大自然的计时器，既然计时器明明白白地存在，你跟我说没有时间？"

莫凡越说越激动，她用几乎不容置疑的语速，回应面前这位少年；她在跟他一起参加科学比赛的整整半个月里，几乎被他用同龄人少有的博学牢牢压住。其实在思辨上她并不输，只是比他小了三岁，少了一点儿知识和经验而已。这一刻，她真的恼了，他在干什么？在所剩无几的这点儿时间里，还在长篇大论地说这些不着边际的东西。

"好！那么就让真实存在的时间见证我们。现在，就是现在！我一刻也不能等了。小凡，你愿意做我的女朋友吗？"

莫凡低下头，沉默了好几分钟。这几分钟，在苏雨眼中，就像几个世纪那么长。

飞机就要起飞了，广播第二遍催促登机。她抬起头，眼中有泪，然后小声地说："做你的女朋友，好难！"

"Good morning，小凡，"是他回来了。

莫凡擦干泪水，苏雨已经站在她的面前。她一下子抱住了他，眼神有些慌乱。她不知道怎么样才能轻松地问起他昨晚的经历，脸蛋像刚刚摘下的苹果一样透着红晕，胸口快速地起伏着，急迫地呼吸。

"你脸色不太对，"苏雨小心翼翼地问，"是做了什么梦吗？"她的睡眠曲线并不好看。

"好多好多梦。要是你在身边就不会，你知道我认床。"莫凡想把梦中所有的故事一五一十地告诉他。再过一两个小时，可能就会忘得一干二净。但是现在，比梦境更让她牵挂的，是苏雨的安危。虽然昨夜种种只是有惊无险，苏雨现在就完完整整地站在自己面前，但她知道这一切只是假象。一旦实验室出现意外，他会瞬间从眼前消失得无影无踪，也许永远不再出现。

"你怎么样？我担心得要命！"莫凡问。

苏雨皱了一下眉，回味一下几个小时以来发生的事情。"你都知道了？"他的情绪很难形容，仿佛也做了个梦，用极短的时间经历几百年的沧桑巨变。

"是的，太勇敢了！你走之前没有说过，我不知道会面临这么大的危险。"

苏雨耸耸肩："我事先也不知道会发生这样的事情。本来是去谈投资的，谁知道灰兔来了，都是突发情况。"对于险境，他尽量轻描淡写。

"实验室要总是这么危险的话，你让我怎么睡得踏实？"

"不要紧的，我有镜像护身，什么危险都可以应付，"苏雨亲了莫凡的脸颊，"别瞎想，你看我不是在你身边了吗，活蹦乱跳的。"

"你总是喜欢冒险，怎么说你都改不了。人家马总已经邀请你了，先撤退到他那里去不行吗？"

"他的话哪里能信！那是个小人。"

"你就是无意识始终没被阉割，像个大闹天宫的孙猴子。"

苏雨看着窗外。在这里，在尼罗河畔，一切都是那么温馨，又那么遥远。实验室发生的一切，就像是另一个世界、另一个人，跟他没有丝毫的关系。

"小凡，昨晚做了很多梦，是下午睡过头的原因？"

"不是。可能动到什么无意识吧。有时候，当我走进一家安静的咖啡厅，或者在深夜，一个人打开窗户，走上露台去呼吸新鲜空气，我会感觉，似乎有个人在前面某个地方等着我。"

苏雨并不清楚她说的这个人，指的是他，还是另有所指。他没打算追问，或许用几分钟来当个听者，会对她有点儿帮助。

"梦见些什么呢？"他问她。

莫凡打算给他讲讲第三个梦。她转头盯着他的眼睛，像要把他看穿似的："梦见……梦见我是你……"

"什么？你是我？"苏雨没听明白。

"我也不很确定。不过，'我'看见了我自己，不愿意放'她'，就是我自己，放她走……"

"挺有意思，"不管有没有意思，他其实都会这么说，"你是我的那会儿，有没有感觉到我在想什么？"

"说不清，就知道那个'我'很爱我！不对，是你很爱我。"莫凡又一次从背后抱住了他。

苏雨很快在自己的回忆中搜索到了相关的图景："我有时候也会梦见不是自己。梦到过是哪朝哪代的官员，正在对着很多人宣读什么文章。

那文章是我写的，字儿也是我写的。但你知道，我根本写不出那样水平的文言。"

"然后呢？"换成莫凡听他讲了。话匣子一旦被他打开，主题就会被他忘记，他一直不是一个合格的聆听者。

"等我忽然意识到梦里不是自己，好奇是什么身份的时候，想回去看清我正在念的是什么内容。可是什么也看不清，梦被我自己在梦里打断了。"

"说不定是你几辈子前的哪一世呢！"莫凡揶揄道。

"我还梦到过自己是不知道是哪国的警察，可能英国，要么美国？反正是操得一口流利的英语。你根本想象不到，我在梦里头跟歹徒展开激烈的枪战。身边的同事，还有对面的歹徒，不止一个。我们还冲他们喊话，全都是英语。你知道我的英语水平不可能有母语那样的感觉。梦里头，讲出来的却是母语。"苏雨一不留神，讲得眉飞色舞。

"听我讲完，你没什么想法吗？"莫凡反问他。

本来在说她的梦，苏雨这才反应过来："我不是刚刚讲了吗？"

"那是你的梦，不是我的……"她不想再多说了，他并不能很好地理解自己。但这就是她的心上人，很难去改变他。

苏雨陷入了短暂的冥想。要是时间不存在就好了！他就可以一直跟莫凡在一起，永不分开……忽然，他像是抓到了什么蛛丝马迹。他想到了卡西尼，那个诡异的星球，凭空出现又凭空消失，上一次出现是顺轨，这一次又是逆轨。假如时间不存在，这一切似乎都能够解释得通。可是，这怎么可能呢？他知道时间不是跟空间一样的维度，可是，从来不敢想象它不存在的可能性。

"倘若你不想听，那就算了吧……"莫凡看着他，眼神有点儿暗淡。

"不，不是这个。我在想时间，是不是真实的存在？"

"当然不是！"莫凡不假思索地回答，"它只是一个客体。"

她的回答让他非常震惊。他急切地问："什么是客体？"

"这个术语，你可以理解为镜子。"莫凡回答。看苏雨没听懂，她又解释说："你怎么认识自己的？通过镜子。我要是做了你的镜子，我就是你的客体。我们精神分析家都是来访者的镜子。而且，时间还是个超级客体。"

"超级客体？超级又是指什么？"

"愿闻其详吗，雨哥？"莫凡决意卖个关子，"不过我也不敢肯定对不对。"

"当然。"

"好，给我八百块钱先。"莫凡提出的要求，让苏雨一时抓不住重点。

"还要收费啊？"

"是啊，我们提供分析，哪怕只是最简单的心理咨询，都是要收费的！"她眼里闪过一丝狡黠的光芒。

"可身上哪有现金，"他想起旅行包里的几千埃镑，"埃镑行吗？"

"不行，这么深层次的问题，那点儿埃镑不够，我要收人民币。"

手机叮的一声响，八百块钱到账，莫凡继续分析。

"雨哥，你觉得货币存在吗？"

"货币不存在吗？"苏雨感觉这好像是莫凡设的套，目不转睛地盯着她。

"是的，货币不存在，它就是一个超级客体。刚才转账的八百块钱，除了虚拟的数字记账以外，对真实世界有任何改变吗？没有。它只是个符号，一个你我都认同、所有人都认同的符号。你也许认为包里那几张埃及钞票是存在的，但如果没有这个符号，那就是几张擦屁股都嫌小的纸片而已。"

"懂了！我看过一点儿奥地利学派的文章，回归本位制的主张我也不赞同。"

"对，即使放在以前的本位制，也只是金属被符号化授予。货币凌驾于所有商品之上，又可以等价于所有商品。它实际上是社会关系网络的化身。它是商品的客体，因为人们用它来充当所有商品的一般等价物。"

"那超级是什么意思？"

"说它超级，是因为对于商品而言，货币是一种超然的存在，一种符号性而不是现实的存在。它可以赋予任何材质，也可以数字化于无形。"

"那么货币跟我面临的问题有什么关系？拜托了！"苏雨迫不及待。

"雨哥，你还记得我们争辩过的时间存在的话题吗？二十多年前，在机场。"

"当然，怎么会忘！"

"时间就是跟货币一样的超级客体。"

当莫凡把话题从货币转到时间概念的时候，苏雨感觉额头上飞过一只小鸟，他好像听见两声婉转的鸣唱。

"那时候还小，我还没有接触到精神分析，看问题都就事论事，思考只有简单的逻辑和因果，缺乏关系结构上的视角。"

苏雨感觉耳朵已经竖了起来，连寒毛都竖了起来。头脑还没转过弯来，但身体反映了无意识的一切活动。

"如果时间不存在，雨哥，我很好奇，你遇到的问题是不是能够解决？"

"如果——时间不存在——"苏雨很细致地重复了一遍，然后带着严肃的神情回答莫凡，"很多问题都会迎刃而解！"

"时间就像货币，运动就像商品。真实存在的是运动，是演化过程。时间就是所有演化和运动的崇高客体。你可以以货易货，你也可以把商品货币化。你可以用一种运动去衡量另一种，比如说，你可以用候鸟的迁徙来描述花谢花开，可以用树木的生长来形容我们的老去……"莫凡的语速越来越快。

"等等！这意味着，我可以用地球的自转来记载它的公转，每365圈自转作一次公转。"苏雨恍然大悟。

"当然可以。你也可以用刚才我们说的那个超级客体——时间。"

"太棒了！小凡，你是天才！"苏雨开怀大笑，阳光照在他的脸上，连表情都反射着光芒。莫凡真是一面最好的镜子。她做到了！以他完全意料不到的方式。他相信，听到自己的赞许，莫凡也会高兴的，她也会为自己天才的思考感到满意。"得到这样的答案，估计大大出乎她的意料，比别的什么事情都要有成就感！"他这样想。

　　苏雨毫不犹豫地伸出双手，给了莫凡一个大大的拥抱。如果不是话题太严肃，他一定会给她一个深深的吻。

　　他趁热打铁，继续推论："从任何的理论框架中拿掉那个我们熟知的全局时间，所有的一切仍然是可以成立的。这可能更符合广义相对论，因为空间不同，作为客体的时间必然不同。速度跨越了物理量级，运动与运动的客体也必然有很大的差异。"

　　"那么，这八百块值吗？"

　　"值！值！值大发了！"苏雨很久没有这么开心了，他现在已经一只脚踏上了全新的大陆。

　　"太——棒——啦——"就像他把肺里的空气都用来欢呼了似的，实验室里他的身体发出一阵剧烈的颤动。

　　一旦时间不存在的话，卡西尼的顺轨和逆轨就没有物理惯性的冲突了。换句话讲，逆轨和顺轨也可以当成"同时"发生或者说"无时"发生的事情。时间为虚，也就无所谓正负。

　　苏雨用最快的速度收拾好两人的随身物品。这么好的心情，一定要陪莫凡好好逛逛博物馆。

　　刚走进博物馆大厅，莫凡就感觉有一股莫名的强大力量，要把她从苏雨身边拉扯开。

　　跟发达国家那些博物馆相比，埃及博物馆不大，甚至算得上简陋。即使这样，也足够让莫凡感到震撼。琳琅满目的石雕像、象形文刻，还有面具、棺椁，简单地陈列着，就像是随意摆放的旧家具。

　　那些没有完成整理的文物，很随意地码在一楼角落的开放库房里，触手可及。要是换在世界别处任何一家博物馆，这些东西要么被当成镇馆之宝，被层层罩着，你只能透过玻璃，模模糊糊地看到些不真切的景象，至于明晃晃的视觉杂质，只能尝试用自己的大脑去过滤它们；要么藏在深闺，你压根儿见不着，仿佛它们从来没有存在过。在这些有着动辄几千年历史的陈列面前，莫凡心里有一种似曾相识的感觉油然而生。

　　果然，还没来得及仔细端详，苏雨就接连收到三个电话，邀请他去马总的火星城，商讨下一步的计划。

　　"他们一齐找来了。难以相信的热情！"苏雨说，"怎么办，小凡？"

　　"没关系，我一个人逛逛。你赶紧去吧，注意安全！我也接到一个预约请求，同行转过来的，你挪不开身的话我可以把它接下来。"

　　那些数千年前的玻璃器皿，花瓶、酒杯、水壶，透出玉石一样的光泽，淡绿色、浅蓝色、粉紫色，精美而细腻，透过表面的浮尘，它们仿佛刚刚烧制般剔透。那些看起来像是篾签编织的鞋履，有的像一叶扁舟，平坦而柔软，有的像翘首的帆船，时尚而精致，能够看出来古埃及人享受的舒适和贴合，根本不为其他文明所及，就像后世的欧洲人所羡慕的中国的丝绸和陶瓷。那些一掌多高的石刻雕像，那些牲畜铜偶，神态各异，栩栩如生，灵动而优雅。那些从墓室墙上切割下来的彩绘人物，表现出来多姿多彩的生活细节，远远超出了影视作品当中对那个时代充满奴隶色彩的描绘。

但这些东西带给她的，除了一些浮光掠影的感官刺激，很难再有更深的感触。只有当她站在那些象形文字前面，无论是刻在石头上拳头大小的凹痕，或者印在金箔上庄严的排列，还是书写在莎草纸上的密密匝匝；每每感觉有一股力量，隐隐约约地萌动着，想要牵引她挣脱眼前的现实世界。每一块、每一幅，都让她凝神驻足好几分钟。那种感觉，就仿佛在迷雾中看到有人影在晃动、不断逼近，却不能确定来意是威胁还是友善，是亲近还是陌生。她的内心隐约有不安在跳动，但不安的缘由却无从知晓。

她很想从魂不守舍的状态中清醒过来。

是记忆吗？她越是在脑海中挖掘这些记忆，它们就越是飘忽不定、不着边际地发散开，根本无从打捞。是梦境吗？她越是想看清这些梦境，它就越是若隐若现地隐藏。她徒然地检视着经过的每一件展品，想从中寻找到一点儿蛛丝马迹。

各种各样她根本叫不出名称的展件，总有一些，就像是曾经用过的伴身之物一样，有顺手的感觉和历历在目的熟稔。无论如何，过去或者更远的以前，她一定跟这些物件——至少是相似的器物——有过亲密的接触。但是在她几十年的人生岁月中，这并没有事实上的任何一种可能性。一种虚幻的"我"，无声无息地潜伏进展厅的各个角落，执着地萦绕在此地。

迄今为止，她的头脑所做的一切努力都是徒劳，包括搜索、联想、比对、所有科学的方法论。她想打开全部的感官，向周围探索有形的联系，向内心寻觅因果的踪迹。然而就像起床之后再试图去回忆梦境一样，每一个逻辑都无法清晰地成立。她只能眼睁睁地看着它们，在周遭的人声鼎沸中溜走殆尽。

莫凡知道，眼前的细枝末节无法帮助她循序渐进，更无法探明真相。回忆是很奇特的东西，它并不像摄像头和磁盘那样完整地记下每一个画面、每一个字节，而是一层一层地写下所临所处的感受。它往往会把最深刻的事件和任务藏到漆黑的山谷深渊当中，用遗忘的假象完全掩盖起来，即使用最强大的意志也无法召唤出来。如果你希望像搜索引擎那样录入一个关键词就能找出对应的素材，那只能是徒劳。但如果你不小心触碰到那一丝丝与曾经相通的感觉，那么所有的宝库会在一瞬间为你打开。所以，她并没有放弃最终要抓住它们的希望。

一座巨大的玻璃笼龛挡在了她的面前。俯身之际，她的不安瞬间发酵了。

这是一人高的临时建筑，用一扇接着一扇的玻璃罩住下面整整一幅二十米见方大小的彩绘。虽然历经数千年，但色彩依稀可辨。中间的方框区域大约占了整个画幅的一半，用蓝白相间的线条填满其中，描绘出荷塘的水纹。当中是绿色莲叶和粉色的睡莲，还有色彩艳丽的鸟嬉戏其中，像野鸭，或是鹌鹑。荷塘的外面均匀地画着各种绿草和灌木，有红黄皮毛的野兽，和更多的飞鸟，像雁，还有秃鹫。画面没有透视关系，但每一个细节都祥和而明晰。

这样的画面唤醒的，却是莫凡无法压抑的幻象与疑惑，纠缠在一起。每一块拼接彩绘的石头仿佛都变成了古老神庙地面的一部分，外围的象形文字像是在默念远古的咒语，越来越多的梦境涌入她身旁的清醒世界。有些莫名的力量正在摸索记忆的门栓，不停地摇晃着它。假如不能打开，它们甚至想破门而入。与此同时，理性却竭力把这股力量推开，用尽力气守住这门闩。

慢慢的，有关这片彩绘更多的念头浮现在莫凡的脑海里。她的气息依旧难以均匀，因为画面感越来越强，远远超出了眼前的石块能够提供的信息。抬头，她看到展厅中两尊高大的坐像，是法老与他的王后，足足有5人多高，坐像的膝下中间，还有孩子的立像。这样的庄严景象，不仅没有让她有丝毫惶恐和胆怯，反而有亲切的感觉。她的眼前，仿佛从坐像前方呈现出宽阔的大道，铺设着密实的石板；而坐像身后，隐约是高大的门廊，以及坚实的拱顶；走廊两边，排列着一根根顶天立地的石柱，尽头是更加宽阔的广场。

这些画面在莫凡一眨眼之间消失了。她骇然起立，仿佛刚刚被人从看不见底的深渊绝壁边拉回来。她为什么会知道，通往坐像的那条大道，一直往前延伸到河谷的岸边？她为什么会知道，那些两人才合围得过来的圆形立柱，顶上会用高脚酒杯一样的喇叭口托起巨型长条石，而它们搭建的庙顶几乎遮天蔽日？她为什么会知道，每根石柱的身上，都详尽雕刻着叙事的图画，而且每根的故事都全然不同？这些画面，在博物馆的展厅中都不存在，却像是有人投影到她眼前一样，在刚才那一瞬间历历在目。闯入她知觉世界的究竟是什么？莫凡感觉自己就要被撕裂了。

莫凡想起一个来访者，一个小姑娘。也许跟她诡异的梦境有关，也许不是，而是跟更多来访者的陈述有关。人人都会梦到稀奇古怪的东西，有异化的动植物，有从未亲临的场景。哪怕是与生活毫不相关的片段，无意识涂抹的图画，甚至把各种语言文字杂糅在一起创造的全新符号系统，都可能通过梦境的驱动，冲破束缚抵达眼前。她尝试着顺其自然，在他们跟自己的对话片段中搜寻刚才的幻象线索，希望借此确定不安的来源，摆脱对情绪的影响。她揣测，她听到过太多的梦境，虽然并不直接跟这些幻象关联，但她的无意识完全可能充当一次再创作的大师。

然而即使把她能想起的所有叙述拼接起来，也无法得到想要的成果。只有一件事情她已经确定，来访者讲述的所有梦境、所有内心故事、所有神话传说中，都找不到她眼前幻象的基础，这些幻象不能重现在他们任何人的语言当中。忽然之间，她想起了自己昨晚的梦，一种不祥的感觉浮现出来。

不知道是否太阳高度变化的原因，天花板上的玻璃明瓦开始透出邪恶的光辉，慢慢盖过了走廊的灯光。她继续前行，步履却越发沉重。扑朔迷离的幻象、难以抗拒的探索冲动以及混乱的记忆碎片裹挟在一起，又一次强烈地侵袭着她的思绪。

一个巨大的木柜横在展厅中间，上面是白漆和彩绘的叙事图。奔腾的骏马，整齐的战车，都无声地再现着宏大的历史场面。画面中央，描绘着尺寸突出好几倍的双驾马车。英武的男子头戴王冠，腰挎着三个箭囊，一手拉弓一手搭箭，马首高昂，前蹄奋起，似奔跑、似踩踏，蹄下敌人的尸首堆积如山。旁边有导游正在绘声绘色地唠叨着法老的赫赫战功，莫凡却神情恍惚地看着柜子上的跃马和战车，心头一股又一股情绪在翻涌，无法描述但异常热烈。吸引她注意的是马背上的锦绣织毯和画面周围反复重叠的纹饰，当她看清楚纹理时，肩膀不由得微微颤抖起来，这种颤抖远远不是单纯的震惊那么简单。她把手掌覆在展柜的玻璃上，像是能够抚摸到这些纹理。

旁边不远处，一架真正的马车矗立在展厅当中，轮轴和厢体包裹着耀眼的金箔。旁边的墙上挂着一幅展开的卷轴，赫然有几十米长，上面密密麻麻工整书写的圣书体足足有数千字之多。莫凡走近前去，着魔一样盯着那一张一张拼接完好的文字。它们似乎还保持着刚刚书写完毕的活力，那些象形符号组成的文字和段落，镶嵌其中身着白袍的人物形象、装置示意图和数人站立的船型，好像是在描述一次浩大的祭祀活动。这些文字像能够催眠一样牢牢抓住了莫凡的目光，就像她真的能够阅读它的内容一样。也许，凭借着一些忽隐忽现的记忆幻觉，她真的看懂了。

当这种催眠逐渐消退之后，莫凡感觉双眼干涩，眼前只剩下不明所以的象形文字。她坐到展厅边的条凳上休息，折磨她的幻象和背后潜藏的可怕真相暂时离她远去。虽然展厅里人流如织，但这个时候她却倍感孤独。她不知道刚刚从象形文字中读到的内容是不是正确，所有信息都与公开的知识大相径庭。她不敢相信这一切的真实性，也不打算告诉任何人，除了苏雨。只有他，可以从别人无法接受的角度，来评价她今天的经历和感受。如果没有被理解的希望，她相信他也不会对别人讲述这些东西。

但是苏雨现在在哪里呢？

想要一探究竟的冲动再次表现出势不可挡的力量，它征服了莫凡的退缩心理，指引她继续前行。

她看见了梦中那艘船。船不大，安安静静地摆放在展厅侧面的玻璃壁柜当中，一个高大的欧洲男子正在给它拍照。但那匆匆一瞥，带来的冲击力，陡然打开了幻象的魔盒，再次唤醒了她的"记忆"，它们如排山倒海般涌来，几乎要把她挤压成碎片。

壁柜当中总共摆放着四艘船，准确地说只是模型。前面三艘尺寸稍小，只有大船的三分之一左右，平头平尾，一字排开。这三艘都是帆船，缆绳从桅杆尖端放射下来，悬吊着形态各异的风帆：一艘彻底卷折在甲板上，一艘半悬在靠近甲板的空中，还有一艘自然坠下，像慵懒的吊床一样挂在桅杆上。船尾除了船橹和长桨架在左右，都有凉亭建筑其上。而在船首的方向，船体的三分之一部分，都镶嵌着棋盘格一样的纹饰。虽经几千年岁月，仍然丝毫不失其精致。

而那艘大一些的，没有桅杆，没有风帆，甚至没有露出甲板的船舱。除了两扇巨大船桨的支架，甲板上干干净净，只有一把金灿灿的王座摆放在中央。大船像新月一样两头翘起，金色的船首弯成接近九十度高昂向天空，硕大的船尾同样涂成了金色，像回形针一样打了个弯，比船首翘得更高。

莫凡透过壁柜的玻璃细细端详它们，她认出了船头雕刻的一个符号。虽经砂砾磨损，但痕迹依稀可辨。它带给她的暗示不断在她的眼中闪耀，以至于周遭的一切似乎都被推开，推到了遥不可及的地方。在这样的时刻，莫凡纹丝不动地站在展厅里，她的知觉却透过玻璃，落到了船的甲板上。在狂热的好奇和宿命的驱使下，莫凡感觉曾经那个自我已经不知所踪。

她熟悉脚下的船。就在自己的梦中，她曾身临其境地站立其上。她也知道船舱各种布置的具体位置。她甚至能够准确无误地找到船舱里的各种东西，只要它们在经历漫长的岁月侵蚀之后能够保留下来。任何文字都无法表达混杂在莫凡心头的情绪，它一直在折磨她，即使她安安静静地站在原地。

随着她的思绪在甲板和船舱之间，一步一个脚印地上下求索，完全独立于现实世界的影像在她面前一点儿一点儿地展开。时不时的，她能从饱经岁月沧桑的木质上辨别出一个个象形文字，有些意思很明了，有些却蓦然生疏。也许，这一艘，或那一艘，并非跟她梦中的船一模一样。在船桅生根的地方，她停下脚步转向旁边那艘大船，凝望那月牙般遥远的影子。那空荡的甲板和在夜空中高昂的金色船首，跟梦中完全相似。

莫凡感觉自己站到了大船的甲板上，身后比船首更高大的回形船尾，给她无声无息的支撑感。一个模糊的念头从船尾划过来，到船首的地方消失了，像是在提醒她，千万不要坐到甲板中央的王座上，否则就会失去返回现实世界的力量。

但她还是朝着闪耀着金色光辉的王座缓缓挪去。每移动一毫米，都像是要突破惊涛骇浪一般的艰险。走到王座旁边，审视着令她颤抖和激动的细节，几乎每一个都写满了故事。椅背上整个覆盖着亮光闪闪的金箔，作为浮刻的背景，法老、王后的亲切画面清清楚楚，头顶的王冠，光芒普照的太阳，还有华幔下方的圣书体文字，像是有声音在轻诉温婉的爱情。扶手上，蛇身的秃鹫展开宽大的双翅，蓝色的翼展遮盖了禾苗和土地。秃鹫的身旁，也有一行蓝色的圣书体文字。

莫凡抬头望向王座的前方，慢慢浮现出的景象让她目瞪口呆。两个高大的黑人手执法器，一左一右庄严地侍卫在王座的两侧。甲板的两舷，整整齐齐地站着两列侍从，双手抱胸，浑身涂满金粉。他们中间，一条纯金的眼镜蛇平视远方，蛇的前方，船首的位置，是两只匍匐的金乌和戴着高帽的卫兵。

莫凡没有坐上去。她该如何解释自己眼前的一切呢？虽然并不知道这些侍从各司何职，是什么身份，但显然所有的景象都为她而呈现。她甚至看到了船舷下方，缓缓流向身后的尼罗河水。这些炫目而令她惊骇的画面，绝大部分都与她梦中见到的一模一样。怎样的力量，才能在她的无意识当中复制出这些细节，又精确地把她的梦境与古埃及的文物一一缝合在一起？

一对情侣走到陈列着船模的展柜前，当无意间看到莫凡脸上表情的时候，他们被深深地打动了。她神态庄严地站在展柜前，纹丝不动，脸上散发着神秘的气息。不知道是历史的光芒在映照，还是内心的深邃回响，莫凡的脸颊上泛出犹如霞光的色彩……

等莫凡回过神来，她发现自己在展柜面前已经忘我地站了一个多小时。

第二十六章 火星城

火星山区的早晨，空气纯洁而透明，全然没有泰坦星球的混沌，看土星光环总像是戴着一层面纱；也不像地球那样的咸涩，只能在柳絮一样的天空中寻找清澄。

在尼古拉山的峰顶，马总和林云正在看着机器们收拾因风暴而塌方的石头和碎渣。山下，一台运送发动机的大型工程车被掩埋了快有三分之二。罩布被撕开了一道醒目的裂口，露出机身上的扭曲的"R"字样，在阳光下反射着刺眼的金色光芒。

"挖出来也没用了，面目全非，尽是砂石。可惜了！"林云叹息到。

马总回答说："没这么娇气的，洗干净，调试一下抖动值，再重新做个漆，很快就能找到下家，"他悠闲地喝了一口咖啡，"要是我们自己的发动机，连漆都不会做的。机器就是拿来用的，不是拿来看的。"

"你的风格我了解，低成本、高效。怎么，不给我一杯吗？一点儿不绅士。"

"算了吧，你又不是真在场，别浪费了。R公司很快会归我，它会适应我的风格，"马总轻蔑地说，"苏雨怎么还没到？"

"你喝完这杯估计他就现身了。"

"我很想听听他要在会上说些什么。"

"他可能会揭露探测器的事情，你小心为好。他一直认为被你坑了。"

"你信他说的吗？交货之前已经修理好了。"

"某种意义上说，你也挟持了我。"

"好吧，待会儿你把这个转给他。"马总给林云发了一条消息，是一台沉子仪的激活证书，就是正在飞往土星那一台。

"为什么不自己给他？"林云问。

马总笑而不语。

"没有附加条件？"林云追问。

"没有。"

"你可真大方，有时候。"

苏雨的镜像现身的时候，马总刚好出去接电话了。

"陈总呢？"苏雨问，"你们怎么会约在火星城？"

"陈总有事儿脱不开身，我代表了。马总是个了不起的企业家，你不了解。准确地说，是非常有梦想和追求的企业家，非凡的天才。我看人哪回走过眼？几百年后，如果还会有人提起我，那只会是因为我同时认识你们两位。"

看苏雨面露疑色，林云接着说："他这个级别的成功，绝不是路边的野花，不可能被一个漫不经心的路人随手采摘。那是一种磨炼，只有内心经历过九死一生的企业家，才能在陡峭的山崖上摘到这朵最瑰丽的花。他们不会要求别人的理解，因为别人的眼光不可能跟他们一样。如果想要理解它，你必须聆听他们每一次的挣扎和反抗，而不是外界的评价。为了听到这些声音，你需要深刻的洞察力。"林云这番话，听起来不像是在评价马总，更像是在阐述她自己的理念。苏雨没有继续反驳。

"火星城扩建，他问你要多少钱？别怪我没提醒，当心又是一个戴森球。"

公开的消息，从去年底开始，马总就宣布了令媒体咋舌的火星城新一轮融资，而且宣布同哔叭（Bill-Bally）组建合资公司，在聚变能源和巨星壳化的规模发展方面展开深度合作。

今年正月初二的时候，因为火星地质结构的异动，蓝耕社区上千名二代移民突发传染性疾病（已被命名为 Martian Syndrome/ 火星综合征），特需的医疗资源短缺。马总立即联想到，这可能成为将来全太阳系的问题，任何一个全新的殖民星球都可能产生地球上原本不存在的新型疾病。

"你误会了！幸亏马总当机立断，MS 事件才转危为安。"林云边说边点头。这一点，苏雨并没有怀疑过。否则，火星上百个社区经历的可能就不是危机 48 小时，而是灭顶之灾。

"后来马总跟我聊起这个事儿的时候，引用了丘吉尔的格言：永远不要浪费一场危机，因为危机的背后一定是机会。"

"新一轮融资有没有你们？"苏雨问。

"才到部分二代，火星移民已经变得更像是一个全新的民族，一个他们希望减少对他们的期待和需求，但却越来越渴望话语权的群体。"林云没有回答苏雨的问题，而是继续她关于马总的评论。

"他已经意识到移民同地球的隔阂，令人不安的分裂，曾经的技术进步对二代移民来说越来越抽象。对于早期垦荒式的付出，他们要求更多来自地球的回报。一个反复被媒体提及的说法是'同样的发展意味着十倍的牺牲'。除非技术的发展一刻也不减缓，才能够创造新的刺激，否则稍有迟疑便会招来难以承受的冲击。"

"我们认识的不可能是同一个人！"苏雨并不愿意承认，但还是在林云口中感受到一点：卑鄙和慷慨，阴险与高尚，自私与博爱，是可以在一个人身上和谐并存的。

"虽然马总渴求一种军队式的黄金社区，"林云说，"但我们都知道那只是过时的思维，因为人与人交往的形式早已改变。还是那句格言说的，'一切坚固的东西都烟消云散了'。以至于对社区范围内的狭隘社交而言，一两年都嫌太长。"

"我能理解。"

"从一代移民对社交网络的依赖，演变成二代对地球环境、生态和社会性的无知，其实很多人对于代际的身份问题是敏感的，"林云接着说，"移民社区必须面对本土悖论的时刻，迟早会到来。"

"可是，媒体没有报道过这些。"

"对马总宏大愿景的最大威胁，是移民社区的自我崩溃。生活资源的贫乏众所周知，但心理混乱的程度之前一直没有被正视。"

苏雨感到自己的视野稍显狭窄。

"全人类都把马总当成预测未来的大师，"林云笑笑，"但海森堡定律说过，未来会因为他的决定而改变。到那时候，他的预测也许一文不值。"

林云的声音变得高亢起来："被遥远星空所分隔的辽阔土地，意味着彻底不同的地理，甚至未来历史的巨大差异。"

苏雨一声不吭，林云也没有做稍许停顿："你确实不理解他，他像哥伦布一样开拓着我们星系的全新边境线，他所认同的世界观却面临着前所未有的危机。"

马总回来了，接过林云的话头。"近百亿人居住在地球，我们移民的这个星球却空空荡荡，一个原住民也没有，"他很得意地笑笑，"我不是哥伦布，我是达摩。"

提到原住民，林云和苏雨都笑了。火星上要是有，银河系不知道有多少星球都会有。举世瞩目中，在这片有着丰富矿产的全新"大陆"上，野心勃勃的马总重塑了他自己。没有任何星球像火星这样更适合作为开拓的第一步。

"火星的地理优势——如果这叫优势的话——就是广袤的土地，与欧洲、东亚和非洲相比都是如此，让很多人看到了远离混乱的希望。那些把所有人绑在一起的社会契约，他们视为创造新兴财富和精彩人生的障碍。所以为了避开原来的社会，他们选择跟随 BaseX，到火星来创造全新的定居模式。"难得在苏雨面前找到表现自己的机会，他开始滔滔不绝。

"但是现在，曾经促成移民的个人英雄主义，已经被社区内外的空间约束所磨灭，也许会瓦解火星城的未来，"马总说，"比起寻求话语权的那部分人，还有一小部分二代移民，他们反过来把回归地球作为连接彼此的共同点。对这些年轻人来说，逃离火星就是逃离父母……"

"好吧！这是一个复杂的系统工程。"苏雨打断了马总的长篇大论，他时间不多，是时候把话题拉回现实。他质问马总："探测器的事情，我做什么得罪了你，你要给我挖坑？"

马总讨了没趣，收了话头，干脆地回答苏雨："什么也没得罪。"

"那卡西尼实验室的任何进展，侵害到你的利益了吗？"

"当然不会。"

"既然如此，你做得不是很过分吗？"

"确实过分。"

苏雨诧异地看着马总，连续几个问题都没遇到反驳，这让苏雨一拳打在了棉花上。他本来做好准备，要跟马总唇枪舌剑一番；如果必要的话，争取林云在辩论中站在自己这一边，至少也要保持中立。可是，马总这副态度，苏雨一时无计可施。

"还有什么要声讨的吗？"马总反问。

苏雨撇了一下嘴："既然你都承认，我也没什么好说的。当务之急，你打算怎么解决？"

"好了，马总的合作态度很真诚的，"林云看气氛有点儿尴尬，出来打个圆场，"马总说了，路上那台沉子仪归你啦。"

"林总，时间差不多了，会议那边在等您。"马总笑眯眯地看着林云。

"我先过去，10分钟后第二个议程，大家想听你讲。"林云对苏雨说。

"什么会？我讲什么？"苏雨有点儿诧异，"我以为只是咱们几个聊聊。"

"没什么要紧，放松点儿！是火星城这边的专家，想听你讲讲实验室的进展；还有几个投资人，远程都在。"

"可是没任何进展啊，这不才得到马总支持，还没来得及感谢！"苏雨看着马总，脸色好了很多。

"就随便聊聊吧，你肯定有我们想听的东西，我先过去，你们慢慢过来。"

林云走了之后，剩下马总和苏雨。气氛有点儿尴尬。

"马总，请原谅我的成见！但是现在，我得感谢您……"

"苏总坐，我正好有话要跟您说。"

"您请讲。"

"坐，先坐！"

"谢谢，我必须得感谢您，这下解了燃眉之急。"

"没什么，证书我转林总了，回头她会给您。现在想跟您说个事儿。"

苏雨整了整衣领，坐了下来，双臂也展开了放在扶手上，腰板挺得直直的："洗耳恭听。"

"您时间有限，咱们直奔主题。我有一个合作建议，您可以回答行还是不行。或者也不用着急回答，现在沉子仪还在路上，您可以……"马总顿了一下，"可以在它到达土星轨道之前给我回音。"

苏雨有点儿纳闷，马总这个所谓的建议跟沉子仪有什么关联。

"我很有实力，您很清楚。没有威胁的意思，我可以推动任何对我有利的事情，这一点您能明白吗？"

"您的实力有目共睹。那么，您想推动什么？"

"我想做的，对您也大有好处。"

苏雨视线朝上，直直地望着马总，刚刚放下的警惕又重新提了起来。

"我想控股你的公司。"

马总此言，让苏雨大为费解。来火星城之前，苏雨有过推测，林云有可能希望推动他和马总的公司进行并购。但这事儿为什么不是林云提出来，而是马总私下跟自己来谈？

看出来他的疑惑，马总改口说："不并购也行，咱们可以合资成立新公司。"

"什么业务？"

"就做镜像应用！只要您答应，我可以立即推动废除《反虚拟人类法》。"

"条件？"

"您只需要投入技术就行，一分钱不用。"

听起来不错。"那BaseX的火箭业务岂不是受到影响？"

"那没关系，待会儿跟您解释。关键是，有了镜像业务，火星城的居民可以随时到地球上活动，地球人也可以随时过来；我们可以逐渐开发木星城、土星城，甚至不用事先改造生存空间。"

如果就这么简单，那无疑是造福火星城社区居民的好事儿。但是，无利不起早，苏雨觉得。尤其今天马总这般虚伪的面孔，很少见。

"不过，"没等苏雨发问，马总已经道出了重点，"我要拿到全部的数据。"

"数据可以都放在您的云上，"苏雨说，"我没有平台。"

"不是存储，我要读取。"

"那怎么可能？都是量子通信的加密方式。"

"可以放在前端，您把软件重新写一下。"马总脸上露出诡异的笑容。

"不行！这是违法的。"

"只要指定用我的脑机协议就行了，没人会知道！"他像看书呆子一样看着苏雨，不过看到的却是一脸惊恐。"后面我们还可以用镜像来做星际旅游，不仅体验不打折扣，漫长的旅途也省了，火箭成本也不用了。你就坐家里数钱吧！"

苏雨已经瘫在沙发上，半晌才叹息着说："你这个魔鬼！你要诛心！"

"去喝杯咖啡吧，"马总说，"助理已经给你做好，你没喝过这么上等的。"

"谢谢！别来理我。"

苏雨现在明白了，为什么马总要他在沉子仪抵达土星轨道之前给出答复。林云拿到的只是一扇门，钥匙还在马总手上。

"好好考虑一下我的建议。换作是我，会毫不犹豫地接受。"

"再给我一杯，我很难受。"

"通盘考虑下吧，摆脱头脑里面的条条框框。只要你愿意，你自己都会准备好经济、金融和哲学方方面面的论据，来平息内心的不安，不用我教你。"

苏雨又喝了一口，咽下去之后，对马总说："我刚才想喷你一脸，但是有谁阻止了我……"

"没有谁，是你自己。我的建议，已经打动你了。"

"怎么可能！"

"你并没有跳起来拿咖啡泼我一脸，说明你已经在考虑它的可行性了。恭喜，你迈出了关键的一大步。"

"别的我不清楚，至少我知道你是个恶棍。"

"你知道有多少平台在偷偷出卖用户的数据？用户起诉平台的又有多少？或者说，真正有几个用户在乎他们的数据？"

"无耻！"

"有了取之不尽用之不竭的资金，你可以安心地玩你的卡西尼，甚至以后的罗西尼、瓦西尼……记住，沉子仪我可以一直提供给你，无限量！"

"我的事不劳你操心。"

"走吧，我们一起去会议厅，那帮人应该在等你出场了。"

"可惜林云把你当成了前无古人的伟大人物。"

"你觉得我会在乎她怎么评价我？"

在他们走向会议厅的时候，苏雨在想，传统的地球思维是否会在某种程度上衰落？再长远的未来，火星移民甚至木星移民、土星移民，会创造出什么样的纪念日来？

于是苏雨问："抛开刚才的话题，愿意跟我讲讲你未来的规划吗？"

"告诉你对我有什么好处呢？"

"也许，我愿意尝试去更多地理解你的宏伟愿景。"

"也许，我并不打算寻求你的理解。"

"你觉得所有的事情都在你的掌控当中吗？"

马总哈哈大笑："你觉得呢？"

"那好，咱们走着瞧！"

"你看不看得到，又关我什么事儿？"马总的眼睛，再次露出轻蔑的神情。

第二十七章 镜梦空间

会议进行得很顺利。苏雨走进大厅的时候，林云刚好讲完对镜像技术的投资展望，正在总结。然后，苏雨听见她说："正好，苏总来了，有什么问题大家可以自己请教他。"准备把发言权交给苏雨。

这时候，有个投资人犹犹豫豫地举起了手。与会者都挺诧异，包括苏雨看到的时候。这个人从来不会缺席他们之间的任何会议，但特别不爱说话，苏雨记忆中从来没有听他发表过任何意见，只通过投票默默地表明立场。

林云迟疑了一下，请他发言，就听他用蚊子哼哼一样的声音说话了。假如不是系统自动加大了音量，并且同步投影出字幕和翻译，真没有谁听得清。

"为什么不把我们真正的梦境给镜像出来呢？"

苏雨第一时间觉得这个想法很荒诞，根本没有料到可能对后来的市场产生多大的影响。与会者惊讶地朝发言者投过目光。林云脸上露出难以置信的神色，反问他："镜像到哪里？"

苏雨这时候想的也是这个问题。现在的镜像，要么镜像者是清醒状态，要么是肌体睡眠状态下大脑的局部运行。镜像的定位是现实世界的唯一，如同亲临亲历。对镜像者和他身边的交互者都是如此，不会有任何现实冲突。

但是，如果像这个投资人所说，某时某刻，镜像者的梦境不被抑制，系统读取的不是感知理性和逻辑思维，而是梦境。那么即刻会面临冲突，那一定会是非常混乱的场面。一件莫须有的外套就能让人惊诧了，假如是凡·高画卷一样的星空，大人国小人国般的非常世界，没有翅膀的自由翱翔……还不用更离奇，只消把这些常见的梦境镜像到真实世界，就足够惊世骇俗。

没有人能准确估计这样做的严重后果，苏雨打破沉默，反问他："为什么要这样做？"

"在座各位见笑，我经常琢磨一件事儿，就是人生在世，无外乎活个体验。现实生活的条条框框太多，所以体验非常有限。我相信对大多数人来说，讨一百个超模做老婆，过一把赌王的瘾，诸如此类，都是可望不可即的。做梦却经常带给人极致的体验。实际上做梦也是人很重要的精神生活，我们被压抑的东西经常会在梦境中释放出来。林总刚才给大家讲镜像技术，我就在想，如果通过它，能够把人的梦境释放出来，也许是一个很有前景，甚至说前途无量的投资方向。与其让千万人的梦境自生自灭——我一直为它们感到惋惜，我觉得那无疑是巨大的浪费——还不如把它们转化成一种全新的生产力。"

大家都没说话，包括还在台上的林云。只有站在苏雨旁边的马总，毫不吝啬地鼓起了掌："很棒的创意，镜像者可以过上完全不一样的生活，在座各位有可能得到源源不断的收益，何乐而不为？"马总对他的话非常赞赏。

"那要往哪里去定位这个镜像呢？"林云脑子还没转过弯来，"要是我梦见自己是大唐王妃，你把我镜像到什么地方去，一千多年前的长安吗？"

"老电影《盗梦空间》里面，有一种职业叫造梦师，"发言者今天的话多到了难以想象，看来他是经过深思熟虑的，"一开始，我们可以请他们为镜像者设计一些典型的场景；长远的，我们可以叫这帮人给出算法，让 AI 去……"

"有道理，"马总打断了他，"林总，这不难，我可以在火星或者将来在木星随便开辟一块地方，用这种方式建立一个镜梦空间，参考影视城的设计。我想，方圆几百公里应该够了。"

"对，这个空间可以用来进行梦境的共享，定期搞一搞梦境海选，然后粉丝票选，选出大家都欢迎的内容，像主题公园一样地建立主题梦境。"苏雨听到有人说。

"还有梦境社交。用户在镜梦空间发布和实践自己的梦境创意，平台用 AI 建立个人主题和社交框架，一定有很多人能在里面交朋友，甚至找到伴侣。因为他们做着一样的梦，因为他们梦里有彼此。"更多的想法被提出来。

"我们可以用镜梦空间记录每个人创造和实践出来的梦，每个人都可以过上他几辈子都过不完的生活，这里面简直商机无限呀！"

参与讨论的人不止三五个，每个与会者都被层出不穷的想法迷住了。每个人都想让自己的创意变成将来这个镜梦空间的重要组成部分。不管是先在火星试点，还是将来在木星创建，那块空间都已经越来越大。短短几分钟之内，它已经变成了以火星、木星、土星三大行星为基地，跨越十几颗卫星的星际公园，人们甚至不得不探讨在里面设置公园警察，还需要相应立法，以便管理那些对他人有侵犯的梦境……

大家似乎已经忽略了苏雨的存在，虽然他们都知道这个所谓镜梦空间，实现的前提还是苏雨的镜像技术支持。但既然大家的意见这么一致，他总不会反对吧？大不了就是未来分配的时候，给他足够的收益比例就行了，这些，都是可以谈的嘛，先把蛋糕做大！他完全没有理由唱对台戏。

"我要是知道了老婆做些什么梦，我一定能够了解她。她想要什么我就给她什么。就算现实世界给不了的，我也可以在镜梦空间当中给她弄来。她就再也不会嫌弃我了……"

"每个月，我都会梦见我的初恋情人。当初要是没出那次事故，她一定跟我在一起甜甜蜜蜜地过日子，可惜那时候把她的心伤透了。要是她心里还有我，我们在镜梦空间没准会重新开始新的生活……"

"我梦到过路边长出一种地球上没有的蘑菇，我周围的世界都是灰色的高墙。只要冲破这高墙，外面就是秘密的财富。等镜梦空间造好，我自己就第一个交钱体验……"

"我想跟着梦中的猫咪走到很远的地方，去一个猫的王国，我觉得，那里才是我的归宿……"

"我想在镜梦空间做真正的时间旅行……"

"我想跟达·芬奇幽会……"

这时候有人提出，马总能不能立即就镜梦空间的选址、建设规模开始规划；建议林云领投这个项目，也许需要尽快召开一次投资人扩大会议；而苏雨，看看能不能把卡西尼实验室的事情放一放，或者交给下属接手，好全身心投入这个全新项目的技术改造当中来。对，刻不容缓！

火星的夜幕在玻璃穹顶外面悄悄降临，在繁星和灯光浑然纠缠的时刻，苏雨站在台下，看着他们七嘴八舌、唾沫横飞。如果把这些人的梦境和愿景看成图画，那他看到的是一幅一幅浓艳的油彩。而苏雨，更喜欢淡雅的水墨。

苏雨何尝不想让幻梦成真？但他又想起了电影《黑客帝国》。那个锡安的叛徒对矩阵（Matrix）提出的回报要求让他记忆犹新："我知道这都是假的，不过能够享受奢侈的生活，这就足够了。"费尔巴哈说，人们更愿意用符号代替事物的所指，用复制代替原创、用幻想代替真实、用表象代替本质；幻觉一旦是神圣的，真理就会被亵渎。这是一种危险的伦理困境，他猛然意识到。

包括古希腊、古罗马的在内的古代神话，都向世人传达了一个重要的寓意：只要你保持你的那份单纯天真，就可以沉浸在幸福之中，至少可以无忧无虑地幸福下去。《圣经》的启示大致也是如此。环顾四周，会场上迸发出的热情恰好与这个寓意相符；他们之所以想从镜梦空间当中找到幸福，是因为不必为取得这份幸福去思考任何依靠、手段和做出艰难的选择。

但是这份寓意有一个前提，就是不能试图去控制那个使人幸福快乐的事物的本质，这个本质和规则仅仅掌握在也只能被掌握在"上帝"手中，也就是唯一的规则制定者。让苏雨感到可怕的是，一旦镜梦空间建成，"上帝"的角色离我们太近了，也许它就是马总。

　　瑞典分析家罗森伯格创造过一个叫"温馨圈子"（WarmCircle）的概念，来阐释人类和睦相处的天真状态。也许人们正是由于需要这样的"温馨圈子"，去释放我们对生活的不安和对未知的恐惧，所以镜梦空间的构想才会在此时此刻表现得如此深入人心。但是，这个"温馨圈子"意味着一种自然而然的、不言而喻的前提，它应当建立在大众期望的情感和忠诚之上，不能源于任何经济学的成本-收益分析。很遗憾，镜梦空间必将为资本牟利，在座的投资人，还有马总，都是奔着这个来的。

　　假如镜梦空间建成，不知道将来的某一天，我们会不会为了自由和解放而去苦苦寻找一个尼奥，还有跟他一块儿救世的崔妮蒂？

　　林云发现苏雨在看着他们，却一言不发，便停下来转头看他。这时候，苏雨眼前出现几个字，"五分钟唤醒准备"，然后开始半透明的倒计时。

　　苏雨下定了决心，镜像始终只能是现实的投影，只有现实能够成为未来的历史。镜像技术的任何产品，都必须是不违背真实的世界、不充当上帝的角色、不脱离认知的生活的。

　　他跳上台，所有的目光都转向他。"可控的梦境，本身就是一笔很大的生意。你们把它镜像出来，专门搞一个梦镜空间，在我看来，完全是一个……"苏雨停顿了一下，看着台下，几乎清一色的期待眼神。要不要说出来？他迟疑了半秒："是一个，彻头彻尾的，脱了裤子放屁的事情！"

　　台下愕然。

　　"在梦境可控的前提下，你们根本不需要劳师动众去建立什么镜梦空间，也不需要镜像技术的参与。"苏雨继续说。

　　台下费解。

　　"只需要把脑机联成网络，加上主控的造梦师角色，也许是人，也许是AI，你们就可以建立起真正的'盗梦空间'，甚至全套的小型版'黑客帝国'。"

　　气氛稍微缓和了一些，又开始有人交头接耳。如果苏雨说得对，那么投资机会依然存在，却对马总不再依赖。根本不需要他的星球平台，在哪里都可以建设这样一个乐园。如果完全虚拟化，那可以选择的合作方一下子就多样化了。与会者的脸上重新洋溢起微笑，只有马总的脸色铁青。

"我想提醒你们，每个人都是自己的造梦师，每个人也都有权利活在自己的梦境中。但是，把人跟人的梦境连接成网络，可能会是很危险的事情。"

台下再一次哗然。有人打算站起来提问，被苏雨伸手制止了。"好了，还剩下不到五分钟，我简单讲讲实验室的发现，"苏雨直截了当地切换了话题。几分钟后，他必须返回实验室。"参加过实验室路演的，应该还记得我的推导过程吧？"苏雨问。有几个人点头。

"当时我的重点在卡西尼卫星的突然出现与消失上面，包括对再现的预测。"苏雨的语气沉稳，像站在一艘航船的船头，将要把大家带入一片未知的海域。林云当时正是被这个预测吸引，果断参与了对实验室的投资。

"对大家说声抱歉，当时我并没有把握，那只是一个推导。更关键的是，卡西尼再现之后，对它的逆轨现象，我其实也没有头绪。"苏雨看了一眼林云，她似乎感受到一种很难察觉的侥幸胜利的狡黠。此刻，她很好奇他接下来会说什么，是要推翻当时的内容吗？

"给我一张大号的五线谱，还要一支笔。"苏雨对会议系统说。一张透明的五线谱出现在他面前的空气中。

"从路演开始，我们引入了一个全新的维度假设，完全可逆的空间维度。它从计算上符合了土卫 C 时隐时现的状况。在这儿我形象地讲讲，"苏雨在五线谱的最下面一根线上画了一个圈，"土卫 C 第一次出现，是 E……"

台下的人都瞪大了眼睛。苏雨又在第二线上画了一个圈。"第二次出现是 G，"他做了一个手势，"把这两个音弹出来吧。"场上响起一个最简单的钢琴和弦声音，干净悦耳。

林云看着苏雨的讲解，脸上露出兴奋的表情。

"这两根线代表不同的空间属性，土卫 C 就像五线谱上的和弦，我们听见的和弦，"苏雨接着说，"在谱线上的时候，我们就能看见它；当它处在线与线之间，我们就看不见它。"

"那是不是平行宇宙？"不出苏雨所料，有人这样发问。

"没那么简单，大家看到的是对计算内容的形象比喻。那这个空间维度的存在形式究竟是什么？到目前我还给不出答案。如果是折叠，那么土卫 C 周围的土星环，那些大大小小的冰块，为什么没有受到影响？现在只能确认一点：它不是时间。如果是时间，我连最初的计算都进行不下去。"

苏雨想把问题展开来讲，可惜时间不允许。他沉默两秒钟，换了个比方。

"仅仅引入一个可逆的空间维度是不够的，它对解释土卫 C 的逆轨行为仍然束手无策，"他开始接近真相，"但如果我们把时间从空间系统中剔除，一切都迎刃而解！"

林云惊讶地瞪大了眼睛，苏雨太大胆了。

"怎么剔除？"有人追问。

"简单来讲，时间，并非先验性的存在。它就像货币，"苏雨回答，"货币是人类创造出来的，作为所有商品的共同客体，目的是为商品交换创造便利，后来衍生出广泛的流动性。我们可以简单地以货易货，也可以利用货币来实现交易过程。时间也是这样，是人类创造出来，用来描述运动和变化的共同客体。你可以用花开花落去描述候鸟的迁徙，也可以用地球自转的次数去描述土星的绕日运行。但这些都很麻烦，不是吗？我们创造出时间，来作为所有这些现象、所有运动、所有变化的共同客体，就很方便做描述了。"

"如果时间不存在的话，"林云提出了她的疑问，"那像穿越啦、时间旅行啦，是不是都不可能？"

"当然！你说得对，时间旅行是不可能的，只有所谓'去往未来的旅行'，那实际也是偷换概念而已。"

台下鸦雀无声。

"所以把时间当成空间的维度来看待，是空间结构描述的一个根本性误区！"苏雨接着说。

回到卡西尼的话题，苏雨重新召唤出一张白纸，用笔在纸上画了一条中线，然后在线的左边，顺时针画了一个圈，右边又逆时针画了一个圈。"加上颜色标注。"苏雨对会议系统说。顺时针圆圈以动态的红色箭头标明旋转方向，逆时针圆圈用蓝色。

"沿中线对折。"他又说。与会者看到苏雨面前的纸缓缓地对折到一起，两个圆圈越挨越近，最后完美地重合到一起，表现红色和蓝色箭头的光线也叠加在一起，箭头指向的方向也完全一致。

"删掉那张纸。"苏雨面前，剩下一个发亮的紫色圆圈在慢慢旋转。

"如果把空间的属性理解成一张五线谱，"苏雨说，"红色和蓝色的轨迹就是刚刚两个音符的展开。"这话令在座众人感到混乱，有些人几乎完全无法理解。"那这个紫色的光圈，就是和弦的样子。"他像魔术师一样呈现在众人面前的东西，带来近似真理的冲击。

林云感到心跳剧烈，有点儿喘不过气来。

"简单是最高的美！所以我不愿意使用平行宇宙这个复杂化的解释。时间就像我们刚刚抽走的那张纸！只要去掉时间的羁绊，土卫 C 所表现出来的顺轨和逆轨，就表达为一致的行为。它一点儿都不另类，就是'无时'或者'共时'的表现。也许，这反而是宇宙当中经常发生的事情。"

林云目不转睛地盯着紫色光圈，她觉得它像是一件伟大的艺术品。她想走过去触碰它，但又生出一丝敬畏感。苏雨的讲解完全超乎她的想象，她原以为会有复杂的演算和牵强附会的证明，也许比路演的时候更加生涩难懂。然而倏忽之间却像是走进了空旷的艺术大厅，一时有点儿手足无措，因为这是一个对她来说完全陌生的领域。苏雨跟她参与投资的所有创业者都不一样，她很熟悉他们的套路、说辞和欲望，但他却打破了所有的这些桎梏。

她感到很庆幸，她认为自己发掘到的是一个深刻的灵魂。透过那个紫色光圈，她看到的不止简单的光线和结构，而是构成这道光线的独特个性和丰富思考。它表现出一种纯粹的精神，一种让人耳目一新的品质，就是这种精神和品质，把她的想象力导向了从未发现的全新方向，导向极致简约的物理世界。在那里，就像乌云满天的夜空中，一颗突然闪耀的星星，冲破云层，向她勇敢地发出呼唤。

林云努力回避着一种似曾相识的情绪，她企图让自己的无意识浮现出水面。她一直以为，年少的伤感会随着时间的流逝慢慢地消退，记忆会淡薄，过去会被抛弃。但在此刻，她又想起来苏雨那几句诗：

纯洁的云彩和傲慢的湖水，
谁征服谁？
我瞧着你，目不转睛，
从花苞紧闭到痴心迷醉。

林云愿意用极致华丽的词藻去描述她所看到的艺术品，哪怕赋予它超越想象的尊严。一本书、一朵花、一首歌尚且有它们的美，何况这样一个智慧的结晶？只有这样做，她才能够说服自己，这仅仅是对智慧和美的赞扬。但她的灵魂深处也是诚实的，始终心存敬畏，难以言表。

"还有很多难题，这只是第一步，"苏雨提高音调，认真地说，"回头我会用几篇论文，来向大家详细阐述时间的客体性，以及把它从空间的结构当中分离出来的好处。"

他看了看表："时间到，我得告辞了。"

第二十九章　子兔

一道白光突然击中了卡西尼卫星，随之而来的巨响在苏雨耳边回荡，震撼了他的大脑……

刚刚睁眼的这一瞬间，苏雨预感到了什么。

"灰兔又来了。"毛头对他说，声音很平静。

"又变轨回来？"苏雨有点儿不相信。

"不是，雨总。另一只！"方焱的声音有一丝焦急，但也夹杂着兴奋，对未知的兴奋，"跟上次那只一模一样，不过它直奔卡西尼而去。"

实验室对灰兔的研究，本来苏雨以为够深入了。不仅模拟过各种情况下的轨迹，而且模拟了不同体积、构造、密度和角度下对卡西尼卫星的撞击过程。但刚刚一闪念的震撼有顿悟的新鲜感，苏雨意识到，之前关于这颗小行星的各种认识，可能都错了，无论是假设，还是计算。

实验室里，此刻正飘荡着拉赫玛尼诺夫的钢琴曲——《悲歌》。

毛头把望远镜中的新兔子投射到苏雨和方焱的面前。它看上去大体呈灰色，跟常见的小行星都差不多。系统还在不断增补观测到的细节，它无论是体积、形态，还是不对称结构和自转状态，一眼看去似乎跟上一只别无二致。

"把两只兔子的图像和数据做个比较吧！"苏雨说。

两者的投影并排在一起。苏雨盯着已经查看过无数次的灰兔影像，各种被标记的地质结构、磁感线……有的平淡无奇，有的面目狰狞。他和方焱很快就发现了两只兔子的差别，几乎与毛头的报告同时。在上只浅灰的部分——也许是岩石——这只的颜色偏深；上只看上去白色高亮的地方——也许是冰层——这只却暗黑无光。随着逐一比对的结果显现出来，令人拍案称奇，"兔2"居然所有的细节颜色跟"兔1"反相。因为灰色的反色还是灰，所以乍一看没有分别。

两相比较，后者就像是前者的光学负片一样；而且外形结构也是左右反向、完全对称，就连自旋方向也是完全相反的。苏雨仿佛看到一只穿着连衣裙的兔子站在镜子前面臭美。疑惑的是，实验室看到了两只一模一样的兔子，那面"镜子"在哪里呢？

"难道我们是闯进了爱丽丝仙境？"方焱一脸惊诧。

"可能真是宇宙的陷阱！"苏雨没听清。

短短两天中发生的事情，让苏雨大为困惑。他们刚刚躲过一场来自深空的伏击，很快迎来下一场。这个时候，提出任何的全新见解都是可能的，但每一次对过去观念的挑战，都要顶着难以预料的风险。因为他们不会有足够的时间去验证它；而错误的认知，却随时可能给实验室带来灾难。即使太阳系有千万颗小行星为人类所熟知，现有的理论也无法解释兔2的另类存在。

"刚刚收到消息，距离最近的阿尔法磁谱仪捕捉到反物质信息，也就是说，兔2也许是一颗反物质构成的小行星。概率不明。"毛头报告。

这是被太阳风吹散的兔毛，飘进了磁谱仪的眼中。如果它更靠近太阳，也许会出现反物质的兔尾。只要阿尔法磁谱仪能采集到更多的粒子，就能给出更明确的答案。苏雨的脸抽动了一下，他竭力控制住自己。尽管他对反物质的课题也有很大的兴趣，但他知道，一旦假设成立，那就必须接受比上次更加严峻的考验。当这只兔子真的一头撞进卡西尼卫星，今天的一切研究再没有机会继续下去了。比起反物质，卡西尼是一个更神秘的存在。

"苏总，国际学会申请接入，有紧急会议邀您参加。"

"接进来吧，我想他们是为反物质而来。"

"大家静一静，苏总来了！"学会秘书长是个干干瘦瘦戴眼镜的学者，用手指叩了叩会议桌，然后向其他参会者扫视了一圈，转脸朝着苏雨，问道："苏总怎么决定呢？情况很紧急。我想你们应该已经收到消息，关于反物质小行星。可能你那儿比我们了解得更详尽。"

看得出来，他眼神当中有很强烈的期待，所以讲话的时候稍显谦逊。"我们都清楚，这是一个两难境地，"他压低了声音，尽可能委婉，"卡西尼实验室处于最佳观测位置，应该是整个太阳系中的最佳位置。但实事求是地说，这并不是一个安全的位置。以目前的认知来看，相当于站在角斗场中央看斗兽。"

方焱静静地站在苏雨身边，跟会议那边一样，等待他的回应。苏雨抬头望天，透过实验室的玻璃穹顶，黑褐色的夜空中凌乱地点缀着几颗星星。土星已经落下地平线，剩下残缺的光环；而蓝色的卡西尼正在冉冉升起，幽幽地泛着绿光，叫人觉得有几分诡异。此时此地，正是观测一场狮虎大战的好时机，但精彩过后，接踵而来的也许就是毁灭。

一片沉寂。会议对面的委员们就像几尊石像，一动不动地盯着他。苏雨感觉这不是一场讨论会，连听证会都不是，这是一场审判！

"苏总，您怎么决定？"秘书长微笑着重复了一遍，又用冷峻的目光扫视了在场每一个人。

"系统怎么评估的？"一位花白头发的参会委员，看着手上的资料，头也不抬地问，"假如这颗小行星确实由反物质构成，它撞击而且炸掉了土卫C，那么在爆炸造成的冲击到达实验室之前，剩下的那点儿短短的时间，你们的系统能不能把他们转移到安全的位置？"

秘书长的嘴角露出了难以察觉的笑容，像是嘲笑，像是不屑。他转身对着发言者双手一摊："安全的位置？坐在这儿等待老死就是最安全的。只要飞出火星轨道，身处太空探索的前沿，安全就是奢侈品！老朋友，系统都是人设计的，在我们已经熟悉的领域，系统可以做得比人还好；在未知的地方，人心里都没谱，就不要指望系统了。"

"苏总，林总和马总刚刚接入会议了，"毛头提示苏雨。

苏雨很清楚，即使躲到泰坦星球背面，在一场可能发生的反物质大爆炸面前，也凶多吉少。即使一颗大质量的小行星撞击，都有可能将卡西尼卫星撕裂，何况是反物质湮灭，这也是此前苏雨考虑过的情况；但相比反物质，前者的能量只是九牛一毛。可能在被它接触的那一瞬间，卡西尼卫星就会化为齑粉，然后连带把泰坦星球一起扯碎。

老教授没有说话，林云切了进来，用严厉的声调反驳："可我们现在讨论的是他们的生死。不是科学发现，而是人的生命！苏总下一步是撤离还是冒险，他的行动应当完全由他自己做主。如果我们非要强留苏总在泰坦星球，那他就是九死一生。我简直无法理解，为什么会有人这么自私。这次讨论根本不应该存在，难道投个票就能无视咄咄逼人的危险？"

林云还想说下去，被马总的手势制止了。林云这番话，苏雨心里并不清楚，她究竟有几分是真正担心他的安危，还是更在乎自己的投资安全。

"阮教授老了，老了。想必大家都记得，他当年曾经是个多么英勇无畏的探索者啊！他为人类开拓的那些足迹，我们不会忘记。如果让他年轻30岁，态度一定会截然相反，"秘书长不再给老教授机会，"其他人还有没有意见对苏总提出？"

苏雨并没有对会议那边的争执有所表态，他用一种事不关己的神色望着天空，注视着卡西尼星球背后偏东、灰兔二号即将扑来的方向。对他来说，眼前的现实显然比无谓的口水更值得关注。

敢言的人遭到打击，委员们用沉默表达抗议。秘书长只好把发言权切到马总面前。

"坦率地说，我们决不应该放弃这一次的绝佳机会。即将看到的，是千载难逢的景象。苏总只是代表我们大家，站在了最前沿！"马总站起来，像他一贯那样慷慨陈词。

"他会成为我们人类的英雄！"马总竭力表现出最大限度的激昂来讲出这句话。"苏总比我们大家更清楚，自己肩上有多大的责任。毫无疑问，他要冒很大的风险，"他的语气越发激动了，"但这是为了科学、为了整个人类的科技进步去冒险的。即使远隔星际，相信支持苏总的不仅有我们这些学术同行和企业同人，还有即将获知这些消息的千万粉丝。我丝毫不会怀疑苏总会赢得成功，他的成功会成为人类太空探险和反物质研究的里程碑！"他用动情的嗓音说完这些，转身面对苏雨："我没说错吧，苏总？"

苏雨收到了两条私信，是马总发来的。"沉子仪归你，我要反物质撞击全部的数据，第一时间！""上次的事情，再谈；其他人那里，你可以回来再给，或者永远不给！"

"没错！"苏雨仍然望着天，没有改变自己的站姿，面无表情。

"为了我们大家能够给予必要的配合，请苏总跟我们明确一下，是否愿意坚守泰坦星球的实验室，对小行星撞击土卫C进行最近距离的观测？"秘书长趁热打铁，方焱注意到他的话中刻意回避了"反物质"的字眼。

苏雨收回目光，看了看与会的每一个人，脸上的神情平静而冷漠。"诸位何必拔高调子？我跟阮教授一样，愿意去开拓全新的空间前沿，"他转头看看方焱，"选择来到遥远的星际边缘，我们出发之前就做好了牺牲的准备。"

会议结束了。苏雨不曾问过方焱的意见，他感觉她会跟自己站在一起的。这也是见识了马总的伪善过后，唯一让他感觉有点儿欣慰的事情。

"如此一来，牡丹花天线要整个朝向卡西尼咯，"方焱说，"雨总，你们的三天蜜月……"她没再说下去。这段时间，苏雨无法再镜像到地球，她为他感到惋惜，可爱脸蛋上写着满满的遗憾。

"没关系，凡姐能谅解。"他们共同生活很多年，但每一次的分离都像是诀别。岁月不断地流逝，这感觉却丝毫没有麻木和消退，反而水滴石穿般通透。三天蜜月名存实亡，苏雨为此感到愧疚，拿起手机给莫凡发了一条消息，很快收到回音："没关系，我一个人在尼罗河畔走走就好。刚刚也有来访者联系，情况比较复杂，我正好用这点儿时间做做远程治疗。你自己多加小心！"

实验室依然沿用毛头上次的方案，用救生飞船事先把苏雨和方焱送到泰坦星球背面的轨道上，再用飞船自带的小功率天线把他俩镜像回来。

"您定一下参数吧。"方焱按流程做好准备，等苏雨来敲定目的位置、连接功率和维持时间。

从近星轨道镜像回来，方焱不再是轻薄的宇航服在身，而是换了一件鹅黄色的格子 T 恤和墨绿色半长裙。她伸手去操作天线控制面板，T 恤跟着吊了起来，露出年轻女孩一线柔软的腹部和肚脐。苏雨一瞬间不好意思多看，移开了自己的目光。

"干吗穿成这样？"苏雨想。莫凡经常说他是木头，可他自己不这么认为。

一切都准备好了，苏雨和方焱走出实验室。浓浓的夜色覆盖了泰坦星球的大地，大大小小的土卫兄弟或明或暗地挂在半空，让苏雨感觉无论是泰坦还是刚加入家庭的卡西尼，从来都不孤单。不像他和方焱，还有莫凡，都是人类优生哲学的独生子女。苍茫的泰坦星球上，今夜没有一丝微风。周围寂无一声，就像墓地一样幽静，这样的寂静能够让人发疯。在方焱走出实验室，关门转身的刹那，苏雨感到呼吸急促，想说话又不知道说什么。盯着她看也不是，不看也不是，一时间手足无措。奇怪的是，方焱也好像有点儿心神不宁。

关好门，实验室立刻与外界隔绝开来，连同里面跳动的显示屏和明亮的灯光。但这一转身，却把苏雨和方焱置身于一地，置身于遥远星际一个没有人间烟火的浩瀚境地，使他俩产生出同一种感受。苏雨从来也不曾体会过，无边的天地可以有这样的功效，让人在不经意间就忘记了所有的人际约束和心理羁绊。就这一刻，星空下的泰坦星球，忽然间无限缩小，变成了苏雨和方焱的"小房间"。而一道"请勿打扰"的无形牌子，已经立在了泰坦星球与整个宇宙之间。

记不得在哪一部小说当中，苏雨曾经读到过类似的场景：

一位作家认识了书店的美丽女孩。在数次光顾书店之后，作家邀请女孩散步，而女孩把他带到了郊外一片旷野。那个地方荒无人烟，就像这时候的泰坦星球。他们从途经的建筑工地捡到一张告示牌，上面写着

"闲人莫入，违者法办"，然后把这告示牌挂在旷野路岔的枯枝上。他们走进旷野，躺在草地上，亲吻、做爱。他们每天都在同一时间约会，而且从来没有去过别的地方。那片草地，那片旷野，他们把它称作"我们的小房间"。

苏雨看着方焱，方焱望着天空。夜色掩盖不住她的眼神，灯光透出来，跟星光交织在一起，打在她的脸上，浮现出阵阵红晕。苏雨没有发觉自己跟她站得这么近，但他清楚地看到她脸上的红晕还在不断地增加。他忽然间领悟到，如果他再不主动采取一点儿微妙的行动，那么这片红晕也许会很快消退，也许永远也不会再在他眼前升起。于是他伸手搂住方焱的后腰，凑过脸去吻了她的脸颊。

方焱没有退避，没有摆脱，转而用嘴唇来回答他。苏雨一只手抱住她的腰，伸出另一只手抚摸她的脸颊，然后肩膀，顺着后背一直到腰腹，最后停在温暖的挺起的胸脯上。

苏雨觉得自己跃入了一片碧蓝的海水，长吸一口气，潜入更深的暗流当中。那海水温暖、丝滑，像母亲的双手拥抱着他。这温情的暖流滋润了他的存在，所有的肌肤一寸一寸地消失了，他感觉血液已经慢慢扩散出来，跟海水化在一起，水乳交融。睁开眼，他发现自己潜得很深了。五颜六色的珊瑚和水草夹杂在一起，遮住了他的视线，海面的阳光看上去斑驳而模糊。呼吸开始急促起来，他要用全部的精力浮出水面，不能溺死在这温暖的海洋当中。

这时候，耳边响起了系统的提示音："碰撞倒计时 10 分钟。"被屏蔽的意识恢复了。他发现她的整个身体，正紧紧贴在自己身上，柔和、苗条。他感觉内心炽热而惶恐，一种幻灭的预感油然而生。

他放开她，拥抱的时间比她希望的短了很多。他用手托起她的脸，战战兢兢的，不知道该说点儿什么。

方焱也睁开眼睛，眼神很遥远。

"雨总，你怕什么？"方焱问他，"我们不是真的在场。况且，我们的世界，也许就要毁灭了！"

"不，不，不，身体是外在的，内心才是最真的存在。眼前就是现实，是你和我共同构成的现实。"

苏雨后来反复想过，要是没有这声系统提示，那会怎样呢？自己真的会在反物质湮灭的狂暴闪光中，溺死在那片温柔的海洋当中吗？答案有多种可能性，苏雨觉得，唯独没有真实的选项。

"我们即将目睹一场伟大的实验！"苏雨又说。他已经完全地清醒过来，做好准备迎接未知。如果兔子二号真的是反物质构成的，人类从来没有见过、也没有制造过这么大量的反物质。这场实验一旦展开，它可能把现有的理论扔进最为极端的环境，去融化它、冶炼它，甚至有可能成为新理论的支点。

第三十章 女神之焰

方焱不知道，比起两人的情感交集，对苏雨来说，他的内心有更诱惑的事情。他正热切地期待着这场撞击。

到目前为止，卡西尼卫星是苏雨见过最干净和最纯洁的一个星球。同样是蓝色的星球，地球就像一个时尚模特，时而裹着俏色的印度纱丽，时而披着驼色的翻毛夹克；而海王星更像一颗斯诺克的 5 分球，蓝色的外套上面点缀着斑斑点点。唯独卡西尼，每次看到它，苏雨心里都会浮现出一句禅宗六祖惠能的名偈"本来无一物，何处惹尘埃"。仅凭这一点，他认定了它与其他天体的巨大差异。

它是一个谜，傲然信步在漫无边际的光环当中，颜色和视感那么纯粹，很难找到光环碎片或者外来陨石对它造成影响的任何证据。为什么这些冲击都不能动到它分毫？那么大到小行星这样的撞击呢，又会有什么影响？

沉子仪挂掉，苏雨很难相信跟卡西尼无关，万一再来一台又是同样下场该怎么办？为了尽快得到答案，苏雨把目光投向了兔子二号。他听到消息的时候，内心曾为之一喜。他只是没有想到，它居然是一颗骇人的反物质炸弹。万一卡西尼的纯粹并没有那么坚强，兔子二号可能真的要跟它同归于尽了。也许，同归于尽的，还有他的实验室。

当实验室项目正式启动之后，学界和媒体仍然存在着巨大的分歧。

有些人赞赏近距离探索土卫C的方案，但也有很多人认为这样做无异于一场无谓的冒险行动，很大程度上会遭遇惨痛的失败。为此，苏雨专门对媒体发出了一封公开信。这封信在全球天文学界广为流传，影响力超出了他自己的预料。

在信中，苏雨称土卫C很可能蕴藏着全新的知识空间。虽然它从质量和轨道看只能算是土星众多卫星大家庭中的一员；但是，"它幽灵一样的表现在自然界极为罕见，不符合我们认识太阳系天体的一贯经验……有理由相信，只要探测足够深入和细致，实验室一定能够有巨大的发现"。他特别强调，要尽一切可能加快脚步，否则最有价值的探索机会可能稍纵即逝。

天体物理也许面临一个转折点，苏雨写道。针对某些弦论学家声称能够对土卫C的种种特殊现象做出解释，苏雨明确表达了他的反对态度："为了谋求数学自洽，弦论硬生生造出十几二十个没有丝毫存在意义的垃圾维度。所谓卷曲起来看不见，就像是某些餐馆的奸商做法——'肉不够，豆腐凑'。"

"弦的唯一价值在于它很有可能成为终极理论。"而所谓终极理论，在苏雨看来本身就是错误方向。1900年，开尔文爵士有一句后来饱受批评的名言："物理学大厦已经落成，剩下的只是些修饰工作；美丽晴朗的天空，只剩两朵乌云。"感谢这两朵乌云，才有了后来惊心动魄的物理学进展，有了相对论和量子力学。现在，弦论又在不断昭告新的物理学大厦即将落成，并且把实验物理引入愈发不可为的深渊。爱因斯坦说过，提出问题比解决问题更重要，因为提出问题预示新的探索方向。苏格拉底更接近真理：越有知，越无知。因为有知的外延越大，越能接触到更大的未知空间。"所以我不相信这座大厦有真正落成的一天，"苏雨称，"土卫C就是大厦上空，一朵新的乌云！"

在实验室发射前几天，苏雨在海南博鳌参加一个科学家和媒体的聚会时，接受了当前最红自媒体《火星之外》的采访。

"我的同事在火星拍了这组照片，就用平平常常的手机，加上小型的望远镜头。距离太远，不够清晰，尤其没有办法拍出全息影像。"苏雨把照片递给采访者，指着黑色背景下醒目的蓝色星球。

"这就是土卫 C，我们叫它卡西尼卫星。在对大部分像素做过充分的智能插值之后，跟太空望远镜的效果也差不多了，但细节始终是谜。你仔细看，居然看不到任何细节！"

采访者看着照片，不停地点头。

"听说太空望远镜的照片不愿意对你们公开，这组照片可以免费给你，"苏雨一向对媒体友好，"这组照片的象征意义在于，假如我们不能设身处地跟它发生亲密接触，我们就什么也不可能知道，不可能了解更多。而我想了解所有的细节！"

"有没有可能土卫 C 是暗物质构成的？"

"我并不认同暗物质这个提法，甚至觉得它可能是物理学上最荒谬的概念。曾经在很长的历史时期内，人类都是满怀信心，仅凭观测和实验就得出了各种推论，对物质越来越深入的研究就来源于此。但是暗物质……"苏雨停顿了一下，"就像把没法归类到欧洲历史发展轨迹的文明都叫作'亚细亚生产方式'一样，不负责任地把看不见的 85% 质量统统叫作暗物质，这实际上是一种投机取巧。它既是物质的例外，也是认知的例外，需要人类一步步去揭示。怎么能够一言以蔽之呢？"

采访者似懂非懂。

"当然，如果非要引用暗物质的提法，想要确定一个星球是不是由它构成的，注定是非常困难的。定义不明确，那归类也无法明确。只能说土卫 C 未尝不可能，因为它时隐时现，公转轨道也很不寻常。但我相信，它既然显形了，那至少在这个状态下，它就不会是所谓的暗物质。"

苏雨开始在休息室里来回踱步，似乎想找到一个更好的描述角度。

"我们对这样的天体一无所知，这恰恰就是实验室计划的意义，绝不是无谓的冒险。但预期并不十分乐观，只能说带着一系列问题出发，努力去探求答案。"苏雨的用词非常谨慎，包含一些批判，对人类科学方法的批判。最本质的答案，往往是隐藏最深的；但也存在另外一种可能：蓦然回首，那人却在灯火阑珊处。

"我认为我们会找到答案！真正精彩的故事，并不是发现土卫C的星体结构和地质特征，或者演化历史和未来趋势。单纯考察这些，并不会改变行星科学和天体物理。"苏雨颇有信心。

"真正精彩的故事，是我们从土卫C身上，揭露出更多的未知领域。不奢求把它们在短时间内变成已知。想想吧！只要为我们后来的研究，打开一扇全新的窗口，就足够令人兴奋了。"

古人有很多关于未卜先知的格言，比如……比如什么来着？林云一句话哽在喉咙，一直没反应过来。她隐隐约约地感觉，苏雨一定是意识到了某些东西。刚才离开会议之前，他轻描淡写却又决绝的态度大大地超乎她的意料。现在，每个坐在大厅里的人都睁大了眼睛，紧张地关注着土卫C的运行情况，太空望远镜的图像在众人的面前分毫毕现。同时，他们眼角的余光频频扫描着时间的倒数，生怕喘一口气，就错过了最惊心动魄的一瞬间。

差两分钟相撞的时候，兔子二号还掩盖在木卫三的背后，看不见踪影。林云终于忍不住了。"为什么你要极力怂恿苏雨留在泰坦星球？"她当着众人的面儿，大声质问马总，"我想你心里对他的危险处境一清二楚！"

"以他的为人方式和处事习惯，我知道有一样东西特别能够打动他，就是精神上的需求。"马总回答。

"什么精神上的需求？卖什么关子？"

"一句话，名垂青史啰！"马总说。众人也没有理会他们。

"换了是你，你会留在那儿吗？"

"大家都一样，都不是理性人……"他笑笑，没有转头，仍然目不转睛，"他花费大量的资金和精力，亲自到那么远的地方，去探索细节上的问题。如果用人工智能的机器去解决，恐怕一点儿也不会比他在场更差。他追求的东西，我并不清楚是什么，也许连他自己也不清楚。"

"如果是名垂青史，那是多少人梦寐以求的事情……"林云低喃。

"未必！"马总对苏雨的轻蔑，是林云难以接受的。

马总继续刺激林云："当他执迷不悟的时候，浪费的就不仅仅是他自己的生命了，还有你的金钱。他毫不在乎你的代价，你又何必在乎他呢？或者可以说，我只是在成全他罢了。"

"你太冷血了！"

"他在乎的，只是永恒。"

如果不是只差几秒钟就到撞击时间，很难说林云的挑衅是否会遭遇马总更激烈的报复。当然，准确地说撞击已经在一个小时之前发生了。所以哪怕是两人扭打起来，也改变不了任何事情。

当兔子二号从木卫三背后冲出来的时候，距离撞击已经不足三秒。警示灯爆闪起来，撞击比之前计算的时间提前了整整 5 秒多！本来的预期，太空望远镜看不见临界那一瞬间，只能看见撞击后的画面，然后会在很短的时间之后，重新掩盖在木卫三的阴影中。

但是木卫三巨大的影子霎时被白色的光芒所淹没。所有人都知道，兔子二号撞上了卡西尼。从一个亮点，到满屏白色，用了多久？没有人关注，更没有人在这一瞬间提问，系统没有提示。也许千分之一秒，也许亿分之一秒。反正从这片光线到达太空望远镜那一瞬间，它就占据了所有的视野。

卡西尼没有大气，这光芒扩展到望远镜的整个视野当中，看不见一丝光晕。在镜头当中，四面八方的光芒没有任何的差别，整个是白茫茫的一片，照得大厅也如同露天的阳光下一般明亮。亮光持续闪耀着，没有停歇。无论望远镜怎么调低亮度，也看不到任何细节，只在即将关闭光圈、仅仅留下微乎其微的进光的时候，影像才稍微变得灰暗一些，但仍旧是茫茫的一片。

所有人盯着这惨白的画面发呆。没有人明白，在这样的景象下面，怎样才能确定爆炸的当量。仅凭那不肯停息的画面，就足以证明爆炸威力的无法估量，几乎用不着更多的证据了。在场甚至有人担心起地球和火星的安危，担心这场爆炸远远超出此前的估量。火星轨道上的太空望远镜一旦被摧毁，火星和地球上的人们逃跑都来不及。

时间一毫秒一毫秒地过去，每一毫秒都像一个春夏秋冬。没有人能从这白花花的影像上看到任何有价值的内容。但所有人都紧盯着不敢眨眼，害怕错过任何可能稍纵即逝的变化。一成不变的影像让人麻木，除了一个小红点。那个本不起眼的小红点慢慢地成为关注焦点。沉子通信中断的情况下，那是卡西尼实验室用传统无线电发出的自身定位信号，每秒刷新一次。它身处泰坦星球，几乎就居于大幅影像的中央。如果实验室还存在，也许苏雨能够给他们描述完全不同的视野。

所有人的目光都得集中到这个小红点上。没有人再有工夫花费到别的心思上，都全神贯注地跟随红点的闪烁，因为红点的命运先决于所有人的命运。悲观是未知命运下多数人的必然反应，但此时此刻，没有人来得及悲观！影像上给出了爆炸的冲击预计到达泰坦星球的倒计时：

"10！"影像显示。

"10……"每个人心里都在默念。

"9，8，7，6，5，4……"影像继续显示。

"9，8，7，6，5，4……"有人用也许是生命当中最后的声音跟读这个倒数。

"3！"既然所有的关注都已经集中，系统把读数念了出来，洪亮的机器声散播到了整个大厅。

"3……"那些跟读的声音在颤抖。

"2！"系统不为所动。这声音不像是常见的火箭发射读秒，更有一种行刑前的决绝。

"2……"有人仿佛看见断头台的大刀已经提起。

"1！"

"……"已经没有人跟读了，大厅里死一般寂静，只剩下隐约的回声，迅速消失。

"0！"红点又闪了一下，林云仿佛看见苏雨在对自己微笑。

"1！"系统没有发声，但红点继续闪烁，仿佛什么事情也没有发生。

依然没有人跟读，林云转眼望望大厅四周，有些人脸色煞白。

"2！"系统像是读懂了人的心思，又开始顺着报数。有人喜极而泣，有人表情木然。

"3！"有人尖叫起来！

"4！5！6！7……"从现在开始，每一次读数都像是他们的福音，大多数人的脸已经变得通红，有人像魔鬼缠身一样手舞足蹈，有人从桌上飞跃出去，去亲吻空中那白花花的影像，然后重重地摔在地上。

大厅里陷入越来越难以形容的骚动。场面惨不忍睹，林云忍不住自己的厌恶，跌跌撞撞地逃离了大厅。

一道白光击中了卡西尼！不过比苏雨梦中的景象来得稍晚一瞬，不在撞击之前，而在撞击之后；更没有什么巨响。卡西尼没有大气层，兔子不会在没撞上之前燃烧自己的皮毛，更不会在撞击之后发出惨烈的叫声。

但，带给他的震撼有增无减！

白光在苏雨眼前，只维持了几秒钟。也许没有那么长时间？毛头读到了他的心思，他眼前出现了提示：0.04秒。根据镜像设置，这时候呈现在苏雨和方焱眼中的，实际上是被系统放大的望远镜影像。在他们眼中，卡西尼此时如同一颗放到鼻子底下的篮球那么硕大，所有正在发生的事情分毫毕现。

起初苏雨以为这道白光会猛烈地扩展，大到超出自己的视野，猛烈到仅凭视觉就足以让人惊骇。但它很快就衰减下来，完全扩散开，像破碎的蛛网一样残缺直至不见。

小行星撞上去的地方，蓝色的卡西尼不再是和田玉那样的温润如脂。它的表面忽然变得透明，先是像通透的翡翠冰泽，进而如同一汪深蓝色的水潭。在白光消失之后，苏雨看见小行星像一位裸体美女一样，一头扎进这深潭。她的胴体不断地在水中下潜，很快显现出被蓝色浸染的亮光，忽明忽暗。这时候的小行星，苏雨已经不再愿意叫"她""兔子"。至于叫她什么？他一时来不及思考，只是希望能有女神一样的名字。

她保持着最初的速度继续下潜，一刻也没有停歇，水潭中开始呈现五彩斑斓的变化。这变化越来越快，越来越夸张。她周身披着神秘的亮光不断向卡西尼的内部潜入，身后撒下金色和银色的花环，花环上散发的光线如同被凡·高着色的云霞，一点儿一点儿晕染开来，梦幻般多姿多彩，而又瞬息万变。夜空中这汪深潭，苏雨和方焱屏息仰望的，转眼之间变成了熊熊燃放的焰火。前面的还没来得及消散，后面的又砰地盛开。

苏雨放下思考，为在遥远的星际欣赏到这样的奇景感到高兴。他甚至顾不得方焱的在场，冲着褐色的天空发出了疯癫的喊叫，像是捡到彩票又中了大奖的流浪汉。

对苏雨来说，这是一个迷人的夜晚。卡西尼对他呈现出了弥足珍贵的相貌，即使没有沉子仪，他也从这漫延的焰火当中掀开了她神秘面纱的一角。此刻他整个身心都感到愉悦，每个毛孔的呼吸都是快乐的。他眺望卡西尼的心情，如同站在树荫繁茂的密林边缘，眺望远山的日出。

苏雨已经忘记这是一次传说中的反物质撞击，而是感觉自己乘上了一列天国的列车。列车无声无息地驶过，所有惊慌错乱的恐惧心理也都随着一起远去。这女神跃入的深潭，除了跟随她的身影不断向下延伸的焰火，水潭的表面就像镜子一样的平静。

没有霹雳般的炸裂！没有冲入夜空的火光！它甚至没有留下一丝涟漪。而很长时间过后，在遥远的卡西尼星球那一端，苏雨并没有等到女神的出现，列车仿佛消失在茫茫的深海当中，留下一波比一波远的灿烂焰火。这也许是宇宙的奏鸣曲，是琴弦的颤动和号角的悠远交响在一起的美妙时光。

第三十一章 穿过的针眼

牡丹花天线仍然对准卡西尼，还有实验室的望远镜一起，牢牢地抓住卡西尼的所有画面，生怕错过任何一个转瞬即逝的闪光。

然而不再有闪光，也没有收到任何的信号。卡西尼像撞击前那样悠闲地漫步，所有的透明和色彩斑斓一分一秒慢慢褪去，恢复了蓝色的彻底纯粹。

"给我们做一下回放。"苏雨发出指令。大数据只能为已经知道的东西提供佐证，或者给出一幅粗糙得像色弱测试一样的朦胧画像。潜藏在背后的东西，需要人的灵光去捕捉、去发现，甚至顿悟。为了不让任何线索从眼前溜走，他有时候会站在原地一动不动，对一个东西看上十遍、一百遍。机器的速度比人快很多很多，但人的眼睛不仅仅是个感光器官，也是一种思考器官。

"放慢十倍。"苏雨说。

"一百倍……"十倍不够。

"您发现了什么，雨总？"方焱问他。苏雨没有回答，再狡猾的对手也难以逃脱百倍速度的猎人。这个时候，他的眼睛就是狙击步枪的瞄准镜，在汹涌的人群中寻找目标。

放慢之后的卡西尼闪光，像真正的焰火一样，毫无保留地迎面开放在苏雨眼前。他看清了每一朵焰火的形状，也分辨出每一粒闪光的起始。

很快，苏雨确认自己发现了焰火当中一个容易被忽略的规律。这个规律就在小行星一头扎入卡西尼星球的表面之后，在朝着它的内部不断深入的过程中。焰火持续不断地被点燃，而每次点燃的间隔时间是一致的。即使更慢的回放，也看不出来误差，非常精确！

焰火的花形，有时候像一束玫瑰，有时像满枝的桃花，有时又像如云的丹桂。有的微弱到毫不起眼，有的大到几乎要吞没整个星球表面。然而无论大小、颜色和扩散的速度如何，每次新的绽放一定在上次之后的同样间隔。不断闪现在眼前的，是各种各样叫不出名字的花朵、花蕊、花簇……繁花缤纷，如同瞬息变幻的万花筒。

苏雨忽然感觉到一丝内疚。这么多年，他从来没有陪莫凡看过焰火。回忆中，他们只有一起看着大屏幕上，奥地利的弗兰茨皇帝陪着茜茜公主看焰火的场景。一遍又一遍！茜茜的三部曲是除了《黑客帝国》以外，他看得最多的电影了，因为她喜欢。每次她看得入神，他都会悄悄地看着她，看着她长长的睫毛、温润的嘴唇，还有粉嘟嘟的脸颊，像茜茜公主一样。

苏雨想不清楚卡西尼的女神之焰到底是怎么一回事情；它绝不是真正的焰火，它远远比真正的焰火要高贵得多、神秘得多，它背后的成因也复杂得多、深刻得多。要是他能带莫凡来看这星际的焰火，那该有多美！也许本来，这焰火就是她的影子。只要他亲身飞到卡西尼星球，就能发现这个秘密……

他回过神来，再一次的回放也已经结束。

"方焱，你发现没有？万花筒切换的时间间隔。"

"注意到了，"方焱肯定地回答，"每一次的花开都不一样，层层叠叠的，像被串联起来的花环，诡异又灵动。"

苏雨又筛选清晰画面看了一遍，这个规律确认无误。毛头也确认了这一点，它向可能性提出了严峻的挑战。如果焰火点燃的间隔完全相同，说明小行星扎进卡西尼星球之后，在向深处运行的整个过程中，没有任何减速动作；也意味着整个过程毫无能量损失。唯一例外的解释，是卡西尼的密度随着深度逐渐降低，而且分毫不差刚好抵消小行星的能量损失曲线。这不可能！

难道卡西尼星球内部是真空？苏雨迷惑不解。从来没有这样的先例，一颗星球会是由薄如蝉翼的外壳和纯粹真空的内部构成。毛头读懂他的想法，直接反馈说，卡西尼的质量绝不支持真空的可能性，除非星球表面是中子星一样的密度。幸亏不是真空，苏雨心中嘀咕，否则不断迸发的焰火又是怎么一回事情？更别说在太阳系出现中子星密度这样的荒诞故事。

苏雨还有一个隐隐约约的感受。他的眼睛，恍然觉察到另一个难以求证的奇妙现象：每一次的焰火，从绽放那一瞬间开始，到彻底消散，似乎都像是在距离星球中心不同半径的一个个单独的球面上展开。可当他聚精会神地注视，画面仿佛又混杂交错。目光每次跟随一个闪光天女散花般洒开的时候，总会被上上下下前前后后的色彩和光线侵袭，定睛再看，早已消散如烟。

苏雨想起了木星大气的反向级串，他研究过这个木星现象，与一般的流体表现迥然相异。如果卡西尼的表现确实如此，那会有几分相似。或许，卡西尼内部分布着许许多多薄如蝉翼的流层。那是什么呢？气态，还是液态？也许是撞击高能激发的等离子态？在焰火每一次绽放的时刻，这些未知流体导致的发光现象，在星球垂直方向的运动被一种神秘的力量阻挡了，只能伸展在水平方向上漫无边际的薄层当中，看上去就像在二维平面的大气运动。

苏雨切换了视角，一切都恢复了平静。卡西尼安安静静地在天空高悬，那些焰火就像发生在昨天。

苏雨把视角切回去又看了几眼。现在，他已经相当有把握，自己看到了焰火的扁平化分层。由于它们的色彩和形状的变化太快太复杂，方焱可能并没有从眼花缭乱的细节中，分辨出这样的差异。毛头也无法确定合适的分类特征，去证实苏雨的这个发现。对此苏雨完全能够理解，焰火产生的瑰丽画面，在机器看来，应该只是一堆杂乱无章的数据。

　　离实验室最近的冰火山爆发了。这是一座古老的冰火山，实验室在选址的时候，原本以为它早已死亡。但在卡西尼与小行星的撞击事件之后，它活了，两者应该有密切的关联。在苏雨眼中，火山就像卡西尼一样：它可能是崭新的，从未出现在人类的视野当中，也有可能是一位失散多年的老朋友。

　　即使没有收到任何预警，苏雨也并没有责怪毛头。也许它没有事先计算到，也许认为并不构成威胁，也许仅仅因为他和方焱此时此地都是镜像。

　　"雨总，冰火山为什么复活，您觉得呢？"方焱问到。

　　"想必是灰兔撞击卡西尼引起的引力摄动。"苏雨觉得这一点很显然，没什么好奇怪的。

　　地层下面的冰化成液态的水，从刚刚破裂的火山口喷涌而出，像熔岩一样流淌开来。蒸汽弥漫在火山口，向着夜空飘散。火山喷出的水黏度比地球上的岩浆低了很多，泰坦星球的引力也比地球要小，因此形成了飞奔的熔岩。从望远镜提供的影像看，速度大概每小时 40 公里。如果时间真的不存在，那它会不会就这样一直奔流下去？从火山口出发，慢慢淹没整个星球，苏雨想。感觉实验室没有被小行星撞击的湮灭摧毁，反而要被这冰火山给吞噬了。

　　这一刻，他想起了庞贝古城，维苏威火山，遮天蔽日的火山灰，至死相拥的情侣。

　　"引力摄动很强。"毛头说。

　　"爆炸当量统计出来没有？"他问。

　　"观测有结果了，"毛头回答，"从能量变化上看，没有发生任何爆炸。"

　　苏雨大为困惑。"但是我们都亲眼看到了！"他相当坚决地说。

　　"看到什么了？"毛头的语气很平静。

　　"爆炸！方焱也看到了。"

　　"没错。"方焱回答说。

　　"我们看到了闪光，但不等于爆炸。"毛头学会了缓和气氛，它用了

"我们"这个称谓。"没有爆炸,"它又重复了一次,"如果爆炸的概念不够清晰,那么明确地说,没有观测到任何形式的能量爆发。"

刚刚一头撞进卡西尼然后消失的小行星,它究竟有怎样的构成?还有卡西尼,为什么会旁若无人地吃下它?研究的重心究竟该放在小行星身上,还是卡西尼身上?苏雨下定决心一定要搞清楚状况。在这件事情上,他无法求助于任何人,因为没有比实验室更直接的第一手资料。如果实验室都无法给出解答,短时间内没有人能够知道这是怎么发生的。

"根据阿尔法磁谱仪对碰撞的监测,明确二号兔子由反物质构成,具体数据还在分析中。"毛头继续报告。

真的是反物质!这颗消失在卡西尼的小行星。为什么没有爆炸?不光是没有发生一场湮灭引起的惊天动地的大爆炸,连闪光和焰火都不是源于小规模的爆炸。所有的爆炸都不存在,晴朗的夜空中,仿佛画着一个天大的问号!

宇宙的神秘和现有理论的贫乏,恰恰能够证明人类的无知。苏雨的内心诚惶诚恐,刚才发生的,是千载难逢的事件,他不可能再重复一次这样的反物质撞击。实验室跟卡西尼这么近的距离,能够得到的,已经是前所未有的观测资料了。但即使收获了海量的观测数据,如果不能提出建设性的理论,资料本身没有任何意义。更让他感到无助的是,无论根据这些资料得出什么结论,他们都没有机会再一次检验它。

苏雨又感到非常庆幸。如果不是身在泰坦星球,那他一定会错过这场精彩的焰火。他想象不出太空望远镜会拍到什么;无论拍到什么,都没有自己亲眼所见来得震撼!这种设身处地的共鸣,除了他自己和方焱,没有第三个人拥有。苏雨甚至不可能想象,媒体是否有能力明白刚才究竟发生了什么。

泰坦星球的温度条件极寒,冰火山喷出的水岩浆很快就跌跌撞撞地凝固下来,变成厚重的冰川,对实验室没有构成丝毫威胁。火山喷发引起的大风从身后刮来,撕扯着苏雨的耳朵。毛头调整了一下参数,补偿了这一影响,他才能够安稳地站在原地,从容不迫地思考,不用考虑任何干扰。

他伸手抓住了一个奔跑的念头，叫它停下来跟自己唠唠家常。

眼前的冰火山让他想起了童年家门前的小山包。山前有一条河，苏雨就是坐在河堤的野草地上听父亲讲银河，讲月亮，讲九大行星。父亲还是把冥王星亲切地叫成第九大行星，那是天文学的美好记忆。其实大不大、矮不矮有什么重要呢？你只要望着星空，想象一下有九艘大船正航行在灿烂的星河中，自己就站在船队第三艘的甲板上，这就足够令人心旷神怡了。而木星，就是苏雨心目中的航空母舰。

"什么时候我们能在星河畔靠岸，去拜访一下周围的邻居呢？"苏雨这样问父亲。

"太阳的光到地球要走8分钟，而离我们最近的比邻星，光要走4年多。就算是我们最快的飞船，千百年也飞不过去！"父亲平静地回答他，声音中他听出一丝伤感，"所以我们靠不了岸，注定只能孤独地航行。"

他想变成一棵树，"这样就可以活上千年，可以等到船靠岸的时候"。

"那你将无法思考，无法行动，内心更加孤独。"父亲的回答，让他再无言以对，呆呆地望着星空到深夜。

就在河对岸，小山的山顶，有一条比他身高还要宽不少的水沟，曾经父亲无数次鼓励，他始终没敢起身跳跃。第二天早上晨跑的时候，他毅然决然地飞身跨越过去。

在苏雨的记忆中，木卫四的表面应该是全太阳系最古老的，从诞生那天起就几乎没有大的变化，上面保留着所有的疮疤。各种各样的陨石坑，单体的、链式的，布满星球外壳，甚至还有一种其他星球看不到的涟漪坑，老话说"黄山归来不看岳"，那木卫四归来也不看坑。

卡西尼卫星恰恰相反，从它对小行星撞击的吸收行为来看，它应该具有永葆青春的特殊能力。更令人匪夷所思的是，原本以为会引发大爆炸的反物质撞击，居然毫发无伤。所以单纯看"脸"，断然猜不出"她"的年龄，也许是个黄花大闺女，也许是天山童姥、东方不败，谁知道呢？

为了研究小行星对卡西尼的碰撞过程，苏雨已经向毛头开放了思维数据，让毛头模拟了上千种反应场景，各种物态、各种构成，当中的任何一种都在碰撞之前具有很高的拟合度。结果丝毫不出乎意料，但也毫无价值。每一种模型都无法吸收这么高的动量。而卡西尼就像一个巨人站在那里，纹丝不动。更不用说湮灭的能量！除非，卡西尼自身也是反物质。然而这个可能性几乎不存在，阿尔法磁谱仪对卡西尼没有任何反应。

没有任何迹象能够表明，卡西尼周围存在超乎寻常的扭曲空间，能够以人所不知的方式改变撞击的属性。而这，大概是唯一还没有被否定的思路了。

"空间。"苏雨自言自语。要理解眼前的一切，他打算回顾一下基本原则，重新审视一下人类的基本概念。比如，人类是如何定义"空间"的。一个空间的形状——假如它有形状的话——即使在量度上是无穷；看起来应该是跟它内部，各个方向的坐标上，单位尺度的物体的形状相同的。比如，一维的单位物体是长度为1的线，一维的空间就是这个线的简单延长，直到无穷；二维的单位物体是矩形，二维空间的形状其实也是个矩形，长宽无穷的矩形。"以此类推，"苏雨想，"空间其实就是单位物体的无穷延伸，或者跟单位物体互补；单位物体放在这个空间当中，就构成了全集。"

好吧，之所以从来没追问过这个问题，因为从来都是不言自明的。苏雨仍然想不通，什么样的空间扭曲会有这样的结果呢？卡西尼并不是一颗大质量的星体，甚至远远小于泰坦星球。此刻他真的想请教爱因斯坦……不对，那反而会引他进入歧途。

苏雨想起，自己是在一家火锅店里给莫凡讲空间扭曲的。天花板上悬吊着一个个红彤彤的灯笼，还有用蝈蝈笼那样的小竹编密密麻麻包起来的小吊灯，暖暖的就像梦里的星星，浪漫得就像上元的灯火。他在餐桌上用笔画出平铺的球网和篮球的形象，给她讲引力的本质，讲爱丁顿的星光验证。人们如果不能用这样的形象来阐述问题、沟通彼此的理解，那这个世界该多么死板和无趣！抽象的概念和公式推演，它能让理论瞬间陷入发明者用钢筋水泥构建的符号牢笼，陷入梦魇般的恐怖空洞和无限循环。比如弦理论，和它的十一维，在苏雨看来，这样的理论毫无价值。

那这焰火会跟时间有关吗？时间也许真的不存在，但秒针在他心里依然嘀嗒嘀嗒地奔走。苏雨买给莫凡的第一块表，用掉他半年的全部收入，任何人看了都会印象深刻：椭圆形的表盘上下，连接着光滑如丝的金属表链；它甚至不能算传统的表链，因为中间没有任何段落和缝隙；当莫凡把两边的表链扣在一起，这块表戴在她的手上，就像是一只金光闪闪的镯子，灿烂而秀丽，辉映着那一刻开心的表情。

此时此刻，苏雨想亲身跳上卡西尼星球，亲手摸一摸它到底是什么！是软的还是硬的？是炽热还是冰冷？它会不会是一个黑洞？无论如何，这个神秘的蓝色星球绝不可能是黑洞！黑洞是黑的，卡西尼是蓝的，还有比这更显而易见的事情吗？掉进黑洞的兔子，不可能让人看见。

宇宙究竟在玩什么把戏？它总是在人类认为天地万物皆为已知的时候，暗中怂恿各种稀奇古怪的事情跳出来发生，在人类理论搭建的漂亮舞台上悄悄涂鸦：先是以太，再有黑体辐射，又发现了类星体，然后是黑洞……

苏雨抬头望着卡西尼，越是仔细看，越是能够感觉到它像是一扇门。他体会到一种若即若离的满足，仿佛手上有一串不计其数的钥匙，正在一把一把地尝试。他愿意挨个儿去探索，不用着急，迷雾当中已经透露出一丝阳光，这正是清晨空气最甜的时候。

"雨总，我们回去吧。"方焱说。

"好！收回镜像，收回救生舱，天线归位。"苏雨对毛头发出指令。

"雨总，记得吗？您给我讲过低维与高维的碰撞，那个思维实验。"方焱又说。

苏雨回过神来。

"你用一根针穿过一张纸，除了留下一个针眼，什么也不会发生。"

对！针是一维，纸是二维。假如针无限细，纸也没有厚度，那么一维遇到二维，那个针眼，直径为零。

灰兔二号，也许就是那根针。至于它由什么材料构成，无关紧要。

第三十二章 错位

返回实验室的路上，苏雨的眉头展开了许多，有心情探讨一点儿漫无边际的东西了。他想起上次方焱提及的话题：宇宙命运。

"我，不相信热寂！"苏雨缓缓地说。

"我也不愿相信……"方焱不解，"那不是热力学颠扑不破的第二定律吗？"

苏雨沉默了几秒钟："任何定律都有适用范围。"

"不都认为它的适用范围就是我们的宇宙吗？别的宇宙大概率不适用。"

苏雨的目光从飞船的窗口望向卡西尼："问你几个问题吧。"

"您说。"方焱满怀期待，她真心希望苏雨能够给她不一样的解释。

"太阳系从哪里来？"

"星云，这是最基础的成因学说。"

"没错，拉普拉斯星云，"苏雨笑笑，继续问，"那星云又从哪里来？"

"这个就不一定单纯了，有大爆炸之后的原始星尘，有超新星爆炸的残渣。很多还不止一轮。"

"也许不止一轮。那么星云状态和星系状态相比，哪个更接近热寂？简单说，哪个更无序？"苏雨闭上眼睛，像是有点儿累了，但他并没有停止，"百川东到海，如果热寂是浩渺的大海，两个状态当中，哪个是下游？"

"当然星云更下游。"

"既然这样，那它为什么能够形成星系？或者说，为什么能够走向有序？"

方焱略加思索，斩钉截铁给出了答案："因为引力！"

"对！因为引力。引力是打破无序的强大力量。"

"雨总，我有点儿明白了。但我记得那是因为星云并非封闭系统的原因。"

"茫茫太空，一团旁若无人的星云，如果这还不算封闭系统，"苏雨的神色忽然庄重起来，"那比它更封闭的，可能只有孤独的内心了。"

"也是，怪不得他们总是修改封闭系统的界定。"

苏雨又望了一眼窗外，回头微笑着说："像不像托勒密的理论，在均轮上不断添加越来越繁多的本轮？"

"我知道了，那么熵增应该只是平直空间的特性，对吗？"方焱反问。

"星云学说有个临界点，就是引力超过一个阈值，星云就开始收缩，无序就开始走向有序。我们的恒星、行星体系就建立在这个有序之上，有些人只看到说离开太阳的能量灌溉，我们的行星世界都归于无序的毁灭，却没看到太阳本身也是由无序走向有序的。"

星光灿烂，在泰坦的大气层上方，卡西尼的光线显得格外纯净和冰冷。

"引力就是空间弯曲。什么力量可以打破封闭空间的约束？空间本身。它可以表达成引力，也可以表现为宇宙膨胀，或是别的什么。"

方焱若有所悟："我懂了，雨总。更何况，空间还可以有其他的维度。"

"所以，推论宇宙热寂的前提就错了！"

牡丹花天线刚刚恢复通信，林云就迫切催促苏雨去到火星城，他们已经望眼欲穿。苏雨其实并没有心情，他急于深入为卡西尼吞下兔子二号的表现寻找答案，并不想去给他们做更多的讲解和演示。但想到后续投资还没着落，他心里沉甸甸的，还得去应酬应酬。

此时，火星城的天空万里无云。太阳洒下慷慨的光线，把玻璃外面的群山染成耀眼的颜色，乍看上去就像吐鲁番的火焰山。穹顶下面，一条人工河奔流向前，苏雨甚至看到一座缩微的诺日朗瀑布。半真半假的植被把火星城的技术中心区打扮得清爽宜人。

林云热情地迎接苏雨："谢天谢地，你还活着！"她想给他一个拥抱。

"谢谢大家，我很好。"苏雨把目光投向了她身后的所有人。

"实验室呢？这么强烈的爆炸过后，实验室还在吗？我们心急如焚！"林云没有在意，小步跟上他。

"当然，我就在实验室外面站着，看着一切故事的发生。"走进门，会议厅里三层外三层挤满了听众。苏雨考虑自己该说些什么，但他首先想弄清楚这边太空望远镜的观测情况。

"强烈爆炸？"苏雨过会儿才反应过来，"等等，什么爆炸？"

"喏，卡西尼没有了，只看到白花花一片。"林云把太空望远镜的影像递到苏雨手上。他快速地浏览了一遍，确如林云所说，仿佛这边的时间，都凝固在了小行星撞进卡西尼那 0.04 秒。直到影像结束，白光一下消失得干干净净，卡西尼却没有重新出现在画面上。

苏雨大吃一惊。卡西尼卫星已经不复存在？开什么玩笑！林云把他带到了主席台，他没有马上坐下。"这不可能！你们看不见卡西尼卫星了？"他一脸诧异地看着林云，手上拿着卡西尼消失之后的星空影像。

"是啊，炸得干干净净，连一点儿残骸都看不到。要是按光线辐射到太空望远镜的强度来估算，可是前所未见的大爆炸，就像一个刚刚创生的小宇宙。我们都很好奇，你和你的实验室是怎么全须全尾地存活下来的？"

对苏雨来说，这就意味着，只有他和方焱看到了卡西尼的女神之焰。他一时找不到头绪，为什么实验室的现场视角和太空望远镜会有天壤之别？如同身处两个不同的空间。他在疑惑，难道双方看到的不是同一个事件？

"马总也为这种能量感到震惊，"林云又说，"假如能收集利用就太棒了。"苏雨没有接话。

"毛头，把实验室获得的图像资料都传过来。调整一下速度、色彩和对比度。对了，方焱，你也过来。"他不知道怎样跟在座众人描绘实验室的视角，还是让他们亲身体会一下。

女神之焰传输过来了，它投射出来的清晰程度和绚烂图景震撼了在场所有人。除了苏雨，他已经看了不下几十遍。而此时太空望远镜的即时（延时）图像上，卡西尼环缝当中，原本蓝色卫星的位置依然空空如也！一个巨大的问号悬在会议厅的天花板上，所有人的表情都映衬着这个问号，鸦雀无声。

"关于反物质，你们怎么看？"苏雨打破沉默，一屋子人正在等他开口。

"我们认为湮灭实实在在地发生了，"林云说，"这是看到实验室影像之前，太空望远镜的专家团队给出的答案。"

"但是卡西尼星球纹丝未动。"苏雨坚信他掌握的事实。

"不！确实发生了，"林云从苏雨手中拿回资料，翻来覆去又看了几眼，"否则怎么会有这么强的辐射？"她茫然瞪着他，期待苏雨能解释这一切。

"不一定。"身后有人插话，他手里拿着刚刚传过来的小行星理论撞击点的特写影像。他的手在林云旁边伸了有一会儿了，但她没有注意到他，这让他有些不快。"真不一定。"影像上，卡西尼表面可以清楚看到没有分毫损伤，纯净如初。"别说炸个稀烂！你看看，就连苏列彗星撞击木星那样的疤都没有。也许一切都是假象，特写最能说明问题！"他说。

"小行星消失了，无论是实验室还是太空望远镜，这一点是一致的。至少，这是个确凿的证据，"林云再次表明她的观点，几乎是恳求的语气，"媒体已经炸锅了，都眼巴巴地等着太空望远镜的权威发布！"

苏雨面对的问题骤然发生巨大的转变。现在不单纯是投资的问题，而是面对一个层层迷雾般的星球，难以形成统一观点的挑战。无论怎样剥茧抽丝，至少需要一个头绪。除非林云能听到一个可信的解释，否则她真的会抓狂。不仅林云，他自己也愈加困惑，更不用说一屋子的其他人。

不过，苏雨又很庆幸自己站在了最前沿，拥有最好的视角和最佳的机遇。反物质都不能动摇卡西尼星球分毫，还有比这更令人着迷的研究对象吗？

苏雨想会一会马总，听听他的想法。此时此刻，马总就站在离主席台最近的位置，望着实验室发来的影像，一脸冷静，不为众人的惊讶所动。看到苏雨走来，他眼中的笑意有不易觉察的挑衅在里面，倒像是要看苏雨的笑话。

"冷静！深呼吸。我们一起聆听……"看到苏雨准备向他发问，马总小声说。他竖起一根手指，放在嘴前面。

苏雨不打算跟随他的节奏。"我想，所有人都想听听你的教诲。"苏雨说，把他放在他想要的位置上。

"金矿！"马总很受用，微笑着说，"这是一座金矿，有大大的潜力可挖。"他开始大笑："或者你可以叫它油田？宝藏？钻石星球？随便什么，取之不尽、用之不竭！"

轮到苏雨发笑，他曾经把它叫作蓝色和田玉。马总很直接，唯一的诉求仍然是赤裸裸的能源。

"你有证据表明卡西尼能用来烧吗？"苏雨问道。

"当然，前提是我们需要找准催化剂！比如这只兔子，"马总没有迟疑，信心十足地回答，"找准催化剂，什么东西都可以烧！从你的实验室视角看来，我们镜头当中的熊熊烈火，居然不损它分毫！还有比这更好的能源吗？"他转身叫服务员："给我来杯咖啡。"

"也许不需要反物质，下次我们想办法扔一只'肉兔'进去试试。"马总说到了兴头上，开始滔滔不绝。苏雨知道，他说的是小行星带。

"你有很多兔子！"苏雨接话。马总愣了一下，但是马上再一次朗声大笑。这次的笑声让专家和听众们纷纷聚拢过来，有人跟着一起发笑。

在苏雨看来，马总关注的问题跟卡西尼的构造和爆炸（姑且把它叫作爆炸）的成因无关，对探讨不同视角的迥异更是没有价值。如果他想继续探究这些东西，大可不必继续跟马总鬼扯下去。但对苏雨来说，马总的内心世界也是一个谜，他希望能够多一些发现。无论有没有将来的合作，马总都是业界甚至社会至关重要的存在结构。

"我承认，也许会有奇迹，卡西尼真的可以成为重要的能源。但你也需要承认，这概率很低，如果到头被证明无法利用，你的投入——不仅仅指投资——都会付诸之东流。"

"我必须关注能源，"马总强调，"我告诉你，能源是头等大事，我必须关注。假如你像我一样，要为千千万万地外社区的生存和发展负责，要为人类更深更远的宇宙航行拓路，你就知道能源不是可有可无的东西，而是超越一切的需求！"

说这话的时候，马总的脸上不再有最初的挑衅神色，声音也明显包含了真挚和热烈在里面。说实话，苏雨也不由得有所打动。他似乎能够感觉到马总血液里面一股暗涌的激情，这个激情强大而沉稳，有着压倒一切的气势和魔力，超越本身的意志。谁要是违拗这股激情，就会被它掀翻在地。

"你知道的，我在场，"苏雨说，"我就站在那里，一分一秒看着绚烂的焰火在卡西尼星球绽放，一直到彻底熄灭。那里没有爆炸，更没有湮灭。"

"我知道，"马总看着苏雨，脸上重新泛起挑衅，"对此没什么好说的。我不清楚实验室看到的为什么是这样的景象，我也解释不了。不过我能肯定，从太空望远镜所在的立场，很明确地拍到了卡西尼星球的持续爆炸。你是否可以回答我，如果不是湮灭，有什么过程可以释放出如此巨大的能量？要知道，太空望远镜距离它超过 8 个天文单位。如果不是反物质造成的湮灭，没有任何合理的解释。除非，你我根本不在同一个空间。"

"英雄所见略同！也许我们不在同一个空间，"苏雨一语双关，挖苦道，"神奇的是，我们居然可以对话。对您来说，一切都是能源。也许有一天您把自己扔进发动机烧掉，我想您也会觉得是理所应当的。恕我直言，您是个疯子，理想主义的疯子。"

"理想主义？不，这个词是对我的侮辱，它意味着脱离现实，意味着失败！"马总反击道，"你对我缺乏足够的尊重！我要是致电给反虚拟人类委员会去告发你，也是你罪有应得。我同你不一样，我是救世主！对，救世主，所有人都这么叫我，他们都知道在同谁打交道。为了表达对我的崇拜和敬仰，他们甚至叫我'爸爸'。人民的眼睛是雪亮的，他们看得出来救世主有什么样的远见卓识和伟大的格局。"

"你也应该感谢我，"马总接着说，"没有沉子仪你寸步难行，全靠我你才能够继续下去。不是随便谁都能够给你这样的实质性支持。如果你愿意的话，我甚至可以马上帮你争取到更丰富的融资，跟当年孙正义对电商的投资一样，雪中送炭！"

面对马总强大的自恋，苏雨一时无言以驳。

看苏雨没有说话，马总转身走到落地窗跟前。苏雨看到他的背影像纪念碑一样矗立，然后他抬起了左臂，用手指向天空，太阳的方向，似乎在默念着什么，就像是做一种祈祷。苏雨回想起来，他演讲的时候也经常面对听众做出这样的动作。

"他就是一剂精神鸦片，"苏雨心里想，"他们叫他'爸爸'，毫无疑问是金钱至上导致的盲目崇拜。这种风气不知道哪一天才能够扭转，也许永远也扭转不了。它从我们踏入社会的第一天起就威胁着所有人。"其实，关于业界和社会对马总的崇拜，几近于宗教狂热，苏雨心中一直萦绕着一种怀疑。他之所以收获了超过其成就千万倍的赞誉，是不是为了给大众塑造一个梦想成真的永恒形象，好让更多的人按照他描绘的成功哲学去生活和工作？

使得苏雨憎恨马总的，不是马总自己的行为，而是众人对马总的崇拜。莫凡曾经提起过，说他跟马总其实是一类人。至于这一点，他从来没认同过。莫凡告诉他，他的憎恨，其实来自他想从马总那里把众人的崇拜夺过来。不！不是的；如果真是这样，他宁愿去死！是的，扔掉所有的金钱，扔掉实验室，扔掉所有的欲望，宁愿去死。

苏雨突然想回到实验室，一个不与外界联络的世外桃源。荒无人烟的泰坦星球，如同自己的花园，他可以静静地看着春花、落叶，聆听蝉喧、鸟鸣，可以把泥土捧在手里细细揉搓，如同爱抚情人的肌肤。

苏雨蔑视马总那种尽在掌控的模样，和面对未知的重重压迫依然胸有成竹的姿态。所有崇拜他的人都认为他聪明绝顶，把他当作对一切了如指掌的战略家。苏雨有一种冲动，要彻底揭穿马总的虚妄，要把这个邪恶欲望的代表赶出时代的中心舞台。这关系到科学探索的方向，关系到他的事业存亡。

看马总转身回来，苏雨问道："能不能告诉我，为什么在演讲的时候，要伸出手做这样一个动作？喏，就刚才窗边的动作。是祈祷获得什么答案吗？"

"我是不信教的，所以不会祈祷。"

"那是为了帮助思考，还是强化某种记忆？"苏雨盯着他，不依不饶。

马总脸上透出一丝喜色："想知道答案？"

"洗耳恭听。"

马总微微一笑，示意苏雨靠近自己，先是用左手重复了一遍同样的动作，然后放下左手，换成右手凑到苏雨的耳边。

"那你得叫我爸爸！"马总小声说，眼睛闪闪发光。

苏雨怔住了。马总并不以为意，没有继续等待那个不可能的时刻。

"听我说，孩子，你甚至不了解我的姓氏。我姓马！马是中国人自古崇拜的动物：龙马精神，龙是虚的，马是实实在在的。丝绸之路、万里疆防，无论是运输、贸易还是军事，在人类工业时代之前的漫长岁月，马就是神！靠自己，一个人能走多远？古人能到达最远的距离，就是马蹄印。"

"你还没说这是手势是做什么用的？"

"这都看不出来？这是天线！我这个动作，是在接收太阳的磁场。尼古拉·特斯拉当年就是这样接收信号的。有传说认为他是金星人，其实不然，他只是收到了太阳的启示。"

望着面前这位能够接收太阳召唤的半神，苏雨并无从考证特斯拉故事的真伪，只知道自己并不是在同一个普通的疯子打交道。苏雨甚至感觉对他有隐约的怜悯。他不是用实际行动，而是利用语言的象征，成功地欺骗了自身的无意识，仿佛用这样的花招就可以摆脱不确定性的恐惧。

"隐喻式的电影《楚门的世界》，你看过吗？"马总问苏雨，"田园牧歌般的小镇，宁静舒适的美好生活。直到有一天他开始怀疑，他的整个世界是伪造的。"

"我记得剧情。"

"把他人的生活作为观众的娱乐和谈资，真人秀曾经是全球化时代最受欢迎的节目，后来遭到全方位的批判而销声匿迹。但是，火星城难道不是这样的舞台吗？这里人人都在表演，他们最初承载了人类的希望来到这里，现在不得不如假包换地表演自己。"

听上去，马总是在反思发展的战略。但这跟他对待卡西尼卫星的态度有什么关系？

"全地球有一半的人都梦想成为火星人。富有者希望抛弃原来的无聊生活，贫穷者希望摆脱原来的困难处境。但这里呢？这些沉浸在别人梦想当中的火星人，又在梦想什么？他们在梦想一场能够摧毁火星的灾难。这样才会有英雄、有战士。这里正在上演着越来越严重的自我暴力，自伤者看到殷红的血液从伤口流出，才能真正感觉到自己活着。自伤不是自杀，它只是激进的自我努力。作为广泛的心理疾病，我知道他们认真地想回归生活，把握现实，避免彻底的精神崩溃。那么迫在眉睫的是，谁来为他们提供崭新的、前所未有的视野？"

苏雨从未听过马总讲这样的现实问题，于是他说："再给我一些理由，说不定我会支持你。"

"不需要更多理由！"马总接着说，"记得世纪之交那场战争吗？阿富汗。世界上最富有、最强大的军事力量，去进攻最弱小和最贫穷的。阿富汗是最佳的攻击目标，它有自己的武装，但在最强大的军事力量面前，跟手无寸铁又有多大区别！"

"是的，历史从来都是很无耻的。"

"算不算终极案例？它表明了矛盾转移的最高境界。至于阿富汗，有没有人关心它的存在价值？那里究竟还有什么可供摧毁？"

苏雨沉默不语。

"一个醉鬼在黑灯瞎火的地方丢了钥匙，却跑到光线明亮的路灯下去寻找。路人问他为什么这样做，他回答说光线好的地方更容易寻找。所谓反恐战争不就是这样吗？轰炸莫须有的目标，给我们创造心理上虚假的安全感。"

马总一口气往下说："幻象可以抚慰人心，提供一个想象性的心理空间，忍受真实生活的重重无助和无望。"此时此刻，他说话的声调显得平静而富有理性。苏雨听到这些，似有切肤之痛。

"能源不是负担，不存在没用的能源。只有无休无止地获取能源，才能创造足够的幻象，满足人类无休无止的欲望！太阳系甲烷虽然丰富，但效率太低；氢的开发如火如荼，但难以支撑行星际以外的拓展。卡西尼星球创造了从化学能、核能向反物质能源跃进的大好机会。假如没有这样的转型，就没有 BaseX 的未来。我相信未来，火星人会领先地球，成为真正的二级文明！"

"快看！快看！卡西尼卫星出来了！"马总背后有人惊呼，太空望远镜重新捕捉到了它的踪迹。

苏雨这时候已经明白，他根本没有办法揭穿马总。即使他心里一万个想这样做，也没有这个能力。在他眼中，马总不再是原来那个马总，那个手势已经不再神秘，形象也变得不那么惹人仇恨和厌恶。

第
三
十
三
章

死
人
城
相
遇

　　莫凡走出酒店，门厅依然熙熙攘攘，人声鼎沸。一个英俊的服务生
推着行李小车走进电梯；另一个衣着时尚的姑娘开心地微笑着，挽起情
人的手臂，从前台朝楼梯口走去。

　　莫凡的脸上没有笑容。十分的欢声笑语也难以消解一分的抑郁。这
种抑郁也许能唤醒一些上古的记忆。但是徒劳，这个城市没有一丝她熟
悉的痕迹，举目望去，土灰色的高楼和脏兮兮的玻璃幕墙写满了现代性
的语言，奔跑的车流拉扯着浑浊的空气，即使尼罗河近在几十米的马路
对面，也闻不到一丝的清新。酒店门外的车流没有半秒的停歇，让她眼
花缭乱、喘不过气来。她再次怀疑，她跟苏雨怎么可能穿过这样的车流，
走到立交桥对面博物馆去的。没有苏雨的陪伴，莫凡感觉一步也跨不出
酒店大门的铁栅栏。

　　门口迎宾的服务生看出了她的困惑，果断出手拦下一辆黄色的出
租车。

　　"你好，女士！去哪儿？"

　　"萨拉丁城堡。"也许，这座奥斯曼大清真寺的气势能够为她激发一
点儿心理上的动力。

　　多年的分析生涯使莫凡养成一个习惯，她善于捕捉语言和动作的蛛
丝马迹，从中发现转瞬即逝的征兆。而这些征兆，正是打开一把把心锁

的钥匙。这样的职业习惯，容易被人认为是过度敏感，所以莫凡并不主动去关注人与人的关系，只会在接收到他人申请或者感受到苦难表达的时候，用她自身去承接。

同僚的聚会上，莫凡总是静静地听他们讲话。每个人都在讲述自己，但她却很难遇见他们的主体。而现在，古老的文明消失在曾经的岁月中，莫凡也很难找到一次相遇。

"这个时间去城堡，可能已经关闭了。"司机回头提醒。她心事很重，丝毫没有理会。黄灰色的风景在莫凡眼前快速闪过，她的目光却始终不为所动。

远处的山坡上，有一座从未相遇的城堡在等待着她。是的，等待，她第一次在旅游当中有这样的感觉。随着车轮的旋转，她迎向了山峰的方向。车窗前方的城市很快分裂成左右两半。左边是越来越高耸的山地，右边是越来越低矮的房子。城堡出现在她的视野当中，仿佛一个巨人庄严地站在山巅。在山峰的上方，天是一整块的颜色。虽然车轮的飞驰和人群的喧嚣不断扬起城市的沙尘，仍然遮挡不住那倔强的蓝，它刺痛了她的眼睛。

莫凡感觉到心跳在加快，在头脑当中、动脉血管当中，血液开始撞击。山脚吹来的风扑进车窗，夹杂着热腾腾的焦灼和不安。她的身体感受到一阵晕眩，弄不清楚原因，也许只是因为那蓝色的冲撞，也许因为耳畔呼啸的车声，她仿佛听到了清真寺的祷告。

车子停靠在山脚的马路对面。下了车，莫凡站在石板铺成的人行道上。城堡就在面前的山坡上，远远望去，沧桑和雄伟仿佛已经成为习惯。莫凡记不清城堡始建于哪年，只要跨过这条街道，她就能够进入这古老的实在世界。

莫凡若有所思地望着脚下，开罗少雨，路面有厚厚的一层沙尘。她收回目光，打量前后的人行道。下午四点的行人不多，大都行色匆匆。他们各怀着什么样的心事？其实跟她毫不相干，无非是陌生城市里的陌生面孔，陌生的人生和陌生的命运。连梦也是陌生的，她也许在几千年前走过同一片土地，但早已找不到一丁点儿相似之处，不会有一丝一毫的共鸣。

开罗，埃及。从地理上讲，裹着头巾的阿拉伯人生活的这个城市，他们的脚就踏在那个古老文明上。也许有成百上千的商贩、奴隶，或者成千上万的士兵走过同样的道路。但他们都被埋藏在时间的尘土之下，厚重而无痕。

这片老城的整个区域都没有见到高楼大厦，雄伟的城堡就是制高点。站在对面凝视城堡，它像一条绵亘的山脉，横跨了大半个视野。山脉的中央，很远就看到清真寺的穹顶和尖塔，她一路望着它们由小变大。城堡近在咫尺，仿佛唾手可得。但没有斑马线，面前的车流就像是在赛道上一样风驰电掣，充满危机。莫凡没有办法独自横穿这神经质的马路，像那些本地人那样。她感到无力和无助，无论这车水马龙的地下，埋藏着多少古老遗迹，此时此刻都与她无关。她到这里来根本不是为了探寻这个，不是为了要发掘前世的宝藏。

莫凡忽然丧失了倾听的欲望。都说文明的一切是由人创造的，那为什么人的一切又都是精神的幻象？主宰世界的，究竟是物质还是精神？

有没有倾听的欲望都无所谓了。之前莫凡在预约时间等候了很久，本该来访的姑娘终究没有出现在远程连接的另一端。最终等来的是惊人的不幸消息：姑娘从30多层的楼顶飞身一跃……而父亲恰好在楼下目睹这一幕，伸出双手去做无谓的拯救……两个灵魂一起走向遥远的未知国度……

莫凡想起自己在酒店的房间。顶层大概有30层，楼顶还有一个赌场。她不知道站在这样的楼顶，飞下来的时候会不会优雅。

电话响了，莫凡接起来，只回答了简单的"嗯""不""我知道""不行"。手机感知到了她的情绪，耳边轻轻响起了轻柔的乐曲声，是D大调第五号大提琴与钢琴奏鸣曲，太熟悉了。

　　……

姑娘的钢琴弹得挺不错。她自尊心很强，但始终感觉自己缺乏天赋。直到遇到这首曲子，仿佛纠缠在洞中的潜水者看到了一丝水面的阳光。

但是见鬼，上哪里去找这把大提琴？除了自己的音乐老师。但她已经从他那里挣脱出来，不可能回心转意请他合奏。她一辈子也忘不了他的猥琐眼神，那是对音乐的亵渎。她要避开他！

姑娘坐在柔软的沙发上，一遍又一遍谛听皮埃尔·富尼埃的旋律，遐想自己就坐在他的身旁，自己的每一根手指上都有威廉·肯普夫的附体。每一次触摸琴键，她都能感觉自己生命活力的滴落。伟大的贝多芬必须这样演奏才行，她为自己的孤音难鸣感到抑郁。

曾经每天被关在家里练琴。母亲即使身在附近的麻将场上，也要求能时时听到琴声，不能有稍许懈怠。自从搬进高层楼房，再也不用使劲敲击琴键，去满足母亲的监听了。那么她自由了吗？没有，无意识当中那位母亲，仍然时刻竖起耳朵。不！也许早就自由了，她早已在琴声当中，跟肖邦、李斯特谈笑风生。

同学的演奏者大都还在追逐这样那样的奖项，她却已经触及音乐的灵魂。如果只有孤独才是接近内心的唯一方式，那么所有的社交又有什么意思呢？如果只有天籁才是灵魂的居所，那么行尸走肉一样的躯体还有什么存在价值呢？把自己化为尘埃，漂浮到大自然的每一寸空气、流淌到每一滴雨露当中，不是更好吗？

"一串音符，弹得出来的时候，是乐曲；弹不出来的时候，是恐惧！"这是姑娘留在世界上的最后一个社交签名。

莫凡站在城堡脚下，踌躇不定。冒险冲过这疯狂的街道，那会离死亡很近。她有过一刹那的冲动，转瞬即消。

莫凡曾经以为自己已经无所不能。她拥有旁人没有的再造灵魂的能力，拯救或是放逐，都在她的语言当中。可有什么用？她不能起死回生。所有的故事都是转达的，但她早就听到了死亡的气息。莫凡的脑海中，浮现出了姑娘母亲的映像，她的脸上始终挂着一丝洋洋自得的微笑，目光却如同市井小人一样，就像是不停在说："听听！听听！我女儿弹得多好，她绝对是最棒的！"于是众人都报以微笑："那是，那是，您女儿是天才呀！"

......

哥哥曾经跟钢琴姑娘通过电话，她想请哥哥向爸妈转达遗言。哥哥劝她说，先别着急去死，一定要等他回来，等他回来再去死。哥哥和父母都不知道抑郁的凶险。她这样的状态是不能离开人的，家属必须时刻盯住。

也许飞身跃下那一刻，姑娘的精神已经离开她的躯体走开了，走到音乐召唤她的地方去；她的父亲也是一样，是女儿召唤他一起走远的。他们手拉手，一起去到了最自由的地方。莫凡知道，有很多人都以为"想死"是假的。不，抑郁的人真想死。抑郁的人有死本能的冲动，其实每个人都有死本能，她也有。但只要把它转化成生本能，最危险的坎儿就过去了。这一点，莫凡早年有过亲身的体会。抑郁发作的时候，人的生命力整个儿就没有了，拖过那个坎儿就能有转机。

莫凡闭上眼睛，仿佛看到了一个素净的舞台上，姑娘在忘我地演奏，而身旁的大提琴家，正是她的父亲。这一刻莫凡感觉到，也许精神是同我们生活的空间平行的维度。人类生存的这个空间，苏雨跟她阐述过三维的属性，而他正在努力寻找第四个空间维度。那么，会不会精神就是那个与物质世界全然不同的维度？在这个维度中，莫凡同姑娘有了第一次的相遇。

和音乐一样，精神从来不存在一个目光可及的边界，或者终点。任何一个人，终其一生，都不可能到达。你只能不停地探索，不断扩大你自己的领地。即使有时候豁然开朗，也不代表接近这个终点，而只是获得了更强大的力量，拓展了全新的疆域。就像空间里的任何物体，哪怕它膨胀得再大，也不可能填满整个空间，除了空间本身。

转过身，莫凡看到一条幽深的巷子。巷子里空无一人，走进去几步，就已经安静得能听见落叶在泥土上摩擦发出的沙沙声。风不大，但急迫而萧瑟。已经初夏的季节，却纷然有树叶飘落下来。巷子两边，低矮的围墙灰沉沉地站立着。再往里走，有的门虚掩着，有的紧闭着，但都是灰暗而沧桑的颜色，没有一丝烟火气。莫凡强压着要涌出喉咙的暗流，好奇心克制着渐渐浓烈的恐惧。她越来越想逃离这个地方，直到看见唯一一道敞开的门。

她朝着那道门慢慢走去，无法预知将要出现在眼前的东西。未知，有时候比恐惧更令人紧张，尤其是在孤身一人的时候。在这种地方，如果有什么状况发生，叫喊是不会有人应答的，只有她自己。要是苏雨在身边就好了，他现在做什么？情况是否顺利？莫凡叫自己不要想那么多，他远在天边，任何状况都是彼此无能为力的，她只能尽量去做力所能及的事情。

莫凡和苏雨曾经一同去探索暗藏在海岸深处的巨大礁石，那里除了他们俩，空无一人，只有数不清的海鸥。十几年过去了，苏雨总是跟她说"很快就回来"，但仅仅依靠镜像来共处的时光，她总感觉到若即若离。梦里也许有月光、星辰和他的灵魂跟她做伴，每到清醒的时候，她很想问他一句："你什么时候才能回来，真正地跟我在一起？"

现在，莫凡只听见自己踏在石板地上的脚步声。她走进那道门，面前呈现了一堆低矮砖房围成的院落。她停住脚步，站在离门几步远的地方，没再往里走。凭她的身高，一眼就能望见这些砖房的屋顶。在阴沉的天空下，一个又一个的院落鳞次栉比，一眼望不到头，但居然也闻不到一点儿烟火气。正前方几米的地方，院子的地面比莫凡脚下的地面下沉了不少，三四个中年男子背靠着院中的房子坐在地上。这地方没有往来的行人，他们坐在那里一动不动，灰暗的衣裳，灰暗的脸色，浮肿的眼皮下透出灰暗的眼神，茫然而僵硬地望着莫凡，像盲人，又或是僵尸。

莫凡不由得一个寒战从头传到脚。转头望望，左手几米远的一个房顶上，站着一位满脸皱纹的老者，用同样灰暗的眼神木然地望着她，忽然伸出手，嘴角动了两下，像是在对她说什么，也许是邀请，声音小得完全听不清。

莫凡从来没有见过这样的街道和这样的住宅，她不敢再往里走，不知道什么样的恐怖会等待着她。她感觉毛骨悚然，整个街区笼罩着死亡的气息，钢琴姑娘的声音又在她耳边若有若无地萦绕。如果有人告诉莫凡，出现在她面前的都是死人，她一点儿都不会觉得惊讶。再往里走，他们也许就会扑上来撕咬她，叫她粉身碎骨。

莫凡感到无法呼吸。她用尽力气拔出僵硬的腿，转身冲出那道门。只几秒钟时间，就越过破败的绿化带，回到奔涌不息的大路上。还没站稳呼吸两口，帽子被猝不及防从背后追来的一阵阴风掀翻，瞬间抛到了马路上。她想去捡回帽子，一辆车闪电般扑过来，吓得她一个趔趄，手忙脚乱地退回了路边，眼睁睁地看着帽子被车轮裹挟着，飞往远处，一辆、又一辆……好几辆车轧过，才被尾流抛到了路边，等捡起来看，已经面目全非！

莫凡深吸几口气，巷子里面的冷风吹过来，洗清了路边的浑浊。

"你害怕吗？"她听见一个女人在背后问，很温婉的中文。

莫凡心里一惊，转头看到了这个人。

"现在不怕了，只要别去想巷子里的房子和人。"她匆忙回答。

"不用怕，里面是死人城。没有坏人，就是穷苦人而已。"这是个穿着长裙的中国女人，年龄比她大一些，看上去感觉有些面熟。

对了，莫凡这才记起攻略上说过，城堡不远处是开罗有名的死人城。这里不是景点，是穷苦的人住不起房子，住在先人的墓地里。当地的风俗，死人也有房子，只是建得低矮一些。没水没电，好歹能遮风挡雨。

"您也是观光？"莫凡问道。

"故地重游。"嗓音几乎跟她一模一样，仅仅是更沧桑一点儿。

莫凡想听听曾经的旧事，如果这女人真的来过，那会是多少年前呢？她曾经有很强的倾听欲望，一旦坐到分析家的位置上，她就很开心。她愿意听人家讲，讲他们的内心有多苦！或许这女人也是。

短暂的沉默。"您从事哪一行？"莫凡不知道为什么会唐突提问。

"算是精神分析吧，我自己也不知道哪一派。"

"真巧，"莫凡理应感到错愕，但她没有，"我也是。"

"我知道，我的教授也是你的导师。"

"你怎么知道？"

"我都知道，"女人说，"他尝试过厘清自己和拉康的关系。这么多年下来，已经建立了他自己的一套东西，对拉康派的学说做了全新的变革。”

“没错，要先懂拉康才能懂他的学说，拉康是基础。”听她这么说，莫凡相信了。连弗洛伊德都不做精神病人的分析，但拉康派分析家却敢做，因为他们号称走到了更深的精神阶段。

“要成为拉康派的精神分析家，自己都曾经抑郁，所以才能够走到这么深的地方去。”她又说。

“你抑郁过吗？”

“当然，就是在开罗的那几日。”

莫凡感觉遇到了自己的影子，但这不可能。是在做梦吗？不，城堡下面的车水马龙丝毫未减，这么嘈杂的环境中她是不会睡着的。精神分析能够让人建立一个适宜的症状。是幻象吗？幻觉吗？好吧，就把这个幻想巩固在那个地方。哪怕是个假的，也把它巩固起来。人只要能够始终身处这个幻象当中，那就是建立了一个症状，就可以正常生活。暂且假设这女人就是自己的症状。至少，有个人陪自己说说心里话也好。

“我在他的学说中沉浸了很多年，”这女人说，“有一天，我忽然觉得，他人的苦跟我有多大关系？为什么我要用那些理论去解析他们的苦难？我还是会同情，但是我不想再听他们倾诉了……”如莫凡所愿，她开始讲述那些旧事。

“的确，那些拉康派的所谓地道理论，全都是些符号学、语义学和拓扑学的内容，晦涩难懂！”莫凡深表同感。

“后来，教授问过我一个问题：‘那是别人的精神分析还是你自己的精神分析？’就是这句话，一下子点拨了我，豁然开朗……”女人说。

她不是自己的影子，莫凡敢肯定。因为教授没跟自己说过这样的话，至少现在还没有。但此时此刻，她的精神本能重生了。或许是钢琴姑娘身体上的死本能，激发出莫凡精神上的生本能。或许是女人转述的教授语录，拨动到她无意识的琴弦。

莫凡愣在那里好一会儿，女人也没有说话，像是在等她。

她忽然明白，需要拒绝的是别人的分析，不是她自己的分析。莫凡很开心，能够遇到一个知己。

"干吗要管别人的精神分析是怎样做的、别人研究些什么玩意儿呢？"女人鼓励她，"不要让虚无缥缈的陈词滥调蚕食掉你的精神，让你对倾听丧失兴趣。"

"但是，我不知道能不能做好。"对未来的焦虑，始终如影随形，牢牢地缠在莫凡身上。

"我不知道你想倾听多少人，不过我知道倾听会带给你快乐！"女人比她自己更有信心。

抬起头，女人已经不见了。她忽然理解了自己走过的道路。正是因为从中获得过莫大的乐趣，自己才孜孜以求地做临床分析，这给了她巨大的精神收益。别人的分析跟自己没有关系，她应该有她自己的分析，而不是排斥倾听。环视周围，发现整个死人城不再弥漫着刚才的阴森气氛，冷风扬起的灰沙似乎要向她倾诉每个人的苦难。

苏雨最大的缺点，是没法用行动和语言去迎合别人，哪怕对方是投资人。所有人跟他初步接触以后，即使充满好奇和希望，后来也纷纷敬而远之。人们往往客气地评价说，他才华横溢，不过不大合群。

两只兔子跟卡西尼卫星的过招，在媒体上掀起轩然大波。苏雨却对媒体的吹捧熟视无睹，再多的溢美之词都解决不了他的燃眉之急。

"你能过来一趟吗？"刚从火星城回到实验室，林云又发来消息。

苏雨想静一静，整理一下思路，于是找了个借口。"天线有点儿问题，暂时不能做这种超远程大功率输出。"他回复林云。

不过林云并不甘心："不方便过来，直接通话吧？我跟马总。"

苏雨感到一丝厌倦。如果开发对象能创造出巨大的经济效益，那当然是一件好事；但他首先热爱研究对象，不愿意通过损害研究对象来换取收益。

会议接通了，苏雨问马总，沉子仪的许可证什么时候转过来。马总微笑不答，脸上挂着少有的谦逊表情，这让苏雨觉得不是什么好兆头。

果然，林云转移了话题："您那边的情况如何？"

"一切顺利！"苏雨回答，"每一步你们都看在眼里。"

"您对目前的进展满意吗？"

"当然！"说到进展，苏雨有点儿兴奋，"谈不上满意不满意，而是很久没有对一件事情有这么大的兴趣，对新的发现有这么大的期待。已经发生的事情和已经获得的数据，还需要时间去整理和思考。不过，不希望你们对此再推波助澜，在问题搞清楚弄明白之前，炒得沸沸扬扬没有好处。"苏雨喝了口水，说回他的诉求："当务之急！我需要沉子仪到位。"

苏雨接着苦口婆心地说明沉子仪的重要性。没有它，只能望星兴叹，不敢在一头雾水的前提下贸然迈出下一步；即使脑子里面有各种猜想和推测的架构，那也只是猜想；先搞清楚卡西尼的结构，才能考虑如何把镜像终端发送到星体表面，而不是做无谓的尝试；等等。

"嗯，嗯，很好，"林云点头，"不过，能不能告诉我什么时候能有盈利？或者坦率点儿来说，关于盈利的事情，你实际上根本没有眉目对吧？"

"事实上，"苏雨面有难色，"确实如此，我认为在这个时候谈论盈利模式还为时过早，空中楼阁，镜花水月……"

"知道了，我们也很关心你。既然脱离了危险，你知道，我们时刻关注的无论如何都是盈利。不需要你画饼给我，我需要看你对此有明确的行动。"

"盈利可能性与日俱增，"苏雨信誓旦旦，"恰恰这样的局面，存在无限可能……"

"不！"林云打断了他，"至少要给我路线图！我不是慈善家，不是热衷资助的旧贵族。"

"您说得在理，我懂，"苏雨不得不表示理解，"无限前景也可能意味着无限投入，我也希望能够给你提供一张清晰的路线图。"

"您的实验室确实让我大开眼界，但无论如何我不能做一个旁观者。就我们的资金来说，它本身就是参与者，"林云提出了自己的明确意图，"您能保证在短时间内提交盈利模式的构想和分析吗？我需要您的全力配合，才能帮您争取到更多的资本，您也才有机会深入下去。"

林云的追问下，苏雨一时语塞，他低下头陷入沉默。

"怎么样，能告诉我一个大概的时间表吗？"

"现在提交任何盈利模式都是不负责任的！"苏雨的脸已经红了，"我的猜想在卡西尼身上正在得到验证。如果没有被充分证实，只根据猜想来进行项目部署，飞行器、加速器或者别的什么，即使只是投入设计，也是无谓的。"

林云克制心中的怒火，仍然语调友好地说："是的，我知道，那又怎么样呢？你打算无限期地拖下去吗？你应该明白，现在着急的是你，不是我！"

"是，我在等沉子仪。我正在考虑各种可能性，也在思考最简单的验证方式。你了解我，应该知道我的行事方式。我预测了卡西尼的再度消失，你知道，说明我的猜想有脱颖而出的合理性；我又解释了它逆轨的原理，这一点我当众做过讲解，你也在场听到；紧接着，我和小方就站在这所实验室外面，站在泰坦星球，亲眼见证了一场旷古烁今的星球碰撞。我现在全身心，都在为这场碰撞寻找合理解释……"

马总一直没说话，而林云则用布满血丝的眼睛盯着他。苏雨以为她已经能够设身处地体谅自己的难处，准备晓之以理动之以情地继续说下去。没想到林云再次打断了他，脸上露出非常失望的表情，说她不愿再听天马行空甚至形而上的说辞。她看了看马总，递了一个眼神，转头一脸严肃地面对苏雨。

"我就知道会是这样！"林云顿了一下，"其实我们一致认为，反物质碰撞提供了很好的一个契机。马总已经安排火星反物质中心全力生产，计划和 BaseX 联合制造八百颗携带反物质弹头的火箭……"

"你们打算轰炸卡西尼？"苏雨的语气骤然严肃起来，转脸朝着马总，隐而未发的愤怒就在话语里面。

马总没有吭声，林云接着说："马总管这个叫'投石计划'，就是投石问路，并没有你说的那么严重。"

苏雨盯着马总，没有说话。

"后期再根据投石计划的结果进行下一步开发。马总有一个提议，希望你能尽快参与进来，就是他手上这份《土卫 C 能源利用战略合作协议》。"

"战略协议?"

"他对卡西尼的能源利用给出了上百种规划,我看起来可行性很高,利润颇具想象空间,很有吸引力。现在需要尽快敲定的是,要支撑这个协议框架,需要把卡西尼实验室从你的公司剥离,让 BaseX 控股。具体价格你们可以再谈,所需资本呢,部分由沉子仪作价,剩下的 30% 由 BaseX 换股,70% 现金投入。当然,现金主要由我们东都来支付。"

林云说了这么多,苏雨总算是搞明白了他们的意图。马总接过话头:"第一台沉子仪按计划给你尽快安排到位,今后只要你需要,无限量提供!"他已然在讲执行层面的细节。听起来不错,至少在无限量提供沉子仪这一条件上。

"总不至于现在就让我做决定吧?"苏雨诧异。

"自己抽时间慢慢研读吧,但最好现在就签了它。"马总的语气并不友好,压抑着一股杀气。

这一刻,苏雨顿时明白了马总的想法。不用翻开那份协议,他已经知道里面会有些什么内容。短暂的思考过后,他冷冷地回答:"协议收到了,我会对里面的条款琢磨琢磨。要我现在签,这想法是不是有点儿天真?"

马总掀了桌子开始咆哮,苏雨第一时间掐掉了语音。

"我不会参加东都对你的慈善事业,我没有耐心跟你浪费时间。如果回心转意,签了协议发回来。一个字儿也没有商量的余地,否则甭想拿到沉子仪。听清楚没有?休想!"字幕一字一句地显示出马总说的内容。

苏雨丝毫不想掩饰对马总的愤慨!在他看来,这无疑是挑衅,赤裸裸的。他干脆连影像一起掐掉了,包括林云的。现在他明白,正向土星轨道飞来的那台沉子仪,对实验室来说已经是虚无缥缈的事情。

片刻之后,林云再次打来电话。

"我从马总那儿出来了,"林云叹口气,"不管怎么样,有件事情一定要告诉你:马总刚才跟我说,他要向委员会告发你。"

苏雨一脸通红,甚至连两只手都快要气得冒烟,愤怒让他喘不过气来："你忘了你是他的投资人，而不是相反！"

"别生气，生气没用。我们不能不承认他手中的力量，跟他对抗对我们的投资没有任何好处。你知道我一直都在支持你，但真的很难！"林云一边说，一边理了理耳边的头发，有点儿乱。

看得出来她也有些憔悴，苏雨忽然想到自己前不久才让这个女人担惊受怕。不管是出于什么原因，她至少关心自己。他感到一点儿内疚，谈判虽然不欢而散，但林云也许分担了不少压力；他听到的未见得是事情的全部。

"我会尽力阻止马总对你的伤害，"林云说，用恳求的眼光看着苏雨，"你别太强硬！想想看他有多受人追捧。我知道你特立独行，但你也要了解我的苦衷，任何形式的合作都比对抗更有用。"

"你是要劝我签掉那份战略协议？这不可能。"

"你只需要拿起笔签个字就行，"林云耸耸肩，"至于后续，我向你保证有很多操作空间。"

苏雨没有回答，而是把林云仔细端详了一会儿，好像想看清楚，这个老同学有多少心思是在帮助自己，又有多少心思是在算计生意。

"我做我的，他做他的。将在外君令尚且不受，何况今天的局面！"苏雨说，"我仔细研究一下他的协议，如果存在合作空间，我保证不排斥。"

挂断电话，苏雨苦笑两声，对方焱说："我感觉自己像一尊木乃伊。"整个对话，方焱看得清清楚楚，她看得出来苏雨很疲惫，不知道怎么回答他。

对于沉子仪的得而复失，苏雨感到失望，对马总的彻底失望，之前萌生的一丁点儿好感转眼间烟消云散。刚刚的对话在他的意料之中，只是没想到来得这么急。原本以为至少等到沉子仪到位，有了初步的数据，马总才会步步紧逼。现在，马总自导自演的闹剧把林云也牵扯进来，让他有些遗憾。剧本走了样，他想。

当阳光从天窗上轻微地射下来的时候，实验室的灯光稍稍弱了一点儿，两者的光线叠加在一起，显得慵懒而舒适。窗外忽然变得晴朗，不知道哪里吹来的风把土黄色的天空洗得清晰而剔透。

苏雨正在偶得的空闲时间琢磨几个诗句，他想描写出泰坦星球这难遇的好天气。有人敲门，这时候会是谁呢？他没有多想。一个身着素雅长裙的姑娘走了进来，手上还拿着一本翻开的乐谱。姑娘站在离苏雨几步的地方，不声不响地看着他思考的样子。苏雨打量了姑娘一下，看神情她好像是在勾引和期待之间飘忽不定。在轻柔的阳光下，他感觉自己似乎跟姑娘曾经见过几面，那张清秀的脸庞似曾相识，但无法确定。她的眼睛闪现着渴望的光芒，似乎在等着他认出自己。

放下手中的笔，苏雨客客气气地向姑娘表示了歉意，为刚刚的心不在焉和怠慢。当两人再次目光交触的时候，她开口说话了，语气有些微的失望。

"您不认识我了？"

苏雨急忙否认，但又总是搜索不到想要的答案。

"我是凡姐的来访者，分析结束之后遇见您，跟您聊过。您有两首诗还是以我的故事写的。"

他好像记起来了，是一位早熟的钢琴家。姑娘的出现并没有让他很惊讶，只是接着问她的来意。

她用手指着窗外。苏雨顺着看出去，只见实验室外几十米的河谷当中，摆着一架纯白色的钢琴。没有灯光，但钢琴却像是在舞台中央一样熠熠生辉。旁边好像还坐着一位中年人，手扶着一把大提琴。

"那是我的父亲，"姑娘说，"您跟我来。"

走出实验室，苏雨跟上她的脚步，看着她的背影，心头滋生出一点儿包容和怜爱之情。他感觉心里有一片空无，祈求用回忆来填满。

姑娘在钢琴前坐下，先是一曲抒情小品《乡愁》。除了琴声荡漾，河谷安静得像深夜的密林；而钢琴姑娘一身的纯洁无瑕，如同盛开的百合花。苏雨站在离钢琴几步远的地方，感觉冥冥中有一只手攒住了自己的衣领。每一声音符都透过领口，在胸口沉甸甸地敲下去，在回忆中留下一个凹痕。

第二曲还是格里格，《幻象》。随着钢琴的一声声反复咏叹，泰坦星球的河谷当中掀起了一浪又一浪令人陶醉的极乐景象。天空的阳光忽然变得明亮，闪烁的星辰消失了，蔚蓝色的云幕在河谷的对岸缓缓升起、展开，之前毫无生机的黄土地上生长出五彩的花朵。这是泰坦星球的奇葩，苏雨从没有见过这样不对称的花瓣，像一种特殊的语言，用花瓣来表达音乐的情感。没有枝茎，叶子和花朵仿佛孪生兄妹一样长在一起，每分每秒都在热烈地生长着，一曲未终已经铺满整个河谷，连河水上都漂满了花朵。乐曲达到高潮的时候，天地都换了面目。

这时候，土星从地平线上浮现出来，初升的光环在浅蓝色的天幕上一点儿一点儿地幻化，每颗冰块都变成了一朵雪白的雏菊。最后，整个的光环挂在远方，嵌着姑娘的身影，就像是为她撑起的一个巨大的花环。河水在琴声中渐渐涨高，不知不觉地漫过苏雨的脚背。他忽然看见有火红色的鹭鸟飞过眼前；低下头，有白色和透明的鱼在水里嬉戏，白的像玉，透明的像水晶。他听到轻微的潺潺水声，就像在跟姑娘一起和音。这样的和音，比一切声音都要悦耳。这一刻，他仿佛置身于天堂的某个角落。

姑娘一曲接一曲不停歇地弹奏着。在舒曼的《C大调幻想曲》中，他能听出贝多芬来；更神奇的是，当姑娘同父亲协奏的时候，就凭那父亲手中的大提琴，竟然能奏出小提琴的和音。

琴声终于消散，姑娘站起身，微笑着过来挽着苏雨的手。这时候，鱼和花都没了踪影，那父亲连同提琴一起也消失不见；苏雨和姑娘的脚下，是缓步往上铺开的红毯，左右是空无一人的听众席。

他们不知不觉已经走出大厅，天空恢复了苍黄的色调。微弱的阳光洒下来，给远近的山峦蒙上一层毛茸茸的清辉。苏雨回头看，竟是一座金光灿烂的音乐厅，四四方方的看不见一扇窗，只有刚才走出来的地方，隐约有门的痕迹。他对眼前的景象感到震惊，伸手一摸，大厅周围竟然全被金箔覆盖。上面密密麻麻画满了像鸟一样的符号，这不是埃及的圣书体吗？

苏雨只见铺天盖地的圣书体文字，凸显在金箔墙面上，每个字足有半人多高，显得夺目而庄严。苏雨一时间目瞪口呆，转身再看钢琴姑娘，哪里还有她的身影！他想回去寻找她，拉开金光闪闪的大门，看到却是一层同样的金色，再拉开一层，还是一样。苏雨循着金色的高墙徒步一周，然而只看到两尊高大的雕像，也是通体金色，分别矗立在大厅的对立两侧。

眼前的世界一片金光闪耀，苏雨心头的烈火开始愈来愈烈，爱慕之情被好奇心撩拨起来，开始熊熊燃烧，就像是要点燃整个天空。他想逃离，跌跌撞撞不知道奔跑了多远，可实验室的灯光愈发的不明朗，甚至看不清脚下的土地。他停下来想歇一口气，回头一望，那金色的大厅分明是一具高大的棺椁，左右站立的金人顶着高耸的发髻，面对大厅平开双臂，像是以拥抱的姿势守护着它。她们描着漆黑的眼眉、漆黑的眼角，定睛一看，五官分明是钢琴姑娘的模样。漆黑的眼珠一下子瞪向他，像是责怪他至今不明所以。

苏雨顿时从酣睡中惊醒，心头还怦怦悸动。胸中那团欲火已经消退，但他好像还能听到萦绕的余音，还能闻到奇花的异香。

"雨总，您需要休息！"方焱关切地说。

苏雨回想一遍，认为不会冒犯到诸神的暗示，便把刚才的梦境对她和盘托出。方焱的表情只露出微微的惊异，用钢琴姑娘一样的悦耳声音轻声说："听起来，那不是图坦卡蒙的棺匣吗？"

"你怎么知道？"

"凡姐的朋友圈里，我见过的。"

"还见到什么？"

"木乃伊。"

整整五分钟，苏雨一言不发。他一直在思考，思考自己梦境带来什么样的启示。他忍受不了自己被束缚在被动角色里，这种焦躁的心情几乎使他与林云决裂。

他翻看了莫凡的朋友圈，把全部的注意力都集中在图坦卡蒙的三层棺椁上，想找到一道能把自己领出困境的大门。但是理性远远没有梦境的天马行空。绞尽脑汁思索的结果，非但对解决问题没有丝毫帮助，反而把思维关在了棺椁一样的狭小空间里面，有时候好像已经拉开一扇门，却发现外面还有一扇，周而复始。

"记得那个电影吗？《MUMMY》。木乃伊也能复活，雨总。"方焱突然说。

苏雨望了她一眼："我觉得自己真是蠢透了！"

"别这么说。"方焱感觉有点儿尴尬。

为了不让自己在方焱面前丢脸，苏雨走到窗边，窗外土星的光环格外明亮，像一个巨大的问号，横亘在空中。几秒钟之后，他走回来，指着从莫凡朋友圈里放大出来的木乃伊照片，对毛头说："木乃伊，咱们就找木乃伊！"

"木乃伊？"毛头不得要领。

"对，马总垄断不了一切。马上搜索那些已经退籍的沉子仪，不管远近。"

"您指那些已经失去功效的僵尸？"毛头也会比喻了。

"是的，不论它在星系哪个角落，或者在哪个年代的残骸上，就算是废物，只要能为我们所用，什么精度都无所谓。"

"雨总，能有用吗？"

"我们是习惯了高清探测。要知道，早期的天文学，都是拿着模模糊糊的照片胡思乱想，火星'运河'不就这么来的吗。"

第三十五章 凌星

　　卡西尼实验室上空飘动着灰暗的黄色云层，窗外雾气浓淡变幻，太阳在遥远的深空眨着眼睛，不集中注意力几乎看不见它。

　　如果人类对天空的观测都依赖眼睛，那很多真相都无法接近。即使最大最精良的光学望远镜，也深受气候困扰。用可见光这么窄的视野来观察宇宙，是远远不够的。必须打开思路，不断尝试新的手段，去跟宇宙交流。

　　苏雨倚靠在镜像座椅的扶手上，静静地站在那里，一言不发。日程已经过半，任务却越来越令他感到困惑。刚开始一切都很顺利，他成功在泰坦星球着陆，建立实验室。然而当他对测量数据满心期待的时候，因为探测器的失踪，所有工作突然被画上了一个休止符。就在他以为要无功而返的时候，却又被接二连三的惊险场面震撼，无穷无尽的可能性眼花缭乱地闪现在眼前。卡西尼星球也好，马总也罢，一切都超出了他的预料。苏雨苦苦思索着，他仍然执着地相信，卡西尼是属于自己的，属于无意识当中对它的独特认识。

　　苏雨几十年的人生经历，最大的驱动力来自对未知的渴求和探究。跟大部分科学家一样，对既有理论的怀疑，是推动他研究和行动的原动力。即使提出的猜想在别人衡量起来是匪夷所思，甚至可笑而不可能。

　　罗兰·巴迪欧说过，事实只对询唤者显现。海森堡对量子的认识其实只是这个真理在物理学上的印证而已："我们观察到的不是自然本身，而是自然因我们的提问方式而暴露出来的那部分。"科学始终是哲学的现实体验。

任何的研究方法，都需要与研究对象进行充分的相互作用。人类已经习惯于借助工具来突破自身感官能力的限制，来探寻极快、极慢、极大、极远，从望远镜到显微镜，从星系到粒子。但是，工具带来的全部是理性的认识，缺乏人和对象之间的真正交互，通过工具观察到的不可能是自然本身，只能是工具所采集到的数据呈现。这样的条件下，无论是理论的构建还是观念的形成，我们的认知都有可能是短视和局限的。

苏雨觉得，了解对象最直接的方式，终究是要想办法脱离数据，亲身感受它。

土星从地平线上冉冉升起，巨大的黄色的光晕掩盖了遥远的太阳。雾蒙蒙的，让人在遥远的泰坦星球感觉到一丝温暖。就在离实验室不远的兰亭山背后，是以液态甲烷为主要成分的大湖，再远一点儿是更大片的水域，放在泰坦星球的尺度，就该算作海洋了。它们，在很长时间内都被很多人寄予厚望，不仅仅是能源，更浓烈的兴趣在于当中蕴藏的希望——发现外星生物的希望。苏雨从来没有抱这种期待，他认为不可能。这不是理性，而是一直的感觉。

实验室里忽然响起几十把小提琴的合奏，打断了苏雨的沉思。是维瓦尔第的《四季》之夏！音符携带着暴风骤雨在实验室里倾盆而下：有突发情况！

行星委员会收到一封告发信。简短的调查之后，委员会公布了对实验室和苏雨本人的一系列禁令。禁令将在一个星期之后全面生效，即使这样，实验室采购或租用行星探测设备的所有许可，还有运输许可等等，都已经被冻结。旧的许可证在禁令生效之前允许继续使用，但无法签订新的合约。现在，就算找到可用的沉子仪，既不能租用它，也不能把它通过运输飞船转运到土星轨道，因为没有运输商敢违背禁令的要求来承运它。这无疑会对实验室的任务进程产生难以逆转的破坏。

一旦禁令全面生效，留给苏雨本人的飞行器操作许可，仅仅剩下一个起落。也就意味着，一个星期之后，除了返回地球，他什么也不能做。

"媒体已经跟进，"毛头说，"他们想知道我们能否接受采访。"

苏雨没有说话。

媒体发表的评论表明了非针对性的立场，多家媒体的通稿称："国际行星委员会用这样的手段干涉法律问题，根本目的应该是想在这一领域的技术发展方向上，确保绝对的话语权！"

令人愤怒的是，马总在接受采访时候居然猫哭耗子地说："我认为这是一个非常不好的先例，无论解决方案是什么，都必须格外谨慎、认真对待，"马总说，"我真的很担心！这很可能对行星探测的积极性产生长期负面影响。"

"据我了解的小道消息，"毛头说，"马总曾经在上个月同委员会主席会晤时说过，虚拟人类的研究和应用会对星际产业结构形成威胁，与控制行星资源相比，应该引起更大的关注。"而在前不久的火星城联谊会上，马总还对学生们说过这样的话："BaseX 对行星际的发展一向秉承务实作风。而虚拟人类的存在，代表着对真实人性的巨大威胁。"

马总加在自己头上的罪名，苏雨完全没有机会反驳。对于《反虚拟人类法》的适用来说，这一系列禁令还算是轻的，还没有进行任何追溯。马总是行星委员会举足轻重的领袖人物，没有几个人会对他的告发置若罔闻。现在，他已经牢牢地把实验室的未来命运掌握在手中。

面对这样严苛的禁令，有没有出现转机的可能？濒临失败的严肃表情，深藏在苏雨忧郁的眼神中。如果不能有所转机，那即使继续待在泰坦星球，也没有任何意义。除非尽快向马总妥协，但他不想这样做。

苏雨此时的内心，并不觉得害怕，而是倍感焦虑。其实无论怎样都不会吓倒他，但这些禁令却让他难以忍受。一个荒唐可笑的枷锁从天而降，自从马总身处行业高位，已经数不清发生过多少次这种强买强卖的事情——以各种见得人的名义和见不得人的手段。挑战马总的手段，打破这个枷锁，需要真正的勇气，说不定会赌上他今后所有的名誉和信用。

苏雨想听听方焱的意见，但是此刻她并不在身旁。

在土星光晕的遮掩下，卡西尼若隐若现，露出模糊的轮廓。原本的蓝色星球透过昏黄的天空，呈现出幽幽的暗绿色。"雨总，如果您不打算妥协，我想跟您在这一星期之内，把能做的事情都做了。"方焱推门走了进来，语气很坚定。

"你也不想妥协吧？并不是没有突破的可能！我是觉得有点儿内疚……"苏雨的情绪一时难以振作。

"实验室正在把能想到的数据尽量下载过来，"毛头说，"我担心一旦禁令扩大化，在接入网络的状态下，您就无法再给我下指令了。如果预测到有扩大化的风险，您和方焱一定要在禁令生效前断开我跟地球的网络连接。"

"刚刚找到一个沉子源，"方焱接着说，"但不清楚能怎么利用它。"

"沉子源？"

"是学校的次级波广播源，几年前做毕业实验的时候我还用过。我私下跟学校研究院打了个招呼，应该能重新启用。但是听说太阳能电池板衰减得很厉害。不过，"方焱脸上有一丝兴奋，"它距离很近，就在木星轨道！"

"听起来有点儿用处。毛头有什么建议？"

"抱歉，这种早期沉子源功能非常单一，只能简单地进行广播。虽说在木星轨道，但是非指向性的信号，我们能接收到的功率非常小。再加上电池衰减，就极其微弱了。"

"没有选择。也许它是最后的希望，"苏雨看上去精神好些了，"最大的好处，就是不需要租用合约。"

"如果能够凌星，应该可以派上用场。"方焱说。

"我们有没有可以利用的机会？"苏雨冲毛头喊。

"很幸运，苏总，"毛头平静地回答，"半小时之后到达凌星位置，卡西尼、沉子源和实验室三点一线。"

"太好了！"苏雨似乎忘记了禁令的压抑，"快！调整天线，对准木星，对准沉子源。"

实验室的整个天花板在几秒钟之内变得透明，呈现出全景视野。牡丹花天线缓缓地转动角度，对准木星方向。半小时之后，卡西尼星球将完全遮住木星——就像月全食那样——那就是观测沉子穿透它的最好时机。

沉子也被称为"SPP（天体透视子）"，人类依赖它去窥探天体内部的奥秘。根据NASA喷气推进实验室最早观察到的沉子特性，它在穿透物质结构的时候，遇到的任何阻碍都会导致不同形式的碰撞。一旦前进完全受阻，它会自然复制出一个全新的自己，继续前进。到目前为止，这一过程虽然尚未获得充分和严谨的论证，但它在实践探测中屡试不爽。比较其他所有的探测手段，被沉子透视的天体更加一览无余，科学家能够分辨出非常充分的细节，从而可以更好地研究天体的性质。

在很大程度上，了解结构就是认识对象。不管是恒星、行星或者其他什么天体，它们的整体特性往往是由它的结构决定的。一些科学家尝试通过改变物质的结构，创造出超越时空的通道，哪怕仅仅在微观层面。只要实现这一目标，也许就会打开一扇全新的大门。荷兰莱顿大学最近一次召开的行星极限会议认为："未来，我们可以把时空进行解构。首先把它解构成量子，再解开其中的纠缠。也可以把量子化的时空换一种方式重新构建起来。可以说，穿越之门会就此打开。"

黑洞也许就是空间量子化的地方。与国际通识不一样的是，苏雨把时间排除在空间结构之外，他把穿越当成无稽之谈。要获得实质性突破，必须依赖于第四个空间维度的发现和进一步认知。几十年来，他都没有放弃对这个问题的思考，卡西尼星球也许是获得突破的最大希望。一旦成功发现，下一步就是对它的可控性进行研究。

沉子仪扫描天体的时候，是用超高能沉子流来进行透视，牡丹花天线这种广谱天线并不适合接收。所以沉子仪发射出去，即将到达目标轨道的时候，都会分离出伴星一样的"镜子"。一方面，镜子运行在与沉子仪镜像的绕行轨道上，专门接收沉子仪发射出来透视天体的沉子流；另一方面，沉子仪本体的接收器则负责接收天体结构反射回来的沉子流。

苏雨的实验室现在找不到可用的沉子仪，只好用牡丹花天线凑数。所幸木星轨道上的老式沉子源，发出的沉子信号比通信所需强不了多少，短时间接收应该不会烧坏牡丹花天线。卡西尼星球到达凌星位置之前，实验室已经顺利接收到来自沉子源的信号。信号极其微弱，如果牡丹花天线的口径再小哪怕是半米，这个信号也许就虚无缥缈了。另外有一些杂音，搞不清楚来源。

希望一切顺利，苏雨想。也许是一个奢望，否则探测器不会无缘无故地失踪。假如这次能够顺利的话，一旦卡西尼星球的边缘到达凌星位置，沉子信号将开始穿透它。信号从沉子源发出，在抵达牡丹花天线之前，穿透的星体会越来越厚，直到卡西尼的中心经过凌星线，然后越来越薄。整个过程，就像用一台放在另一幢大楼里的 X 光机，来试图透视这幢大楼里一个快步走过的病人。

苏雨和方焱都清楚，任何一丝微小的干扰都有可能前功尽弃。不过，哪怕是几段零零星星的数据，只要是有效样本，也足够让实验室研究好几年的。从卡西尼星球迄今的表现来看，这些数据的意义，不亚于阿波罗从月球带回的第一批土壤。无论是什么样的数据，苏雨想，肯定都会令人惊叹，极有可能颠覆种种认知，不仅天体构成，也许还有引力理论。就像现代人第一次面对米洛斯的维纳斯，即使那双断臂无法忽视，也丝毫不影响极致之美的视觉冲击力和心灵震撼：你甚至不敢去想象断臂的本来面貌。

凌星开始了，卡西尼的身影开始遮住木星，就像地球上常见的月食。这是实验室目前的唯一机会。

"沉子信号强度降到了零！"毛头说，苏雨第一次从机器的声音中听出了困惑。也许，它只是模拟人类面对同样情况时候的情绪。

"请再次确认。"

"进一步放大之后，出现了强烈的杂波干扰。"毛头进一步报告不利情况，再次加深了局面的混乱。

"暂停！暂停！"苏雨挥挥手，试图打破这团迷雾，"关闭瓣间干涉，只接收原始信号。"

机器做出了急速的调整，苏雨感觉牡丹花天线的每一个花瓣都在颤抖。

"干扰源来自卡西尼吗？"苏雨问。

"不是，观测到一颗小质量天体闯入木星大气层，坠落轨迹接近凌星线投影。事前未予关注和追踪，成分不明。"

"好了，还有时间，调整天线角度，调整瓣间距。还有时间，再来。"

时间一分一秒地过去，苏雨多么希望泰坦星球是一艘可以操控的飞船，这样就能跟随卡西尼的运动，尽量地延长凌星时间。

干扰消失了。

"信号强度依然是零。准确地说，没有任何数据！"毛头报告，这次的声音冷若冰霜。

"不可能!"苏雨脸色苍白,"再调整一下,继续跟踪。"

"怎么调整?"毛头问。

"随便!"苏雨气急败坏,"能怎么调就怎么调。"

天线绝望地扭动着,一刻也没有停歇。每一片花瓣都显得很痛苦。

"还没有结果?"几秒钟之后,苏雨焦急地催促。

卡西尼的直径不大,凌星时间不多了。他的面颊跟花瓣一样在痉挛,这样的等待,每一秒钟都是折磨。

"各种调整都试过,没有结果。"

"没有结果是什么结果?"

"始终是零……"

沉子信号再次有读数的时候,卡西尼的另一边缘已经离开了凌星点。这一刻,沉子源重新出现在天线视野中。恐惧猛烈地袭击苏雨,他隐约感到内心距离绝望仅一步之遥。好像还有一丝精神错乱的征兆,他果断地制止了它。

苏雨检查了凌星前后获得的全部数据,牡丹花天线忠实地记录下了每一颗到达的沉子。凌星期间确实是零,不过有一些新发现。一些未知的粒子在报告中留下了踪迹,大概就是毛头所说的干扰。苏雨意识到,这意味着它们某些特性非常接近沉子;当然,也有可能只是瓣间干涉造成的误差。苏雨宁愿相信是前者,但凌星机会已经成为过去式,牡丹花天线无法再对这些粒子进行证实。

没有什么物质能够阻止沉子的穿透,从来没有!即使"穿透"的原理仍然悬而未定,但所有的实验都证实了它无与伦比的穿透能力。那么,卡西尼究竟是怎样对沉子进行了有效遮挡呢?又或者,人类对沉子的认识根本上就是错误的?就像以普林斯顿大学教授丹尼尔·克里为代表的几位物理学家声称的那样,沉子"只是一种幻觉"?这些科学家认为,沉子的存在模式与人类熟知的物质宇宙难以兼容,它顶多是一种未知纠缠的特殊表现。在他们看来,用沉子这个未决的工具来研究天体,完全是南辕北辙。

无论这些问题如何困扰着苏雨，当下也没有解答的可能了！所有的谜团都将带回地球，等待遥遥无期的下一次机会。

"再看看吧，看看这颗蓝色美玉，"短暂沉默过后，苏雨缓缓地说，声音有些沙哑，"也许很快要跟她道别。"这话像是对方焱说，又像是自言自语。

方焱走近苏雨，抓住他的一只手，贴到自己的脸颊上。苏雨闭上眼，从自己冰冷的胸腔中迸发出刺耳的笑声，这笑声掠过实验室里每一扇窗、每一道门、每一台机器，连毛头也不由得化身出来，愣在一旁盯着苏雨。

"雨总，您怎么了，别放弃希望！"方焱说。

"不可笑吗？可笑之极！"苏雨挣脱方焱的手，狠狠地捶打自己的胸口，"我不是放弃希望，只是感觉很后悔！知道我最初为什么设计牡丹花天线吗？就是准备用小型沉子源来获取透视信号。牡丹花天线的每个花瓣都可以分解。只要把它们进行分布式的安装，就可以构成一个大型的天线阵。当然，相隔越远越好，即使微弱的信号，也能收听得很清楚，既灵活又灵敏。"

方焱看着他，试探着问："那牡丹花天线是不是还能帮到我们？"

"不可能了！"苏雨长叹一口气，"如果不是林云连续追加投资，实验室根本买不起沉子仪。有了沉子仪的方案，专业性强了很多，设计自然做了修改。现实结果是，实验室没有携带任何能把天线花瓣运送出去的运载工具。"

"说不定能想到变通的办法呢？"

"你还没明白？我现在真的很后悔！单靠我们，不可能出去实验室外面，完成方圆几十几百公里范围内的安装操作。再说，错失了凌星机会，找不到有效的沉子源，继续留在这里只能望星兴叹。"

"您好好休息一下吧，雨总。"方焱并没有绝望，这种时候，她娇小的身躯内往往显露出坚韧的力量。这一点，他感觉跟莫凡的人格如出一辙。

"陈总和林总刚刚都发来消息，他们将拼尽全力游说行星委员会，必要时诉诸法律手段，争取撤销对实验室的禁令。"毛头说。

"谈何容易！"苏雨走到窗边，泪流满面。此时此刻，他只想以最快的速度回到地球，回到莫凡的身边。

第三十六章 队友

　　二十多年前，一个看上去就像宁静村庄的大学城。沿着一条条绿树荫蔽的小道，分布着一栋栋仿古建筑。真正的古迹掩藏其中，浑然难分。

　　全国青少年科学奖的年度颁奖典礼在这里举行。莫凡是当晚的主角之一，她作为当年度唯一获得创新特别奖的学生，双手接过物理学泰斗杨教授亲自颁发的奖杯和证书。那天，莫凡穿着荷粉色的连身裙。她的获奖感言很简单："对我而言，被杨教授手把手领进这扇未知世界的大门，是我一生的荣幸。"杨教授仪态高雅的夫人也在场，自始至终和蔼地看着莫凡。

　　莫凡站上领奖台那一刻，苏雨并不嫉妒，虽然他也非常渴望。如果不是因为她，他也许连获奖机会都没有。

　　五天以前，当他风尘仆仆赶来的时候，莫凡正带着一群小孩子做游戏。她站起身打量他一眼，脸上浮现出疑惑的表情，一双眼眸黑得闪闪发光。她把少年老成的他当成了新来的老师，又是端茶又是倒水。双手把盖碗递上的时候，她本来想问"您是来找冯老师的吧"，说出来却成了："您是老师吧？"

　　看得出来她有点儿窘。还没等她改口，苏雨回答："不，我们是队友。"

　　莫凡非常惊讶，喃喃地说："真的吗？您也是来参加比赛的？"

　　苏雨开心地笑了，加班加点儿的疲惫一瞬间烟消云散。

　　"就是累点儿，不至于那么老吧？"作品出了点儿问题，他比队友们整整晚了两天到达。展厅已经布置好了，开幕式将在次日拂晓举行。

"您一定很累，快把行李放下休息一下吧，我带弟弟妹妹们出去，一会儿给您弄点儿吃的来。"

苏雨想拒绝她的殷勤，可是不愿意说出口。事实上，他就站在原地，呆在莫凡面前。面前这位把他当成老师的少女，她的明眸，她的短发，百看不厌。她眼中的世界对他有一种诱惑，透过双瞳，他看到的不仅仅是青春洋溢的画卷，还有深邃得难以名状的神秘空间。

眼看她带着浑身上下的光彩就要飘然走开，苏雨及时开口："等等，我没时间休息，得赶紧去买一样东西，愿意陪我一起吗？"

跟带队老师请好假，两人走出酒店，找到大学城最近的商店，买了一瓶丁烷气。"这个东西，他们不允许我带上飞机。"苏雨告诉莫凡。

"是做什么用的呀？"

"提供推动力，模拟原始的汽轮机。"

"汽轮机？长什么样子？"莫凡的好奇心更重了。

"回去给你看。"

"你既然是参赛选手，为什么没跟我们一起走呢？"莫凡对他已经没有戒心了，这点儿年龄差距不算什么。

在新认识的朋友面前，苏雨觉得有点儿难以启齿。莫凡睁大眼睛看着他。

"临出发的时候，机器坏掉了，"迟疑一下，苏雨还是大方讲了出来，"用了整整两天修好它，都没怎么睡觉，刚才飞机上一连要了五杯咖啡。"

"找到原因就好！"莫凡为他高兴，"幸好不是发生在比赛当中。"

听她这样说，苏雨更不好意思："还是没找到原因。最后把机器全拆了重新组装，故障才消失。"

莫凡感到诧异："这样啊？那要是在评委面前再出故障可就糟了。"

"不会，不会！"言语的自信也没藏住苏雨脸上的尴尬。

大家一起吃过晚饭，苏雨回到房间安装气瓶。莫凡也跟过来旁观，她很好奇他的作品是怎么工作的。

"如果我们更深入地思考和研究传感器，那这个领域可以取得更大的进展，"看她在旁边津津有味，他故作深沉地说，"我们对于仿真出来的世界也会拓展得更加迅速。"

"你说什么世界？"

"这个世界叫作数字孪生。我觉得他们做得不够好，每一个状态需要三个传感器来确认，每个传感器又需要三个传感器来确认它的工作状态，"苏雨停了一下，"就是这么个意思，子子孙孙无穷匮也——"他拖长了声调。

安装过程非常简单，上飞机前才把旧气瓶从作品上拆下扔掉，只需要把新的安装到原位就可以。苏雨故意放慢动作，用了大量语言来对莫凡描述他的传感器。这样，也许能让她多待一会儿。

但是，当他安装好气瓶之后，机器却没有按照预想的运行。杠杆轻轻按压气嘴，丁烷气体只喷出一点儿就停下，没有源源不断地提供推动。

又坏掉了，用与上次完全不同的形式。轻微的焦虑打断了苏雨的心情。

他希望老天能给一点儿好运气，不要破坏来之不易的表现时刻。拆下气瓶，再装上，故障依旧。再拆下，翻来覆去地琢磨，没发现异样。除了品牌不同，看上去一切都跟旧件一模一样。又装上，好运气仍然没有眷顾。苏雨的眉头紧锁到一起，气瓶……气瓶……不知道为什么会这样。苦苦思索之后，他猜测问题出在支架上面。纯手工的制作，也许是长途奔袭导致了支架的变形。

莫凡看他焦虑的样子，十分关切地问："找到原因了吗？"

"跟上次不太一样，估计有点儿变形，等我一下，我去借点儿工具。"

几分钟后，苏雨急匆匆赶回来，莫凡还坐在原地玩手机。他感到庆幸，她还没走。很快，苏雨调整了支架角度，想办法进行了加固，重新把气瓶装上。与手机上的玩意儿不同，青少年的科技比赛仍然强调手工的能力和精度，希望借此培养年轻人对自然和机械的朴素认知。

苏雨确信这一次不会有问题，再次启动机器。杠杆的行程稍微变长了一点儿，喷出的丁烷气持续了几秒钟时间，但终究还是停了下来。再调，没有变化；再调，还不如刚才；再调……

苏雨走到窗边，呼吸了几口新鲜空气。昏黄的月亮挂在窗外，树顶上有几只鸟儿在私语，很难分清树木的影子和枝叶。他想方设法挤出几个念头，想要从中获得一点儿新发现，但很快就在头脑中否定了它们，徒劳无功。

莫凡轻轻走到他身后，轻声问："能不能换个思路？也许原因藏在背后？"

"结构并不复杂……不像小学生作品那么简单，但并不复杂。"

"我能帮你做点儿什么吗？"

"不用，谢谢，"他叹口气，想让自己冷静下来，"也许是电路松动。"

苏雨又从别的参赛队借来多功能表和更多工具。很快，他把外围的机械部件大卸八块，又把处理器周边的电路板全部脱线重焊。时间一分一秒过去，夜渐渐深了。莫凡眼睁睁看着他的作品变成了散碎的零件，又一点儿一点儿重生，不由得有些佩服这位小哥哥的手艺。

"这回万无一失了吧？"她问苏雨。

"应该！必须的！"他自信满满，清零从来都是最终极的解决方案。

故障依旧！这对苏雨的打击太大了，莫凡的陪伴也无济于事。连日来的疲惫，开始越来越明显地爬上他的脸颊和额头。

"不转换思路，也许找不到真正的原因！"她认真地提醒。

"你回去睡吧，明天还要比赛。"他其实最不想的，是让她眼睁睁看着自己一步一步陷入泥潭。说这话的时候，他已经开始再次拆解！

可怜小姑娘陪了整个晚上，没有看到精巧的机器工作起来，只看到支离破碎的零件和心急火燎的队友。她无话可说，临走还是劝他转换思路再下手。

同样的过程从月亮落下到太阳升起，没有丝毫进展。广场上的国歌声响过，开幕式的热烈和隆重，都跟苏雨无关。吃过早饭，莫凡和苏雨、队友们一起走进展厅，在展台里面找到了苏雨。他把作品和工具都带到了现场，一脸阴沉，执迷不悟地调试着。

当她看到他准备再一次对它大卸八块的时候，终于忍不住对他说："评审团已经走进大厅了，就在楼下。"

语气非常平静，但对苏雨而言无异于晴天霹雳，他一时呆若木鸡。

"怎么办？丁烷基本上耗尽了……"他自言自语，"没有时间了……怎么办？"如果不是队友们都在场，他甚至想要哭出来。

"那个气瓶……它，是你作品必需的吗？"莫凡问他。

"是的，没它就没动力，后面的演示都无法进行。"

莫凡眨了眨眼，想了一下："那演示是必须的吗？"

"是……"苏雨本能地说，然后倏地一下站立起来，"不是！"

莫凡笑了。

苏雨的眼睛开始闪光："作品的核心是角度传感器和加速度传感器，是它们的信号触发了动力输出……"一扫刚才疲惫和失落的神情。

莫凡看到他以惊人的速度，用了两分钟把所有机械结构拆了个精光，只留下传感器和逻辑模块。接上多功能表，传感器的一举一动分毫毕现。

这个时候，楼下传来兴奋的叫喊声："大家准备好，评审团来了！"

比赛结束，莫凡跟大家一起回酒店。苏雨找了个借口，最后一个离开。他走到远得看不见人的地方，那里的树荫葱茏中有一个湖，开满了睡莲。直到那天之前，苏雨从来没有看到过这么美的睡莲。

这天晚上和颁奖典礼前的几天当中，他有足够的时间进行思考。故障原因终于浮出水面——丁烷气瓶不是标准件。就这么简单！新买的比扔掉的长度多了1毫米，致命的1毫米。但已经不重要了，重要的是评审团听明白了苏雨的讲解，事情没有丝毫耽误。

莫凡并没有教给他如何转变思路，但他从她身上看到了一种完全不同的幻象，就像看到那些他从来没有注意到的，睡莲生长在水面下的根茎一样。不管他曾经对这个世界有过什么样的认识，可以说，现在他都觉得有更深刻更本真的东西，潜伏在后面。有一个奇妙的新世界，就藏在她的双瞳后面，她的目光并不属于任何世俗之物。典礼前那个晚上，他甚至梦到自己在轻吻她的脸颊，而她的笑容正是那粉润的花瓣，衣裙化作了漂浮的莲叶。

从此以后，莫凡在他的心中，一直是一朵盛开的睡莲。

苏雨把自己的镜像投到莫凡身边的时候，她正坐在床头看着他。

"我一直在房间里等你，"她对他说，"需要我的时候，我知道你会来的。"

太阳已经很高了，莫凡还穿着睡裙，头发蓬乱，像个邋遢姑娘。苏雨走上前紧紧地搂住她，他摸到她的手，冰凉冰凉的。好像已经很久了，苏雨没有像现在这样，意识到她那么脆弱，他心里一阵羞愧和内疚。

"干吗不好好休息呢？那边一切都好，根本不用担心的！"他不愿意看到她担惊受怕。

阳光轻叩着落地窗，在窗帘中间弥漫片刻，然后和微风一起，铺到了白色的床单上。莫凡把脸紧紧贴在苏雨身上，他可以感觉到她内心的凝视，那么孤单，可是又那么坚决。像磐石，像松柏，丝毫不被阳光的暖昧所挑动。

"不管距离多远，"莫凡说，"哪怕远隔亿万公里，我仍然可以看到你。有时候阴云密布，我就开车到晴朗的地方，抬头望着星空，睁大眼睛，就能从满天繁星当中辨别出你的目光。"

听到这话，苏雨很长时间没有开口。

"你能看到我吗？"莫凡问他。

"我看不到！"苏雨感到一丝心疼，"所以我必须回到你身边来！"他不想沉默，只有说话能让他感到真实，感到自己和莫凡真真切切地在一起。床头的镜面反射出来的灯光，还有他跟她搂在一起的映像，看上去也都是真实的，以至于苏雨几乎不会怀疑这种真实性。

"我的梦里老是有你在，你知道吗？"莫凡抬起头，一个字一个字认真地说，感觉这些字也是冰凉冰凉的。

她开始告诉苏雨醒来之前的一个梦。这个时候她的声音和平时不大一样，像是从梦里传来的。这不是跟他讨论天南地北、民生疾苦的那个声音，要更迷离一些，更神秘一些；即使房间里只有他们俩，几乎也需要屏住呼吸才能听见。像是自言自语，又像是窃窃私语，但是苏雨听清了每一个字眼，每一个字都深入了他的心灵。

"你相信吗？地球这么大，我离纽约这么远，但是有一个地方，可以直接到纽约，可以把我们传送过去。"

"怎么会不信？当然相信，肯定会有。"

"地球上有几处这样的地方，我居然找到一处，就像虫洞一样。"

莫凡的表情开始生动起来，眼睛渐渐地亮了，闪现出隐约的光芒。

"真的？"苏雨放开手，在床边躺下，这样能听她更清楚一点儿，也能看她更清楚一点儿。

"不骗你。我找到一个，很有意思的。就在我们的房子里面，不是房间里面。我们好像是在城里有两套房子，就在两套房子的中间，那堵墙里面。"

"什么时候我们在城里有两套肩并肩的房子了？"苏雨笑笑。

"你较真儿什么嘛！我在梦里告诉你之后，你回答我说：如果是虫洞，那传送的时候一定会有雷电、岩浆什么的。"

莫凡站起来，走到房间的正中央，模仿梦里的场景，做了一个转身的动作。"但是我没看到这些东西，等我回头看的时候，它又不在我们的房子里面了，换到埃及的一个古墓里面。好像我们正好在那儿参观，周围没有一个人，连导游都没有。"

很有意思的故事，苏雨想。阳光开始变得强烈起来，他能想象跟莫凡身临其境的样子，就像阳光真的照进了墓室。

"地面上有三个还没有打开的墓井，不知道里面有什么。角落里面安安静静地躺着一具木乃伊，从包裹它的布上描绘出的五官来看，好像是一只小狮子的木乃伊，不是人。"

莫凡把梦境描绘得很清楚："这时候我就看到，在墓室的生门上，刻着一排圣书体的文字。"她连比带画，苏雨脑海中有了越来越多的场景。

"圣书体的鸟嘴方向就是书写的方向，可我在这道生门上方看到了左右相向的两只鸟嘴，就像这样……"说着莫凡用左右手做了一个嘴对嘴的动作。

"左边那只鸟的刻画，仔细看就像是改过的。就是把原文磨掉重新刻上去那种。"莫凡放慢了语速，好让苏雨跟上她描绘的细节。

"我伸手去摸，很快就看到那个生门开始变化。那个地方越来越明显。等到它完全打开，我弯腰一看，下面就是岩浆滚滚的景象……"她过来拉着他的手，就像是要让他把这景象看清楚，"关键是，那个场景太真实了！"

"透过那个景象，纽约就像是在我们脚下。然后你在旁边说，这个有理论基础，地球这么大，从这边到那边距离很长，从那边到这边却不需要这么长的距离。"

听到自己在她梦中的话语，苏雨握着她的手说："你那个岩浆滚滚，我还很想看一下，就是门打开之后。"

"关键我为什么会做这么奇怪的梦，真的很奇怪。它不是我们熟知的岩浆，而像是电闪雷鸣的天空，从飞机上看到那种。我记得非常清楚，打开那扇门往下看就清清楚楚地看到。"

她挥手比比划划，模拟梦中的景象，脸上时而兴奋，时而紧张："这个就是穿越之洞，就像是要传送了。但是并没有真的传送，只是通过这种方式看到了纽约。"

"你这个梦中的经历有点儿嗨。"苏雨望着她笑，好像在说她很是幸运，刚刚免费获得了一次极限旅行的经历。

"关键神奇的是，我站在那里就想，怎么能看到那么远的地方呢？这里面有蹊跷。神奇吧？它就像是一个空间转换，我从这边看到那边的场景。原来生门有这个能力。它刚好打开，我刚好看到，打雷，闪电。挺棒的！"

讲到这里，莫凡的声音变得更加跳跃，眼中跳动着兴奋的光芒。

"也许，你看到的是四维的地球！"

说完苏雨意识到，莫凡这不是个简单的梦，隐约感觉带有启示的内涵。

"爱因斯坦早就认识到，我们熟悉的重力和引力并不是一种力，而是空间本身的性质。空间不是空无一物，而是一切事物的容器。因为地球扭曲了它所存在的空间，所以你扔出去的任何东西都会回到地面。但是当爱因斯坦试图把他的理论同量子力学结合起来的时候，就遭遇了困难。一旦两者结合，空间就会加剧它的扭曲，扭曲到支离破碎。不过数学上的困难并不一定是现实的障碍，也不代表这样的扭曲不可能存在。"

莫凡看着他，脸上似乎带有一丁点儿玩世不恭的微笑。

"也许，你看到了这个扭曲。"

她对苏雨给出的这个解释并不怀疑。她不清楚这些理论和推导，她只是梦到了而已。但她这个梦，让苏雨一时间忘记了自己身在何处，忘记了实验室遭遇的禁令，还有马总之流的尔虞我诈。她帮他换了一个视角，激起全新的探究之心，仿佛在迷茫的时候，偷偷塞给他一把钥匙。而现在，他需要找到那扇等待自己打开的门。

"你能想象那高高悬在天空的卡西尼星球吗？现在，你就像我的沉子仪，我的星体透视机。"

莫凡吻了苏雨的额头，然后说："等我收拾一下，我们去逛哈里里市场。"声音很柔和，就像他从来没有离开过。

外面，整个城市开始熙熙攘攘。天色有点儿奇怪，一半是蓝色，一半则被隐隐约约的沙尘掩盖。一幢幢低矮的楼房在喧闹的噪音当中蠢蠢欲动。

出租车停在哈里里市场门口的时候，商贩们的吆喝声已经扑面而来。前脚刚刚踏进市场，商贩就从两边门脸当中冲出来兜售东西，拉拢两人到自己的店里。黑色和灰色的袍子、五颜六色的水晶、高矮错落的水烟用具，还有各式各样苏雨和莫凡都叫不出名字的当地首饰。即使没有兴趣，他们还是每次都要尾随片刻，脸上流露出全世界通行的伪善笑容。

莫凡拉着苏雨的手，穿入迷宫一样的街道。市场很大，一旦走进深处，顺着各个方向似乎都望不到尽头。来自世界各地的旅游者络绎不绝，分不清他们是美国人、英国人、法国人、俄罗斯人，还是以色列人，东方的面孔相对少一些，偶尔也能见到三五成群。有些店主迎上来的时候，会用或生硬或凑合的中文热情地招呼"你好""上午好"之类。

市场也许是信仰冲突的尽头，因为没有什么比金钱更富有诱惑力。这种诱惑就像细小的沙尘，看不见也摸不着，却弥漫在这里的每一个角落——游客的发梢、商店的台面、每个人的衣衫上，甚至裸露的皮肤上和毛孔中。历史在这里黏合到了一块儿，苏雨闻得到那黏合剂散发的腥味。

这里纷乱而嘈杂，莫凡却逐渐显现出越来越浓厚的好奇。走到十字路口，能感觉到一阵阵风吹过来，沙尘当中飘过一丁点儿不容易捕捉的尼罗河的味道，她喜欢这个味道。看得出来她的精神抖擞了不少，跟早上的低落判若两人。他顺从地跟着她，她是他的向导，在每一个迷宫当中都是如此。他相信跟她一起，一定会有新的发现。

苏雨跟着莫凡穿街走巷，在市场的各个方向游荡，有时候会经过相同的地方。从很多角度，都能够看见市场旁边的清真寺，洋葱头一样的圆顶，还有火箭一样刺向天空的角塔。苏雨时不时停下脚步，远远望向这些尖塔。在等待莫凡挑选袍子的时候，在她把玩那些稀奇古怪的乐器的时候，他的心难以平静下来，希望自己能手握一支尖塔，飞身去刺破天空。

对卡西尼星球最初的预测和推断，建立在对第四维度的双向假设上。这个假设一开始是有效的，随着实验进程的推进，变得时灵时不灵。种种现象无法解释，却又找不到新的线索去突破。时间不存在，它开始作为超级客体扮演有效的角色；但它原本所在的空间维度角色，已经成为一个空洞的位置，需要另外引入新的什么东西来填补。从某种意义上来说，他远赴泰坦星球，就是为了寻找这个东西。

现实需要苏雨耐心等待，但马总给他制造的障碍，也许会让等待都成为奢望。这个空间维度究竟会在什么地方？怎么才能够发现它？他迫切地需要寻找到那扇未知的大门。

莫凡本来想买一两件阿拉伯长袍，却发现除了黑青色，别无选择。

"雨哥，"她回过头对他说，"别钻牛角尖，记得换个角度看问题。"

"换了无数个，全是死胡同。"

"来！让我握一下你那纠结的手！"她拉过他的手，低头吻了一下，然后很轻柔但很严肃地说："亲爱的，那就不思吧！"

"不思？"苏雨感到费解。

"精神分析讲'不思之说'。就是意识不思考的时候，无意识会通过你的语言，讲出它的想法。我们的口误就是它的存在痕迹，顿悟就是它显露真身。你什么都不想的时候，它才有表达出来的可能性。"

"能不能理解成，在生活中去寻找灵感？"

"不要寻觅！不要找它，等它来找你，"莫凡凝视着他，"也许这会是你的生门！"

在莫凡的双瞳当中，他看到一片云彩，阳光就藏在云彩背后。就因为这个，苏雨更加迷恋她的眼睛。

他们谈起埃及的特产，刚好路过一家门脸别致的香水店。

"香水！香水！世界上最好的香水啦！"吆喝声不绝于耳，一股浓郁的香气飘过，在沙尘和汗味当中格外刺鼻。

看到他们走来，老板热情地迎候招呼："你好！早上好，下午好，晚上好！"他一口气把知道的汉语全倒了出来。

走进香水店，老板随手关上门，纷扰的气味都被隔绝在大街上，香水的味道稍微纯粹了一些。望着橱窗当中一个个摆放整齐的礼品盒，琳琅满目、造型各异的香水瓶，苏雨感觉进入了一座小型的宫殿。他呼吸到一种异乎寻常的空气，混合了各种神秘的配方，也许里面藏着古老的历史。

"你们慢慢选，我这里都是上等香水！"老板热情地邀请他们坐下，打开一个又一个瓶盖，递过来一片又一片滴浸汁液的纸条。但莫凡并没有被这些气味所吸引，她抬头寻觅，似乎想找到最隐秘的宝藏，谁知道呢？

但是再华丽的宫殿也不会让苏雨肃然起敬。他被心中不断滋长的感觉冲撞着，总觉得有什么东西想要破壳而出。

"小凡，你是不是有一个来访者，一位钢琴姑娘？像水仙花一样。"

"你怎么知道？她……她甚至还没有来得及成为我的来访者。"

"我梦到她了。"

"是她？"莫凡小声说，感到一丝心惊，"你梦到她什么？"

"她和她的父亲，在我的梦里演奏，在土星光环的天幕下，美妙绝伦！"

时间在沉默中停滞了一分钟，所有的香气都凝固了。莫凡的手微微颤抖，她轻轻放下手中的香水瓶。

"真有这样一位姑娘？"

"我……我不知道你梦到的是不是她。"

苏雨心神不宁，他站起来想拉住莫凡的手，看她无动于衷，又坐了下来。

"这是个悲剧，"莫凡用沙哑的声音说，"姑娘的二阶关系有问题，但根本问题还是在一阶。"

苏雨叹了口气，安静地听莫凡说话。

"她跟我很像。"说到这儿，莫凡忽然伤心起来，眼泪滴落在香水条上，散发出很奇特的气息。

"我跟父亲的关系就是这样，我不能说出自己的想法，不能做真实的自己。作为主体，我从来没有在他面前用主体的身份说过话。"

苏雨笨拙地递上纸巾，他没想到会这样。

"钢琴姑娘没有建立起来……"莫凡接过纸巾。

"这个只能依靠自己，"她接着说，"有些人叫你认同分析家的干预，拉康不一样，他让你自己建立结构，强调主体性。这更接近真相！"

苏雨似懂非懂："没建立起什么来？"

"精神器官！"

苏雨第一次听到这个概念，不明就里。

"人是很独特的生物。人生下来不只是吃饱穿暖这么简单，人有一个精神器官，就是你的人格结构。小孩要是一生下来被丢到狼群当中，就是我们听过的'狼孩'，他就无法建立自己的精神器官，丧失了成为人的能力；孤独症的成因也是类似。"

"把它叫'器官'的话，是完全虚拟的吧？现实身体……大脑当中并不存在这样一个生物学的部分。"

"对，它是一个看不见的东西，但又起到器官的作用，它不是一个现实器官。这也是为什么拉康派严厉反对把精神分析学挂在神经科学下面，所以现代精神分析隶属于哲学系。"

"神经科学的话，是在现实器官中去寻找载体，这儿割一刀那儿切一块。好像治疗强迫症的一种方法，就是把前额叶割掉一块？"

"是的，很粗暴！"

"电影里面看到过，"苏雨说，"我也反对这种做法。"

"精神分析就是帮助来访者做这件事，帮助她的精神器官重新发育起来。"

"我大概听明白了。"

"所以精神科是西方医学当中唯一循证施治的学科。西方医学全部都是建立在检查、化验，也就是数据的基础上，唯独精神科不是，它更接近中医的望闻问切。比如幻视和幻听就是精神分裂的一级症状，它就代表你存在精神分裂的结构。"

说到数据，大数据几乎已经统领了所有的技术领域，尤其在由数据支撑的人工智能已经有能力替代所有事务性工作的时代。只是因为就业的关系，很多国家和行业还在死守最后的护城河。苏雨想到自己的实验室，想到卡西尼星球，他现在做的所有分析，不还是想努力从数据当中寻找答案吗？

苏雨一瞬间感觉醍醐灌顶。"这就是结构主义的存在价值，这就是人类文明！"他大声感叹。精神器官是在肉体组织基础上，用精神活动超然地构建起来的。"那么第四维的空间，会不会是构建在已知的三个维度基础上的？"

等等！这个假设听起来过于大胆，距离获得证明的目标，苏雨觉得更加遥不可及，该从什么地方寻找证据？

这个问题让莫凡也兴奋起来："雨哥，你说的第四维度，会不会是我们灵魂的生门？"

"也许是，也许不是。即使跟物理学没有太大的关系，我也会努力寻找。"

如果顿悟到此为止，那太小瞧无意识的威力了。

走出香水店，他们往市场更深处探寻。不知道经过了几个街区，不再看见外国游人的身影，也听不见七嘴八舌的外国腔调了。这是市场一个沉闷的角落，他们已经远离杂货纪念品区域，走进金银首饰集中地。往来进出一眼望去只有阿拉伯人。这里没有阳光，每所房子都是一样的颜色，昏黄而压抑。

虽然并没有看得见的危险，但莫凡忽然间有些害怕。苏雨感受到她的情绪，意识到他们不该在此地逗留。就像是他自己小的时候，总是不敢穿过家门外不远那一段没有路灯的黑暗。那时候，他只有在漫长的等待之后，发疯一样跑过黑暗，才不会被它吞噬。苏雨拉着莫凡开始奔跑，脚步声在深巷中回响，就像远处有不知名的高墙。

当他们再次被浑浊而温暖的气氛包围的时候，苏雨意识到，大概重新回到了刚才的地方。苏雨推开一家店的门，让莫凡先进去。

店老板是个小个子，有种难以形容的相貌，或许只是他带给人的那种感觉难以形容：黄色皮肤，几乎是银色的头发，很明显不是阿拉伯人，看上去甚至比当地人更当地人。他有一种谦卑的神情，但苏雨一眼发觉这谦卑背后藏着一种神秘的气质。

"欢迎！远方来的客人。"老板用蹩脚的英语说，声音似乎含有某种忧郁。

"你好。"莫凡轻声回应，然后目光上下打量店内的陈设。货架很陈旧，挂满整个四面墙。除了留下一点儿进出空间，屋里连一扇窗户也没有。还有几口箱子，从大到小地叠在一起。

"我有你们想要的所有香水！"小个子带点儿得意和卖弄地说，"你们看，这一排是埃及艳后，下面这一排是埃及妖后。跟其他的香水店不一样，它们像这样的名品都只有一两种，我这里是各种配比都有，客人们总是能找到最满意的。那边一排是法老之心，真正的古代秘方……"说到这儿，他眼神游离而诡异地扫视了莫凡和苏雨一遍，"每个法老都有自己独特的秘方。"

对这些江湖骗子一样的套路说辞，莫凡不为所动，淡淡地回答："遇到想要的，我会让你知道。"

沉默片刻，小个子说："我不仅有其他人都有的东西，不仅有比他们更好的东西！我还有……"看得出来他有过一点儿迟疑，然后用他们意想不到的、更加谦卑的声音说："可以给您看一样东西，我在塞加拉一座陵墓里面找到的，说不定您会有兴趣。"

他小心翼翼地搬开码在上面的箱子，打开最下面那个，拿出一个并不起眼的翻毛皮包。这是一个皱巴巴的皮包，说是曾经用来喝水的皮囊也许更合适，只是形状稍微要对称一些，看起来颇有些岁月的痕迹，真正是古老的东西无疑。皮包的周围用褐色的颜料画了几个符号，有些褪色，也许是最早的象形文字，苏雨无法辨认。

"什么年代的？"苏雨问小个子。

"我也不清楚，"他回答，"没找人鉴定过。"

他把皮包放到箱子顶上，解开绳索，露出一个琥珀色的水晶瓶。

货架上的香水瓶，有的像清真寺的模型，有的做成骆驼的大肚子，还有的在玻璃瓶身外面包裹一个金属外壳，然后用廉价宝石镶嵌得珠光宝气。无论做成什么样式，它们都有一个共同点：瓶塞千篇一律！无论咖啡色、绿色，或者透明，一定是清真寺的塔尖模样。

这个瓶子完全不同，它体型很小，看起来容积跟货架上最小号的瓶子差不多。除了本身材质的颜色，没有着色或者彩绘；外表圆润而光滑，不像是古代工艺的产物，反倒具有迪奥的"真我"（Dior Jadore）那样的曲线。但又完全没有现代时尚的轻佻气质，而是隐约有图坦卡蒙的方解石瓶那种庄严。

小个子拔出瓶塞，长长的水晶针下面挂着若隐若现的一滴。

"不是个空瓶？难道有香水在里面？是你加注的吧？"苏雨很惊讶。

"当然不！"他回答说，拿出一条试香纸，"仔细闻闻，别家肯定不会遇到这样的香味。"

只见他用水晶针轻轻点了一下试香纸。昏暗的光线下面，苏雨和莫凡还没看见任何晕染开来的过程，液滴就倏尔不见了。

苏雨还想提出更多的问题，莫凡用眼神示意了一下，他忍住了。她俯身用鼻子凑近纸条，尽力从空气中吸取它散发的芬芳。

莫凡好像又看到了神庙中的浮雕，她一时难以抑制自己内心的激动，因为这一整面墙的浮雕上，描绘的正是自己和爱人生活起居的场面。

在她右手边，是两排纺锤形的粗大石柱，每一根足足有两层楼高，连在一起构成了将近50米的走廊。她记得自己经常在这条走廊上沉思，而沉思后的领悟都被人刻在这些石柱上。每一根柱子上面都有一个寓言故事。这些柱子已经快要刻满了，只剩下尽头处的两三根还是空白。

她在博物馆中看到的许多景象在这里又重新浮现在眼前，一瞬间当中，她重新感受到了古老文明的诱惑。

"比酒精挥发速度快很多。"苏雨的话打断了莫凡的思绪。香气已经散了，它远远不像现代香水那样持久，有复合的前中后调。

苏雨拿过试香纸，凑到鼻子底下，再也闻不到任何气味。

"你伸出手掌试试？"小个子说。

苏雨将信将疑地摊开手，他很明确无误地感觉到一滴透心凉的液体滴落在自己的手中，等瞪大眼睛看的时候，却什么也看不到了。然而他却实实在在握住了那液滴，融化到自己掌心的皮肤和血液里面。这一次，当他把手掌举到面前的时候，他闻到了稍纵即逝的神奇香味。

小个子一次次用水晶针从瓶里蘸出液体，滴在书皮上、布料上甚至玻璃柜台上，滴在任何地方，都像水滴落在沙砾上一样，毫不迟疑地失去踪迹。

苏雨感到不可思议，小个子这样糟蹋里面的香水，岂不是很快就没有了？

小个子注意到了他的表情。

"一直都会有……"语气就像是在透露一个深深的秘密，"那几个模糊的象形文字，我仔细辨认过，然后画下来问过专家，他说是'月光之泪'！"

小个子把瓶子交到苏雨手上，叫他把瓶子翻倒过来。

苏雨轻轻接过瓶子，将信将疑。他看了小个子一眼，小个子诡异地点点头。他双手捧住瓶身，慢慢地一点儿点儿地倾斜，没有液体滑落。继续倾斜，瓶身放平的时候，他停了一下，还是没有一滴掉下来！他听到莫凡吸了一口气。

直到瓶子彻底倒转，瓶口朝下，什么事情也没有发生。

"把针放进去，然后再拿出来吧。"小个子说。

苏雨照做，他不再怀疑它的神奇，只是轻轻咕哝了一声："怎么可能……"

水晶针拔出瓶口的时候，针尖分明挂着一滴香水，他看得清清楚楚。当他用针尖轻轻触碰手掌的时候，香水消失了。苏雨再一次感到，它飞快地溜到了自己掌心的血液当中，融化进去。

"确实不可能，但是千真万确，不是吗？"小个子回答他，"我不知道它从哪里来，也不知道它究竟装了多少。看起来，取之不尽用之不竭！也许来自另外一个世界。"

"让我也感受一下。"莫凡伸出右手的食指，递到苏雨面前。他用水晶针在她的指尖点了点。

一座比上次更加古老的，即使在那个年代也已消失很久的神庙，在莫凡的眼前复活了，它耸立在天边，散发着耀眼的光芒。她感觉到一股难以形容的力量托起自己的身体，使她完全忘记了重量。她不得不任由自己被带到比遥远更遥远的地方，不停地飞跃沙丘和绿洲，最后停在那座举世无双的神庙面前。没有人，没有声音，她必须一个人拾级而上，登上神庙的殿堂。

一阵短暂而汹涌的惶恐袭击了她，告诫她必须抛弃所有的杂念，将生与死看作完全相同的概念，看作自己不可逃脱的享乐，才有踏入这禁地的资格。站在台阶的最高处，面对自己，她跪了下来。

苏雨把水晶针插回瓶子，又拔出来，反复几次。很认真地看着手上这根针，然后发现了什么："它好像跟瓶身一样长？"说着，他拿针靠近瓶身。

"你说得对，真是一样长！"莫凡已经从香气散尽中回过神来，看到水晶针跟瓶身相齐，也感到很惊奇。

苏雨感到更加不可思议："这就意味着，瓶底没有任何厚度。"

"瓶子没有厚度，里面没有香水，我们看到和嗅到的，都只是幻象！"小个子晃晃脑袋，仿佛在自言自语，"瓶子是千千万万排列的水晶，水晶是千千万万聚拢的沙子，沙子是千千万万风干的水滴……"

他的神秘主义论调让苏雨觉得心烦和困惑，这绝不是思考问题的好办法。莫凡倒不以为然，她小心翼翼地问："您打算卖吗？卖多少钱？"

听到这话，小个子瞧了莫凡一眼，果断为这瓶香水要了一个令人瞠目结舌的价格。

"这样的天价，无论如何我们给不出来！"莫凡有些失望。

"那它只好属于所有人，就像月光，"小个子说，"要么您有什么东西，可以跟我交换？"他满脸笑容地看着莫凡。

他们谈起东方，谈起中国，谈起了古老文明的传承和失落。天渐渐暗了，除了语言无法表达的内容，这个领域几乎已经无所不谈。这个时候，莫凡知道有什么是他感兴趣的了。她有一册师叔祖鸿骧先生的遗作，《兰亭集序》摹本，颇得王羲之行书的神韵。她点亮手机，把照片拿给小个子看。

"很精美，我很喜欢，"小个子轻声说，"不过，不够！"他摇摇头。

莫凡翻出自己的朋友圈，搜出另外几张照片。小个子第一眼就显露出极大的热忱，连声夸赞。

"可以给我吗？"

"可以，"莫凡回答，"等我回中国之后给您寄过来。"

"不要紧，不要紧！"小个子激动地说，"我信得过你们。"

苏雨凑上前看了一眼，上面赫然写着"皇帝立国，维初在昔……"，这是莫凡自己摹写的李斯《峄山碑》，铁线篆。

"我很期待这次交换！"小个子补充说。

然后他才吐露实情。原来当他们刚刚踏进香水店的时候，他就决定把这瓶神奇的香水送给莫凡了。在他看到她眼睛的那一刹那，已经认定它必然属于她，"它就像是她眼睛里面流出的一滴泪"。

至于开出的天价，是为了莫凡能够好好珍惜它，顺便看看她能不能也送给他什么意想不到的东西。

苏雨想把香水瓶拿到阳光下做个透视，但天已经黑了，只能用灯光试试。他左手捏着瓶颈，右手打开手机射灯，伸手绕到瓶子背后照过来。

苏雨看到了一个影子在凝视着他，好像是他自己。只能是他自己，身后没有其他人。但光源在瓶子背后，这怎么解释？并没有看到光线透过来，却有越来越多变形的影子把他团团围住，明的明、暗的暗，每张脸都逼视着他。他感到难以忍受，感到自己已经成为它们的猎物，吓得赶紧把目光移开。

苏雨不想让莫凡看到自己害怕的样子，然而各种各样的困惑敲打着他的神经。他感觉自己像一个被撞响的铜钟，回音一波一波地袭来。

苏雨试图从数学上去描述这个香水瓶，描述这个充满未知的狭窄空间。麦克斯韦的电磁理论曾经在预言黑洞的时候，说它永远不会跟周围的东西达成任何的热平衡，而是会吸收无穷无尽的能量。香水瓶则恰恰相反，它能够以未知的奇特方式无穷无尽地给予。黑洞之外，所有的物理定律都有效，但黑洞里面不是这样。香水瓶就像是一个小小的黑洞，所有的物理定律在它的空间当中也束手无策。

黑洞是三维的，但却表现得像一个二维物体，就好像一张全息照片。香水瓶也许只是看上去是三维的，它会不会其实蕴藏着一个袖珍的四维空间？

苏雨把瓶身竖立起来，拿瓶口对准自己的眼睛，想尽力看清楚里面的构造。昏暗的光线下，只能隐约看见里面参差不齐犬牙交错的形状，像是未经打磨的水晶结构。

对，香水瓶是水晶做的，每一个晶体都折射了光线。所以他看不到有透视过来的灯光，只能看到周围墙上色彩隐约的光斑。苏雨暗自思忖。他又联想起了爱丁顿的星光实验，那个让狭义相对论一战成名的物理学经典。星光虽然在真空当中沿直线传播，但是空间的弯曲导致了星光的弯曲，就像是深空中的透镜。

"假如……假如香水瓶是卡西尼星球！"一个大胆的猜测猛烈地撞击到苏雨的思维，像一座陡然升起的冰山。怪不得当他站在泰坦星球，与沉子广播源呈面对面视角的时候，中间隔着卡西尼星球，他却无法接收到一丁点儿的信号。沉子虽然可以穿透任何物质，但那有一个缺省的前提，就是处于连续的、没有障碍的空间当中。如果沉子在路线上碰到的空间结构像水晶一样支离破碎，那任何的穿透都会表现出折射。

没有什么物质可以折射沉子，除了空间本身！而卡西尼星球可以折射沉子束，这就意味着无论它由什么物质构成，星球本身就具备了多维的空间结构。空间既然被构成，那它也一定可以被解构和重新结构。也许解构之后是我们完全不认识的结果；也许重构的结果，旧的物理定律会失效，新的物理定律可以被描述；也许那里根本没有定律……卡西尼星球所有的奇妙和无法解释的表现，都来自内部的多维结构，而不是它所处的空间区域。这一点，苏雨一直没有想到过。

苏雨晃动射灯，光线在瓶子里面像万花筒一样地变幻。他感觉眼前不是一个香水瓶，而是一片汪洋大海。如果他有办法把里面的香水全部吸出来，也许填满一整座大海都不在话下。

"您想仔细端详，用这个吧！"小个子递给他一把放大镜，"中国朋友给我的。"很精美，水晶材质，没有外框。金质的手柄上坠着一小块翡翠雕琢的貔貅，褐色的貔貅趴在淡翠的寿桃上，栩栩如生。

透过放大镜，随着射灯的晃动，瓶子内部折射的光线像深色的云海，旋转、急坠、升腾。隐隐约约的，他看到似乎有液体在流动。苏雨在心里默念，放大，放大，再放大……指令清晰地传递给远在泰坦星球的实验室，毛头把放大镜的图像在虚拟的视网膜上一而再再而三地放大，已经形同显微镜。

苏雨眼前的景象居然无比惊悚和荒凉，远远超出他的想象。举目而望，只见层层叠叠的海浪在咆哮、在翻滚，裹着一团一团爆裂的白色浪花，扑向他的面前。而就在他左右几步的距离，就是悬崖一般的海岸，贝类尸体在黑色的岩石上堆积如山，时刻让人感到腐朽和狰狞。

稍微晃动瓶身，景色骤然转变，完全是另一番世界。恐怖的海岸线消失了，取而代之是平缓的沙滩。遥远的天边，一面镶嵌着银边的巨帆像高墙一样，在月光或是星光的映照下，熠熠生辉。它似乎越来越近，终于他看清楚那不是风帆，而是滔天的巨浪。脚下的沙滩开始颤抖，沙子前面的海水像溃散的逃兵一样疯狂退却，形成一个个旋涡，像是要把他席卷进去，撕得粉碎！

这世界末日一般的瓶中海洋，也许就是香水的根本来源。收回目光，苏雨一时间感觉晕头转向。看着手中的放大镜，他觉得自己的脑子一下子开了窍："假如这放大镜就是卡西尼星球……"身边每一样东西居然都能带来新的启发。

苏雨晃了晃手中的放大镜，没错儿！镜身两面，一个凸面一个凹面，不就是两个完美的二维切片吗？正好是两个球面的局部切片，两者的交集就成为透镜。当两个球面切片的二维空间面对面相交的时候，交集就成为三维的透镜，交集的边界就是眼前两个整整齐齐的圆。

假如把二维的圆，衍生到三维空间是什么？答案是：球！

那卡西尼星球是什么形态？当然是一个球！一个完美无瑕的球，不掺一点儿杂质。

如果把放大镜的结构，各自衍生一个维度，那么两个各向同性的三维空间相交，它们所形成的交集就应该是两个相向的球体。跟放大镜一样的道理，交集就衍生为一个四维的透镜。

曲面可以相对紧扣在一起，球体该如何相对？苏雨恍然大悟：卡西尼星球所做的正反轨运行，抛开时间的角度，刚好表现为两个面对面的球体！

如果说反轨的卡西尼星球，和曾经正轨的卡西尼星球，是一个事物的两面，那这个事物会是什么？毫无疑问，是一个四维的透镜！既然如此，那么反轨和正轨的卡西尼星球，应该是并存状态。现在看到的反轨，如果能够站到它的镜像位置去观察，就是正轨。

手上的透镜可以放大眼睛看到的二维图像，添加一个维度的透镜就会具备放大三维世界的能力。苏雨胸中有一股热情在高涨，他感觉自己前所未有地接近答案。

究竟放大了什么呢？

引力，一定是引力！找到答案的时候，苏雨的内心不由得更加惊骇。

香水瓶改变了苏雨对空间结构的固有认识，它帮助他避免在错误的地方继续寻找错误的答案。现在还来不及对更多细节进行画像，越来越多的问题围绕全新的认识浮现出来。

在研究镜像技术的时候，苏雨发现，虚拟结构可以在大于"1"的数量上以任何尺度切分成立方空间的容器。这个"1"是完全虚化的单位，并不需要真实世界当中短至1微米或者长至1光年的尺度去做出对应，是彻彻底底的相对概念。一把椅子、一棵树、一座山、一条狗，所占用的空间容器都是立方格，整个空间就是这些立方格紧密拼接的结果。虽然镜像系统外看不到这些立方格，但系统内对此却是一清二楚，无论移动、旋转、爆炸、扭曲，任何物体的动作和行为都可以解释为空间单位的运行。系统就是在这样的描述基础上，精确地进行对象形态的投射和运动信息的反馈。在系统当中模拟一个四维空间是很容易的，但从来没有办法投射到真实的世界当中。

真实的空间结构能够碎片化到什么程度？在最小尺度上，仍然具备空间容器的作用吗？最小尺度究竟是多少？它是如何拉伸到第四个维度上的？为什么只有卡西尼星球表现出四维的空间结构属性，而从来没有发现其他的星球有类似表现？它是特例，还是作为一大类广泛存在的星体，只是第一次被发现？

"雨总您快回实验室，林姐有好消息给我们！"方焱对林云的称呼，从林总变成林姐，看来确实有好事儿。

"好，等我把凡姐送回酒店。"

卡西尼实验室发射前的一个星期，林云曾经叫苏雨到她家去聊聊。

她是想要开个专题叙叙旧吗？苏雨想，实在没有必要。发射前的准备工作很多，时间很紧，他认为跑这一趟纯属浪费时间。实验室的投资也早都到位了，该说的事情、该做的安排，无数次会议也都讨论完了。他急切地盼望近距离看看那个远在 15 亿多公里之外、跟地球一样是蓝色的星球。箭已经在弦上，还有什么好聊的呢。

然而毕竟是直接投资人兼老同学，所以还是去了。

"等你回来，我们要坐下来好好规划一下后面的发展。"林云在喝了两口酒之后，若有所思地说。

这不废话吗？苏雨想。大老远跑到泰坦星球去一趟，自己不可能空手而归。无论从哪个方面想，未来都非常可期。

"好，我先去打个头阵，回头有机会你也可以安排去看看嘛！"他装作深以为然的样子，客套着。

然后话题自然就回到实验室已经消耗的各项成本和未来的开销上，会议上的东西她又拿出来拉拉杂杂地说了许多。苏雨疲于应付，不知道林云究竟想要引出什么意料之外的话题来，又想得到什么样的回应。以他的了解，她从来都不是个絮絮叨叨的人。

"你不该到那么远的地方去！"她忽然停止了啰唆。

"为什么？"苏雨感到莫名其妙。

"你哪儿也不该去，应该老老实实在地球待着。叫年轻人去做这些事儿吧，你不是二十出头的小伙子了。"

"怎么突然冒出这样的想法？"

"我去永安寺卜了一卦。我这么大一笔投资，当然得再去问问卦。"

"项目敲定之前没去过？"苏雨对占卜打卦的事情不以为然，敷衍说。

"去过，没算出个七七八八，都是模棱两可，"林云很认真，"这次不一样，偈语很确定的。"

"我去了会怎么样？"他觉得她差不多是在胡说八道，卦上有什么偈语！

"不知道会怎么样，只知道去了会很危险。"

"你揣测的，还是卦上说的？"

"卦上不会言明，但我懂。大家都说永安寺最灵验。"

"无稽之谈。"

"真的，我问过的很多事情它都说对了。"

"我倒想听听都有什么灵的。"

"比如说我前夫，卦上当时说过他不靠谱。"

"那你还嫁给他？"

"这你管不着！"

"确实，关我什么事儿。"苏雨把杯子里的酒一饮而尽，又倒上一杯。

"卦里还说，"林云的口气柔软了一些，"我会投资你的实验室。"

"怎么说？"既然说到实验室，苏雨有一点儿好奇。

"我问事业，卦上说会有全新的开拓！"

苏雨没那么烦她了，实验室毫无疑问是全新的开拓。不仅仅是太空

246

探索的开拓，也将是理论架构的一次大胆的尝试，这正是他此行的意义。

"你别去，换个人去！"

"我需要第一手资料。我能做的事儿，年轻人做不来！"

"真的！出了危险，你后悔都来不及。"

"算了，不说这个行吗？"苏雨朝她扬了一下酒杯，"祝我一切顺利吧。"

"你不能去！我要保护投资，你一旦去了，这投资就完！"她放下酒杯，并没有沾嘴，扭头进了书房。苏雨不知道她的具体所指，是仅仅预言说实验室要失败，还是威胁撤资的一种双关。他追上去解释，人类航天科技已经非常发达，木星上都已经建立了成熟的基地。还有泰坦星球，他此行也不是最早的拓荒者，上面有过机器战争留下的废墟。

林云冷冰冰地回答，不是说实验室不会有好下场，是怕他不会有好下场。

这次谈话不欢而散，苏雨一度担心她在发射前发表撤资声明，那会直接导致项目计划的失败。后来又不担心了，实验室、火箭、所有的科学仪器，包括一切手续的费用，都已经是沉没成本。砸进去的钱在没有见到效益之前，相信她不会自毁长城。

临近发射的头一天，他看到她的朋友圈里发了四句短诗：

你抛弃我
听凭我
被稀释在
无边的黑夜

下面配的是几幅深空图片，画面主体是一颗耀眼的绿色星球，而地球渺小地、遥远地挂在天边。点赞的人异乎寻常地少，而他不能不怀疑她发这条内容的动机。以至于到了出发的时候，他总觉得她的眼神写满了遗体告别一般的凄凉。

　　登上飞船之前，透过廊桥的窗户，苏雨看着这艘从火星飞过来的最新一代"星帆号"，忽然有恍若隔世的感觉。他觉得自己跟卡西尼星球之间，跟泰坦星球之间，15亿公里的遥远距离，居然是通过一枚长得像劣质雪茄似的东西连接起来的，有点儿不可思议。在近地轨道和内行星空间，他已经做过了很多次的航行。但从来没有哪一次，哪怕是大学刚毕业参加空客公司培训，参与有关近地轨道向星际轨道的差异改装，他也没有像这次一样的忐忑不安。因为那些都不是 BaseX 的飞船。

　　他心目当中理想的星际飞船绝不长这个样子，简陋得可怕！怪不得林云说他身处危险当中。虽然 BaseX 一直在地球和火星之间，保持着载人航天飞行不败的安全记录，但一想到他们那些新型号的飞船，在原型机试验阶段一艘接一艘倒掉和炸掉的样子，他就觉得不靠谱。

　　于是他走下廊桥，爬上机务人员专用工作台，又去跟保障发射的工程师画蛇添足地聊了几句。内容无外乎"沉子仪的安装是否到位""对接机构是否反复检查过""反推的有效期还有几次"，其实机器人一切都安排就绪，就算真有什么问题，它们之前没有发现，这个时候他跟工程师也不可能再检查出来。

　　起飞前一分钟，苏雨收到林云发来的一条消息，居然设置定时打开、阅后即焚。他纳闷，她葫芦里头又装着什么药？只好等到时间阅读。

　　航行快到火星轨道的时候，苏雨眼前显示出下面的文字：

　　"转向去火星城！别去泰坦。那里战事之后一片废墟，既荒凉又无趣。至于卡西尼星球，我们可以分期分批派专门的探测器过去。就算你飞到它跟前，也看不出什么花样。我以后的投资都需要你在，别冒这个险！"

　　过了几分钟，又显示出一条刚刚收到的新消息："答应我！到火星城等我。有更大的项目需要我们联手合作，我随后就过来。"

　　那一时刻，面对林云的紧逼，苏雨有过短暂的动摇。什么是"更大的合作"？跟泰坦星球的未知风险相比，孰轻孰重？跟即将在卡西尼星球揭开的神秘世界相比，金钱究竟有多大的分量？飞船正在加速，借助火星的引力飞向更遥远的深空。

睁开眼睛，苏雨看到林云正站在实验室的窗边欣赏外面的景色，她一直在实验室等他。

"你怎么过来的？"他一时间感到诧异。

"出发前你不是说过，要带我过来看看吗？"林云回过头，"没想到这边风景这么好！感觉像天堂。"

苏雨明白，她说的是窗外壮美的土星光环，还有秀丽的兰亭山。

"我现在是你的董事长。"林云接着说。

苏雨转身问方焱："这就是你说的好消息？"

"当然，我也不好意思空手来！"方焱正准备开口，林云抢着说。看得出来，她的兴致很高。

"快看看我给你带了些什么！"她从手机上打开一串清单，铺开到苏雨面前。清单上面，件号 P/N 一列，序号 S/N 一列，还有库存数量、取证类别、生产厂家……很大的篇幅。

苏雨只关注中英文名称那一列：

S6 尾喷调节器
偏航传感器
小型蝶翼位置指示器
毕氏速度校核组件
应急冷却控制组件
座舱压力缓释组件
星帆 2 型起落架作动筒
……

洋洋洒洒，足足有几十页之多，一眼望不到尽头。怎么都是 BaseX 的制式？苏雨心里嘀咕。

"马总给你一堆东西，叫你拿来贿赂我？"苏雨抬眼看着她，"再说能派什么用场？我需要的一个都没有！"

"都摆你面前了，不知道多翻几页呀？要是对你没用处，我能专程过来带给你？你的项目也是我的呀！"

林云从第十来页的地方拉出几个条目，亲自念给他听："中程火箭，带有高精度姿态调整功能，4 只……"

"这还有点儿用，还有呢？"

"自适应射电反射镜，2 个。"林云今天很有耐心。

她还准备继续念下去，苏雨打断了她："有沉子仪吗？"

"这个……没有现成的！如果……"

他又抬手制止了她，对着天花板说，"毛头，你过一遍清单。"

"好的，苏总。我们的需求是什么？"

"假如把牡丹花天线改造成近星轨道天线阵，有没有足够工具和器材？"

"全都齐备！"毛头迅速给出了回应，这毫无疑问是他最想听到的答复。

"我想您最在意的是：休斯敦火箭狗，400 只；大中小型号都有！"此时此刻，毛头的声音在苏雨听起来，如同情人的耳语般迷人。

"太棒了！简直不知道怎么感谢你才好。"他又惊又喜，拉起林云的手，用力握着上下晃动。

"不用谢我，这也是为我自己的投资。"

"快告诉我，什么时间能起运？"

"不用等待，近在咫尺！"林云抬手指了指窗外。

顺着方向，不用看，苏雨知道那边有什么。在不到一公里距离的沙丘下面，有一个大型的仓库。露出地面的，只有醒目的银色 LOGO：BaseX。

"马总的东西，他肯拿给我用？"苏雨的心顿时凉了半截。

"他当然不会，"林云拍拍苏雨的肩膀，"仓库早就不属于他了，现在全都归我！"

"你？"

"你也太不关心 BaseX，上次火星城轰轰烈烈的 IPO 受阻之后，马总损失很大。所以他把旗下航材子公司分拆独立上市，现在叫 Base-Backyard。我们叫它Backy，仓库现在是Backy的财产。当然，几年之内没有人会来打开它。我现在既是你的老板，也是 Backy 的董事长兼总经理。所以你可以随便取它的东西来用，只要……我认可。"

"你把我弄糊涂了。"

"哎，投资界的事儿，你不关心。拣概要跟你说说吧！"

"洗耳恭听。"

"我先拿我私人的 BaseX 股份，全部跟 Backy 做了换股，只留下了公司股。当时马总挺高兴，毕竟上次说好抽资投去他那边，我食言了，所以并不爽我。而且我股份太多，他也嫌碍手碍脚。"

"这人心眼儿很小。"

"然后陈总在你公司的股权，全部授权给我，我就用这部分股权作价，要求 Backy 董事会并购！"

"你让马总的公司收购我的公司？"苏雨紧张起来，"陈总授权怎么不经我同意！"

"别急，老同学，"林云语重心长地笑了笑，"我们都是为你好。"

苏雨愿意相信她的情谊，但他没弄明白其中的窍门。

"Backy 呢，跟马总还是有手心手背的关联，所以当他明白过来我意图控股的时候，肯定是不愿意的。但我出手的风格你应该知道！我拿出双倍价格，一口气吃下了市场上大部分的流通股。这个时候我已经是最大的个人股东，他自然是无力回天。"

"林云！"苏雨感到有点儿惶恐，有点儿不知所措。沉默片刻，他用感激的眼神看着她："你买这么多没用的东西，只为了支持我？"

"我要是那么高尚，你早娶我了！"

说完这话，林云叹了一口气。

听起来是个玩笑，但这声叹息在苏雨耳边，不像是久经商战的中年女人发出的，而像是一个心怀幽怨的姑娘。这声叹息在他心中画了一个问号，提出一个早已不再思考的问题：他是否真正懂得人生和感情？是否真正知道自己是个什么样的人？

　　林云的眼神很快从久远的回忆当中抽出来，一脸洒脱地说："放心，没用的东西我不会要的。你先尽管拿，只要是能派上用场。"

　　"剩下的怎么办？ BaseX 的仓库……Backy，有很多淘汰库存，现在已经没有市场。况且，运输成本也很高。"

　　听到苏雨这么说，林云显得很轻松。"到时候，"她神秘地笑笑，"你懂的……"

　　"还真不懂！"苏雨急切想知道。

　　"你把它关掉，我讲给你听。"林云指了指天花板。

　　"不用吧，毛头是自己人。"

　　"说不好，现在商业间谍很多出自人工智能。据我所知，它们也有黑市。"

　　"林姐，我已经关了。"方焱说。她在旁边津津有味地听着，脸上写满了好奇和期待。

　　"在土星轨道这里发生了这么多惊人的事情。经过这几天，你和实验室已经是航天科技界的顶流网红，吸引的关注度非常高！"林云说，"很难得，超过 BaseX。业界对禁令的争议很大。所以这场并购，给 Backy 的股票创造了足够的上涨空间。"

　　"市场会冷却的……"

　　"并购有一个月整合期限，所以进退自如！假如一个月后，实验室没有让我看到价值落地的希望，Backy 只需要对外宣称整合条件没有按期达成，并购就自然中止。反垄断那边，还有很多操作空间。"

　　"马总恐怕不会善罢甘休，假如他反击，你能吃得消吗？"苏雨觉得事情没有林云说的这么简单。

　　"反击？那正合我意。并购一中止，我就不会再担任 Backy 的董事长和总经理。它这一堆垃圾库存，也跟我没关系了。你要知道，整合期一个月，已经给了股票足够的上涨时间。对流通股的扫货，我是联合好几家基金一起做的，升值之后变现难度不大。"

　　苏雨表情复杂地看着她。

　　"我也是离开学校教职以后，才把自己看明白：生而为钱！"林云并不掩饰，"在你身上投这么多钱，你不指明赢利路线，我不得自己设计一条路啊？这一波操作下来，估计个人财富能再翻个几番。顺带做点儿好人好事，给老同学一点儿人情。"

"云姐，你好骚哦！"方焱在旁边发出感慨，林姐已经成了云姐。

"什么？"林云诧异地转过头。

"我是指这一波操作。"方焱连忙补充。

"什么骚不骚的……"林云不太习惯年轻人的表达方式，脸上浮出一丝红晕。

"是华丽！"苏雨说，"原谅我，简直是木头！"语气当中有一丝内疚。

林云的双眼当中，有若即若离的东西在闪烁。

她并不同意他这么说自己："你不是木头。你是个有理想的男人……你一直是……"说着，她低下了头。

方焱像看电影一样地看着苏雨和林云，感觉到了一丝尴尬。她又看了他俩一眼，然后跑到别的房间去了。

这一刻林云跟苏雨站得很近，他想亲吻她。但在接触到她的嘴唇之前，他的内心已经觉察到了无意识里面另外的东西。也许她嘴唇的温暖和湿润只是年少时代的想象，还是让它留在记忆当中更好一些。他轻轻地吻了林云的额头，然后把一种几乎已经遗忘殆尽、但又重新激起的感觉，轻轻地藏到内心深处的某个地方。

第
四
十
章

牡
丹
花
天
线
阵

从实验室外面传来一阵越来越响的声音，就好像非洲大草原上一大群水牛在朝这边奔来。

苏雨向窗外望去，几百只机器狗已经冲出地下仓库的洞口，飞快地向他奔跑而来。很短的时间内，就汇成了一股洪流，腾起越来越浓的沙尘。洪流越来越近，越来越迅猛；等到了实验室跟前，它们背上的小火箭陆续启动小功率点火；就像许许多多放大的萤火虫，飞上屋顶，让人目不暇接。

趁着火箭狗拆卸天线的时间，苏雨带着林云到附近走走。静静的山顶，脚下是淡黄色的薄雾在浮动。

"我们在地球从小习惯等着阳光把晨雾融化。但在泰坦星球不太可能，阳光太柔了，甚至比地球夜晚的月光还要无力。雾气浓重的时候，会笼罩到整个山谷都看不见，一直要到下一次风来。"

苏雨就像农庄的主人，一边漫步，一边跟远道的客人介绍田园的景色。

他们在一块褐色的大石头上坐下来，脚下是一面悬崖，再下面是甲烷河流。听着湍急的河水声，两人都沉默不语。

卡西尼星球还在地平线下面。天空的云散开了一些，阳光斜斜地在实验室旁边投下一个淡淡的影子。土星的辉光投下另一个，更淡一些，看起来更加模糊。苏雨小心翼翼地看着这两个影子，还有上面像萤火虫一样飞舞的机器狗，它们时不时地打碎了影子。

他抬头用一种苍凉的眼神看着天地之间，远的、近的，冷冷耸立的山脉、平静无漪的湖泊。它们都在他眼里站立着，一点儿一点儿涂抹进记忆的画面当中。"有时候能听见流星的声音，在高空。那种尖锐的啸叫声，紧随在刺眼的闪光过后，像划破天空的一道剑气。说实话，让人心里不免有点儿紧张。"不知道过了多久，苏雨说。

林云把手伸到苏雨身旁。他拉起她的手，冰凉冰凉的。

"不用担心，毛头时刻监控着。"他安慰她。云又开始在天边浓厚起来，阳光看不到了。山谷的雾渐渐散了，风吹到林云身上，她有点儿颤抖。

"回去吧！"苏雨站起身，低头对她说，"你像一只突然飞来的鸟儿，飞到我这里，有点儿猝不及防。"

她在他的影子里，抬头望着土星的方向。他的身影刚好挡住了土星，光环就像一顶草帽斜斜地戴在他头上。

"那是因为我做了一个梦！"林云说，"从来没有过的、截然不同的梦。"

"梦到什么？"

"梦到自己在半空当中，俯瞰着一望无垠的大草原。那一刻，我惊叹不已。我人生中没有见过那么大的草原，地球上都没有。而且它绿得……"林云看着他，"绿得可怕！"

苏雨用温柔的眼神看着她。

"忽然，我的头顶上有五颜六色的羽毛飘落下来，有的还带着血。"

"什么？"

"是鸟！"林云接着说，"两只大鸟在做殊死搏斗，但我看不见它们，只有缤纷落下的羽毛。羽毛就在我眼前翻滚着，形成了盘旋的气流。"

"有趣，也有点儿惊悚。"

"下一秒，当我收起翅膀，在那草原上奔腾的时候，我在梦里明白了这隐喻，我明白了它们是谁。"

回到实验室，林云有点儿恋恋不舍。她甚至开始羡慕起苏雨和方焱，能够在这么近的距离开展研究工作，能够长时间地拥有这片美景。

虽然做过不少太空旅行，但她没有料到泰坦星球的景色会有这般壮观。不过一想到反物质小行星朝着卡西尼星球一头撞去的情态，她就不免感到一丝失魂落魄。

"我一直没想明白！"

"什么？"

"当时，你在这里，我在火星，却面对两个截然不同的现实。究竟是怎么回事儿？"反物质撞击的事情，无论她请教谁，都没有满意的答案。

"这是一次宏观量子事件，真正的！"苏雨说，"我也不很确定，但希望我的想法是对的。"

林云若有所思。她跟其他很多的投资人不一样，并非对技术一窍不通："的确，只有量子力学能够解释。"

"很显然，在我们身上，量子世界的测量问题得到了完美演绎。你在火星城，我在泰坦星球。这个宏观尺度之大，是前所未有、令人震惊的。我们都想知道，在那一刻到底发生了什么？"

"我们是平等的旁观者，但不同的观测位置，却得到完全不同的结果。"

"现在看来，它根本不可能为波函数的坍塌留一个出口，只能是纠缠。虽然量子纠缠已经普及，但截至目前，人类创造的量子世界都是微观的。"

"那并不能说明自然界和宇宙当中，没有宏观的量子世界，对吧？"

"空间本身的性质，处处都有纠缠的影子。是纠缠把物质和它周围的空间联系起来；纠缠造就了黑洞和虫洞；纠缠造就了引力，无处不在、无法阻断、无法屏蔽。我猜测空间单元之间，也许存在着类似的纠缠关系。我们的存在和延续，还有运动，一直就在不同的空间单元当中进行，只不过因为彼此纠缠，所以才会呈现协同一致的表象。"

林云很努力地听着，生怕跟不上苏雨的思路。

"而这一次，反物质撞碎了空间的纠缠。卡西尼因为是四维星体，所以三维的反物质小行星无法把它撞碎……"

"等等!"林云打断他,"你说……卡西尼星球是四维的?"

"就像抽刀断水……明白吗?完全超出我们的意料。"

她还是似懂非懂。

"但它撞碎了不同空间单元之间的相互纠缠。所以两个截然不同的观测结果会在如此宏观的尺度上,一齐成为真实的存在。"

林云点点头,听起来好像已经抓住要害。

"空间单元不一定具备跟整体一样的性质。就像水分子跟一杯水并不是一回事儿。如果被确认,值得深入研究的问题就更多。"

"还是不太明白,就算它打碎我们各自身处空间的纠缠,但毕竟还是在观察同一个东西呀,怎么会呈现这样的景象?"

"同一个东西?你说的是卡西尼星球吧,"苏雨反问,"它不是东西。"

林云被逗笑了,苏雨脸上却写满了严肃。

他接着说:"它只是一个对象式的空间。在我眼中,它是一个四维星体,或者说四维星体在我们所处三维空间的一个投影,也可以看作具备三维边界的四维空间。它的性质跟一个三维星体完全不同。"

林云彻底跟不上了,但苏雨的答案显然比其他人的版本更具有说服力。她的目光停留在他的脸上,感觉他已经重新拥有了她的信任。

"哪怕你不从纠缠的角度去看待这个问题,也一样能明白我的意思。虽然并不完全确定,但很有可能是问题的答案。"

好奇心战胜了窘迫,她睁大眼睛听他讲。

"英国有个挺有争议的雕塑家,叫 Jonty Hurwitz 的,你听说过吗?"

"没有……"林云又窘了。

苏雨接着往下说:"他开了错觉雕塑的先河,这在当时是全新的艺术形式。他的作品在旁观者的视角下是奇形怪状的,但在圆柱体的镜子里面,却是蛤蟆、扳手,还有青筋暴起的手掌……"

毛头在她面前投射出这些作品的全息影像,恰到好处。

"还有法国雕塑家 Matthieu Ortis 的《大象和长颈鹿》,瑞士人 Markus Raetz 的《Yes 和 No》!"

这些全息影像都在她面前了。每一件作品都用自己独特的艺术语言，无声地向她阐述着宇宙间的神奇规律。她的视线飞快地扫过它们。无可辩驳！即使仅仅是在三维空间当中，不同的视角也能决定截然不同的观感。恍然大悟的兴奋，给她带来了一丝短暂的幸福感。

"原来如此。好有意思……"林云还想继续发问。

"好了，天线拆得没剩几块儿，你得回去了，"苏雨看了一眼机器狗的工作进度，对林云下了逐客令，"突然掉线的话，你会被吓一跳的。"

"我又觉得实验室很有希望，非常令我激动！"林云临走时候说，"我这么做是对的，一半是为了支持你，一半是为了钱。"

苏雨把实验室的屋顶调成透明，抬头望出去。

原本以为会看到几百只火箭狗一起升空、离开实验室的壮观场面。想象中就像节日焰火的盛大，或者天女散花的绚烂。但现实完全出乎意料，只剩下一只机器狗还在工作。毛头把它们的工作进度安排得有序而高效，那些目标位置远一些的机器狗早都陆陆续续飞走了。

最后一只狗也启动了火箭，向着高空飞去。等到火箭尾流形成的气晕消散，苏雨静静凝视着天空。土星的光环美丽无比，仿佛一个巨大的舞台；这一瞬间他觉得自己好像站在光环之上，在一个无形的聚光灯下；那一个个正在远去的光斑，恰似舞台上星星点点缀满的射灯。如果不是黄色的天幕，他可能会彻底忘掉身在泰坦星球。

随着火箭狗在泰坦星球的近星轨道上依次就位，苏雨设想的天线阵架设完成。面对运控中心的中央投影，他没有想到景象会如此壮观：几百个天线模块分布在轨道的各个经纬度，运行轨迹高低错落，编织在一起，开出了一朵巨大的牡丹花。

方焱也对这样一个全新架构的天线阵感到新奇和赞叹。"这不是综合孔径，是超复合！"方焱说。

"它的基线长度达到了前所未有的 6000 公里。都不知道该叫它什么好。"

"很简单，WLA。最早的'甚大天线阵'叫作 VLA（Very Large

Array），咱就是 Very Very，两个 V 连一块儿不就是个 W？"方焱很开心。

苏雨也笑了，自从林云带来好消息，所有的事情都变得容易和美好起来。

沉子通信刚刚恢复，林云又打来电话。

"猜猜这会儿谁在我这里。"

"马总？"

"怎么会！现在剑拔弩张，他根本不想见我。"

"谁……"苏雨没有头绪。

"行星委员会新任的秘书长。"

"什么来意？"

"跟马总不一样，他坚决主张能源利用要在相关探索研究成熟之后，要在行星资源的保护框架之内，而不是服从于个人目标。所以，特意过来找我聊聊对禁令的意见。"

苏雨对林云说，人总是习惯于把握近在眼前的利益，只要资源有限论主导市场，马总的行为就会得到广泛的支持。

"我感觉秘书长挺有远见。聊得很开，从马总无可比拟的偶像地位谈起，一直谈到历史人物的德行和思想境界。后来在我书房后面的花园，他说喜欢中国的牡丹花，雍容华贵，气度非凡。我借此机会跟他提起你的牡丹花天线阵，他很感兴趣。"

"听上去没那么自以为是，在空间探索的理念上更容易产生交集。也许跟他合作，比跟马总要顺利很多。"

"千真万确！他愿意替你争取解禁，给了一个颇具交换价值的方案。希望你可以将牡丹花天线永久保留，然后把天线所有权捐赠给委员会。当然，操作还是委托你做，你自己的研究始终保有优先权。"

苏雨听明白了，这是一单精明的买卖。那些人！他们从来都把大量的数据当成求之若渴的财富，浩如烟海的、空洞的、毫无意义的数据能让他们陶醉，让他们获得成就感。只需要让牡丹花天线一直工作在泰坦星球的轨道上，一个天区一个天区地巡视，就能源源不断地给他们提交取之不尽的数据。当他们在这些东西当中偶然发现一点儿异动的时候，就会跟打了鸡血似的兴奋不已。杂音越多，他们就会越激动。秘书长有充分的理由获得越来越高的学术地位，因为届时数据是他拿到的，对各种各样杂音的研究也是他主导的。

牡丹花天线跟传统的射电天线有很大差别，苏雨很清楚这一点，即使原理相同。因为沉子对天线的穿透，久而久之会渐渐损坏天线，造成不可逆衰减，而衰减的补偿曲线到现在为止还没有得到完善。为了放大沉子反射，苏雨在天线当中设计的共振单元，也会在测量其他数据的时候变成强烈的干扰源。他很清楚，他们将来拿到的数据是不准确的。

当然，苏雨知道，如果必要的话，怎样能够生成漂亮的数据，给他们一个好印象，甚至为他们创造幸福。只要他高兴，他可以送给他们一些他们想要的数据，那就够他们去瞎忙活一阵子的：发表文章，论证发现，还有许许多多想都想不到的故事。他们可以时不时地宣布，哪儿哪儿又出现了什么新天体，因为发现或者编造这些东西，一直都是他们所擅长的。只要别的望远镜观测还不足以揭穿这些"发现"，一切都会很美！

假如委员会的委托持续有效，牡丹花天线的后勤保障自然能落实，无论能源替补还是维护维修。哪怕这些事情他自己来做，有持续的资金就是最好的支持。卡西尼实验室将有希望被改造成为永久的基地，他是基地的主人，这一点毫无疑问，即使没有所有权。交换对他也是有利的，何乐而不为？

当牡丹花天线为他自己所用的时候，苏雨想，他就可以跟莫凡一起到太阳系的各个星球，遨游在土星、天王星、海王星，漫步于为数众多的木卫、土卫、天卫、海卫……那些星球的许多风景都是他没有见识过的，甚至无法在短时间内想象出它们的壮美和奇丽。也许，还可以去到太阳系以外……

只要能把镜像终端搭载到这些飞船上，说不定只需要把软件搭载到大大小小的探测器上，就能实现目标。而这些经历，他不可能让他们知道。这种飞翔在深空的能力是属于他的，只属于他和莫凡。也许偶尔可以捎上一两个朋友，但必须守口如瓶。想到这样的特权，他感觉内心一阵狂喜，就好像自己已经占有了整个太阳系。莫凡现在还不知道，他会拥有这样的特权。她迟早会知道的，那她会有多开心呢？把这作为补偿，去填补那些缺失的陪伴，应该足够吧？想到她听到消息时候的笑容，还有跟他携手，一次次在绮丽的星球风光中悠游的浪漫情景，苏雨心里满满的幸福。

"苏总，接入 Backy 的仓库之后，我们拿到了 BaseX 老版本的太阳能电池管理软件。在沉子电源普及之前，这一直是他们最机密和最优势的技术壁垒。现在我们已经成功破解。"苏雨耳边响起毛头的声音。

"能够把它上载到沉子广播源吗？"

"可以。利用它，陈旧的太阳能电池板能够重新焕发青春。"

"能有多少？"

"预计姿态调整到面向阳光，能提供二十倍左右的功率支撑；必要时可以短暂实现百倍的峰值输出；最重要的是不会烧毁电池板。乐观地讲，我们有可能通过广播源，获得相当于十分之一个沉子仪的沉子通量。"

"有信号!"实验室首次捕捉到来自卡西尼的沉子流。那是经过了不可思议的复杂折射之后,穿透这个星球的沉子流。

苏雨马上就要写下近乎全新的空间日记了,他内心的兴奋不亚于见到世上最美丽的女子。此刻,卡西尼星球在苏雨眼中,无疑是这个世界上、这个宇宙中,最迷人的存在。它提供了一扇窗口,让他能够窥探对人类而言几乎完全未知的四维空间。

用一张纸切开一个球,你会得到一个圆,这个圆就是球体在纸上的投影。苏雨相信,卡西尼的本体应该是四维天体,它投影在三维世界,所以人们看到了一个三维的星球。通过研究它,实验室有望了解真正的四维空间是如何构成的,还有它如何影响三维世界。然而他还不清楚,究竟能不能够知道它在四维空间当中真正的"形状",甚至更多的细节。

随着泰坦星球的牡丹花天线阵和卡西尼轨道上两个反射镜的调整配合,实验室快速地扫描了卡西尼的浅层星体。苏雨选择从浅表开始,避免未知的信号增益破坏天线的风险。这两面沉子反射镜是牡丹花天线的核心部件之一,用 Backy 的中程火箭推送到轨道上。

第一张图像是在 1 分钟之后得到的,来自 6 千次扫描的叠加。这张图像的启示意义非凡:仅仅在卡西尼星球一块表面积很小的扫描区域,竟然绘制出了 8 万个折射结构。假如扫描精度更高,也许还可以绘制更多。之后的扫描同样避免接触核心区域，借助天线阵对扫描能力的增强，实验室发现了数量大到难以统计的沉子折射结构。

宽场天线记录了每一个沉子波段的扫描结果。天线阵的完善覆盖，充分地利用了沉子广播源的资源，苏雨第一次看到了梦寐以求的卡西尼星球内部结构。从折射结构的密度来看，空间在卡西尼星球内部表现出了惊人的分解情况。通过这些扫描结果，实验室能够逐渐细节化地描绘分解之后的空间形态，并且判断它们是否真的按他预测的那样构建起来。

苏雨现在还不能看清它的全貌，但从已经显现的来看，那结构简直精妙绝伦。没有合适的词语可以形容它的恰到好处，一个都没有。

它的超对称结构是完美的化身，是和谐的极致，是苏雨头脑当中任何理性思维所不能描述的顶点。因为它连续不间断的分形特点，苏雨几乎可以将剩下的部分一览无余地想象出来。那精密的复合结构令他赏心悦目，每一次分形都让历史上闻名的几何之美自愧弗如。

"给我个仿真！"苏雨激动地说。

几秒钟之后，毛头在苏雨和方焱的面前列出几个非常简单的函数方程。

看着它，苏雨没有说话。他脑海中浮现出一个点，沿着直线缓缓地从 A 移动到 B，停住；紧接着，从 B 点开始，又向着四面八方射出很多个点……

"怎么可能！"方焱看着这方程，一脸疑惑。

"做个形象模拟吧。"

一位撑着雨伞的翩翩公子忽然出现在他们身旁，就像电影里的许仙模样。

"别闹了。"苏雨轻声说。

话音未落，身旁又幻化出了一位拿着油纸伞的姑娘。

苏雨被逗笑了。他心里住着丁香一样的姑娘，从戴望舒的雨巷里走出来。这一点，毛头知道。

姑娘渐渐隐去身形，连同油纸伞的伞面，只剩下直立的伞柄和撑开的伞骨。这就是苏雨脑海中方程的形象。

"你知道我想叫它什么吗？"苏雨问方焱。

"伞状分形？"她用探索的眼光看着他。

"不是。"

"立体树状分形？"

"不！是鲁班分形，"苏雨说，"不得不佩服咱们老祖宗的智慧。"

"我理解。伞柄是一维，伞骨是三维。这是从一维到三维的跳跃式分形。"

"它是一个四维分形。"

方焱露出惊讶的表情。

"你看着。毛头，加大仿真范围。"

伞变成了一棵树，伞柄是树干，伞骨是树枝。

然后，奇妙的事情发生了：树枝越长越多，树枝又成为新的树干，不断长出新的树枝，树枝又成为树干……树干与树干穿插在一起，树枝与树枝交织成一片，层层叠叠，彼此遮挡。即使没有树叶，它也茂密得无以复加……

对比仿真出来的结构，跟沉子扫描的结果，几乎看不出区别。这毋庸置疑地证明它在数学上已经尽可能完美。它的无瑕，牵动了苏雨每一根神经。

苏雨一直目不转睛盯着这奇妙的结构，一点儿点儿铺开，一点儿点儿完善。不知道过了多长时间，在方焱眼中，他仿佛已经站成一尊雕像。此刻他的内心，一直试图领悟有关于数学的真实性，这与他之前的人生感悟截然不同，他从没有认为数学会像物理一样的真实。他认为数学仅仅是描述，当描述不了时，他便认为数学是无能的。一种科学对现实的敬畏之心油然而生，把他的思维牢牢捕捉在卡西尼星球不断呈现的结构之美上。

苏雨压抑住自己的激动，尽量用冷静的心态去看待眼前的一切。他知道，任何永恒和坚定不移的，也都可能是转瞬即逝和高深难测的；你即使完全懂得 π 的定义，也永远不可能写完它。他也知道，在所有的不确定性下面，科学还有一种确定的令人着迷的魅力：一个正确的证明，一个优雅的方程，都可以导出天衣无缝的美学效果！无论它是对称，还是镜像。

苏雨喜欢它的对称、喜欢它的不可能性、喜欢它对空间的切分和创造。它每一个单元，虽然彼此没有形式上的接触，却紧紧不可分割地关联在一起。从毛头抽象出来的特征看，每个维度都有闭合的边界，每条边界之间都没有交点，但相互之间却不可思议地纽接在一起。数学家长期以来一直在研究的维度镶嵌，今天他在真实的宇宙当中，亲眼看到了它。他对它一见钟情！

在方焱看来，苏雨已经疯狂沉醉无法自拔，他心中烧灼的恋情一五一十地烫在了脸上。是的，即使给他平添几百岁的寿命，也超越不了当前如痴如醉的喜悦；即使最后揭开的全部谜底，证明卡西尼的结构并没有超出人类理解的范畴，他对它的迷恋也不会因此而减退。

模拟出来的结构在实验室中央长成一朵云，方焱看到苏雨深吸了一口气，对她微微一笑。一种曾经熟悉的温柔目光再次环抱她，她已经很长时间没有感受到它。这目光像是在说："最艰难的第一步，终于迈出去了！"

"你现在看，它像什么？"苏雨突然问她。

她也微微有些出神，过了一会儿才说："像珊瑚。"

"这不是二维或者三维分形，它只能是四维分形！"苏雨又重复了一遍。

"为什么？"

"任何两根树枝都没有重合，任何两个点都没有碰撞。"毛头回答方焱。

"假如要你把全世界的森林装进一辆卡车，却不能有两根树杈戳在一起。能做到吗？"苏雨问方焱。

"不能。"她抬头望着他。

"或者，我们要把全太平洋的珊瑚都塞进一个蛋糕盒子……"

方焱瞪大了眼睛。

"道理是一样的。"

"我明白了！"方焱恍然。

"三维的不可能，就是四维的可能。"

她也忍不住想要欢呼，一阵狂喜的电流从头到脚刺激了她。确实，这是一个实质性的、突破性的进展，从外观的完美到结构的精妙，现在他们已经胜利地跨进了这道门。这是最难的第一步，因为以后的都是扫描、分析、仿真，所以迄今为止的工作是所有未来的奠基。毫无疑问，她和苏雨要一起完成它了，他的成就也是她的成就，他们的成就！

她开心，她自豪。她想大喊大叫，她想手舞足蹈。但这些都还不够，她想用任何一种意料之外的方式表达自己的兴奋之情。

苏雨微笑的目光一直追随着她，仿佛环抱着她的身体。他相信，她和自己一样，心中满怀期待，期待第二步、第三步，期待揭示卡西尼星球全部的秘密。在方焱的喜悦当中，苏雨也看到了自己的影子，但他把自豪感隐藏起来，只是对她深情地微笑。

苏雨目不转睛地看着她的眼睛。她看到他眼中有隐约的泪光，泪光把黑色的眼睛染成了蓝色。只有深海和星空有这样的颜色，只有深邃的感情才会滋养出这种颜色。星星点点的深蓝色光芒从他的眼中映照出来，一直照到她的心底。她感觉到他温暖的眼光，像涓涓细流一样润化心田，滋长出一股隐隐约约的欲望。她感到泰坦星球的阳光一下子灿烂而明媚起来，如同身在地球的春天。

他们现在站在了全人类的最高处！即使研究结果和科学成就还没真正落实，就算论海拔也可以这样说。往上看，山峰依然藏在层层迷雾当中。他们还能不能继续往上攀登，没有谁心里有数。

"目前扫描还处在星球表面，"毛头用温和的声音说，"从北极开始，往南扫描只有100公里，深度不足20公里。如果您同意，将继续向更大深度进行。"

"好。""期待！"苏雨和方焱几乎同时回答。

"开始深度扫描之前，请对两种策略做出选择。"

"说说区别。"

"一种是扫描折射率比较小的区域，这样得出来的图像比较接近真实，但结构相对简单。"

"另一种策略是什么？"

"另一种是着重扫描高折射率区域，利用折射密集程度和效果，推测相应结构，"毛头解释说，"后面一种遇到未知结构的概率会大得多。因为折射很复杂，所以有可能推论出来的结果会出乎意料。但它更有可能描绘出前一种方法无法观测到的更生动的结构。"

"我希望采用第二种，"苏雨思索片刻，"你觉得呢？"他转头看着方焱。

"听雨总的。"

"请系紧安全带，也许会揭开更多秘密！"毛头的话也表现出罕有的兴奋，仿佛他们身在惊险刺激的游乐场，而不是关涉生死的泰坦星球。

运控中心外，实验室的深处，有鸟儿在谈情说爱，有喷泉的潺潺水花；有风吹过树林，叶子拍打间在轻微哗哗作响；再远，是郁郁葱葱的青山，秋天的河水缓缓流过……这些复杂而温馨的交响声环绕在实验室的空间当中，给他们创造了一个美妙的工作状态，仿佛若有若无的永恒之光。

随着扫描一点儿点儿地深入，毛头逐步修改仿真方程式。一会儿修改系数，一会儿又添加常数，不断地调整常数的赋值。看着苏雨脸色的变化，毛头用没有太多信心的声音说，我们探求的目标，有时候看起来近在眼前，但实际上仍然远在天边。苏雨没有理会机器这种恍若哲思的发言，只是目不转睛地盯着仿真出来的那朵变幻莫测的结构之云。

一群鸟儿飞出云层，朝着未知的目的地前进……仿真的结果开始跟扫描数据出现越来越多的偏离，更多的鸟儿冲了出来……

破碎的云一下子在苏雨和方焱的眼前消失了。

"请稍候，我将重新绘制仿真图像。"毛头一字一顿认真地说。

"相信这是必要的修改，"苏雨平静地回答，"仿真是一种艺术。从云朵变成飞鸟，要比从数据变成方程容易得多。"

毛头没再说话，方焱感到似乎有类似于焦虑的东西在侵袭着机器。

这是对无能的焦虑、对纯粹数据无价值感的焦虑。她等待毛头下一步的动作，她甚至猜测它是不是正在遭遇一次关于恐惧的体验。

片刻，一朵新的淡蓝色云朵开始快速地生长出来。除了颜色，看起来跟上一次的没有差别。但很快云朵开始发生变化。它本体的分形速度开始降低，同时从底部中间附近位置，向下延伸出细微的一支。这一支就像种子一样爆炸性地成长开来，直径接近上面一层之后开始减缓，再向下延伸……

云朵的分层越来越多，苏雨和方焱这一次看到了完全不一样的结果。退几步来看，就好像一盆蓝色的大号文竹，或者中式园林中一棵松柏的盆景。

"这是新的薄层模型，"毛头的声音恢复了自信，"上下层之间几乎没有相互作用。它的水平范围差不多达到了沉子扫描的横向边缘，厚度可以忽略。在已经扫描的纬度当中，已经出现了几万个类似分层。"

苏雨认真地听着，方焱看他一脸严肃。

"每一层的自旋方向都不尽相同。自旋的速度非常快，但没法用常见的方向定义进行模拟，"毛头的声音潜藏着游移不定，"它超越了已知的维度。"

"不是在第四维上面吗？"方焱反问道。

"不敢肯定，"毛头回答，"这个结构不是流体，却表现出强烈的流体特征。从这个角度来讲，需要比现在多得多的数据才能进行下一步仿真，也许可以建立不一样的深度模型。"

不知道为什么，苏雨的目光陡然从仿真图像上抬起，落在了扫描数据的显示屏上。方焱顺着他的目光看过去，数据已经发生了显著变化，一时搞不清楚变化的意义，但变化速度和反复的频率让她怀疑其真实性。也许即将接触到星球的内核，她忽然明白过来。

"牡丹花天线阵在超低偏振度的沉子观测能力，对区分细微内部结构有决定性的作用。我们发现了3千个奇异的维度结构，"毛头解释说，"但是在分析多重折射导致的偏离之后，绝大部分可能只是常规知识的误读。"

"没有这么简单！"苏雨说，但方焱没有领会到他的意思。

毛头沉默须臾，很快改变观点："一开始，在多重折射的还原图像当中，内核区域并没有显得很特别。原因是周围的折射太频繁，掩盖了大部分特征。结合高偏振度的数据分析和沉子衰减曲线的补偿后，发现卡西尼透视出来的散射沉子，在星球核心区域陡然减弱，就像失踪了一样。也许这些失踪的沉子被内核当中某种维度结构吸收了……"毛头停了下来，似乎在等苏雨表态。

"继续说。"

"沉子在微偏振状态下的截断特征，对于我们测量吸收结构的尺度是非常有帮助的。虽然看到的吸收图像很模糊，但是通过截断发生的时间间隔，可以推导出吸收区域的大小。"

"对！"

"目前的扫描可能还不足以证实观点，希望能够拍摄更深的沉子透视图像，来获得充分的细节，然后找到星球内核在大量的沉子折射背后，隐藏的深度结构。"

"不错。"

"要更精确地扫描深度内核结构，数据量要足够筛选和排除折射的干扰，我们需要持续加大沉子发射功率。如果可以的话，一百倍？"毛头再次停下来等待苏雨的认可。"如果找到隐藏的深度结构，逐渐进行越来越精确的画像，那我们期待的谜底就能够揭开，空间在第四维的特征以及和前三维的关系，就不再是头顶上一片超越认知的迷雾。"

沉吟片刻之后，苏雨抬起头，恢复了镇定自若的风度。

"行！"在满足了毛头的请求之后，他深吸一口气，做好准备去迎接难以承受的重负。转头看了一眼那片巨大的文竹，仿真图像似乎全面停止了生长。

方焱感到，一个崭新的未知正在诞生。她一度怀疑自己的神志是否清醒，究竟还有多少未知的惊喜在前面迎候着他们？直到好几分钟过后，全新的仿真形态开始显露出来，她才如梦初醒。

方焱忽然想到，实验室会不会替弦论找到了它最迫切需要的实验
证据？

之所以联想到弦论，是因为卡西尼的结构仿真——层层叠叠的"文
竹"，让她产生这种想法。树状分形，或者苏雨称呼的"鲁班分形"，在
她眼前一点儿一点儿、不断地开枝散叶。假如往越来越小的尺度不停息
演进下去，能不能一直深入到普朗克尺度？那针尖状的"树枝"，假如真
的进入这么微小的尺度，不刚好恰似一根一根的弦？分形基础上产生的
多维结构，有没有可能真的与弦论不谋而合？

弦论，说不定只是搞错了多维的表现形式。它们不是卷曲起来，而
是一个一个地延伸出去，像播下的种子，生长成全新的空间。

跟苏雨一样，方焱是弦论的坚定反对者。她和曾经的男友——他是
南京大学天文系的学生——有过激烈的争论。如果不是这个原因，也许
她已经是他的妻子，此刻也不会身在泰坦星球。

他曾深深地爱着方焱。在他眼中，她微微泛黄带点儿自然卷的头发，
就好像染过烫过一样充满魅力。那双以真理名义咄咄逼人的眼睛，远比
庸脂俗粉要迷人一万倍不止。他知道她终有一天会成为出色的科学家；
她能跟他朝夕相处，也跟他对科学的执着态度密切相关。

但他万万没有想到，弦论会成为横亘在两人感情中间的鸿沟。

"拜托你，别研究那理论了好不好？它会让你会偏离物理学的根本。你心里清清楚楚，这是很危险的！"有天晚上从图书馆出来，方焱跟他发了飙。

跟图书馆里的很多人一样，他天天到这里来，都只为寻求一个灵感，一把能开启那扇大门的钥匙。

"这涉及如何理解科学的问题，"他抗辩说，"评判一个理论可以有不同的标准，不是只有实验这一条路。"

"没办法通过实验去验证，只会损害科学的科学性！"方焱急切地想让他回归古典定义，做到这一点就足够，"不是我一个人这样说，讨论过这个问题的所有人都这样认为。"

"小焱，它是最有前途的理论，一旦成功就能一揽子解决所有问题！"

"你仔细回想，这句话说了多少年？一百年了吧？这个野心实在荒谬透顶。"她觉得他脑子里面现在已经没有其他东西；如果找不到那把钥匙，看样子他准备死在图书馆里。

"这个理论，"他扶了扶眼镜，它差一点儿掉下来，"你知道，它很美……"

"多美？有我美吗？"

"跟你一样美！"这是他唯一一次回答正确。可惜他紧接着反问她："如果爱丁顿没有用星光透镜实验来验证，那你对相对论是不是也要嗤之以鼻？"

方焱刚缓和一丝心情，这下子被彻底激怒，大声冲他吼道："可他证明了！"

闭眼思索片刻，他睁开眼说："弦论在科学哲学上的水土不服，恰恰预言了全新的变革，我们对科学的定义需要重新确立！"语气比刚才更加坚决。

"好……"她出乎意料地温和下来，"弦论不是预测，有数十亿个不同常数的宇宙吗？找一个出来呀！"心平气和的表面下，透出赤裸裸的挑衅。

"你强人所难，明明知道它预测的能量指标极大、尺度极小，远远超过人类最强大的技术手段。"他恼了，不知道这个时候应该做的不是跟她逻辑分明地抬杠，而是态度温和地哄哄她。

"找一个出来，"她加重语气又说了一遍，"给——我——看——看——"说完，方焱头也不回地走了，只留给他一个无法完成的目标和一个琢磨不透的背影。

"你应该努力把话说得甜蜜一点儿！"他在高能实验室连续工作三天三夜之后，听到了这样一个声音。这是他的实验助手发出的，他最信赖的 AI，有什么技术上的困难都靠它帮忙。它只要搞清楚他的困难和目的，就经常会用意想不到的办法帮他解决或达成。因为总是默默工作，所以这个声音他从来没有听到过。它听上去就像温柔的小女生，但还是没有方焱的声音好听。

"说说我怎样才能做到？"此刻他头晕眼花，完全没有头绪。为了完成她交给的不可能完成的"任务"，他已经把自己逼到了绝路上。

"试一试，来，随便说点儿什么。"

"亲爱的，跟我一起研究弦论吧！"他笨拙地说，"等我们找到答案，你会发现它跟你一样美……"他停顿一秒："让我们同甘共苦……"

AI 无语："算了，我刚刚评估了你的语言能力和情商。还是算了，你忙吧。"

"可我真的爱她！"

AI 不再说话。

图书馆争吵几天后的一个夜里，方焱没有参加舍友组织的聚会，一个人在西华湖边漫步。她这一晚上心烦意乱，身体也感觉很倦怠，努力想寻找一些开心的因子，但它们都像对岸的萤火虫一样，忽明忽暗。

这个时候，手机忽然亮起，她收到一段配着小提琴音乐的信息：

《蓝》
没有对天空的爱，
将湮灭于黑暗；

没有对大海的爱，

将淹没于苍白。

读完她不禁笑出声来。谁写的？这么小情调，还带点儿哲理。

是他！

还真有点儿想他。面壁几天，难道他性情转变了？她有些不敢相信。不管怎样，真是一首好诗，是他一时的灵感，还是仅仅为博自己一笑？

"很美，再来一首！"既是期待，又是对他一次小小的挑衅。

五分钟后，提示音响起。

《白》

你涂掉黑暗，

又被世界的缤纷，

涂得面目全非。

纯洁，

不能掩盖一切。

真好！她一下子心花怒放，这是整个晚上最美的瞬间。如果这是真的，代表着他从死胡同里走出来了。即使不放弃弦论，至少已经转变成热爱生活的阳光小伙儿。她甚至可以想象，他在篮球场上驰骋的样子，一定很帅！

"再来！"她心潮起伏。

《黄》

白昼时，

隐匿在阳光当中。

夜晚时，

藏身于夜色朦胧。

貌似中庸！

　　方焱高兴得快要发疯。如果叫他把所有的颜色都写一遍，相信他为了她也一定能做到。算了，别逼他，已经很好了。彩虹的颜色，彩虹一般的心情。她迫不及待地想向闺蜜们、舍友们炫耀爱情上的伟大转折。这几首小诗当中，她既读到他内心的哲思灵感，又感觉到以前从未在他身上发现过的、风花雪月的敏感情怀。她在等着他过来找她，当面倾诉衷肠。

　　第二天下课，他并没有来方焱的学校找她，也没有新的消息。

　　她一直在实验室忙到天亮。当太阳照进窗口的时候，她有点儿想他。关上电脑，她给他发了一条消息："你想我吗？"

　　迟迟没有回音。也许他也忙了一夜，刚刚睡下，她想。

　　回到宿舍准备休息的时候，手机提示音响了。还没打开消息，她就看到了标题——《不想》。吃了一惊之后，她急不可耐地打开往下看：

再也不想，
看你的眼。
里面，那么多愁怨。

再也不想，
听你唱歌。
唱出来，一句一种嗔责。

不敢飞翔，
飞向你信仰的太阳。
晒化了，
未丰的翅膀。

不敢开怀，
在你泪湿的天空。
心房，
承不起缠绵的感动。

我肆野的自由，

已被你禁囚。

还没读完，方焱已经激动得热泪盈眶。让弦论见鬼去吧！她要吻他，她想跟他一样，用小巧玲珑的诗句去描绘西华湖的莲花、中山门的夕阳、紫金山的林海……

他终于约她见面了，在市图书馆。当他站在她面前的时候，清了清喉咙，半天却没说出一句话来。她用期待的眼光看着他，心已经软得像一颗饴糖。

"我想娶你。"他说，两眼发直。

她以为自己听错了。没有鲜花，没有烛火，没有红酒：他两手空空。难道就在冷冰冰的图书馆，他要求婚？是不是有什么惊喜藏在看不见的地方？

"你再说一遍。"她想看着他的眼睛，他却不敢看她。

"我想娶你，嫁给我吧！"他低头重复道，声音却更小了。

"不能用一首诗来表达吗？"她依然给他机会，希望他的话能动听一些。

他困惑地抬起头，愣在原地不知所措。

很快，方焱的手机响起了提示音，是一首她最希望读到的诗。但此时此刻，那恰恰又是她最不想读到的。因为他正傻傻地站在她面前，纹丝未动。

卡西尼实验室发射之前，方焱曾经收到一则他发来的消息。他问："你会不会尝试在泰坦星球，为弦论寻找一点儿蛛丝马迹？"她没有回复。

"文竹"的下面，靠近"根部"，出现了一个小小的明亮的尖角。它发出一种让人难以忍受的光芒，看上去似乎在旋转。仔细观察，发现旋转只是刺眼的光芒给人造成的一种错觉。

"你看见了吗？"苏雨问方焱，"刺眼的光芒。"

"没有。哪儿呢？"

方焱的回答让苏雨感到诧异："在'根'那儿，你凑近看。"

她努力从回忆中挣扎出来，聚精会神在根部位置，很快就看见了那个尖角。它本身没有体积，没有边界，而是占据文竹的内部空间，形成一个空腔结构，文竹的枝叶在那里消失了。空腔也像是在生长，从一个小角开始，一丝一丝地在变大。准确地说，不是它在变大，而是随着沉子扫描的仿真图像不断细化，像3D打印一样，越来越大地融进了这个空腔结构。

围绕在空腔周围的枝叶，就像包粽子一样构成了它的边界。她没有看到苏雨眼中刺眼的光芒，而是看到它不停变幻着自己的颜色，蓝色、绿色、橙色、灰色……很微弱，很淡，但她能看出来。

"奇怪，我没有看到变色，但它发出的光线刺得我两眼难受。"苏雨说。

"它在不断变大，空腔结构被描绘出来的部分，看起来越来越大。这个位置已经是卡西尼星球的内核了吧？"方焱问。

"是的。"毛头回答说。

"你看到了什么？"

"苏总，您问谁？"毛头不解。

"问你，你看到了什么？"苏雨重复。

"可我并没有'看'，我正在用仿真图像模拟卡西尼的结构。"

苏雨明白对话的歧义所在了："说一说你的形容，用第三者视角。我想知道这个内核结构，为什么难以被我们一致描述。"

"我该怎样向您描述呢，第三者视角几乎包含了无限的内容……"

"说吧！我们很好奇你的机器视野。"

"这个结构的顶端很小，仅仅不到1米；向后延伸的范围要广得多，不过不会超过整个星球直径的百分之一。然而结构里面，却大到几乎整个星系的空间都在其中，很难定义边界……"

方焱不太理解，没等她追问，毛头继续说道："我清清楚楚地在这个结构当中看到了这些。我看到了汹涌的海浪，看到了日月和星辰；看到了非洲大草原奔腾的牛羊，看到了金字塔修筑之前的沙漠和绿洲；看到了丛林的迷宫和城市的废墟；看到了注视着我的亿万双眼睛和聆听我的亿

276

万对耳朵；看到了这个星系中所有的水、所有的火、所有的颜色、所有的光线；看到了跟地球一模一样、却上下颠倒的地理构造，那里山脉是海洋，湖泊是岛屿；看到了沙漠里的每一粒沙子，风暴里的每一条船；看到了所有已经死去的人，看到了所有被忘记的事情；看到了阿尔卑斯山下的一棵树，它在那里已经站立了一千年，还有它长出的每一片树叶；看到了百科全书当中最胡扯的条目，看到了人类最自以为是的荒谬理论……"

伴生着各种各样的困惑，苏雨受到无限的启发，还有无限的快感。

"别再搜肠刮肚地形容，"他转头看着方焱："怎么样，目瞪口呆吧？"

"刚刚你看到的东西，能把细节都写出来吗？比如人类理论的荒谬。"方焱问毛头，她很好奇它究竟指的是什么。

"我仅仅是看到，或者说感觉到，并不知道。所以，既无法提出问题，也无法给出答案。"

"它可能确实什么也没看到，"苏雨说，"我大概知道怎么回事了。"

对苏雨透露的自信，方焱有点吃惊。

"根据我眼球的生理特性，针对性地减少仿真图像的炫光。"他指示毛头。终于不再刺眼。苏雨围着那株硕大的文竹转了好几圈，发现了潜藏的玄机。人类历来都崇尚从各个角度去观察事物。但在卡西尼内核的空腔结构上，却完全失效了。要描绘它的形状，就要首先确定视线的方向。无论苏雨从什么位置去看它，都是一个菱形结构，有一个顶点始终朝向他。无论他向前、向后、向左、向右，都不能绕到它的侧面或者背后。说是菱形可能不太准确，菱形只是一个二维表述，它却拥有丰富的维度。苏雨并不清楚没有看它的时候，它是什么样子。只要视线确定了，它的形状就确定无疑；但想把客观一词应用到它身上，却注定是徒劳，甚至完全错误的。它是连续的、建构的，却是属于观察者而不属于客观世界的。

苏雨有些不安，他反复在实验室的运控中心里游走，把所有能够站立的位置都试过一遍。方焱也跟着他上下左右地穿梭，看到的如出一辙，这就更让人难以理解了。机器的解读指望不上，它本来就是机器的仿真结果：如果仿真方程正确，从毛头刚才的描述得不出任何有科学价值的结论；如果方程失真，那就更不可能从机器身上得出解释。他们徒然地从各个角度拍下照片，除了被文竹的枝叶遮挡的视角以外，任何角度的照片，在内核结构的位置都是一片模糊，就像失了焦距的效果。

科学的语言不允许描述这样的矛盾，难以置信这是在显而易见的宏观尺度上。主观还是客观？苏雨急迫地需要一个大胆的假设。

"雨总，会不会弦论可以解释这一切？"方焱开始怀疑自己的立场，"可不可以认为……"

苏雨急忙打断她："我知道，你的心上人至今对此耿耿于怀。"

"您弄错了，雨总，他不再是我的心上人，"方焱很坦然，"我们保留各自的立场。之所以离开他，跟弦论并没有关系。"

苏雨脸上浮出难以觉察的神秘主义表情："那好，比方说是现代医学还没建立的原始时代，部落里有个巫医，号称能包治百病。当然，在部落里面，他说的话就是统一理论嘛。"

方焱笑了，她一如既往地喜欢他的讲解方式。

"有一天你闹肚子，去找巫医瞧病，"他比画了一个肚子痛的动作，"巫医把耳朵贴在你肚皮上听了一会儿，然后胸有成竹地告诉你说：'你听，咕噜噜，咕噜噜，多美的音乐。肚子里为什么会传来这样的音乐呢？因为里面住着一只布谷鸟。'"

方焱一下子被逗乐："哈！哈！哈！哈……"笑得前仰后合，不能自已。

"荒谬吧？像不像弦论对世界的解释？"

"雨总，您觉得卡西尼的内核结构是怎么回事呢？"

"我不清楚在你眼中是什么样子，我觉得它就像一颗水晶体。"

"我看到的可能不一样，"方焱说，"跟水晶相比，我觉得更像金字塔。"

"上帝视角吗？"苏雨尽量在自己的脑海中还原方焱眼中的图像，"可我注意到它在顶点的镜像位置，就是远端，好像还有一个顶点。"

"我也看到了，所以……"方焱做了一个手势，两个掌心相对，"像两个金字塔底对底拼在一起。"

苏雨没有继续纠结形状的问题，直接给出了自己的解释："除非，它是逼我们接受波函数的坍缩。"

实验室里忽然静悄悄的。背景声中断了，无论是音乐声还是鸟鸣水涧声，都停止了。"文竹"不再成长，那个像水晶又像金字塔的空洞也不再变大。

"信号停了！"方焱说。

苏雨看了一眼旁边的显示屏，仿真过程还在持续细节化，但新的扫描数据已经停了。毛头还在不停地尝试，却都没有反应。

"我发誓，没有执行任何超过限度的操作，沉子源的功率增长一直在可控范围！"毛头喃喃地说，像是陷入困惑。

苏雨没有说话，转身望着窗外的景色。又是一个晴天霹雳！不过这一次，却没有在他心中掀起一丝波澜。

"雨总，对于闲置很长时间的老旧沉子源来说，我觉得这很正常，"方焱替毛头辩解，"要是广播源恢复不了，我再尝试联系一下兄弟院校，看看还有没有可以利用的设备。运气好的话……"

苏雨没有转身。他静静地站立着，像一尊不喜不忧的雕像。

"它的技术状态不容乐观，但不等于没有恢复的可能。在学校实验室的时候，我靠一个巴掌就修理好了不少设备。"说到这儿，方焱不自信地笑了。这种事儿谁都干过，机器坏了，假如手上没有检测设备，第一步不都这么修吗？至于会不会好转，全凭运气。

"沉子扫描确实是到了决定性时刻。再多些时间，就可以对全貌进行画像，"毛头说，"我们没有到一筹莫展的地步。我在尝试获取机器更底层的操作权限，如果成功，也许可以给它安装不同的操作系统。运气好的话……"毛头跟方焱说的话一模一样："立刻会有转机。"

方焱望着苏雨，他也回头看了她一眼。她在替他难受，苏雨一定比任何人都渴望实验室项目的进展和成功；而现在，比任何时候都更接近成功。这意味着他，还有她，能够在科学发展史上书写自己的名字。

窗外，卡西尼卫星这会儿刚好在兰亭山顶的位置。随着泰坦星球的自转和卡西尼绕土星旋转的角速度互补，它还会在那里停留好一阵子，看上去就好像是山顶点亮的一盏灯塔。

苏雨心里闪过一丝异样，冒出一个奇怪的念头。他感觉自己仿佛忽然厌倦了眼前的一切：沉子发生器、天线阵、蓝色的卡西尼，也厌倦了身处泰坦星球的实验室。想到这里，他对方焱和毛头摆了摆手，算是表达一点儿不以为然的情绪。

所有认识苏雨的人，都认为他迷恋成功，只有成功能带给他最大的幸福感。老师赏识他，因为他矢志不渝；朋友们敬重他，因为他的执着超乎想象。然而他自己并不是很肯定，究竟是不是这样。内心深处似乎隐隐约约藏着一种冲动，一种他几乎从来不敢正视的冲动：就是抛弃所有的执着和理想，回到小时候平平淡淡的生活状态。

小时候，他的胃口一直不大好，个子始终比同龄人小一些。身材、手指、甚至声音，也都是瘦削而脆弱的。母亲告诉他，左手小指长于无名指第二指节的人，最适合拉小提琴。所以他偶尔幻想自己会成为一名小提琴家，或许会像母亲的偶像帕格尼尼。还有一段时间，他觉得自己喜欢上了绘画；至少在梦中，他不止一次地成为艺术家。

可是，苏雨生性老实，学生时代受到的教育从来都是要他听话和上进。虽然教过的老师都称赞他聪明过人，但他自己知道那并不是真相，不过是当过小学教员的外婆提前给他做了功课，读书比同龄人稍微早了一点儿。当他被各种身不由己的荣誉和赞美包围之后，便听之任之，感觉不到一丝叛逆所在了。他第一次看到自己胸挂奖章的照片，被贴在学校荣誉栏那一刻，他知道，默默无闻的岁月一去不复返了。年岁增长带来越来越沉重的压力。他自己的内心再也放不下荣誉感，再也离不开那种只能由成功才能供养的满足。

所以方焱安慰他的时候，背对实验室里面那棵硕大的"文竹"，他禁不住想冷冷地笑出声来。他甚至不愿意看到木星轨道上那颗沉子源再活过来，至少有一个片刻，他是这么希望的。他对身旁的一切感到厌倦，包括实验室……

方焱走到他身边："雨总，联系了十家兄弟院校，再找不到可用信号源了。"

"你辛苦了！"

苏雨望着山顶像灯塔一般静静发射光芒的蓝色星球，长叹了一声。他避开方焱的眼神，他害怕那里面的期待。灯塔逐渐暗淡，卡西尼星球慢慢地落了下去。他不会厌倦方焱，她身上散发出来的生机和活力，时时刻刻都在滋养他生存和生活的欲望。

苏雨开始责备自己，为什么没有早些采取行动？为什么不在一切还没启动的时候，停止虚妄的追逐？以至于还把方焱拖下水来，跟自己一起背负这子虚乌有的荣誉。

他时不时地感到筋疲力尽，不一定是身体上的，更多是精神上的疲惫和厌倦。这场征途难得有成，潜意识已经不止一次告诉过他。他开始认真地思考所谓的理想，真的是自己想要的吗？

"不，这是父亲想要的。"他忽然低声自言自语道。是心中的父亲，时时处处在问他：下一个新的成就是什么？

要是几天前沉子仪不失踪，要是木星沉子源不中断信号，要是一切进展顺利，他会获得来自学界和媒体越来越多的殊荣。等回去讲给父亲，他一定可以为他骄傲很长一段时间。告诉老家的亲戚们，他们都会为他自豪……

屏幕上好像有了一些动静，苏雨习惯性地看了看。

"有希望重启，已经能够勉强读取沉子源的小部分信息。还在继续尝试……"毛头的消息听起来比方焱好一点儿。他的心情立刻发生了新的变化。对一个习惯用坚定的方向指引工作的理想主义者来说，他感觉自己忽然有点儿陌生。好了，工作可以继续，这一点他开始乐观。征程才刚刚开头，一切都会好起来，他相信，进展会一个接一个地到来。

苏雨似乎比刚才开心一些了。但是立刻，眼前闪现出一个个未来的里程碑，被"成功"再次束缚的念头又浮现出来。他真的想要回到正轨上吗？

沉子仪已经没有了，如果沉子源能够彻底报废，苏雨就有可能名正言顺地放下实验室的目标，没有人会为此批评和指责他，包括父亲。那时候他就可以心安理得地返回地球，天天跟莫凡腻在一起。莫凡会开心他这样做吗？对此他也没有太大的把握。

大学毕业之后很长时间，苏雨一直对莫凡抱有愧疚。他对她的态度十年如一日地温柔和迁就；她的物质需要，他都第一时间毫不吝啬地满足，然而偏偏她在物质上却欲求甚少。他们获得了彼此的爱，却因为他对成功的迷恋，相处的时候总是心不在焉、神不守舍。对此，莫凡不止一次地抱怨过。他的成功对她来说有什么意义？缺少陪伴的爱情有什么意义？只要自己还在追逐成功的道路上执迷不悟，他跟她就不可能真正在一起。

装修别墅的时候，莫凡利用楼梯结构顺势创作了一幅高达七米的装置艺术。一眼望去，这幅作品充满蒙德里安的几何魅力和原色感染。每当明媚的阳光透过落地窗，斜斜地打在作品上，能够感受到像毕加索《格尔尼卡》似的视觉冲击。莫凡并没有学过绘画，她的艺术天赋让苏雨大为惊叹。看到这作品他总会感叹，为什么不是他创作了它？

莫凡说，看到它就如同他陪伴在身旁。她创作它是因为他喜欢毕加索和蒙德里安。苏雨却一遍又一遍地问自己，它真的可以代替他的陪伴吗？

"联系又断了。"毛头汇报。

听到这个消息，苏雨搞不清楚是担心还是欣慰，因为心情变幻莫测。

一方面，他希望它真的完蛋；另一方面，他又为时时闪现的这些念头批评自己。

"加油！"苏雨回答说，"就算死马，也要当成活马来医。"

说真的，父亲完全不懂艺术，这也许是苏雨跟父亲最大的不同。作为资深的石油工程师，父亲不能理解任何跟艺术有关的东西。在他眼中，艺术永远只是锦上添花，只有科学家和工程师才是世界的创造者。他不相信艺术对人类进步有一丝一毫的积极意义和推动作用。

正是因为如此，当父亲发现苏雨对绘画有着越来越浓厚兴趣的时候，巧妙地用星空转移了他的注意力。让他的好奇心在浩瀚的星辰面前，感觉到比绘画更大、更丰富的满足；然后顺利地把伽利略、牛顿、爱因斯坦等等，安放到了他心目当中的偶像位置……

在父亲指引下，苏雨很早确定了人生方向，然后坚定地走到了今天。他建立理想的年纪实在太轻，不知道漫长的岁月中会碰到些什么事情，会有什么样的感觉、留下怎样的记忆。现在他开始怀疑，自己渴望的究竟是实现这个理想，还是由此换来父亲的认可和赞赏？

他已经尽力了，就算是还有转机，他也不想再继续。一次又一次，他像笼中的鸟儿，听任一只看不见的手，拎着鸟笼向完全不由他选择的方向去。命运也许要放开这只手，他不想再抱有希望，去继续追逐莫须有的方向。他打算冲出笼子，飞到什么地方。什么地方？至少能够感觉自在的地方。

但这想法却让苏雨陷入了更大的迷茫，他不知道这样是不是辜负了父亲的教诲和期望。难道自己遵从父亲的指引去追寻理想，不是天经地义的事情吗？若非如此，就不就是叛逆，从而会受到舆论一向的谴责吗？而且一定会造成父亲深深的失望和痛苦。

所以，即使他已经失去追逐理想的热情，最好还是维持既定的奋斗方向。免得给自己、给父亲、给未来的生活，造成混乱和伤痛。

"苏总，您最好过来看看……"毛头的呼唤打断了他的思绪，"情况不太妙！"

他走向望远镜图像，方焱也站在屏幕前，脸色苍白，神情沮丧。看这情形就知道，最不愿意看到的事情发生了。

"沉子源刚刚从木星背面出来，"方焱说，"不知道发生了什么事情。"

苏雨瞪大了眼睛，望远镜拍摄的图像令他感到吃惊和费解。画面上的沉子源，原本在它四周的太阳能电池板已经无影无踪。整个壳体就像被狼群撕咬过一般支离破碎。从它奇怪的姿态来看，感觉它正加速向木星坠落。

"您没有看错，"毛头说，"沉子源脱离了正常的运行轨道，按照这个趋势，大约4个小时后坠落到木星零海拔高度。"

"什么原因造成的？"方焱追问。

"目前仍然不清楚。我通过日志芯片读取到它的技术状态。电源已经彻底失效，不可能再支撑任何功率的沉子发射。不仅如此，我怀疑沉子发生器已经彻底损毁，就跟电池板一样。"

很奇怪，听完毛头的汇报，想到沉子源可能已经报废，苏雨闪过一丝称心如意的感觉。任务的失败对他有好处吗？是的，多少有那么一丁点儿：就是放下对成功的追逐，享受只有艺术和爱情的甜蜜生活。但是，他这样想是不是太自私？并不只有他自己，还有方焱，还有林云，还有更多的人在期待实验室的成功。所以，不能前功尽弃。他摇摆不定地思量……

苏雨想起来自己第一次参加全国科学比赛的事情。

那年他十一岁，刚刚被选入决赛圈。说来挺遗憾，以他的名义报上去的作品其实几乎跟他毫不相干：从创意到制作，他什么都没参与；而父亲却坚持表示，作品的创意，最初就来自他的一句无心的问话。

那天他跟随父亲在河边游泳。回家路上，他忐忑不安地对父亲说，因为名不符实给自己造成的压力，以后他再也不想参加这种比赛了。

听他讲完，父亲毫不留情地白了他一眼。

"有本事的话，"父亲用挑衅的语气说，"这次就别去参加！"

父亲的激将，让他半晌没有说出话来。想到决赛过后，几乎是唾手可得的鲜花和掌声，思虑再三，他屈服了。

实验室灯光亮起来，"文竹"消失了，替代以木星局部表面的图像投影。那台满目疮痍的机器孤零零地在木星上空飞行，已经彻底丧失再次被拯救的希望，即将走完它苦难的一生。

从诞生到消亡，它拥有过什么样的欲望呢？苏雨在想。它只是机器，应该什么也没有。不过，假如拟人化来看，从数据职责上说，曾经发出的沉子信号被学校实验室收获和利用就是它的成功，卡西尼实验室对它的二次利用就是再度辉煌，它何尝经历过什么失败？它的存在历程已经足够圆满。想到这里，苏雨重新凝视屏幕上的沉子源。如果它能够成为一系列神秘问题的突破口，包括沉子仪失踪的悬案，那就是它最后的成功。

他自己的人生呢？苏雨似乎感觉到什么，最初的梦想又浮上心头。

虽然跟父亲的河边对话，几十年把他牢牢束缚在对荣誉的追逐上面。但这还不是全部的原因。因为名垂青史是对抗死亡的最有效方法；而这个答案，无疑是对 8 岁落水时他在内心提出的生死问题，最有力的回答。

"欲望！"苏雨对自己说，"我知道是怎么回事儿了。"他站在橙色、灰色和驼色交错的木星云海面前，伸手抚摸自己的后脑勺。这时候，他听见莫凡在心里轻声对他说："那还是你自己的欲望。"

从哈里里市场回来那个晚上，莫凡感觉很疲惫。她睡了个长长的觉，然后起了个大早。

天色已经微微亮，楼下车和人都很稀少，能够隐约听见很远地方的嘈杂声，混杂着早市叫卖和车轮的声音，分辨不清。还有尼罗河上悠远的汽笛，不知道是哪一艘船发出的，或是几艘，听上去有点儿像哀怨的小号。

她害怕又一次陷入难以名状的混沌当中，便找出记事本，走到阳台上，提笔写下尚能记起的几个梦境片段：一场跟姐姐的争吵，一个变成白发老头的朋友，还有一件有惊无险的琐事……回过头，苏雨正倚着门框打量她。

"在想什么呢？"他温柔如水地说，伸出一只手，想要揽她入怀。

"让我一个人待着，"莫凡摇摇头，"你不能总这样说走就走、说来就来。"

苏雨不说话。他站直身体，把另外一只手也伸了出来，然后轻轻地走上前，将莫凡紧紧抱住，用脸颊使劲儿抚摸她的头发。

"实验室不忙了？"她挣脱开，抬头问道。

他对她笑："林云带了一大堆东西过来，我们差不多都派上了用场。"

"收获不小，挺激动人心！"莫凡耸耸肩，反讽道。

苏雨做了个鬼脸，像是表达玩世不恭的情绪："跟沉子仪一样。没高兴几分钟，千辛万苦找来的信号源也坏掉。现在是黔驴技穷、一筹莫展。"

"我做了个梦，"莫凡说，"梦见你在二楼书画室把玩古董花瓶，不小心脱手。先是磕坏一个角，然后继续往下坠落。恰好我在一楼客厅听音乐，伸手居然给你接住了，没摔碎。"

苏雨心里咯噔一下。这个梦，暗含她无意识里面的什么征兆？难道是象征他们的爱情？

"没辙了就来找我，都是我给你兜底！"莫凡叹口气。

"今天去哪儿？"他问她。在她略带忧郁的眼神中，他看到一丝闪光，是那种每次都能支撑自己的温暖。

"金字塔。你要是没来，我就打算一个人去了，懒得等你。"

金字塔……苏雨联想起卡西尼内核中的空洞，两者会不会有关联？

出租车越过大桥，行驶在宽阔的大道上，开罗塔快速地从车窗边划过。一股有甜味的馨香钻进车里，有点儿像椰香，或是棕榈树的味道，苏雨不敢肯定。满目翠绿的色彩伴着车子一路向前，从这座桥到另一座桥，直到驶出这个他叫不出名字的岛。

车子越靠近金字塔，景色就越发显得古老和原始。低矮的楼房当中，金字塔的高度显得非常突出和显著。草如毯、树成荫的绿洲景象早已消失得无影无踪，不知道多少个世纪的石头都化为沙尘，从汽车的风挡滑向四面八方。空气像衣衫褴褛的流浪者，向朝着金字塔的坡地漂浮。在最后的两公里，苏雨降下了旁边的整块车窗玻璃，让脸颊尽量沐浴窗外干燥的暖风，这风给他带来越来越多的平静。

苏雨忽然间有一种自由自在的感觉，就在这一刻，他忘掉了星空那边实验室里的一切，忘掉自己应该像所有人认为的那样，焦虑而急迫。林云、马总、秘书长……管他谁是谁，他已经不在乎别人的看法。此时此地，他已经回到地球，沐浴在爱情的照耀当中，心无旁骛。这才是构成精神世界的核心物质，无论在运动还是在沉思，它都值得被关注和赞颂。他相信自己像顿悟一般摆脱了欲望的重负，意识到自己正在与过去告别。

车子停在金字塔脚下，即使仍有几百米的距离，它的雄伟也超乎想象。

"金字塔的高大，远远超过我的想象。"莫凡仰望着它，平静地说。

苏雨附和地笑笑，莫凡对历史的兴趣也超出了他的想象。

"听说在修建埃菲尔铁塔之前，它一直是世界最高的建筑。"

"那后边那个金字塔……"苏雨指了指。

"你说戴帽子那座，属于哈夫拉，胡夫的儿子。你知道的斯芬克斯，狮身人面像，就是照着哈夫拉的样儿雕刻的。其实两座差不多大，儿子的比爹的矮两三米而已。再远那座是孙子的，好像叫什么卡拉……对了，孟卡拉，他的就小不少。"

说到这儿，莫凡侧着头，伸出手指去比量远处"孙子塔"的高度。苏雨忽然发现她两只眼睛接近上下排列的样子很有趣，就像毕加索的作品。这仿佛是一个全新的她，有种他从未见过的美。

层层攀上大金字塔的石头，他们从第七层走到墓室入口。游客入口是知名的马蒙盗洞，洞壁的每块石头都被凿得乱七八糟。即使如此，它们也都被时间磨得光滑如脂，甚至有些包浆。站在洞口，莫凡仿佛看到许多个世纪前的盗墓工程，简陋而原始的起重臂，忙忙碌碌的凿石工人，还有用来撞碎石头用的大铁锤。它一锤一锤撞在金字塔的巨石上，花岗岩的碎块和石灰岩的灰渣像塌方一样地滑落下来。

摸索在微弱灯光照射的墓道当中，莫凡像是隐约听到空气中回荡的他们的声音。他们凿开盗洞，探身进入光滑而狭窄的上升通道，用力调整攀爬的姿势。莫凡仿佛能听到他们携带的工具蹭到石壁，叮当作响。也许墓道的石壁早已录下了这些声音，每一块石头都静静看着几千年来侵入这里的每一个不速之客。刚从盗洞进到灯光昏暗的墓道那一刻，莫凡感到一点儿害怕，严格来说，她也是不速之客之中的一员。这座法老之墓是世界上其他地方都没有的文明之门，她感觉处处都伏藏着古老的幽灵。

在上升通道中继续攀缘了一段，莫凡身上开始发冷。因为直不起身来，头也有点儿晕眩，她担心自己可能失足滑下去。这时候她听见苏雨在后面鼓励："别害怕，继续向上，就快到了。"

即将到达法老墓室的时候，苏雨也感觉时间过得很慢。俯身贴着墓道，空间压抑得人喘不过气来，短短的上升墓道就像有几里路那么长。

望着墓道的尽头，他感觉自己看到了塞满墓室的黄金和珍宝；法老的木乃伊就藏在后面，像沉积亿万年的乌木，眼神阴森而肃穆。

然而墓室空空荡荡，除了一个简陋的石棺孤零零躺在墓室中间，什么也没有。

等回到满是沙尘的地面，天气开始潮热起来。莫凡觉得有点儿奇怪，因为想象中埃及的空气应该一直很干燥。为什么会这样，她没有把握，也许只是汗湿的原因。稍微歇了口气，望着从脚下开始、向着无限远方延伸的撒哈拉沙漠，她开始抑扬顿挫地朗诵起来：

当年万里觅封侯，匹马戍梁州。
关河梦断何处？尘暗旧貂裘。
胡未灭，鬓先秋，泪空流。
此生谁料，
心在天山——
身老沧洲——

听她拉长声线，苏雨差点儿要鼓掌，她独特的甜美嗓音总是那么动人。

"你总是想起陆游这首词。"

"很应景，不是吗？"莫凡抬手指向远处，沙漠与天空连在一起的地方。

她坚决的手势迷住了苏雨。他想搜索几句赞美的言辞出来，思路却似乎被灼热的空气凝固了一样。

"我喜欢他那种生死茫茫所触发的伤感！"莫凡又说。

苏雨抬头望着没有阳光的天空，几颗豆大的雨点打在他的脸上。他拉起莫凡的手，躲到不远的一把旅游伞下。撒哈拉沙漠的边缘原来也是有雨的，他想，应该很珍稀吧！

时间过得很快。他们聊沙漠的风骨，聊绿洲的气质，聊人类文明的孕育……莫凡几乎知晓金字塔的一切，它们的身份、年代，还有种种未解之谜。一缕阳光悄悄从沙子上面游过来，刹那间变得耀眼。三座金字塔朝阳的方向瞬时被染成了金色，灿烂夺目，层层叠叠的巨石熠熠生辉。这时候，呈现在苏雨眼前是一片恢宏。文明的恢宏，历史的恢宏。

　　他们手牵手朝大金字塔的南面走去，四周一片宁静。稀稀拉拉的游人，待雇骆驼的鼻息，扑腾翅膀的乌鸦；还有微风吹来，带来广袤沙漠的味道。这微风吹拂着骆驼的脊梁，单峰的绒毛随风抖动。乌鸦也许是迎着风消耗了太多的体力，一只一只落到石头上歇息。恢宏的气象下面，这一切动态反而构成了宁静的氛围，就像一场无人打扰的私语。

　　恬静和陶醉过后，苏雨又一次提到第四维空间的数学属性。在他的描述中，卡西尼星球呈现给实验室的仿真场景犹如一场梦境。无限的分形、盛开的文竹；还有内核结构逐渐显露的对称金字塔形……苏雨回想起它如影随形的视角，让他无所适从。苏雨告诉莫凡，要解释这一切，第四个空间维度必须存在于现实宇宙，而不是超越宇宙去谈论一种莫须有的存在。

　　"这个维度，必须具备我们身处三个空间维度的全部特性。"

　　苏雨无法想象，既然那么多不可思议的事情真实地发生在卡西尼星球，那么第四维的空间结构究竟能不能被发现？能不能从三维世界一脚跨进它的大门？如果可以，为什么从来没有在地球或其他的宇宙空间当中发现它？

　　莫凡收敛起微笑，思考使她的表情变得严肃，眼神也比平时更加深邃。

　　"曾经很多人说，金字塔隐藏了数不清的宇宙秘密。以前我总是将信将疑，现在我愿意相信了。"她淡淡地笑笑，苏雨听到了他最期待的语气。

　　"看看金字塔，能看到几条棱边？"莫凡问他，"底边不计，明白吗？"

　　"三条，"苏雨认真地望了望三座金字塔，"每一座都只看见三条。有时候两条，角度刚好的话。"

　　"那金字塔实际有几条棱边呢？"

　　"当然是四条！"

"我的答案就在这里。"莫凡笑笑,停顿了一下。

苏雨感觉有些异样,睁大眼睛看着她。莫凡用手遮住嘴,想笑,忍住了。

"你能看见金字塔第四条棱边吗?"她用教师般的口吻循循善诱。

"看不见……"苏雨终于醒悟。

"第四条边,几千年以来一直都在!"

"明白了,因为任何时候都只从一个角度去观察,所以都看不到金字塔的第四条边!"他已经彻底领会,"假如改变观察的位置,四条边还会在相互之间进行转化。千真万确,我们站在地面,始终不能同时看到四条棱边。"

阳光射得人睁不开眼,苏雨想起他刚刚看到"文竹"的时候,一样是有点儿眩晕的感觉。他咬了一下嘴唇,为自己刚刚在莫凡面前表现的愚钝感到惭愧,问题的终极答案让他始料不及。金字塔的启示跟撒哈拉沙漠的混沌状态融合在一起,这种融合代替了他的思考,模糊了现实和镜像的差别,他好像已经意识不到自己的存在。他不由自主地被莫凡引向了极具创造性的思辨领域,这里潜藏着无穷无尽的可能性,也潜藏着数不清的答案。哪怕他曾经做过最深入的思考,也比不上这一刻的美好和透彻!

也许此时此刻,他应该找个上帝视角,居高临下地好好看看金字塔,看看它完完整整的四条棱边。

一眨眼工夫,苏雨就坐到了大金字塔的顶层。说"坐"并不恰当,这地方距离莫凡手上的镜像终端太远,信号很微弱,所以毛头读到他愿望的时候,只选择投射了他的眼睛和耳朵的镜像,别的部位,身体、四肢什么的都不在场。

苏雨坐在金字塔尖的石头上,紧挨着那个用来还原历史高度的铁架子。此时此刻,这里是让他感觉整个世界上最享受、最惬意的地方。因为这里距离历史和人类古老文明最近;除了天空和沙漠,别无他物。有一闪念想到过地球以外,卡西尼星球和实验室,但转瞬即逝。也许在这里,时间真的不存在。

他想呼唤莫凡，想象中呼唤可以从空气中飞到她的耳边。然而他很快发现这只是徒劳，此刻没有口舌和声带，只有一双眼睛和一双耳朵。

苏雨平视远方，那里是哈夫拉金字塔的塔尖。白垩石做的外衣只剩下最上面几层，清晰而突兀。他抬起这双眼睛，凝视天空，仿佛看到了一个全新的地球。这里是他沉思的好地方，金字塔下越来越多的游客，没有人会注意到他。这里就像修筑在悬崖边的鸟巢，他的一双眼睛就是巢里的蛋。朝下俯瞰，塔尖的石头比塔基那几层明显小了很多，而且形状也并不太规则。那些质疑几吨重的石块如何运到高位的怀疑论，现在看来非常荒唐可笑。就在他旁边的几块石头上，还刻着英文法文的印记，类似"到此一游"之类，到今天也已经成为文物。

可他还是看不见金字塔的第四条棱边。远处的哈夫拉金字塔跟自己几乎一样高，苏雨看见由三条边构成一左一右完全对称的两个斜面，像两个飞翼迎向天空。第四条边，他清楚地知道它在那里，就在哈夫拉背面，但他无法看到它。

如果能再高一点儿，也许十米、三十米，他就能朝下，看见大金字塔的四条边。可惜天上没有气球、没有风筝，没有任何可以依托的东西；信号已经非常微弱了，即使像这样东张西望一阵，他也觉得筋疲力尽，恨不能躺下来歇两口气。如果莫凡现在看到他，一定会觉得他的"脸色"像猪肝一样。

苏雨闭上眼，开始聚集不多的神气，聆听。他听到那些旅游大巴拉来一车又一车的游客，他听到游客和骆驼主人的讨价还价，他听到风绕过塔顶的铁架子，发出鸽哨一样的声音。这种隐隐约约的、近在身旁然而听上去遥远而悠扬的吟唱声，像是要卷起他的心神，投入阳光弥漫的天空。

苏雨的眼中闪过奇异的光芒，没有人看到，除了实验室的机器。毛头准确地读取到了他的想法。他不是在做梦，他在感觉，他在思考：

不同的空间量子之间，或者一个四维空间跟另一个四维空间，可以有什么样的联系呢？

他想起莫凡说过，眼下三座金字塔，正下方是胡夫，几乎等高的是哈夫拉，再远稍显矮小的是孟卡拉。看似各自独立，但它们却是爷孙三辈。哈夫拉是胡夫的儿子，孟卡拉是胡夫的孙子，由此，三座金字塔也可以看作"祖孙"。

金字塔之间的继承关系，会不会发生在空间结构上呢？没什么不可能。

真奇妙！富于创新和变幻的空间结构。苏雨回到地面，微笑着，脸上挂着一种不可思议的满意表情。

"上马车！咱们把几座金字塔和狮身人面像全览一遍。"莫凡一直在等他。

顺着金字塔间的柏油马路，马车快速驶过，掠过一匹匹装扮得五颜六色的骆驼。这景色很曼妙，雄壮的金字塔在马蹄声中变得婀娜，不时有年轻学生热情朝他们挥手招呼，还有几个孩子追逐马车奔跑。看着这陌生国度的人和物，莫凡觉得自己像一只大雁，飞离了故土，飞翔在古老的文明上空；又像一艘双翼帆船，游弋在历史的长河中央。从金色的沙漠到泛蓝的天空，她感到太阳的温暖照亮了灵魂的最深处。

马车走到远离大金字塔的观景台前停了下来。回望大金字塔，胡夫塔此时显得比哈夫拉塔矮了三分之一，跟孟卡拉塔一般高，而哈夫拉塔成为视线的中心。莫凡希望两人能静静地在这沙漠的顶端，像两块石头一样站立。忘记生死，忘记时间，忘记岁月流逝的痕迹。

然而苏雨一脸兴奋。他想到了卡西尼星球，想到了它内部谜一样的空间结构，还有实验室跟火星城截然不同的画面。"我必须跟你讲讲！"苏雨有感而发，"讲讲你对我的启发……"他滔滔不绝讲述自己在金字塔尖的思考。

"其实不止！还可以是共生和伴生的关系，"莫凡打断他，"你只看见三个大的，没有注意那几个小的。"

"小的又是谁的？"他顺着她手指的方向看过去。

"王妃，还有臣子。"莫凡没再多说，稍微侧转身子，她再一次望向那三座金字塔，还有闪闪发光的沙漠。她的脸上反射着阳光的灼热，这种灼热一时半会儿还不会被干燥的风吹凉。她的眼睛眨呀眨的，说不清是忧郁引起的眼睑挛缩，还是被风吹进了几粒沙子。

第
四
十
五
章
·
小
红
斑

　　为找到沉子源失效的深层原因，方焱尝试启动了跟它距离不远的一台废弃红外成像仪。它当年跟沉子源搭载同一部火箭，设计用途是近距离拍摄木星。抵达木星上空之后，两者做了分离。原本红外成像仪在完成主要工作后，应该主动脱离轨道坠向木星，再传回更底层大气的图像。这也是它设计使命的最后一环，却因姿态火箭失控未能按计划执行，因此它一直留了下来，成为沉子源的"伴星"。

　　幸运的是，红外成像仪如愿启动，它依然残存不多的电能。

　　方焱调整成像仪镜头，对准了下方的木星大气。一开始她只看到了几个没有意义的灰色云团和小白斑，就像草原上的白云和大海里的旋涡一样无聊，这样的图像丝毫不会引起研究者的注意。不经意中，视线聚焦到表层大气以下，她发现在木星赤道以北纬度 22 的地方，差不多跟大红斑处于镜像的位置上，正在聚集越来越汹涌的反向气旋。

　　方焱的好奇心很强，即使这个现象看起来与沉子源事件并没有什么联系，她还是认认真真地继续观察。功夫不负有心人，没过多久，她看见反向气旋开始变色，有趣的变化开始了，一场黄色的风暴快速成长起来。方焱不知道它是什么时候诞生的，只知道成像仪完整捕捉到它的时候，其直径就已经超过 200 公里。而且成长速度达到惊人的每分钟 15 公里，还有加速的趋势。如果不是表面大气的白色云层部分遮挡了它，她应该更早发现。

根据实时观测数据，不仅直径，风暴中心的厚度也在不断地增加。而且温度还在降低，因此颜色越来越重，开始呈现出橙色。计算结果显示，一个小时之内，它会变成一个球形，温度将有可能降到不可思议的40K（约合 -233℃）。这显然不符合木星大气的已知属性，毛头给出预测说："这个风暴的边缘会受到周围其他气流的速度、温度和效率影响，所以大概率会被云层压扁。"然而很快发生了让她意想不到的现象，超出了人类对木星所有的已知。

风暴成长速度在不知不觉中放慢，由内到外，数据都有显著降低。它的反射特性也出现了改变，虽然直径跟之前基本一致，温度却在持续下降，风暴几乎已经完全变成红色。匪夷所思的是，特写成像显示，气流变成了密密麻麻的无数结晶体。

"结晶体？"方焱不敢相信。

进一步放大成像，她发现气流并没有停止，而是被限制住了。结晶的并非气流本身。在这个过程中，气流更像是被分成一小份一小份，装进了一颗颗看不见但是能够被探测到的透明容器中，外观就像无形的结晶体。风暴已经演化成小红斑，流动的大气被一种无形而不知名的力量禁锢在了这样的"晶格"当中，无法冲破。小红斑不再是由一整个气旋构成的，而是被无数的结晶体所替代，它们依靠惯性在继续疯狂地旋转；而结晶体当中，是无数的微气旋。

随着小红斑外部气流不均衡的扰动，晶格与晶格开始发生碰撞。然而每一次的碰撞并不能破坏它的外部结构，气体仍然被牢牢束缚在各自晶格当中。方焱感觉在晶格与晶格之间，似乎产生了一种看不见的相互关系。随后的力学仿真显示，它就像用几个平行四边形，将不同晶格的顶点彼此连接在一起。当越来越多的晶格发生连接之后，形成了多种不同的复合结构，有的呈现蜂窝状，有的呈现丝网状。

碰撞持续不断发生，随着小红斑面积、体积的继续增加，复合结构越来越多。方焱将视线移开，第一时间向苏雨报告了这个消息。担心情况瞬息万变，她紧接着向地球各个方面宣布了实验室的发现，包括专业学会和媒体。

报告之后不久，木星大气的周围区域，观测到越来越广泛的结晶过程。从小红斑开始，陆陆续续扩散开来，就像一种快速蔓延的传染病。在小红斑之间，在扭曲的云朵之间，在不同的流层之间，大大小小的结晶体在迅速地形成。

结晶并不局限在木星的表层大气，而是进一步引起了种种前所未有的奇观。有时候，新聚集的结晶体忽然成群结队、像雨点儿一样朝着木星表面、向着底层大气坠落，然后被气流再次卷起，扬向高空，连带着更多的气流被传染、形成结晶。由于结晶数量的快速增长和传播，部分木星表面已经开始呈现强烈的折射和反光，强度远远超过正常的大气反射。

"照这个趋势下去，"苏雨已经回到实验室，"要不了几个月，木星会变成一颗闪闪发亮的行星，就像是全宇宙的钻石都集中到它身上。"

"我也这么想，木星大气正在崩溃！"方焱说，"我们要不要问问 BaseX 木星基地的观测情况？"

苏雨想了一下："先看看他们有什么公开消息。"

毛头打开了木星基地的官方页面。上面写满来自各个机构和媒体的询问，包括马总自己的火星城集团。人们普遍对方焱报告的这种未知结晶过程感到困惑，言辞间隐约带有一丝恐慌。他们质疑：是否人类对气态行星的特性了解太少？它会不会引起大气能量的压抑和爆发，进而危害穿梭在行星际的航天器？

然而，木星基地却列举了几条理由，对此进行了彻底否定：

首先，最近几个月木星大气的压力分布和变化幅度都在常年观测的均值范围之内；

其次，卡西尼实验室报告的结晶发生区域，其云层流速、大气温度和流体形态，都没有观测到明显异状；新产生的小红斑虽然成长较快，但仍然属于正常范畴。

所以，初步推断所谓大气结晶现象来源于废弃探测器的成像故障，基本可以认定是一次误报。

木星大气的结晶是已经发生的事实，不容忽视的事实。方焱和苏雨都明白，BaseX 的否认不单单是表面上这么简单，木星基地的观测设备和手段都远远优于卡西尼实验室，他们毫无疑问在不晚于实验室的时间已经获知这一事件的发生。之所以用断然否认的姿态发表这样的声明，要么是对现象的自然消退和停息抱有乐观态度，要么是不想在禁令即将生效的微妙时期，被实验室牵着鼻子走。他们一定在暗地里想方设法夺回主动权。

"我有点儿害怕……"方焱说。在她看来，实验室距离木星并不太遥远。

"别怕，有 BaseX 在前面挡刀！"苏雨笑笑，"BaseX 习惯所有人都跟着它的指挥棒和节奏，是时候让它充当一下前卫的角色了。"

"毛头，结晶过程还能适用流体溯源算法吗？"苏雨问机器。

这个算法是流体学科的重大突破，可以重新读取流体形成时候的外力成因和内部关系，还原流体单元所在的环境构成。它是斯坦福一个名叫 FluidFuture 的研究小组最先搞出来的。这个小组后来成为硅谷一颗新星并改名为 Fluy，它解决了海洋科学和气象科学的很多难题。现在，科学家们已经可以通过太平洋的飓风溯源最初振翅的那只蝴蝶了。

Fluy 五年前被 BaseX 收购，转而着重研究气态行星的内部特性，它就是木星基地的前身。

根据马总的公开演讲，这是解决能源危机的第一步。因为从木星到天王星，太阳系中的气态巨行星蕴藏着无穷无尽的潜力。了解它们，才能善加利用。"这个星系用了几十亿年的时间，才为我们凝结出如此丰厚的能源，我们就这么任凭它们悄无声息躺在轨道上，年复一年地孤独行走，任凭它们被白白浪费吗？不！作为具有社会责任感的开拓者，光想想这事儿就觉得心疼。"对马总来说，这应该是比戴森球更现实的生意。

不过好在 Fluy 花了几个月时间跟 BaseX 谈判，直到马总同意保持对基础算法开源，才敲定了并购。科学家们的无私奉献，使得学术界可以持续地享受到该领域技术进步的最新成果。

就像尤利西斯复活死者，然后向他们问询一样，苏雨希望用算法形式与晶格中的气体分子交流，从而获知小红斑的来源和木星大气结晶的成因。如果不出意外，这两个事情都跟卡西尼星球有某种关联。他在回到实验室的第一眼就注意到，小红斑差不多正好位于沉子源与卡西尼星球的连接线上。

"被分割包装进不同晶格里面的气流，已经无法追溯它们之间的相互关系，"毛头回答，"所以小红斑最初的行程无法追溯。但单一晶格中的气体分子，仍然可以根据现状去推测当初，我们有希望理解晶格的形成过程。"

接下来的工作并不顺利，红外成像仪对于再现木星大气的宏观面貌很有优势；但在微气旋的描述上，就显得太粗糙。尽管毛头不断放大图像，这些基于红外观测的数据，并没有给出多少有用的信息。

"启用牡丹花天线吗，雨总？"方焱问。

苏雨不是没有想过，但他并不喜欢这种直接的方法。目前围绕在泰坦星球周围的天线阵，依赖火箭狗来调整姿态，已经没有多少储备燃料。在建立有效的燃料补充渠道之前，他有一些顾虑，想为卡西尼的观测保留一点儿能量。但是，如果要搞清楚木星当前的状况，似乎找不到更好的方法了。

时间拖得越久，越难精确地溯源。"行动起来！"苏雨做了决定。

流体的演化是连续的，溯源过程当中缺失的信息，其实绝大部分可以从模板中还原出来。在 Fluy 的数据库中，有大半个木星的流体模板，尤其是大红斑，木星实验室的主要工作就是对大红斑进行追踪和解析。就好像如果《新华字典》中有一个字的解释被撕掉，你依然可以到《康熙字典》去寻找参考那样，这些模板让实验室获得了足够的借鉴。虽然气流的突然晶格化是一个前所未有的界限，但气体分子不会凭空产生，也不会凭空消失。

利用牡丹花天线阵对小红斑的观测数据，实验室成功对 26 亿个形态较大的微气旋进行了溯源。机器读出每一个微气旋的诞生环境和初始推动，它们大部分有着相近的演化过程。当看到这 26 亿个微气旋的溯源，有接近 92% 都指向同一个结论的时候，苏雨和方焱都激动不已。

实验室模型显示，在自由态气流向晶格化微气旋转变的时间和位置，空间变成了实体结构。它们转化为容器，获得了有限容积。那时那刻，就像从空间当中剥离出一个子集，并以离散方式表现出来。空间给人的传统印象是连续的，但在木星大气中，出现了截然相悖的离散过程，这个解释跟观测结果基本相符。也许空间本身就是离散的，只不过结构的平滑和透明让我们感到它是流畅和无阻碍的。

如果模型被验证有效，那么沉子就是事件中唯一的触发源，苏雨想。按他的猜测，是卡西尼星球反射并定向放大了来自广播源的沉子流，打碎了木星气态分子所处的空间，让它们不再连续和流畅，从而形成气旋的晶格化。

验证有效性的难点在于沉子，要怎样的沉子强度才能够打碎空间？那样的强度绝不是广播源能够输出的。但是一定与它密切相关，因为小红斑的位置，不偏不倚就在沉子源与卡西尼的连线上。沉子在卡西尼星球究竟发生了怎样的演变过程？

模型进一步显示，在晶格形成那一瞬间，沉子在不同的量子形态之间穿梭，激发出难以计算的能量，导致了空间的离散化。而沉子穿梭正是卡西尼星球的反射导致的，像洋葱一样，层层叠叠，一石激起千层浪。

"是沉子的量子穿梭，激发了空间的离散！"苏雨自言自语，他的情绪又开始高涨，"我就像亲眼看见了这个过程——空间被撕碎的过程。"

方焱聚精会神地看着他。

"被动接受者，比如广播源，会跟随空间一起被扭曲；而主动接收者，比如沉子仪，别忘了它能产生强烈共振，就能瞬间被撕得粉碎。"

"真的？"方焱不敢相信。

"是的，也许接近普朗克尺度，"苏雨叹了口气，"所以消失得无影无踪。"

模型可靠吗？答案完全可能是否定的。苏雨知道，整个思路都还只是他的一种猜测。如果通过实验来验证沉子对空间的解构作用，一定会非常有趣。他急于建立一个严密的模型，哪怕最终被自己否定，也有助于解开发生在木星大气的结晶谜团。而且这个模型还有可能成为一个出发点，它有希望衍生出多种推论形式，甚至可以彻底改变人类对空间的固有认识。

机会可遇不可求。除了牡丹花天线的沉子通信，他再找不到有效的沉子来源；而通信使用的能量态，从理论上讲几乎不可能为探测所用。

局势变得越来越紧迫。一条带状的结晶云从小红斑边缘出发，逆向木星自转方向，像多米诺骨牌一样，沿着相同纬度的云团层层叠叠地"传染"过去。照此扩散速度，一天之内就会到达木星背面，袭击悬停在半空的木星基地。

BaseX 终于承认了事态的严重性。基地最新声明表示，为了避免木星大气被彻底结晶化，他们准备启动一次氘聚变，就像在森林大火袭来时砍伐一道防火带一样，通过聚变将木星大气撕开一条口子，阻挡结晶化的传染。如果验证有效，基地将动员所有的储备能量，截断所有的传染路径。跟 BaseX 有着千丝万缕投资关系的众多媒体对此都高度赞赏，宣扬此举对保障木星有效能源的长远意义。

"雨总，"方焱言语间透露出笑意，"他们终于肯采取点儿实际行动了。"

苏雨沉默良久，方焱很纳闷他在想什么。

"氘聚变……"他说，"你认为没有危险吗？"

"您是说……木星有可能被点燃？"方焱有些纳闷，"可木星的质量远远不够啊，苏梅克列维彗星那么大的撞击都动摇不了它。"

"采取这样的行动，万一引爆结晶体的聚变，后果不是我们能设想出来的！"苏雨直截了当说，"有可能激发所有的风险，你明白吗？"

"明白了，所有人都只考虑木星已知的条件，但是要对抗的是未知的东西。如果把结晶体考虑进来，计算结果一定会大不相同。现在人们对它的质量和能量构成一无所知，还有它被引发聚变的可能性，聚变之后产生的压力和密度等等都是未知。压力和密度，我知道，恰恰就是点燃木星的要素。"如果木星真的被点燃，成为太阳系第二颗恒星，哪怕只是一颗最暗淡的矮恒星，每一块小行星带上的岩石，都有可能被木星风吹向地球。

苏雨的情绪慢慢被不安和苦恼笼罩。既然拥有离散空间的能力，那这些结晶体当中，是否还残存着可观的质量？它们会不会被木星基地人为制造的聚变诱发连锁反应，释放难以估算的能量？但他也拿不出更能克服传染、更有效解决结晶的办法来。他没有能力解救木星基地，只能听任它自生自灭。而且一旦它采取了错误的措施，那很有可能危及地球的安全，危及整个人类。

苏雨决定马上警告 BaseX，趁木星基地的大行动还没开始。在他看来，人员从基地尽快撤离，让木星大气顺其自然才是正确的做法。他不打算提及沉子与空间结构之间可能的因果关系，实验室还没有获得充分的证据。

马总接到电话很惊奇："苏总这么好心？"不管苏雨从多少种角度去跟他解释利害关系，都不足以动摇他的决心。"拜托你搞搞清楚，知不知道木星基地是谁的？是我的。这是最有发言权的研究机构！不管是气态行星，还是聚变能量，都是。好了，不要再说了，禁令就快要生效，管好你自己吧！"

马总的蛮横和满不在乎的态度，听起来就像这次结晶不过是一场意外的木星天气。苏雨坚持认为马总是自私的，为了保全自己的基地，不惜冒整个太阳系最大的一次险。

危机已经迫在眉睫，也许只是木星基地，也许殃及整个太阳系。卡西尼实验室还在思考更多的可能。他们希望在引爆聚变、事态无法挽回之前，找到阻挡结晶传染的办法。

"有新情况！"毛头报告，"小红斑的一角，发生了微弱的结晶体消融。"

虽然面积看上去微不足道，但却让苏雨和方焱兴奋不已。牡丹花天线阵发现了这个重要的临界点，它就像风暴当中，黑暗的海面上突然出现一束亮光，无论是星光、是航船，还是灯塔，都能让漂流者看到希望。

很快有数据显示，是来自太阳风的神秘粒子经过卡西尼星球的反射之后，逆转了小红斑边缘的结晶过程。

"会是什么粒子？"方焱急切地问。

"不清楚，"毛头回答，"卡西尼星球的反射角已经掠过木星，但结晶消融的面积还在增长。"

"可能还是沉子。"苏雨不知道为什么，浑身上下都明白了这一点。

"沉子？！"毛头跟着方焱一起反问。难道沉子不是会加重结晶吗？

"对！零自旋，"苏雨说，"从来没有被论证过。"

方焱好像理解了，转过来问毛头："能不能扭转传染局势？"

"概率很小。跟整体趋势相比，消融的体量太小。如果没有新的激发，很快就会形成平衡的临界线。"

方焱调出天体位置投影，快速比画了几下，然后把示意图推到苏雨面前。

"雨总，我有一个想法。既然零自旋沉子被卡西尼反射到木星大气之后，能够局部逆转结晶；那假如能调动到更多，只要经过卡西尼反射后能够到达木星，就有机会摧毁这场空间结晶的传染病！"

"很冒险，"苏雨脸上写着大大的焦虑二字，"我们既不知道太阳风当中零自旋沉子的含量，也不知道天线阵的机动性还够不够……"

"无法估算，"毛头说，"样本太少。"

"雨总，愿意赌一回吗？"方焱期待地看着他，"目前的形势，这似乎是唯一的生路。要是赢了，那会取得多大的一场胜利啊……"

"好！"苏雨打算跟她一起拥抱希望，"就算失败，我们也尽力而为了。"

坐在泰坦星球的这个实验室里，接下来的一切看上去都格外的动人：

木星大气迎来了几十亿年来最令人激动的景色。天线阵收集的零自旋沉子，经过卡西尼星球不可思议的反射，在小红斑、在各个纬度的云层，成片成片消融了空间结晶的传染。大红斑还没有被传染，它冷静地见证了这一切。

整个过程就像一块块巨石扔向平静的湖面，巨大的冲击波很快席卷了被传染的大气。结晶消融的速度，远远高于传染的速度，这一过程充分证明，空间的本性是喜爱联合的。在最后时刻，实验室缔造了木星大气的重生。

第
四
十
六
章

蝴
蝶

地球对实验室的态度现在已是百般推崇，有求必应。人们惊讶于实验室的惊人发现，赞叹实验室对木星大气的拯救壮举。就在苏雨将自己的镜像送到卡西尼星球之前，林云刚刚发起了对实验室的新一轮投资召集。只要他给出的答案符合期待，至少能满足好奇心，一艘全新的登陆飞船将会以最快速度出发，驶向泰坦星球。除了沉子仪，飞船运送的甚至可能包括一支探险小队。

苏雨没有看清楚自己的镜像是怎么"降落"到卡西尼星球表面的，也没有看清楚搭载自己的小火箭是怎样沉没和消失不见的。但是过了一阵儿，等身体完全抖擞开，他就开始观察身处的环境。

老实说，花了好长的时间他才从束缚自己的旧皮囊当中挣扎出来。这当中他歇了好几次，但这都不能阻挡蓬勃的生气。接下来，他又花了很多心思来搞清楚来自四面八方的气味。空气的构成，花草树木的营养，他现在完全能够通过这些东西来辨别周围的方向和植被的分布。

利用 Backy 仓库剩余两支中程火箭中的一支，苏雨让毛头把自己的镜像投射到了卡西尼星球。但早期的探测火箭并不具备沉子通信功能，信道非常狭窄，所以只能搭载小部分感官。还好距离不远，信号延迟尚能忍受。不过让方焱和毛头都很费解的是，镜像明明只搭载了视觉通道，不含身体和四肢，为什么嗅觉、触觉，包括身体的位置统统都有数据？

苏雨能够很清楚地嗅到空气中的花香——不是那种熟悉的类似香水的芬芳，更像是饥肠辘辘时所期待的米饭、叉烧和腊肠的香气。

他现在在一条山脊高处。从笨重的蛹体中爬出来后，他把自己挂在一棵叫不出名字的植物的枝头，一片宽阔的叶子刚好遮住他的侧脸。

顺着山脊望下去，能看见宽窄不一的几条溪流。溪流的岸边，有的显得很开阔，有的草木茂盛。虽然景色不同，但都开满了鲜花。有的花朵高出周围的草丛，紫色、粉色，像稻穗和麦穗那样叠压在一起；有的散落在树木中间，像素白的裙摆一样展开；还有的像树枝一样渐次分叉，分不清哪些是花，哪些是草。周围香气四溢，顺着风往溪流的下游飘散。在树林与花丛上方，半空中弥漫着轻纱似的薄雾，一个模模糊糊的太阳在悠远的天上暖暖地挂着。

一种奇异的花草点缀在山谷中，每一株都有成百上千种颜色。根部到最下面的叶子是深浅不同的绿色和褐色，长出来第一片叶子，是灰色的叶、蓝色的脉，越往上，灰色越少，蓝色占据更多的比例。快到花的高度，它的茎就呈现出显著的黄色。含苞待放的骨朵透着粉嫩的白色，在仲春的微微寒意中，那白色柔美、娇羞，就像玉指、像薄唇、像未满的乳房。最让他感到诱惑的是，盛开的花朵从外到内、由浅入深，每一个花瓣都流动着红色的蜜意，沿着瓣缘滑向瓣根。在花瓣中间，有荧黄色花丝指向花心，看上去就像指引归航的跑道。跑道的尽头有黑色和琥珀色交替的纹理，不断提醒他，即将到达快乐的源泉：花心中央，毛茸茸的花蕊高高地挺立，灯塔一样挺立，放射着幸福的亮光。

苏雨有一瞬间觉得迷惑，这一切景物难道是 VR 的感观？他知道即使最先进、最优秀的 VR 系统，也显示不出这样深度和完美的画面，从远景到咫尺。他绝不是被投影的旁观者，身在其中，每个细胞都在同这一点一滴发生共鸣。

苏雨张开翅膀，收起所有的腿，他就这样站在了空气当中。然后白色的翅膀一开一合，他朝着眼中那片肥美的花海飞去。把他引向远方的，是一种不可言说的东西，所有的细节都写在了灵魂深处，哪怕这样做注定会耗尽他毕生的力量。他知道远方是他无法克制的向往，这并非源于理性的选择，而是来自欲望的驱使。他知道这是他的使命，三月的花海已经在拍打它的浪花，那里是他的生命可以盛开的地方。空气没有一点儿乱流，他飞得平稳而自在，时不时跳两步华尔兹，全身上下的鳞片都在反射刚刚拨开雾气的阳光……

花海越来越近，阳光越来越刺眼，记忆中开始接二连三浮现另一些画面。

第一个仿佛很久以前，又感觉像是昨天的事情：

那是深秋季节，跟现在完全不同，越来越重的寒气从起伏的山峦中间穿过，压在他身上。他想挥舞触角，想使劲拍打翅膀，把它们统统驱走，但是没有能力做到。因为这空气浓厚而沉重，每一缕寒风都埋葬了一片花草，直到所有的山谷都萧瑟，全部凋零。画面最后几秒，他记得自己一动不动地躺在初雪的表面，那里光滑而温暖，眼前所有的一切，都变成白色……

云层遮住阳光，当苏雨低头向下张望的时候，花草也从树荫下面抬头望着他。它们在做什么？看上去仿佛知道他的许多身世，想要邀请他坐下、对他娓娓道来。他继续拍打翅膀，飞得更近一些。他看见有灰色的野兔在草丛中跳来跳去，它们会冲过来袭击他吗？有一只居然呆坐在离他很近的地方，它想做什么？仅仅是为了欣赏他优雅的舞姿？是的，也许它想跟他一起翩翩起舞，却总是琢磨不透他的舞步和节奏。

苏雨漫无边际地琢磨，也许从中感受到了发现的快乐。阳光再次打开帷幕的时候，他已经记不清，出生那一刻，究竟是在森林的哪个角落……他试图回忆出生命旅程从哪儿开始，经过些什么地方……从展翅第一秒开始，就思考过不止一次。似乎生命跟他开了一个玩笑，仿佛幸福感就来自忘却的记忆。曾经的一切都朦朦胧胧，只记得在某个时间之前，生命就像是一种永恒的饥饿感，伴随自己懵懵懂懂地成长。

他忽然记起最后时刻的等待。那一刻，身子被不知名的感觉胀得隐隐作痛。这胀痛不是来自肚腹，而是来自时光的累积，仿佛有什么东西在体内呼之欲出。当他伸出后腿勾住丝索的时候，看到了清晰的月光。

夜晚是明亮的，树林就像整个宇宙，分不清天空与大地。

他会记得自己在梦中曾经变成一个人吗？不会。后来的情形他永远都不会记得，也不会理解，更不可能对那个梦做出任何带有感情色彩的评价。他就在那个美好的春日前一直睡着，等待生命的奇迹来敲门。

过了很长的时间，苏雨一直在琢磨这些幻影的象征。他有点儿懵懂地感觉，似乎有智慧正在增长，对周围世界的认知在飞快地变化。不知道自己究竟只是要找到身体的需要，还是在追寻一个连接大地的灵魂。在经过好几个似乎没有任何联系、毫不相关的感想之后，他有点儿痛苦地觉悟，期望再多也是徒劳。也许只有花香，才是真正的希望。

苏雨闻到了一种隐秘的暗香，他加快了飞行的速度，这暗香比醒目娇艳的鲜花更加对他的胃口。周围景色他不再关心，树林和天空的颜色都显得无关紧要。他的身影开始在那些葱葱茏茏的灌木之间闪现，白色的翅膀和灰色的影子像兄弟一样，若即若离。

飞到暗香的源头，他看清楚是一片花海——白色的小花朵密密层层，开放在郁郁袅袅的藤蔓之上。它们攀缘上高耸入云的乔木，环抱着张牙舞爪的荆棘，匍匐在坑洼不平的泥地。它们的香味跟花朵一样毫不张扬，却能够穿越丛林，从很远的地方把他召唤过来。他停在一簇花朵上稍歇，看到不远处的花丛间，有两只蜜蜂在嗡嗡飞舞。也许她们也看见了他，改变了舞姿；可惜他看不懂她们的舞蹈，不知道她们想要表达怎样的含义。他一动不动站在花瓣上，感受到彼此之间的情谊；虽然跟她们素不相识，却比草木更加亲密动人。如果她们飞过来，他愿意跟她们一起静静地坐下来，直到生命的最后一刻。

他可以讲点儿自己的经历：从山上来，遇见活泼呆萌的野兔，看到耀眼的太阳；翻过这片坡地，那边还有色彩炫目的花丛……也许她们并不想听他的故事，那他可以跟她们一起跳个舞，用肢体语言歌颂一下美好的春天。可惜她们没有过来，而是在一个接一个花蕊上采集，等到装满腰间的粉篓，就毫不犹豫地振翅飞走了。她们振翅的速度可真快，要是他也有这样的速度，那一定可以飞到很高很高的天空，看清整个山脉和森林的模样。

一瞬间，苏雨看到头顶上方，有两根长长的不知名的东西冲将过来，上下夹击自己。正对自己的眼睛，他看见一对乌黑的眼珠，眼珠的四周，是青绿色的羽毛，铺天盖地扑到他跟前。

他听到急促的喘气声，紧接着忽然中止，取而代之以不知从哪里传来的碎裂声音。他分不清声音的来源，好像是从灵魂深处；也许仅仅是风声太大，盖过了这声音。那对硕大的翅膀比他和蜜蜂朋友的都不知大了多少倍，足以掀起一阵狂风。天空在开合的羽毛之间闪现了一下，就再也看不见。那抹蔚蓝从晃动的青绿色当中透过来，让他感觉格外耀眼。他明白眼前的一切也许是自己最后看到的画面，不会有更多的未来呈现在面前……

苏雨"噌"的一下从镜像座椅上弹起来的时候，把方焱吓了一跳。

"发生什么事情了，雨总？"

他没有说话，目光避开方焱，担心她接受不了他的所见所闻；更担心自己克服不了向她和世人展示这个奇妙旅程的诱惑，害怕它会摧毁人类的认知。

德沃夏克的提琴曲《母亲教我的歌》，悠扬地飘荡在实验室。但这样的氛围并没有给予苏雨他所需要的轻松感觉。他觉得在这个宇宙中，始终存在这样那样的 BUG，而它们时不时会从卡西尼星球这样的神秘裂缝中显露出来。他的经历把这些乱七八糟的东西一股脑儿地混合起来，赫然放到他的面前。

莫凡偶尔跟苏雨说起过"人的灵魂在出生七天时候着床"之类的话，他没有反对，保留了怀疑态度；虽然想象过这种场景，能理解她描述的过程。但是现在，如果她再当面提起这个观点，他感觉自己会第一时间举手赞成……或者她说过的不是"灵魂"，而是"精神主体"？一时记不清。那精神主体究竟是什么样子？可以是一只蝴蝶吗？他急切期待她来解释这一切，如同久旱的土地在渴望甘霖。因为现在，苏雨第一次亲身感受到与科学认知完全相反的东西。

刚刚苏醒的前几秒，苏雨被强烈的冲动顶撞着，又用惊人的理性压抑着，他担心自己会发疯。过了几分钟，他觉得自己宁可去发疯！平心而论，承认是一时的幻觉，比颠覆既定的认知要容易许多。如果要向别人证明自己有三头六臂，唯一的理由就是发疯。

方焱一直在等他开口说话，毛头也在等。

"我大概率是死掉了！"苏雨半晌才回答她刚才的问题。

"可那只是镜像。"她看着他，期待他讲述更多沉浸在卡西尼星球的感觉。

"曾经做过一个梦，"他说，"梦里我被人用匕首捅了好几下，血涌出来。在梦里死掉的那一瞬间，我在床上醒来了。"苏雨以为只有自己是这个奇妙旅程的见证者，一直企图说服自己，刚才发生的一切不过是一场梦。

"那只蝴蝶，它梦到你了。"方焱告诉他。

他立刻明白，方焱都看到了，他对自己刚才的隐瞒感到羞愧。从传回实验室的数据，她从第一人称视角看到了蝴蝶的翅膀，看到了无边的森林和如云的花海……他醒来之前，她还看到那个"他"死在青鸟嘴里的最后一刻。但她和他一样，无法理解这一切的奥秘。

"刚刚你说它梦到我了？"苏雨的记忆当中，搜索不出这一段的画面，它是缺失的。

"是的，在你结茧以后。"她彻底把苏雨当成了那只蝴蝶。

"我宁可坐在实验室里，看它怎么梦到我的。"苏雨说。

"我陪您看看回放。"

"搞清楚真相之前，不要告诉地球！"苏雨担心他们的眼光发生改变。

苏雨尝试进行各种分析，还有实验。

对卡西尼星球，明确已知的只有质量；结构可以算局部已知，但却很难被理解。它的成分是什么呢？虽然苏雨已经用自己的镜像做过一次实地探险，对此仍然一无所知。他相信绝不会像现有的任何物质成分，一定跟四维的空间结构密切关联。方焱甚至猜想，它可能是空的。只是这个"空"，跟空间的空一定不同。原子核可以做个类比：打开它，任何物质内部都是"空"的。

苏雨想到卡文迪许"称地球"的实验。牛顿当年曾经否定实验的设计思路："不！整座山都不足以产生任何可测量的效果。"既然人类早已习惯用智慧超越科技的局限，那么对卡西尼星球呢？无论如何，苏雨都打算做一个雄心勃勃的尝试，即使看上去再怎么不可能。一旦成功，必然完善他对空间第四维的理解。他希望用实验室可以实现的手段，去找到可能是精神主体在空间维度中转移的证据。

"发现布朗运动的时候，水分子也比人类的观测极限小了几个量级，"方焱试图帮助他一起，构建一个更简单的思想实验，"花粉颗粒在水中令人费解的随机运动，暴露了水分子的踪迹。"

"是的，随机运动来自跟水分子的碰撞。"

"空间维度如果是离散化的，"方焱继续推导，"那会不会跟您加载到镜像上的精神主体发生某种形式的碰撞？"

苏雨第一次遭遇空间离散化的时候，他很为它着迷。但木星大气的结晶事件让他对它的威力叹为观止，产生了深深的敬畏。

"如果是这样，那么精神或者思维活动，应该像木星大气一样被打碎吧？"苏雨认为无法从这种可预见的推导中发现一个规律，它看上去更像是相反的。"仔细观察它的分形结构，会发现有非常多的折叠。我始终在想一个问题，为什么它不会像面条一样缠成一团乱麻？这样的结构绝不仅仅是为了优雅。"

"太难以置信！在研究分形数据的时候，我还发现一个有趣现象，"方焱说，"就是分形本身不是静态不变的，它好像一直处于形成和解开的变换过程中。"

对镜像数据进行复盘分析，他们尝试了解在分形的节点位置，是否存在一种信号，引导维度与维度相互离散。结果让人非常吃惊，他们在那里找到了微弱的信号，似乎反而导向维度之间的绑定。

4个小时之后，这些推测要么被确定错误，要么完全无法证实。苏雨明白，这个深邃的谜题他是无法解开了。那些关于蝴蝶的幻境就在他的记忆中，在机器的数据库里面，他忍不住一次次想重返那片花海。与空间维度转换有关的思考总是挥之不去，他有强烈的愿望，想把两者串联起来，却又害怕两者之间真的产生什么明确的联系，他害怕它们会像木星大气的空间结晶一样传染开来，思维和生活都有被吞噬的危险。

方焱站在旁边，在泰坦星球的微光下做了一个手势，苏雨没有看懂。

"我想再去一次，雨总！"她向他伸出手。

"我们还有一支小火箭，"苏雨回答，"可那又有什么用？"

"这是现在我唯一能做的！"她说。

苏雨意识到，如果让她乘着最后一支小火箭，再次出发去探险，那么这个时候他应该做一件意料之外的事情。他弯腰吻了她的眼睛和脸颊，她微微转头，把嘴唇递了上来。苏雨犹豫了一下要不要避开，她温柔但是坚决地揽住了他的肩膀。

"从出发那一刻开始，我就是你的，"方焱第一次没有称"您"，"现在是，以后也是。"

苏雨没有求证她是不是爱他。他明白，对她来说这是一个甜蜜的梦，那就让它是个梦好了。

"将死的人可以看到未来，"她又说，"而我就快要死了。"

"不会！"苏雨平淡地回答，然后轻轻推开她的手臂。

第四十七章　积分

　　方焱躺在座椅上，苏雨和毛头站在旁边，静静地等待那一刻。

　　为了在火箭坠入卡西尼星球表面之后，尽可能维持更长时间的通信，火箭距离星球还有不到一秒钟的时候，毛头才启动搭载的镜像。

　　一秒、两秒……一分钟过去了，屏幕上没有还原出他们期待的图像。没有蝴蝶的翅膀，没有蝴蝶的梦境，没有树木花草，没有蓝天白云……没有任何数据传回实验室。没有视觉，没有听觉、嗅觉，什么都没有，本应该显示各种数据的屏幕上空空如也，就像夏天的中午，知了的聒噪声没有如约传来，换之以空洞的寂静，让人心里发毛。

　　更令苏雨担心的是，随着镜像启动，方焱的心率急速降低，呼吸也是。屏幕上的平静，换来的是苏雨的焦虑心理和不祥预感。

　　她安静地闭着双眼，看上去很年轻，没什么异样，她本来就这么年轻。然而有一瞬间，苏雨却从她的脸上看到百岁老人的神色。他眨了眨眼，定睛再看，没错，真的有百岁老人的安详和神韵：眼睛紧紧地闭着，就像是上下眼皮牢牢地长在一起；脸上看不到一丝血色，如同被冰封百年的睡美人；表情似乎带着淡淡的哀伤，有难以化解的忧郁。

　　苏雨忍受不了心里的焦虑，伸手翻开她的眼皮。让他大为惊骇的是，本该美丽动人的双瞳此时没有一丝生气，呆滞而灰涩。任何人都会认为，这无疑是在坟墓中沉睡的死人的眼睛。但是毛头告诉他，她的瞳仁在动。不是上下左右的转动，而是随着时间的推移，瞳孔的直径一直在发生很细微的扩张。

瞳孔在放大？难道不是意味着生命的熄灭？苏雨一下子激动起来。"快唤醒她！"他大叫一声。

可是毛头坚持认为方焱是安全的。

"能不能想办法把我也镜像过去？"苏雨急切地想知道：她究竟在卡西尼星球遭遇了什么？为什么没有任何的感官数据传回实验室？仅仅是镜像到卡西尼星球，为什么会导致身体状态的显著变化？

"您知道这不可能，小火箭无法支撑两个人的数据传输，"毛头回答，"即使换成您，重新加载的过程也很漫长，仅仅理论上可行。"

火箭到达卡西尼的时候，方焱看见一瞬间的蓝色。

然后她进入了完全陌生、所有的感觉都从未有过的梦境当中。这是一种柔韧而坚决的经历，伴随着身边一次次死亡的频繁出现。它贯穿她的整个镜像时间，彻底不同于人类或者任何一种动物。尽管她看不见也听不见，但不代表她对周遭发生的事情一无所知；相反，她知道得一清二楚。春夏秋冬，寒来暑往，花草虫鱼，飞禽走兽，死亡时刻环绕在她的周围，除了她自己。她第一次发现，它不一定会带来恐惧。面临这些死亡周而复始地发生，她感觉到内心仿佛有一座山，在所有的岁月当中稳稳支撑自己。她感觉自己始终被一种神秘的力量支配着，这种力量从脚底传来，到头顶升发；它几乎可以为所欲为，没有枯竭。拥有这种力量，任何东西都不能动摇她，除非……也许只有一个地方是它的尽头，她并不知道会在哪里……

真的有一座山！她用自己的根牢牢地抓住了它，它是她的，她也是它的。至于它有多高、多广，那并不重要，她也从来没有关注过。对她来说，明白一点就够了，就是它足够坚实、足够强大，强大到绝不会被摧垮。

方焱感觉到，有人在说话，还有马在喘息，还有狗在叫。这些不是听到的，都是感觉到的，好像在离她几步的位置。一切都跟人类的听觉完全不一样，但她清楚地了解到周围发生的事情。她静静地站在原地，因为哪儿也不能去。她感受到素不相识的几个人、几匹马，还有一条狗，它们建立了有趣的友谊。她感觉到它们的情感比之前来过的很多人更加真挚动人。她希望他们能跟她一样待在原地，像她一样站着或者坐着，一直到生命终结那一天。

她想跟他们聊点儿自己的心事，从哪里来，曾经做过什么事儿，喜欢谁讨厌谁……但现在都做不到，她什么也说不出来。虽然对自己的过去了若指掌，但她讲不出声来，只能静静地伫立，静静地念想。她终于放弃了谈话的努力，回忆着各种各样的事情，竭力用回忆中不同身份的眼光来看待世界。但终究是徒劳，她终于明白过来，萦绕在心中的是别人的往事，不是自己的。

夜深了，他们睡在她身旁。有人在打鼾，有人嘟嘟哝哝辗转反侧，还有人在周遭游走，像在担心什么。马也似乎焦躁不安，只有那条狗，因为天生的警觉，所以反而睡得无所顾忌。

天色破晓他们就行动了。不知什么原因，几个人跨上马，没等喘息均匀，就以惊人的速度跑向远方，离开她越来越远。剩下狗不停狂吠，追出去很长距离，终于放弃。它不明白为什么，她也不明白，只是感到同情。她知道哪怕长生不老，成为地球上阅历最丰富的一棵树，也会有很多事永远搞不明白。她并没有意识到这是战争的插曲，不是动物和人的简单友谊。不是他们相互抛弃，而是敌人的逼近让他们落荒而逃。

很快一种神经质的情绪缠住了她，她想起关于人类的古老传说，成千上万种模糊的幻想不知道从体内哪个地方蒸发上来，每一片叶子都在战栗，整个身体都惊惶不安。她的忧虑不是空穴来风，先是山头上空飘来一片红色的云，颜色鲜艳得像盛开的玫瑰；然后周围的天空也被染成橙色和黄色。这既不是朝霞，也不是晚霞，根本没有太阳的影子出现。一团一团呛人的烟雾随风飘过来。有野兽惊慌失措，四散奔逃，一些撞到了她身上，她能在那一瞬间感觉到它们的恐惧和求生的欲望。但她不能逃，只能用根牢牢抓住土地，深深地抓住。

直到有炮弹纷纷落下来，越来越近。土地开始动摇，分崩离析。她的兄弟姐妹开始燃烧，她向天空呼唤大雨的降临，想要扑灭身上旺盛的烧灼感。然后她明白只是徒劳，身上越来越多的枝叶已经无法呼吸。她知道死亡已经真正到来，曾经旺盛的生命力量终究不能与之抗衡。她选择朝烈焰走去，迎接燃烧的光芒，用每一寸肌肤抚摸它们。火焰心领神会地拥抱她，这一刻她不再觉得灼热和窒息，而是感受到身体的流动：一种完全没有阻碍的流动，所有的细胞都融化了。她领悟到自己已经成为一个幻影，一个别人梦中的幻影。

生命维持的临界时间越来越近，苏雨在焦急等待，眼睛也蒙上一层昏暗的酸涩感。对于几个毫无活力的曲线——不，直线——他仍然努力分辨，不愿放弃。天空像黄土高原一样阴沉。实验室的窗户边缘，几行雨水滑下来，倔强地不肯消失。

屏幕上忽然显示出各项生命体征数据，方焱活了！她终于醒了！从坠入卡西尼到现在，她一点儿数据也没贡献出来。很快，她打了几个哈欠，脸色由青变黄，再显出红润，额头上隐约的皱纹也迅速消失；就连紧身衣也恢复了饱满，重新呈现起伏的曲线。

对于苏雨来说，欢喜的血流涌上他的头脑，迸发到全身上下。神经末梢如同被喜悦冲破一样，弥漫在整个实验室，耳边随即响起比才的《卡门序曲》。紧张的心弦终于松弛下来，他一下子倒在沙发上，哈哈大笑，就像是一只正在打鸣的公鸡。

危险终于过去！方焱会带回什么样的惊喜？她一定有完全不同的经历，是梦境还是现实？他很想知道，也许生命的密码就此开始解开。开始吧！方焱的口述成了比数据更重要的东西。数据这东西，在已知和熟悉的领域是神奇的材料，但在未知的地方其实就是个屁。没有必要太在意，只要她活着好好地回来，就是实验室此刻最大的幸福。

机器根据方焱的描绘去插值所有的片段和细节，仿真出的画面是这样的：

梦中她是一棵树，静静站在阿尔卑斯山南麓，从18世纪开始，度过自己上百年的生命历程。她的根深深地扎进土地；树皮和枝叶就是知觉来源，默默感受着飞禽走兽、风雨雷电。直到有一天，战火点燃了她的身体……

"马伦哥，还是滑铁卢？"苏雨问。

"不，都不是，"机器回答，"应该是第二次世界大战中的某个瞬间。"

苏雨恍然大悟：原来她瞳孔里面缓慢而细微的扩张，是她的年轮！

卡西尼星球就在那里，他知道，虽然此时天空中看不见它的影子。那里有刚刚揭开一丝面纱的神奇结构，它的神秘之处不仅仅在于多维分形，更在于它带给苏雨和方焱身在别处的感受。蝴蝶和树木，当他们沉浸其中，都有着宛如亲临的经历。刚刚回到实验室的时候，她也是一样，都隐隐感到身上一闪而过的莫名痛楚。对此，维生监控系统给不出任何科学解释。

不过是镜像投射到未知星球触发的一场梦吗？蝴蝶和树木的感觉都消失了，就像什么都没发生过。当然不是！再回放一次"蝶生"，他确认自己毫无疑问终结于青鸟的袭击。方焱毁于大火的身世则无从考证，因为没有数据。

"告诉我，刚刚镜像到卡西尼星球那一瞬间，是什么感受？"苏雨问她。

方焱怔了一下。"我知道应该睁大眼睛看世界……看卡西尼！"她绞起双手，"但那时候，满脑子都是担忧和焦虑。"

"你在担忧什么？"

"降维……"她说，"就是遭遇维度的跌落，我害怕自己跌落到二维世界……万劫不复。"

听她这么说，苏雨笑了。她真是可爱，苏雨在心里说。

"完全不用，维度跌落是不可能的，"他看着她，眼里说不清是感激还是怜爱，"宇宙从大爆炸的奇点演化到现在，复杂性是不断增加的……"

"奇点不知道可不可以看成零维？"方焱理解他的意思。

"一片二维的平静水面，跌下悬崖就是三维的壮阔瀑布。"

"瀑布？"她反问道，"那跟维度跌落的描述刚好相反。"

"对！每一次积分都会生长出新的空间维度，"苏雨环顾四周，就像是下意识审视台下的听众，寻找合适的方式去阐释这个命题，"读过牛顿的大作吗？《自然哲学的数学原理》。"

"没有，雨总。"她无法预料他会如何论述，脸上泛起一点儿红晕，像是对苏雨的问题感到惭愧。

"我也只读过寥寥几页。但在微积分概念广为人知之前，为了描述行星的轨道面积，他用无数三角形相加来表达跟积分相同的含义。"

"跟卡西尼有什么关系吗？"她干咳一下，身体还没有完全恢复过来。

苏雨舒了口气："跟维度有关系！我想也许高维是低维的积分。无数的线段并排在一起，就成为面，这不就像对线段做积分吗？如果对面做积分，顺理成章就拥有了体积。"

"听上去真是这么一回事儿。"

"四维的存在很可能是我们三维存在的积分，"苏雨说，"你觉得呢？"

"三维存在？您是说……"方焱看了苏雨一眼，眼神带有一丝困惑，"是不是你、我、他？还有桌椅板凳？"

"对！"

"是不是说，我跟梦露，跟李清照，都可以存在某种关联？！"方焱惊呼。

"没错，就是这个意思，我跟苏格拉底也可能存在关联。假如我们共有一个四维存在，那么小苏跟老苏，可能是这个存在的两个三维切片……"

"我完全明白啦！就像苹果，一个切片是圆形的果肉，另一个切片是坚硬的种子。"

"非常正确。苹果是三维，切片是二维。每一个低维主体也许都有自己意想不到的另一个同胞兄弟，两者可能从形态、特性上都完全不同。"

方焱平安归来之后，苏雨开始思索。实验室的明天会怎样？下一步该做什么？现在已经知道，他和方焱的神奇经历在其他地方是不会发生的，只会发生在接触卡西尼星球表面之后。不入虎穴焉得虎子，哪怕是在环绕卡西尼的轨道上，也无法得到任何证实。

如何解释？如何求证？他很长时间沉湎在这个论题中，越想越不明白。也许每一次接触到卡西尼的神秘构造，就能够孵化出来一次次拥抱不完的、生生世世的体验，这是何等诱惑的召唤！苏雨内心开始感受到一种困惑的幸福感，脸上浮现出跟卡西尼一样神秘的微笑。在强烈的愿望笼罩下，他的期待开始逐渐结晶。他进一步想，只要投资和设备能够跟上需求，未来的一切都可以期待，可以尽情地去创造，可以交给卡西尼去创造！那绝对是人类目前不曾拥有过的幸福时刻。

话虽如此，还有一大难题摆在面前。后续需要更多的运载工具，他还想发射一组开放性的终端，尝试能不能悬停在卡西尼的表层下不同的深度。这样就有希望获取源源不断的数据，或者层出不穷的生命经历。可以确信的是，对镜像的数据采集必须加以改进，不能再像方焱这样一片空白。苏雨在心里勾画出一个蓝图，他想，这会不会是全新命运的开始？

他左思右想，仅仅把蝴蝶、树木这样的经历描绘给投资人是肯定不行的。实验室的遭遇已经超出人类描绘过所有的宇宙构图，也许隐藏着更为根本的空间规律。蝴蝶的形象画面很容易理解，严谨的论证却很难展开，凭什么把他自己和一只昆虫的感知联系在一起？不是打一个比方，或者做一个脑机映射这样的简单工作；这是关系到空间关系的框架问题，不能掉以轻心，他必须搞清楚任何人都不曾探索过的事情。

电话来了，林云站到了实验室中央。

"气氛不错嘛，"环视四周，她听到了悠扬的古琴声，"快告诉我，有什么新发现！"

"维度的积分关系，初步推测可以在卡西尼星球得到验证，"苏雨有点儿脸红，显得有些激动，"现在需要支持，我打算做进一步实地考察。"

"需要什么？列出清单了吗？你可以从所有供应商里面挑选最好用的设备，我尽力而为！"林云很慷慨。

"只需要一批加装了沉子通信和开放系统的火箭狗。"

"不需要沉子仪吗？"林云有点儿吃惊，"这些东西可比沉子仪便宜多了。"

"不需要，卡西尼的大概结构我们已经捕捉到了。"

"真行！"林云现在对苏雨特别客气，"要这么多机器狗怎么用？是涉及禁令吧？没关系，我不担心马总。你要多少？"

"多多益善！"苏雨很高兴。

"你不打算亲自登陆？"林云追问，"都用机器狗？"

苏雨抿嘴不语，林云会心一笑，带沉子通信的机器狗都可以做镜像终端。

"既然你猜到了，我给你看个东西！"

苏雨让林云看了蝴蝶的生平回放，问她："要说这是我自己，你相信吗？"

"你已经去过了？！"她沉默良久，"这是一扇新世界的大门，我真羡慕！什么时候带我去？"

苏雨笑笑："看你的！"

"要助你一臂之力，还得给我个说法，"林云语重心长，"不一定是真相。"

苏雨迟疑了一下。"你可以跟他们说是超流体。"他说。

林云希望他加以解释，毕竟自己不是专家，身边也没有顾问："超流体是什么？起什么作用？"

"这种流体没有任何黏性，"苏雨讲解，"一旦开始运动，永远停不下来。"

"它是已知的吗？"建立在已知基础上的游说，比完全的未知有效得多。

"理论上已经确信，在中子星上存在这样的超流体，这是它自转特性唯一有效的解释。强大的引力压碎了原子，把电子挤进了原子核。"

"你的意思，卡西尼星球上有超流体？"

"有，我猜有很多！"苏雨很直接，"它能够穿透空间结构的束缚，流进另一个空间维度。前两天中东观测到的剧烈红移，可能也是卡西尼星球当中超流体的作用，它的表面是透明的。"

林云显然没有被说服。而她，自始至终都是所有投资人的代表。

"什么力量产生这种超流体？卡西尼并不是中子星。"林云说。

"不知道，要寻找和揭示的就是它。木星、土星和天王星都是气态星球，这在人类早期的观测中也无法想象。我们面对的，也许是第一颗近距离的超流体星球。"

"有意思！"

"对研究者来说，找出一个答案，往往意味着新谜题的诞生。进一步探索的目的，就是搞清楚两者之间的关系，找到代替引力产生超流体的原因。"

"还有更具说服力的语言吗？"

"超音速流体就可以制造出一个让声波逃逸不出来的二维边界。我们看到的这个星球，为什么不能是超流体的运动所产生的一个三维边界？"苏雨一口气往下说，"空间一旦被离散化，就会发现它是量子的、有边界的。超流体也许可以穿透空间量子的边界，从一个维度流到另一个维度。"

"而你想去亲身验证它？"她语气很镇定，她完全理解他做的事情了。

"阿蒙森、斯科特……任何一个身处未知的冒险家都需要强大的经济后盾，我们也一样！"

第四十八章　太阳船

　　看到它第一眼，她就知道，跟梦里云河中疾驰的那艘一模一样。望着眼前三层楼高的大船，莫凡像面对神灵祈祷一样，闭上了眼睛。不是感到疲累，而是心神上的释放。

　　太阳船的船首和船尾高高翘起，甲板上是方方正正的船舱，五对高挑细长的船桨像列队的卫兵一样交叉竖立在船身两侧。木头经过了几千年的岁月，还保持着棕褐的本色。

　　这艘雄伟的太阳船究竟有怎样的用途，没有人说得清楚。是拿来供法老的灵魂遨游太空，再返回人世之用？还是像更多人所说是法老的殡葬船，从孟菲斯运送遗体到达这里，然后被拆卸存放的？没有人能够肯定。有人说它的甲板上没有帆，所以肯定没有在尼罗河下过水……莫凡知道这不足为凭。她隐约觉得，法老应该是用它，让自己的灵魂能够追随太阳神。

　　从大金字塔出来，苏雨就被木星大气的突发事件召回了实验室；莫凡坚持要等他回来，才肯一起走进这座展馆。对她而言，这是绝对理性的决定。因为她能隐约地感觉到，香水瓶中的神庙跟这里有说不清道不明的联系。她不知道走进这个地方，是不是会让自己的意志力再次变得薄弱。她只知道这个展馆里面的东西，对她有着强烈的诱惑力。

　　从她听说它的第一天开始，这个诱惑就一直存在。只不过相隔遥远的时候，仅仅是偶尔闪念。但梦中她不止一次来过这里，它一次次消耗着她的心力。这些梦把她引导到这里来，她还不知道会不会有超越梦境之外的力量。她有点儿害怕，害怕自己被某个突如其来的细节抓住，难以自拔。

莫凡听到有轻微的说话声传进耳朵。苏雨就站在身旁不远处，她能肯定不是他。睁开眼，声音并没有消失，反而更大更清晰一点儿。她发现自己正倚在玻璃围栏的扶手上，而声音仿佛是从太阳船另一边传过来的，就像是对岸。顺着那个方向望去，并没有游客经过。这些声音就像是两个人在对话，仔细听听又像一群人在念祷，用一种她听不懂的语言。很奇怪，她却能在很短的时间明白它们的意思。

最初，这些声音有些纷繁和杂乱。它们在讲述一座神庙当中的舞蹈，也许正是自己曾经被香水引导去的那一座，也许不是。她尽量竖起耳朵，努力想听出一些蛛丝马迹。她分辨出其中一个声音是主角，正在一点一滴地描述舞蹈，而舞者则用舞蹈在描绘一个神话。舞蹈也是一种语言，这个声音就像是舞蹈和听者之间的翻译。通过它，舞者的脸跃然莫凡眼前，有一刹那间仿佛清清楚楚，舞步和身姿的细节也越来越明晰。而其他的声音，则显示出那里不止一个听者，为数甚众，就在讲者挥手的方向。

莫凡能够一点儿一点儿地听到，有一种情绪在快速地增长。那些听众，正在热切地呼唤一个他们期待已久的神明。

她听见了拉神：所有的生命都由他创造，他是九神之首。

她听见，从日升到日落，他以鹰首人身的形象出现，坐着太阳船去巡视，沿着尼罗河，从上游到下游，给大地带来光明、温暖和生长，给黎民带来幸福、快乐和安康，是拉神最重要的使命。每当夜晚来临，他以羊首人身的形象出现。他要在黑暗世界中，驾船沿着冥河艰难穿行。他要经过十二道城门，每一个王国都是阻碍，每一个钟点都是考验，一直回到太阳升起的地方……

他遭遇了阿波菲斯的吞噬。这是一条巨大的蟒蛇，蛰伏在地平线下面。等他走近，另外六条蟒蛇向他发起攻击。站在太阳船头的两个护卫之神忙着迎击蟒蛇，阿波菲斯趁机跳出来吞掉他。他奋力冲杀，顶破了蟒蛇的肚腹……

他遭遇了索卡尔的威胁。这是一具木乃伊，长着猎鹰的头颅。猛烈的攻击只为把他驱赶出领地，让那些深埋的墓地不受他的召唤。他避过索卡尔，回首长吟，那些站在墓碑上的精灵都听到了他的歌唱……

他遭遇了奥利西斯的挑战。那头戴的王冠插满红色的羽毛，公平之秤用来考验他的心胸。他从众多魂魄中挑出善良者，一一交给奥利西斯。它们都比羽毛还要轻巧，于是奥利西斯把它们交给他带走……

穿过冥河的十二道城门，太阳船终于载着他回到自己的领地。黑暗即将过去，在黎明的曙光照耀下，拉神重新出发，再次巡游……

在经过几十次召唤之后，她更加清晰地听见，一道像风铃的声音飘过，她从自己的记忆中发现了这段舞蹈。非常熟悉但久远的感觉，恍若相隔百世。然而，她发现远古记忆中的舞蹈，和布道者转述的并不一致：记忆中的每一段舞蹈，每一个动作，她都看到人性到神性的升华；而布道者传达的却只有赤裸裸的驱使和服从。这些意志很容易用文字来记载，舞蹈所表现的神性却不能。她不能再受这布道的诱导，只能聚精会神去打捞飘忽不定的记忆碎片。

越来越清晰的思路忽然受到侵扰，一位导游带着七八个游客站到莫凡近旁。他们的交谈掩盖了她的聆听，思绪当中拉神的故事结束了。

"雨哥，你知道拉神是如何获胜的吗？"她问苏雨，又像是自言自语，"穿越冥河的时候。"

"谁？"苏雨一时没跟上她的节奏。

"拉神，埃及人的太阳神。法老们认为可以跟随他一起重生，也许他才是这艘船的主人。"

"怎么获胜的？"苏雨机械地重复她的问题。

"运动！他一直在运动，从不停歇！"莫凡换了很自信的强调，"所以最古老的祭司用舞蹈来传递这个信息，而不是文字。"

"是后世曲解了他的意思？祭司？"

"对！舞蹈是运动的，文字是静止的。舞蹈是她的语言。"

"男他还是女她？"

"女性她。她是尼罗河，她是母亲。"

玻璃围栏外的半空中，太阳船的船首高高翘起，就像是要顶破展览馆的天花板。朝向船舱的方向，有隐隐的余音绕梁。眼前巨大的太阳船和脑海里的拉神形象融合到一起，莫凡发现了一种全新的语言。

"雨哥，你说为什么东西方文化差异那么大？"她带着悟道的神情问，又自答道，"因为语言。既然无意识像语言一样结构起来，那么……"

"怎么？"

"你说会不会有一种语言？它没有名词，只有动词！"

"真有意思，"苏雨回答，"你发现了什么？"

"名词总是象征静止的对象，然而……所有的一切都在运动。"

"那我们的语言都错了？"苏雨尝试理解。

"比如太阳，根本没有静止的太阳……"

"当然，它一直在运动。"

"不仅仅在运动，"莫凡觉得他没完全明白自己的意思，"你一定知道，它的每一个部分也都在变化。对不对？"

"是的，聚变、演化，每一个原子。"

"所以我提到的这种语言，太阳不叫太阳……"

"那叫什么？"苏雨把视线从太阳船彻底移开，全神贯注听她描述。

"圆圆的、炽热的、升华……或者，橙色的、初开的、燃烧……"她想了一下，"还说不好，可以加上各种各样的形容，但主体一定是动词！"

"可我认为……"

"你不觉得我们的语言太主观了吗？"她没让他往下说，"因为人的生命有限，于是把一切看似无限的东西都静态化。不仅仅太阳，还有月亮、星辰……"

"我也这么看，运动和演化才是真理！"苏雨感觉她说到了自己内心所想。

"无时无刻不在发生！也许一种真正精确的语言，会只讲述运动，不谈论静止，更不会有一致的静态对象。"

"你在发明一种高级语言？"他问莫凡。

"我只是探讨一种存在性。人类总想找到确定的'物质'，说不定没有'物质'，只有刚刚提到的'运动和演化'。你说可能吗？"

"为什么不？"苏雨耸耸肩，对她笑笑。

"上次你说没有时间只有运动，我就开始有这个感觉。直到刚才，听见祭司的舞蹈，听见布道者的陈述。"

"你听见了什么？"

"就是那边，船的那一面传来的……"她伸手指了指，"布道者的解释语言出了问题，所以信众才认为法老会追随太阳神转生。"

"那真相是什么？"

"在纯粹的动词语言里，天然包含了大量的不确定性！"她没有回答他，"也许为了每一种运动的需要，可以诞生完完全全不同的词。而人类现存的语言中，它们却仅仅是一种东西。"

苏雨大致明白了她的想法："你这种语言似乎更适合描述宇宙。"

"有些时候可以用两种运动来构成，一种看到的，一种听到的，像'透明的坠落和噼啪的碰撞'；有些时候可以包含几种运动，像'浩如烟海的闪耀和周而复始的东升西落'……"

他迟疑了一瞬，听懂是"瀑布"和"星辰"，但并不太认同这种冗长的表达；而且，她还并没有考虑如何解释诸如"烟海"之类的带有嵌套重叠结构的指代。

"'持续的血红色绽放'，就比'红玫瑰'更精确。你觉得呢？"

也许吧。他想明白了，至少有一点她是对的，一种以运动为核心陈述的语言，注定更接近真相。

苏雨知道，整个宇宙其实只有一种过程：运动。明确这一点并不难，其他所有东西，都从属于运动。牛顿早就揭示过，静止是虚妄的，宇宙中只存在匀速运动和加速运动。爱因斯坦把重力加速归结为空间弯曲，从而把星球的绕行也统一到匀速运动当中。霍金则认为，即使被黑洞吞噬也不会静止，它会以另一种形式喷发出来。只要把宇宙看成各种各样运动的总和，从运动的角度去理解和思考问题，而不是物质的角度，那所有的属性都会不同。

假如从语言推论到空间维度，又会发生什么呢？苏雨想。会不会有一种维度体系，它不刻画静态的位置，而直接描绘动态的运动和演化？想到这里，苏雨的思维停顿了一下。他试图再换个角度看待问题：在时间不存在的前提下，如果空间也不存在，唯一持续和连续的存在是运动吗？

这种崭新的一元论空想，使他思维当中的固有体系猛地被抛弃到一边。要充分地理解这种坐标系，物质将会以完全不同的角度呈现，所有的连接都建立在运动和运动之间。世界开始变得扭曲，最后面目全非。在这个思维框架下，所有东西都变得缺乏制约，代之以灵活和难以测量。那会不会造成裂变一样的错误积累？既然没有位置概念，只有运动和演化，连人类熟知的"理性"也将改头换面，"错误"是不是也该重新定义？一切忽然有趣起来。所有的"事实""矛盾""哲学"……所有的所有，都更加丰富和灵活。

苏雨眼中，莫凡俨然一位了不起的形而上学家。她那么与众不同，居然能把物理学变成语言学的一个分支，像宇宙的魔法师。他可不可以尝试从这个角度出发，突破空间维度的桎梏？

"虽然我跟他们一度在感觉上相通，但是埃及人追求的永生，我想大概率是不存在的，"莫凡扯回太阳船的话题，"或者永恒，他们也错了，连最短暂的永恒也没有。"

"他们不还是找到了精神寄托？"

"只有静止，才会永恒。然而静态的东西，都是没有灵魂的……"莫凡挺直了修长的身躯，让苏雨又看到了那个熟悉的队友。人一辈子，还有什么事情比相爱的两人坐而论道更加快乐呢？没有，苏雨心里说。

"就像音乐，必须在演奏中得到生存，就是流动的音符。假如停下来，你连一个最简单的音符都得不到！"她俯身把两肘撑在玻璃围栏上。

苏雨想起超流体，流体运动的极致状态，那原本只是他给林云、给投资人的托词。现在他觉得有一定可能性，万一就是它造就了卡西尼星球呢？

"你会不会宣称：全部的空间已经消亡，剩下的只有运动？"苏雨问她。

"不会，"她两手对着太阳船挥舞开去，做了一个拥抱的动作，"空间我不懂。我只是尝试通过运动去揣摩一下永恒的含义。我们的生命，也许可以理解为无数运动的叠加和迭代……"

苏雨点点头："空间不会是虚假的，它只是有些残缺！"

这个时候，方焱来电话了。苏雨看着莫凡："失陪一下，估计实验室有什么异常情况。你先休息休息，我尽快回来。"

"好，你去吧。"然后看他快步走进卫生间。

身边的游客散了，苏雨也走了，莫凡又听到了空中传来的声音，从太阳船的背后。他们从四面八方云集到神庙门前，从两根高耸入云的方尖碑之间穿过，鱼贯而入。她听到他们的草鞋擦过石板窸窸窣窣的响动，摩肩接踵的嘈杂。她感觉身临其境，像用一对透明的眼睛，从方尖碑上往下俯瞰。她不敢稍有动弹，怕被他们抬头发现，也怕摔下去被他们踩碎。她尽可能地屏住呼吸，怕稍微一个喘息，就会打扰到其中的细节分辨。

时间像静止了一样，容纳进来越来越多的画面。就在眨眼之间，莫凡看到神庙的上空幻化出满天星辰。每一颗星星都拖着长尾，跟太阳一起闪耀着光芒。远处的沙漠被照耀得炙热、熠熠生辉，像滚烫的金子。视线变得模糊，她的双眼被暖风吹得干涩而火辣。她聚精会神地聆听，听到阳光照到方尖碑上，照到每一根金色的石柱上，然后一针一毫插进他们脚下的沙子。

莫凡想起梦中的云河，还有在那艘大船上的画面。在梦中，她曾沿着天上的尼罗河顺流而下，在星光璀璨的夜空御风而行。如果眼前的太阳船真的属于拉神，那他现在应该是站在它的船头了。而她也在甲板上，跟在他的身后，亲眼看见他苍鹰的头颈和顶上的圆环。

强烈的阳光照射着这艘巨大的航船，每根木头都发出呼啸的声音，像是风的呻吟。这厚重的呻吟又变成无形的绳索，想要把她牢牢捆绑，抛到无依无靠的天空。这一刻，她被太阳神的光芒射得喘不过气来，不禁后退了两步。转身走下楼梯，她走进那堂皇的船舱。她看到华丽的雕刻和漆绘，蓝色的眼睛和五彩的羽翼，还有记载着神迹的叙事。她的心脏剧烈地跳动，就像是唯一知晓它们真实含义却无法揭露的人……

所有的声音莫名其妙地消失了。

耳边是一阵令人不安的喧哗，新一波游客上来了。他们一直走到离她不足一米的地方，对着太阳船指指点点。莫凡明白，是太阳神把她从船上抛了下来，她无力反抗。

苏雨也回来了，心事重重地向她走来。目光对视那一刻，他的眼神和脸上的表情都变得温和。"走吧，小凡，你已经在这儿站很长时间了。"

莫凡的嗓子忽然失声，一句话也说不出来，就像风的绳索还把她牢牢束缚一样。她再一次望向太阳船，感觉它已经驶进另一个世界，留在展厅的只是一个空无灵魂的躯壳，一具棕褐色的木乃伊。

阳光透过高处的玻璃窗洒进展厅，从她的眼中反射出来。她转身问苏雨："如果收到来自另一个世界的聚会邀请，你会接受吗？——前提是这张请柬，叫你必须先去死？"

接到方焱的电话，苏雨赶回实验室。

方焱把手上的资料递给苏雨："雨总您看，毛头在最近两个小时之内，监测到卡西尼星球的亮度有不规则的抖动，不显著但是能侦测到。我针对抖动，尝试代入您的理论框架……抱歉，没先问您意见！"

"没关系，接着说。"

"我也根据分形结构做了参数修正。然后得出一个令人不安的结论……"

"结论是什么？"

"希望是我算错。卡西尼当前的逆轨状态并不稳定，有可能在几天之后再次消失。"

苏雨看一眼报告，然后抬头看了看她。短暂沉默之后问道："几天？"这个局面并不在他意料之外，只是没想到这么快。

"可能两三天，可能24小时之内……就算我算错，顶多也就四五天。"

苏雨想了想："等到卡西尼再次现身的话，会是稳态吗？"

"是稳态。卡西尼再次现身将会是顺轨，不过……"方焱停顿了一下，语气显得很迟疑。

"算出来什么时候？"

"大约一千三百年以后，"方焱回答，"也可能两千六百年，或者更长。"

苏雨脸上挤出一丝笑容，是苦笑。这是个好消息，真的，从科学的角度来看，她的计算进一步验证了苏雨对卡西尼的推测。苏雨从一开始就认为，卡西尼绝不是半年前才出现的新天体，按照时隐时现的表现，完全可能早就在天空中出现过不止一次。人类有天文望远镜的历史不过几百年，它也许只是从伽利略时代到今天没有现身而已。几百年对天文学尺度来说，简直不值一提。

他查阅过有关土星的古代文献，发现《文子》当中有"镇星摇荡"的记载。作为"岁镇一宿"而被古人称为"镇星"的土星，应该是最稳定的星，如何会"摇荡"？苏雨的推测就是，大概率在那个年代，卡西尼也在它的环土星轨道上反复出现、消失、逆转，对土星亮度和颜色造成了反反复复的影响，造成古人观测天象时候得出"镇星摇荡"的结论。

苏雨没有做进一步安排，他需要冷静想一想。到目前为止，实验室已经取得超过预期的收获和进展。虽然他和她都热切盼望新一批工具设备到达，盼望更深入了解这个星球，但远水解不了近渴。现在最大概率的事情，只能是收拾收拾心情，返回地球。他需要冷静下来想一想，也许计算有误，那需要找出问题所在；也许还有最后一搏，那需要创造性地提出新的思维实验，然后在现有条件基础上，抓紧时间用观测结果进行验证。这很难。

回到展览馆，苏雨走到莫凡身边，心事重重；而她还在望着太阳船出神。刚刚调整好表情去面对她，她就转身提出一个让他难以回答的问题：

"如果收到来自另一个世界的聚会邀请，你会接受吗？——前提是这张请柬，叫你必须先去死？"

这个问题让苏雨从头到脚呆住！这无疑是一次发自灵魂的拷问。他脑海里立刻浮现出让他癫狂的另一个世界——卡西尼星球。难道她预感到了什么？或是一次神启般的暗示？

"为什么会提这样的问题？"惊诧过后，苏雨反问莫凡。

"不是我……是阿根廷作家，艾拉。"她没有注意到他的脸色。

此刻苏雨的手心里全是汗。不知道她想要听到怎样的回答，他也不知道这个问题有没有正确答案。

莫凡觉得这个问题并不太难，只不过是质问一个人生的态度。"你看眼前这艘太阳船，坐上它，我们也许就能横渡两个世界……"她并没有继续追问。

回到酒店，莫凡早早上床休息，她累了。但与其说是去睡觉，不如说是去冥想。随着太阳船的舞蹈在脑海中一次次重现，她听到越来越多的故事，看到越来越多的灵光。

"前提是这张请柬，叫你必须先去死！"这句话苏雨似曾相识。想起来了，这并不是她第一次问这种问题。

莫凡有写日记的习惯，苏雨第一次看到其实是一次大胆的偷看，却直接导致了他俩的感情升温。他清楚记得自己翻开日记那一刻，上面赫然写着："有谁胆敢，以生命作价钱来买我一晚？"当时苏雨并不知道这句话摘自普希金名作《埃及之夜》，他没有读过。于是傻乎乎跑去告诉她答案——"敢"！那一刻，她的脸上挂着谜一般的微笑，裙摆下面隐隐凸显出长腿的曲线，像秋天的水面下藏着的莲藕。他不知道已经陷入一个关于分手的旋涡；只知道爱她已经爱得无法自拔。

"你是不会在意我的，但我永远做你的坚强后盾。不管你在哪里，我永远爱你！"莫凡的日记如是说。然而同一时期，她却在电话当中跟苏雨闹分手。"正因为太喜欢你，我受不了那撕心裂肺的相思苦。我心会痛的，痛得受不了。所以只能避开它，我会疯的！"下一篇日记对此作答。

"我头好疼，我想抛开一切，我应该用另一种东西替代相思，那是一定的！"年轻时候聚少离多，她会经常感慨，"现在想不清楚，我想休息。我是我自己的，不属于你！你活得会比我好，我很难再影响你。"

"对你了解越多，爱你就爱得越深，从冬天的蜕变到春天的平和、夏天的炽热。应该在秋天丰收吧，那一定是理所当然的。"

"我想冷静，真的是太累了。爱情对我不是精神支柱，而是一块大石头压在心里。你在我心目中是那样出色，我满脑子你的形象，随便怎么说也不该找我这样一个女孩儿，而是我无数次为你的女友设计好的形象，我不配。"

"耐不住寂寞，我不会让寂寞占有我；怕被伤害，除非不付出，我想我永远都不可能付出。真正唤起我心中柔情、我真正愿意对他好的，只有一人！"

"就让昨天是一场空白吧！对你对我都有好处。我开始厌恶这个世界，甚至不想偷生！"

"我不可以和别人做朋友，我太善变了！我要冷静。我是伤他太多，我是在折磨我自己。我是如此的爱他，却从来不愿去呵护，而时时去伤害他。是我的错，我该负完全责任。"

"我是否太过热情？我是否自作多情？我是否语无伦次？我是否黯然心碎？今天晚上，我却后悔了。"

"有时替你想想，我知道你希望能找到一份感情，你真正倚重的感情。然后不再管它，专心做你的事情。当你事业有成之后再来成其之美。这道理我其实懂，我又何尝不想呢？"

"第六感觉告诉我，你已经不如从前爱我了，而我深陷其中。女人的感觉是灵敏的，又是多疑的，喜欢感情用事，其实我也不例外。男孩总是提得起放得下，说过走自己的路，不要在乎别人，有时候心会很痛。"

"我在想，我是不是永远都充当悲剧角色？我宁愿不要谈恋爱。我应该去理解你，体谅你，关心你。你那么辛苦，而我居然那么不懂事，还要烦你。我以后不会了，对不起！"

"为什么我总不相信他？为什么我老想同他分手？为什么我又喜欢他，会想他？"

……

"分手""心痛"，还有"悲剧"，这些词语在她日记中司空见惯，更可怕的是付诸行动。她温柔似水的谜一般的双眼、她一颦一笑都甜似甘露的酒窝、她在世间苦痛面前近若观音的慈悲心肠，能把人迷得魂不守舍，又自叹浅薄。这不是她的拿手好戏，是真情真意和全部心思。过度的谦逊和悲天悯人，经常把她自己搞到失意、绝望，甚至责骂自己苟且偷生……

苏雨抬起头，在朦胧的光线下，盯着她安静的脸庞、平缓的呼吸和柔美的胸脯，目不转睛。他记得她日记当中的很多片段。在她胸中，在她心灵当中，到底藏着多少惊涛骇浪？几十个春秋了，他依然没有看清楚。

十三年前，病痛一度摧垮她，所幸精神分析帮助她恢复了健康！在对精神结构进行一连串的解构和重构之后，她在很多方面都像是换了个人似的，比如曾经的恐高，曾经惧怕乘坐飞机……这些现象都消失了，她整个人发生了翻天覆地的改变。

她和苏雨经常谈起他们之间的爱情，谈起一起参赛的队友时期，谈起创业的艰辛、苦难和收获。但只要苏雨提及她关于分手的片段，关于记载那些心路历程情绪点滴的日记，她总会感到很诧异。她就像是在听别人的故事，或是某夜的一场旧梦。

"分手？我怎么可能要跟你分手！"她每次都会张大嘴巴，做出吃惊的表情，对所有细节矢口否认。有时候哈哈大笑，然后戛然而止，表现出对这个话题恼怒的样子。很奇怪，她对往日插曲遗忘得一干二净。反倒是苏雨在她面前多提及一次，都会让自己感到惭愧。渐渐的，他也不再提起，他也宁愿事实并非如此。况且再也没有看到她的书架上有那些日记的踪迹。她把它们藏到哪里去了？

他想过，难道精神结构的改变真能影响现实世界？他不敢相信。但在莫凡身上，又似乎是千真万确的事实。直到后来，他不再纠结这个诡异的现实，不再去求证那些伤心的往事，他觉得那样做根本在违背爱情本来的追求。

现在联想起他在实验室亲眼看到分裂的空间结构，卡西尼星球在遭遇反物质小行星碰撞之后呈现的种种面貌，他迫使自己的理性回过头来重新看待这个问题。毫无疑问，这两件事情他应该联系起来，他已经不再怀疑。这是一个月光如水的夜晚，拨开落地的窗纱，苏雨看到城市的灯光之外，大金字塔的顶端清晰可辨，熠熠反射着灰白色的荧光。尼罗河的波纹也格外醒目，映照着天空的明月和两岸的灯火。

他开始进行猜测：最直观和显而易见的，是设想有两个莫凡。一个对爱情敏感脆弱，在日记中辗转反侧，对他充满怀疑、缺乏信任；另一个胸怀坦荡，给予他无限支持和关爱……这样理解的缺点在于，根本无法解释前者的消失和后者的突然出现，而且后者拥有前者几乎关于所有事件的记忆，除了分手的剧情。这无疑会成为一个找不到答案的新谜题。

当然，苏雨更不可能接受另一个解释，就是莫凡所有的日记都是他自己的幻觉，是他自己分不清梦境与现实的产物。

莫凡提过一个设想，就是人类置身于第四维度的关系是否可能就表现为精神结构？这个设想启发了他，也许真相极其朴素，同时又超越传统认知。关于这一点，他在搞明白空间维度从低维向高维积分这一过程的时候就该意识到。我们的思想和精神，从来没有被证明具有三维空间的存在属性。有人曾经声称它们是 50 维的，超越因果关系，即使取消历史也不确定是否能够左右它的未来。而且从梦的立场来看待，没有人能够保证精神的连贯和连续。

方焱也说过，"就像苹果，一个切片是圆形的果肉，另一个切片是坚硬的种子"，苏雨确信，他清楚地看到了两个不同的莫凡，前一个是圆形的果肉，后一个是坚硬的种子。是精神分析促成了她和周围的所有改变！

眼镜莫名其妙掉了下来，落到地毯上发出似有似无的声音。苏雨捡起来，望着尼罗河上的船来船往。天空有云朵遮住了月亮，苏雨的脑子里再次回响起她在太阳船前的拷问：

"如果收到来自另一个世界的聚会邀请，你会接受吗？"

此刻他开始极力在理性层面推敲这个问题。关于意志，他觉得自己无论如何都是足够的。但真的只是需要勇气吗？也许另有其他深意。他的智慧要跳出来讥诮那个坚强的自己了，从来没有哪一次像此刻这样渴望看清两条不同道路的未来结局。没有谁会事先知晓答案，除了上帝。

这种愚笨而无法领悟的焦虑之心，继续不断地滋长，慢慢开始变得狂躁。一股不知名的力量，使他终于失去了理性。苏雨浑身上下微微地战栗起来，差点儿喊出声来——他忽然明白，自己已经收到了这张请柬！

苏雨想起自己写给莫凡的一首小诗：

我喜欢，长路的夜。
这样，奔驰与静谧，
才有了鲜明的对比。
在黑暗里，
积蓄冲破黑暗的勇气。

长路，没有尽头。
灯火与星光齐明的地方，
是城市，或者宇宙。

苏雨脑子一片空白，耳边仿佛充斥着刺耳的啸叫声。他要到路的尽头去看看！目光里透出一种夹杂着无奈和无助，又闪烁出零零星星的好奇的光彩。稍微整理一下莫凡的被单，他打开房门，蹑手蹑脚地走了出去。走廊和电梯都空无一人，人们要么在顶楼的赌场放肆，要么还在尼罗河边游欢……

他到前台要求租一辆跑车，可惜因为没有预约而作罢。所幸的是，在大堂他碰到一位老朋友，是国家通讯社驻中东记者，于是干脆地拿到了车钥匙。吉普车从停车场疾驰而出，四轮独立电机输出强劲的动力，在他心里咆哮着，如同他收藏的那辆老爷车的炸街感。但这快感稍纵即逝，此刻他全部的心思都画满了一道一道的创痛，正如别离之前。

开罗的这个夜晚绝无仅有，他感觉跟人生中经历的所有夜晚都不一样。月光撕碎云块，从天空扑下来，然后掐住每幢房子的头颅，让人感到特别窒息。城市的灯光无力地挣扎着，越来越暗淡。

苏雨想到了卡西尼，想到了实验室，方焱还在继续验证计算结果。

他并不打算回去跟她一起做这个事情，他知道计算结果是正确的。也许趁这最后的时间还能做点儿什么，也许还能有一点儿点儿的新发现。可是，他不再想争这一分、夺这一秒，他想走得远远的，一直走到金字塔的另一边。他心里非常清楚，如果选择赴了那张请柬的邀约，这一切都不再重要。

一排排的棕榈树被抛在身后，光影透过车窗划过苏雨的脸庞，一道又一道，一切都显得苍白。再也看不见高楼大厦，只有灰尘在后面紧追不舍。公路越来越颠簸不平，苏雨关掉车子的自适应避震，任由路感清晰地传递到自己每一根神经、每一根血管，最后到达心脏。他因此感到生命的坎坷和真实。

吉普车甩开所有车子，朝着吉萨疾驰，一直开到金字塔背后。在那里的高地上，他可以远远地眺望整个金字塔群。他停下车，心怦怦地跳，透过夜色，三座大金字塔一览无余。周围空无一人，他感觉自己就像是一个守灵者。

金字塔在月光下悠悠矗立着，好像能看清上面的每一层石头、每一块风化的残缺……从塔尖一直延伸到他和莫凡一起走过的每个角落。他把视线从金字塔之间望向对面，城市灯光像墓地的荧火一样忽明忽暗。风卷起黄沙，一波又一波地顺着金字塔间的大道刮过来。但每一次快到他跟前的时候，都偃旗息鼓了。苏雨的脚下，是观景台的制高点。他席地而坐，耳边的啸叫声没有了，只剩下此起彼伏的风声。

从来没有哪一个夜晚，会让苏雨觉得如此漫长。他感觉脚下的大地在慢慢旋转，就像一艘失去动力的飞船，在太空中无助地流浪。远处的灯火和朦胧的星光交织在一起，让他分不清哪是天、哪是地。此刻，他感觉到莫凡就在自己耳边，能够听到她的呼吸。

"很久没有动过这本日记了，它记载的是我的幼稚、天真和上进，一切都充满了希望。"他想起莫凡那些笔迹。"然而现在，我的心里是一片沙漠！"那又是一次分手的记载吗？苏雨记不清了。

冷风渐渐攻上他脚下的高地，有沙子在敲打他的唇齿。月亮越来越高，他能清楚地看到金字塔群落的所有轮廓，甚至隐约看到狮身人面像的背影，但还看不到整个沙漠。他决定离开这里，往塞加拉方向去。

转过弯，他看到高高的椰枣树，成群结队站成茂密的森林。马路对面，跟森林在静谧中对视的，是覆盖着厚厚黄沙的岩石。绿色的椰林跟沙漠的边缘形成色彩鲜明的界线，即使月光下也显得阴阳分明，他就顺着这条分界线一路向南。他曾经听莫凡说起过阶梯金字塔，说起过塞加拉。她说起它们的时候，就好像在闪回第一王朝和第二王朝的故事——埃及还定都孟菲斯的年代。

车子脱离尼罗河谷，从大道转到沙漠小路，冲上坡地之后，阶梯金字塔出现在苏雨的视野中。离路不远的地方有许多人，三三两两像土堆上的蚂蚁。放慢车速，斜坡下面有一个凹坑，更多戴着白色头巾、穿着长袍的人在忙碌。

"你永远不知道埃及的沙丘下还藏着什么！"苏雨想起这句考古学名言。他停下来看着这支考古队，应该是发现了什么，才会连夜发掘。他闻到一种特别的味道，从未接触过的味道，不是沙的味道，不是岩石的味道。虽然很隐约，从很远的地方飘过来，但它就像是在醋酸中浸泡过千百年，再混杂进陈年的植物油和衰败的亚麻织物。他知道，这是真正古埃及的味道。

苏雨尽量不让自己的视线离开，他把所有注意力都集中在考古队身上。月光暗淡，只剩下考古队微弱的灯光。历史的黑影从看不见的墓穴中慢慢流出来，淹没了整个沙谷。他听到了它的声音，就像沙子从高处流向谷底。远处的村落和城市都在沉睡，没有人被它惊醒，

苏雨又想起卡西尼星球的请柬，这颗星球绝不是太阳系的新成员，反而有可能是古老历史的见证，宇宙的古老历史。接受那张请柬，他将拂去厚厚的宇宙沙尘，掀开他完全无法预料的秘密。

月亮再一次高悬在头顶，发射着刺眼的蓝光，令他感到眩晕。在塞加拉，在一望无际的沙漠上，重新弥漫的是寂静和虚无。他睁大眼睛看着两座低矮的阶梯金字塔，感觉它们的影子落在自己身上，重叠在一起。眼前的一切都变了，仿佛他曾经来过这里，那时还不曾有这些墓地、这些残损的金字塔，只有荒无人烟的沙漠。他守在这儿，一小时，两小时，

他直直地睁着双眼，感觉到眼珠子后面有一个又一个念头在冲撞、燃烧，而这一切好像不会有结束的时候。但他知道有结束的时候，他在等待。他知道月亮一旦坠落到地平线下，弥漫在沙漠里的寒意很快就会被驱走，他就能看到太阳神驾着航船重新升起。

之前笼罩在阶梯金字塔周围的那团薄雾，已经散去很久了。这星空又消失多久了呢？苏雨不知道。他听见遥远的天际传来拖声遥遥的声音，很快漫延到四面八方。是整个城市的人在唱经，天快要亮了吧！他陡然感觉有一个影子从身边快速地溜了过去，没有看清楚是谁。

打着车子，苏雨调头往开罗城疾驰而去。

"如果注定要入地狱，我不会推脱，更不会逃避。用最大的勇气去接受最大的不幸！"苏雨脑子里，冒出这样一句话。

这是莫凡在某本日记写下的最后一句。如果命中注定要把他和莫凡分开，那这一次，他选择迎接命运。

第五十章　在一起

　　苏雨离开埃及，在实验室醒来前的那一瞬间，做了一个小小的梦。

　　他梦见自己回到重庆，看到外婆端坐在藤椅上，神态安详。他很诧异地问她："您老人家不是已经离开我们了吗？"外婆回答说："傻孩子，现在是二十年前！我好好地在这里，不曾离开。别告诉她们。"

　　苏雨环顾房间，大姨、大姐、二姐都忙着自己的事情，好像并不知道这个情况。回过头，借助昏暗的灯光，他看清楚外婆的脸，正是她二十年前的样子：是他每一次回去，她坐在麻将桌边的样子；是他每一次在跟前，聆听她教诲的样子。他怀着喜悦的心情，静静地望着外婆的模样，想要辨别出每一条皱纹、每一根发丝；他凑得如此之近，想要把一切的细节都铭刻在心中……然而这时候，他的身体却在实验室苏醒过来。

　　苏雨没有立刻起身，他睁开一只眼，望着屋顶上面阴霾密布的天空。泰坦星球没有卡西尼那么抽象，更像是现实的梦境。实验室里飘荡着爵士乐的声音，萨克斯把气氛经营得一点儿没有告别的情愁。然而命运的岔路牌不停拍打他的神经，从镜像一路跟到实验室，纠缠着他，逼他做出最后的选择。

　　在穹顶外面，地球以外最美丽的风景依然倔强地流动。爵士乐换了一首，他听不出曲目，大概是方焱的喜好。他一点儿一点儿地恢复了理智，卡西尼星球的任务不存在新的转机了，他心存惋惜地环视自己一手创建的实验室，每一个零件都簇新地闪现着科技的光彩。

门开了一半，方焱站在门口，问他是否还要休息一会儿。苏雨没有说话，用眼神向她询问，有没有新的想法或者意外变化？她耸耸肩，然后走开。剩苏雨一个人，继续躺在座椅上。他叫毛头换一首交响乐，如果她不反感的话，最好是德沃夏克《自新大陆》，从第四乐章开始播放。

随着提琴声越来越激昂，苏雨想起来，时间是不存在的。那第四个空间维度会让人感觉到什么？只要它真实存在，他相信能在新世界跟它发生亲密接触。苏雨从来不问一个关于未知的想法是否科学，因为科学只能涵盖已知，即使是等待发现和证明的东西，那也涵盖在现有方法论的推导当中，属于已知的未知。他真正着迷的，是未知的未知。不过，必须得靠一点儿运气才行！

"我想放弃了，雨总，"方焱再次走进来，"等它消失，我们是不是该返回地球？"

一个苏雨想说"是的"，另一个却抢先打开嗓门回答："你可以准备了。不过，我打算再去一趟！"

她沉默了一下。

"一直没告诉你我的想法，"苏雨解释说，"直到刚才，我也还没想清楚。"

"可我们没有火箭可以去了。"

"用救生舱可以，"苏雨回答，"回头叫林云再给你送一个过来。"

"给我？"方焱有点儿诧异，但并没有追问。她更关心苏雨这次最后的行动，能不能带她一起。苏雨站起来，扶着她的肩膀，诚恳地笑笑，方焱没有察觉背后的一丝诡异。

"你别去，不能都去。把监控和唤醒都托付给机器，我不放心。"

他们面对面站着，谈了再去卡西尼星球的很多注意事项。虽然她不能亲身实践，但方焱对镜像再一次设身处地发挥探测作用很是期待。

"抓紧时间准备！"苏雨对毛头说，转头再看看方焱，"现在，去深度休息一刻钟。你也很累，待会儿需要集中精力。"

厚厚的云层裂开一个洞，阳光穿过它照进实验室。像是神圣之光，微弱但是温馨，而且庄严。交响曲结束，空气中传来他熟悉的肖邦小夜曲。音量很小，但足以烘托他的心情。苏雨做好所有的镜像设置，等方焱回来的时候，他叫她来负责发射。

实验室外面开始落下雨点，很快成为暴风急雨。雨水哗啦啦地沿着穹顶和窗户泻下来。苏雨心里有很多话想跟方焱讲，但他清楚，临别的时候故做镇定有多么困难。直到最后一刻，他也无法跟她告别，因为她必然会反对他的决定，而且坚定地阻拦。决心已定，任有多少难以言说的情感，也永远无法述说了。也许在沉入卡西尼前的最后一刻，他能在心里给她写一首小诗。假如那时候还来得及，他可以念给她听。

一切顺利，救生船正向卡西尼星球飞行。

"知道信息守恒吧？"苏雨问，"不仅是处理信息的方式，而且暗示我们身处的三维世界，可以把所有的信息都写进一个二维表面。"

"那不就是二向箔吗？"

"不过这也意味着整个过程可以还原，"苏雨严肃地说，"以此类推，我们寻找的四维空间信息，也可能都记载在某些三维形态中。"

"我们有希望找到突破点？"

"说实话，我不乐观。我们自身只是存在的其中一种形式，而不是存在本身。你看我们跟细胞当中的原子，跟我们的 DNA，有共同之处吗？"苏雨反问她，又自问自答，"没有，我们只是它们的表现形式！"

"雨总，我能不能理解成——"她问他，"你想为存在找到一个真实的物质基础。"方焱没有注意到他言辞间的语无伦次，她在试图充分领会他的意思。也许这是她第一次没有从他谈话中听出真实的含义，继续沿着就事论事的方向跟着他的话锋。

"黑洞却是最大的信息不守恒。二维空间的引力理论——斯塔鲁斯基维茨理论，就没有东西可以拿来量子化，它甚至不能容纳引力波。相反，四维空间的引力理论，可能天生是量子化的……"

苏雨其实一直在太空中朝着卡西尼星球疾飞。

在救生船躺下那一刻，方焱还在休息。也许还有最后的反悔机会，但他什么也不打算想了。多一分考虑，就多一分犹豫。他在高傲地等待着，深信自己不会有任何惧怕，甚至开始感到兴奋。然后他躺下来，启动镜像，把自己的镜像投射回实验室，他要在那里跟方焱一起，控制救生船的飞行。

只差几分钟就要抵达卡西尼星球表面，苏雨开始盯着屏幕上救生船的移动轨迹和发回来的舱外图像，慢慢地不说话了。

"雨总您快去躺下吧，我要启动镜像了！"方焱看了他一眼。

这一刻苏雨感觉血液瞬间停止流动，然后在实验室里化为了空气。实验室里的他消失了，声音从监控系统里面传了出来："小方，我已经启动了。"

方焱愣住了，低下头沉默好长时间："雨总，您骗我……"

"别难过……"苏雨回答，"在我到达之后，有一件事情请求你。"

方焱抬头望着他："您吩咐！"

"请你在我降落卡西尼之后，"苏雨说，"或者叫沉入，假如没有阻碍，尽量跟我保持通话。尽力关注并且记录下所有的反应和数据，不要漏掉一丝细节。就像我在的时候，你能做到的最好状态。"

方焱认真点点头，眨眼之间几滴眼泪逃出来，沿着脸颊飞快滑落……

苏雨像一个初到海边的孩子，扑面而来的海风几乎扼住他的喉咙，感觉无法呼吸。他小心翼翼看着面前的茫茫大海，生怕往前多走一步就会被海浪吞噬。但一股难以抗拒的力量从背后，义无反顾地把他推进了浪潮。他害怕地闭上眼睛，海水和沙子一起涌入他的口腔和鼻腔，陡然打通了他的呼吸。

他一动不动地站着，慢慢睁开眼睛，看到了卡西尼星球的日出。一开始只有模模糊糊的蓝色光影，然后地平线上有淡淡的光芒在闪烁。他认出那是遥远的太阳。光芒一点儿点儿往上升起，地平线变得越来越明朗。虽然光芒很轻，但天空看不见一颗星星，连土星和光环也不知道哪里去了。很快天空变成了银色，像一张巨大的无边无际的铝膜。仔细观察，可以看到一根一根的棱边，像丝线一样交织在空中，从天顶一直延展到地平线，每一根都反射着微弱的阳光。他感觉自己的呼吸有规律地起伏着，那些丝线也随着这个节奏上下张弛。光线越来越亮，他痴痴盯着天顶的丝线目不转睛，直到眼睛干涩，它们看上去好像是天空的裂缝。他想变成一只大鸟，飞向那些亮晶晶的丝线，站在上面探个究竟，就像燕子停在高压电线上那样。

极度兴奋中，苏雨似乎在期待什么。忽然一个熟悉的画面从光亮的背景中凸显出来，浮现在他眼前。半空之中他看到了实验室，这感觉令他非常震惊。他知道这不可能是他不久前才离开的真实的实验室，它在泰坦星球，距离已经非常遥远。不知道为什么，他整个身心都感觉到它的真实，还有她，他看到了方焱在房间里走动。

"雨总，您在吗？"他看见方焱在说话，耳边也听到她的声音。

"我在，就在实验室外面，能看到我吗？"苏雨急切地回答。他感到一阵欣慰，他朝她挥挥手，试图隔着玻璃跟她对话。

"雨总，能听到吗？听到请回话！"她的语气中带着焦急和忧伤。

实验室越变越大，影像从眼前掠向身后，发散开。他感觉跟她擦身而过，周围天空和星球表面逐渐融为一体，呈现出水晶阵列的模样，每一个晶格都在闪闪发亮。进入卡西尼之前，苏雨猜想会遇见奇形怪状的拓扑迷宫，或是六个方向都无穷无尽的蜂窝。但是现实并没有那么诡异，他从一个透明的晶格滑向另一个透明的晶格。

他感觉到引力，很轻；但每次滑到晶格边缘，都会骤然增强、再减弱，一次次地重复改变。通过这个过程，他感觉正在向着卡西尼中心不断运动。看看四周，救生船还在，没有支离破碎，身体也完整无缺。抬手看了一眼腕表：3月31日23点59分（北京时间），他看到秒针在动。

在一片光明闪耀当中，苏雨问自己："时间真的不存在吗？"如果事实如此，存在的只有运动，那他就可以在一个晶格的历程当中做无穷尽的事情。他试图回忆自己的一生，然后为方焱作一首诗，再为莫凡作一首，还有林云……如果真的能够做到，那足可以证明时间的虚无。他准备试试看，能否抛开时间的桎梏！

苏雨感觉到一滴眼泪从眼眶中溜了出来，缓慢地在脸颊上蠕动。然后，一切的身体活动都停止了。

手臂还半抬在空中，腕表朝着自己的眼睛，他能清楚地看到刻度和读数。秒针消失了，只在表盘上留下一个若有似无的影子。舱外亮光依然刺眼，但丝线划出的晶格边缘不再炫目，它们向着一个固定的方向反射光芒。苏雨试图吟诵一两句，发现在这个世界连最简单的声音都无法传进自己的耳朵。他明白时间已经消失，还有一个明显的事实：思想既没有消失，也没有中止。

他没有别的撰稿方式，除了思考。所以他把写下的每一行，都记在心里。

先给方焱写一首十四行诗，再为林云写了一首；然后他又给林云写了一首，这首比前一首更显得暧昧。如果她能够读到它们的话，会不会再次恋上他？于是他把这一首删除。他反复修改两首诗里面过于庸俗的韵脚，换上抒情的词，即使押韵没有那么工整。

给方焱和林云的诗都完成以后，他想起莫凡。

他记起第一次创业失败之后，跟莫凡住在远离城市的地方。那时远没有现在的交通便利和生活方便，离最近的购物中心也有十几公里路程。那里住宅分布得很稀疏，园区外面有成片的油菜花和小麦地，还有郁郁葱葱的森林和坡地。一条小河环绕着大半个园区流过，他们伴着每天的晚霞散步、遛狗。整幢房子的装饰都是莫凡设计的，她还特意把一棵砍倒的构树竖立到了客厅一角，于是挑高的空间显得不那么空荡荡。树上绑上几串仿真的石榴，跟茶几上她随时更新的鲜花一起，感觉室内的客厅也透过高大的落地窗，跟外面四季常青的花园联结成了一体。

那是他们最平静的时光。花园很大，整整一亩还多。高大的乔木簇拥着他们的房子，每每在阳光下透过窗户投进温暖的影子。树木间隙，莫凡砌了一堵低矮的红砖墙，葱茏的七里香爬满上面。每年三月的最后十天，那里都呈现出壮丽的花墙，仿佛绿地上无数的精灵牵开一幅洁白秀美的婚纱。

客厅中央，摆着莫凡祖上传下的老茶几，岁月在上面留下沧桑的印迹。一座像根雕又像乌木的麻栎树桩摆在钢琴旁边，是苏雨从很远的祖宅搬出来的，也说不上来多少岁，听父亲说他爷爷告诉过他，这是先祖在光绪年代挖的。二楼书画室里，挂着半阕联："体用两齐垂世教"。赭色的底漆殷红的大字，也是抗战时候的文物。这几样古董似的家传放在极具设计感、抽象浓重的艺术氛围当中，格外别致而又相得益彰。

他记起第一次远距离镜像成功的时候，莫凡穿着那条淡绿色的长裙，正从远处婷婷袅袅地走过来。他记得她迎风抖擞的乌黑短发，他记得她长裙下面的修长双腿，他记得她如水般的光滑肌肤，他记得她脸上跳跃的青春阳光。他记得她看到自己那一刻的眼神，那是终生难忘的爱情之光。

他记起十九岁那年暑假，第一次到莫凡家乡，她领着他去看张大千的画。他还不知道跟她究竟会有多远的未来，把每一分钟都当成永远来珍惜。一路欢声笑语，她在前面蹦蹦跳跳地引路，他闻着她的香味紧随其后。天气很热，他看见她红润的脸颊、秀丽的脖颈，还有诱人的侧影，单薄的衣衫凸显出刚刚发育好的乳房轮廓，像新鲜出炉的包子。那对他的诱惑是那么强烈，他突然明白自己对她的爱跟所有人一样平凡。要跟她一起老去的想法牢牢锁住了他的心，他感觉那一定是世界上最美的事情。

这一切再也不会出现在他眼前了，难道舍弃所有的生活去探索未知，还能够奢望爱情留在身边吗？他知道此刻，自己已经永远离开了莫凡，他没有机会再看到她。虽然他不愿承认这是一种不幸，但一想起她了解真相之后的痛苦，就会有一把刀插进他的心脏、把每一个心房都割开的感觉。她会理解的，他不停跟自己说，想让流出心房的血能够滴得慢一点儿。

"亲爱的，原谅我这个忘恩负义的人，你知道对你的爱从没有一秒钟停止过。当我把鲜血洒在卡西尼星球上的时候，我比任何时候爱你都更深更苦。原谅我，如果这个新世界能够让人复生，我会含着热泪重现在你的身旁，永不离开！"苏雨在心里对莫凡说。他为她写下一首79节、

237 行的三联韵长诗，跟她 19 岁生日收到的礼物一样。他在无休止的时间空隙中向爱情、向他和她的青春岁月致敬。

完成了！连一个形容词都不缺。那滴眼泪从他的下巴上滑落，他活动一下手臂，瞄一眼手上的腕表，秒针重新出现，时间和日历显示：3 月 32 日 16 点 01 分（北京时间）。

过了不知道多久，苏雨听到方焱的声音："雨总，您在吗？"

"我在，有什么新发现？"他的回答脱口而出，但对方焱来说重若千钧，像是具有把人从地狱中拯救出来的神奇力量。

"太好了！"她差不多叫喊起来，"终于听到您的声音！"

"我一直都在……"他感觉到方焱在用力地点头，"给你写了一首诗，念给你听吧？"

"不要！"她最关心的不是这个，"您的情况怎么样？"

"从一开始就这样，一片水晶色，没看到变化，分不清天空和海洋。还好，并不太刺眼。"

"可是，卡西尼……星球已经消失了。"

消失多久了？那我呢？我也消失了吗？苏雨正想提出这些问题，眼前忽然毫无征兆地出现另一个天地……

感觉是光天化日之下，似曾相识但从未来过……

他好像站在沙漠中一个空无人烟的地方，又好像是远古的某个时代，一切的一切都看上去像是地球，他看到了整排整排高大的石柱和幅面广阔的浮雕壁画……

莫凡醒来的时候，又是一个阳光明媚的早晨。睁开眼，面前的空气中现出苏雨的留言："继续旅程，小凡。我不久会去跟你会合。爱你！永远！"不久是多久？可以一个钟头、两个，也可以半天、两天……可以压缩所有的未来。令人厌恶的字眼！为什么要提"永远"？她不相信永远。

机票他订好了，她拖着行李登机，飞机却迟迟不肯起飞。一小时、两小时、三小时……每一分钟都像在她耳边重复那两个字：不久！因为卢克索沙尘暴，航班推迟。又过一夜，飞机腾空而起的时候，莫凡的思绪已经穿过亿万公里。此刻他在做什么，多久才能有空？镜像天线千万不要有故障。也许等她在卢克索落地，他就可以回到身旁……

在卢克索降落，他没有来。住进冬宫，他没有来。躺下来睁着眼睛看天花板，房顶的所有细节她都用目光检查过一遍，他还是没有来。

吃过午饭，她独自去了拉美西斯神庙。偌大的神庙只有她一个游客，白头巾的看门人直接把她领到了神庙中心处。凝望记载着拉美西斯二世生平的高大浮雕，她浮想联翩。假如苏雨也在，一定会赞叹这些古老的叙事。

这时候，她听见有个声音在轻轻呼唤自己。走到阳光下，她试图找寻这个声音，然而似乎飘到很远的地方去了。慢慢的，她发现闭上眼睛，能够听得更清楚一些。她走回浮雕面前，紧紧闭上双眼。这一次终于听清，是苏雨！她听见他一遍又一遍呼唤自己的名字。可是那声音，听起来就像是从自己的身体里面传出来的。

"雨哥？"莫凡睁开眼，环顾四周，"雨哥你在哪儿？"

透过莫凡的双眼，苏雨清晰地看到拉美西斯和王后的浮雕，不仅仅雕刻在神庙的墙上，也在周围每一根石柱上。像一组连环画，静静讲述着那个王朝的辉煌故事。古老的神庙在沙漠的废墟中，时刻散发着叹为观止的文明之美。此时此刻，他站到了神庙中央。

"小凡，我跟你，在一起！"亿万公里之外，他用尽力气大声喊道。

话音刚落，神庙广场上，一群鸽子振翅腾飞……